漂流书 漂流梦

简 平○著

江西高校出版社

面天郎与书阳应

罗文华○著

江西高校出版社

书之魅·阅之美

在厕所读书

安武林○著

江西高校出版社

夜读记

岳卫东○著

江西高校出版社

喜欢书一辈

孙卫卫○著

江西高校出版社

简 平

本名胡建平,新闻记者、高级编辑、影视剧制片人、中国电影家协会会员、中国电视艺术家协会会员、中国作家协会会员,现供职于上海广播电视台。出版有长篇小说《一路风行》《星星湾》《海贝贝》,中篇小说集《五天半的战争》,中短篇小说集《水波无痕》《尹小亮的流水时光》,长篇纪实文学《阳光校园拒绝暴力》,散文随笔集《聆听树声》《为少年轻唱》,研究专著《上海少年儿童报刊简史》等。作品曾获冰心儿童图书奖,陈伯吹儿童文学奖大奖、特别奖,"巨人"中长篇儿童文学奖,全国优秀少儿图书奖,上海图书奖,上海文艺创作奖等多种文学奖项。

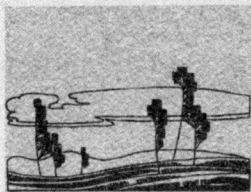

漂流书 漂流梦

简 平◎著

◇ 江西高校出版社

图书在版编目（CIP）数据

漂流书　漂流梦 / 简平著. —南昌：江西高校出版社，2014.12
　（书魅文丛）
ISBN 978-7-5493-1105-7

Ⅰ. ①漂… Ⅱ. ①简… Ⅲ. ①散文集—中国—当代 Ⅳ. ①
I267

中国版本图书馆 CIP 数据核字（2014）第 274791 号

责 任 编 辑	宋美燕
特 约 编 辑	傅宝珍
装 帧 设 计	周　艳
排 版 制 作	邓娟娟
出 版 发 行	江西高校出版社
社　　　址	江西省南昌市洪都北大道 96 号
邮 政 编 码	330046
总编室电话	(0791)88504319
编辑部电话	(0791)88595397
销 售 电 话	(0791)88517295
网　　　址	www.juacp.com
印　　　刷	深圳市星嘉艺纸艺有限公司
经　　　销	全国新华书店
开　　　本	787mm×1092mm　1/32
印　　　张	13.625
字　　　数	250 千
版　　　次	2015 年 1 月第 1 版第 1 次印刷
书　　　号	ISBN 978-7-5493-1105-7
定　　　价	39.00 元

赣版权登字-07-2014-630

书是有魅力的

——"书魅文丛"策划者言

在我身边或离我很近、很远、不近不远的地方,有一些这样的人,他们喜欢书,喜欢买书、藏书、读书,喜欢与人分享读书的快乐。他们把书当作了阳光、空气和水,不能离开须臾。他们的喜怒哀乐都跟书密切相连:有点钱就用来买书,有点时间就用来看书,一息尚存就用来爱书。

这样的朋友,说书是他们的生命,极端了,毕竟人活着是第一位的;但要说书是他们的第二生命,我认为不过分。甚至可以说,他们活着,是为了读书;没有书给他们读,他们大抵是活不下去的。这样的人,我们叫他们读书人、爱书人,或者读书种子,形象一点的叫法是书痴、书虫。

有人问,书有这么大的魅力吗? 这么问的人肯定不是读书人,没有享受过读书的乐趣。这样的人也会读一些书,那一般是冲着颜如玉、黄金屋去的,或者把书当成"进步"的阶梯。他们读的是书中的字,他们不知道更美的风景在字里行间。

书是有魅力的,书的魅力是思想的魅力、科学的魅力、意趣的魅力、风情的魅力。我坚定地认为,书里面是藏着鬼的,每一本书里面都有一个鬼或几个鬼。妖娆的女鬼,幽默的男鬼,活泼的小鬼,严肃的老鬼,各种鬼都有。但不是一打开书这个鬼就会欢跃着跑出来。他(她)需要你读进去了,就像穿越了《哈利·波特》里面的九又四分之三车站，你身上慢慢沾上了这本书的鬼气，鬼才会慢慢在你面前现身。在鬼眼里，你因为读了这本书，接受了书里面的思想和气息，你也成了他（她）的同类了，他（她）才会愿意跟你交谈，甚至跟你做朋友。

书中的鬼，你叫他（她）精灵也不会错。

据说晚上读书，更容易与书中的鬼相见，交谈会更酣畅。这就是很多人喜欢晚上读书的原因吧。

为什么有些人嗜书如命？就是被书中的鬼迷住了心窍。手不释卷，欣然忘食，通宵达旦，这些读书人的痴迷劲，其实就是鬼上身了，欲罢不能。

很多朋友喜欢把读书的乐趣与人分享，把买书的乐趣、淘书的经历、读书的感悟与同道分享，写了很多这样的"书话"。也不断有这样关于书的书出版。2014年年初去京城出差，与久违的好友孙卫卫见面，聊到读书，聊到他和作家安武林出版的《喜欢书》《爱读书》。这两本关于读书的书是由一家文化公司策划，在我社出版的，现在不印了。卫卫问我是否愿意重印。我想仅仅重印意思不大，不如策划一个系列，不仅将这两本书重新出版，而且收录新的书稿，慢慢作为一个品牌来做。跟卫卫商量了一下，就取名为"书魅文丛"，写书的魅力与读书人的痴迷，这就是这套丛书的定位。

书是有魅力的，好读书者还大有人在。希望更多的人喜欢书，越多越好。

邱建国

目录

书是有魅力的

书·事

书·人

书·事

为书穿衣

那是很多年前的一个夏日的午后,我从床底下拖出一只大纸箱,大纸箱里全是我的藏书。那时,家里只有一个简易书架,是父亲让人用铁管子焊的,无遮无拦,只在前边垂一块花布。我极爱书,生怕沾尘落灰,便将自己最喜欢的书放进纸箱,不在书架上陈列出来。

那天我打开大纸箱时,心里忽然涌过一阵欣喜:我有这么多的书了,我该是怎样的富有! 那时,文化专制时代刚刚结束,书店里开始有人们期待已久的好书了,我时常是排着队把书买回来的。此刻,我信手翻着一本本的新书,许许多多和书有关的思绪飘飞起来。我想起小学四年级时在课桌里偷着看借来的《香飘四季》,结果被斥为是"黄色毒草"当堂没收。下课后,我跟在女教师后边苦苦哀求,可她毫不理会地走出校门。我还是跟着,直到烈日下烊开的柏油马路粘住了我的塑料鞋。我后悔极了，要是给书包上封皮或许会不至于此呢。我又想起我在交大附中念书时结识的另一位老师来。这是个连眉毛都已花白的老头儿，那时他还是"牛鬼蛇神"，被剥夺了上讲台的权利，发配在图书馆做管理员。他见我喜爱读书，就时常悄悄地塞给我一两本诸如《古丽娅的道路》《木木》《蟹工船》这样的"禁书"。他借给我的书一律都用灰黄色的牛皮纸重新包过，且包得严严实实。久而久之，我便以为凡书都应穿上这样的衣裳了。

　　也许这样的印象已深深地根植于我的潜意识中，忽然间我就心血来潮了：我得把我的这些藏书全用牛皮纸包起来。没有更多的考虑，说干就干，我立马找来一大捆纸、一大堆小瓶装的胶水。纸是大张的，得裁成一小张一小张，而后两边对折，用胶水粘在书的封面封底上，为防脱落，还将书脊处用手指再三捏紧。这包书的工作进行得很慢，从那个午后开始，用了整整一个月的时间。那些穿上一色灰黄衣裳的书籍一摞摞地堆在桌上、床上以待晾干。我完全沉浸在渐渐麻木起来的劳作中了，根本就没有想到，其实那些书原本都是穿着自己漂漂亮亮的衣裳的。当我将书重新放回大纸箱时，只是朦朦胧胧地感觉到那些穿上灰衣的书正慵懒地沉沉睡去。

　　好多年以后，我们家有了一个很大的书橱，那是木头做的，还有两扇玻璃门；玻璃门是横移的，推动时，底下嵌条上的滚珠便发出神气活现的隆隆声响，松木的香味也散逸开来。我终于将我的藏书从纸箱里搬上了书橱，我喜悦地等待着那个书香满柜时刻的到来。不料，待书全部上架后，书橱里却是浑沌一片，灰暗无光。

直到这时，我才明白，我给书们穿上了一件多么愚蠢的衣裳！这衣裳盖住了书们原有的绰约和美丽。我想为书们脱去这多余的衣裳，但是已经无法办到了。

而今，那些书们依旧灰灰地待在我的书橱里，我带着些许遗憾望着它们的时候，总会想起一些曾经有过的沉重的日子和沉重的事情。好在色彩亮丽、装帧精美的书正越来越多地在我的书橱里铺排开来。就像生活本身一样。

一九九五年一月

我们都是伏契克的朋友

那天，去我的个人网站转转，发现有一条陌生朋友给我的留言，说是无意中在网上读到我的一篇有关伏契克的文章，从而引起共鸣，仿佛芸芸众生中遇到了知音。说实话，我有点惊讶，因为在这个似乎已经不再崇尚英雄的时代，居然还有人记着这位六十年前被德国法西斯绞死的捷克共产党人。我便按着留下的电子信箱回了封信，我说，我不知道你有多大，所以我无法理解你是怎么会崇敬上伏契克的。

很快就来了回信。她说她叫黄健，远在厦门，是一个七岁小女孩的母亲，她非常景仰伏契克，很小的时候就读过他的《绞刑架下的报告》了。她说她崇敬伏契克，是因为他的乐观向上的精神和人格魅力，符合她心中的男子汉形象。她说，或许伏契克这个名字已被世人淡忘，甚至曲解了，可她却像思念一个朋友似的常常想念他。黄健的信让我感动。其实，我那篇文章是早几年前就发表的。念初中的时候，一位女同学向我推荐了《绞刑架下的报告》，这部在监狱里写就的作品我读得热血沸腾，暗暗发誓要像伏契克那样正直、勇敢地生活。因为那时买不到书，我从图书馆借来后抄了一本。我想，就是在这抄书的过程中，命中注定了伏契克将影响我的人生。后来，在艰难坎坷中一路走来，我愈加深刻地认识了伏契克，并愈加走近了他的灵魂。

就这样，我和黄健因为同样崇敬伏契克而成了不曾谋面的朋友。她很有意思，又去我的网站仔细研究我的"简历"，结果相当失望，因她知道了我竟然是个跑娱乐新闻的记者。她在来信中说，她对娱乐界十分"感冒"，认为其中充斥的尽是些乌七八糟的东西，不真实，不纯洁。可再想想，她又觉得没道理责怪我，何况她所敬仰的伏契克还是个戏剧迷；作为记者和编辑，他写过大量有关歌剧的报道和评论。黄健幽默地说："按今天来看，他也是个'娱记'了。"有着"伏契克情结"的黄健，一直在收集我国出版的有关伏契克的书籍。她告诉我说，她有一本国内最早出版的《绞索套住脖子时的报告》，还有一本一九五五年出版的《伏契克画传》，汇集了伏契克从儿童时代一直到就义前各个时期的生活和工作照片。那是她父亲的宝贝，高中时，她曾把书从父亲的书橱里偷出来。当然，小小的阴谋终归败露，直到工作后，她才光明正大地向父亲提出要求，父亲很爽快地答应了她。我想告诉黄健，还有一本珍贵的"手抄本"呢，不过，要是她知道这本特别的书在几次迁徙中遗失了，她一定会觉得很遗憾的。

其实，还有许多的人，也是像我和黄健一样，因伏契克而成为朋友的。比如，杭州的学者哈米在杂志上发表了一篇纪念伏契克的文章后，与不少读者交上了朋友，其中四川渠县的高中生熊明灯写信给他，表达了想阅读《绞刑架下的报告》的强烈愿望，他感动于今天的年轻人依然崇敬着英雄，所以在跑遍全城没买到书后，将自己珍藏多年的旧版挂号寄出，还托该书的译者、捷克文学研究家蒋承俊在北京设法购买全译本。我想，伏契克其实也是一个可以作为朋友的普通人，他对生活的热爱、对真理的追求、对自由的向往、对命运的达观，永远激励着人们,这种精神是超越了民族和时代的。我们只是普通的人,但我们都是伏契克的朋友,因为我们受着他的感召。我多希望即使是一个忘却英雄的年代,普通的人们也能以最普通的经历和方式走近英雄。

黄健来信说,今年是伏契克一百周年诞辰、就义六十周年,朋友们都希望我能写些纪念的文字。我不能推托,于是,在九月八日这个伏契克牺牲的日子的前夜,我写下这篇文章并代表所有的朋友向他致敬。

二〇〇三年九月

走在山阴路

搬离山阴路之后就很少去那儿了。

其实,我是很喜欢山阴路的。

山阴路始终是一条僻静的小马路。尽管现在的人似乎都钟情五光十色的大街,可我觉得家边的小马路才更贴近真实的生活。山阴路不长,从这头走到那头,最多只消三十分钟。这是最合适的散步的长度。而且因为是小马路,没有多少车子,也没有太闹的喧嚣,晚饭后走上一圈,真是惬意极了。何况有叶子沙沙的梧桐树,还有路灯暖暖的橙黄。踏在忽长忽短的灯影里,有时我会想象许多年前鲁迅、瞿秋白、茅盾先生各自在这里散步的情形。

我家所在的四达里在山阴路的东侧，从路边的黑漆铁门里拐进去，竟是一列很长很深的弄堂。原来，看上去狭短的山阴路是横生着一些开阔的。那时，走进弄堂的时候，我总是感到特别的安心和轻松，我知道，我那年近百岁的外婆一定坐在门口等我回家。我家住在楼上，那老式石库门房子的楼道又暗又窄，外婆说，人要每天接点地气的，所以，她天天都摸索着下楼来，然后，就坐在门口盼望着。这是几年前的事了。我们已搬了家，外婆也故去了。现在，我走过山阴路，望着黑漆铁门里的长弄堂，再也感受不到那份熟悉而温暖的目光了。

再往北走一些，便是鲁迅先生的故居。他一生辗转，这里是他最后的寓所。山阴路西侧的弄堂很短，而且很奇怪，我总觉得这一边的阳光不足，好像故居门前的那方空地一直仄在树荫里。有一天，我的两个外甥女来玩，我就带她们去瞻仰鲁迅故居。小女孩们都说那屋子很暗，于是，我试着拉了拉开关线，但电灯没有亮。我对她们说，鲁迅先生一出远门，灯也就不大亮了。平日里，故居犹如山阴路一样宁静，其实也的确是无需热闹的。

我看鲁迅日记，他几乎隔天就要去一次内山书店。内山书店就在山阴路的南头，只是现在已是一家银行。贴隔壁倒是有书店的，但我没有一点兴趣，里面卖的大多是教辅材料，根本不能同当年的内山书店相提并论。

好在山阴路中段有家叫升丰的小书店,摊排开来的书才算没有辱没了这条马路该有的品质。书店里只有一个中年女子看店,柔声细气,很有修养,推荐书时说得出所以然。问她是老板吗,她摇摇头,说只是伙计。

山阴路的梧桐树下,有一段铺了新砖,安了供路人休憩的长椅。据说这里已被规划,突出的是文化底蕴。但我不希望以后像多伦路那样,多了景观而少了市井。山阴路终究是条很平民的小马路,那一扇扇黑漆铁门里最为生动的是小吃铺的吆喝、邻里间的呼应、挑出的晾衣竿上的婴儿尿布,还有那自行车铃声、背书声、钢琴声、麻将声……我想,鲁迅先生最后选择了山阴路,也是因为这里有百姓陪伴,看得见人间烟火吧。

再过几天,我的女儿要从山阴路上的那所小学毕业了,我会带她去跟鲁迅先生道个别。或许,以后我去山阴路走走的机会会更少了。

二〇〇四年五月

享受文学的纯净

那是十九年前的事了。那时的我正如火如荼地做着文学青年,看到《新民晚报》等几家单位联合举办微型小说比赛的消息,便跃跃欲试。这样,我结识了一拨同样爱好文学的青年朋友。

我们这拨朋友不管是做编辑、教师、机关干部的,还是做工人、海员、餐厅服务员的,都虔诚地爱着文学。在我们的心目中,文学是这个世界上最纯净的东西,与金钱无关,与权力无关,甚至与生活状态(或荣华或落魄)也全然无关。也许,文学其实并不是这样一尘不染的,但我们宁肯赋予它如此的品格。这直接影响到了我们的价值观。朋友们个个都特别的纯真、质朴和热忱,嗅不出一丝的功利或势利。每个周末,我们都会聚在一起,讨论各自手头的创作,那气氛既热烈又神圣。是的,我们一点都不敢亵渎,我们不能给文学掺进任何杂质。我们经常是在一个女孩家里聚会的。女孩的家在南昌路的那片上海典型的石库门里,虽然家中人多屋窄,但女孩的家人很支持我们,给我们烧水泡茶,还轻声说话、轻声走路,生怕打搅了我们。

最高兴的莫过于有朋友发表了作品,那真的不是一个人的好事,而是理所当然的集体的节日。我们会在淮海路上向西一路走去,在南华酒家吃点心,然后到国泰电影院看电影,再后去华亭路淘些稀奇古怪的小玩意奖励发表文章的朋友。大家都争着付钱,没有什么比文学更能带给我们纯粹的快乐了。其实,那时候,每个人的收入都不多,但听说文化宫办内部交流的文学杂志经费困难，大家二话不说都去捐款。"对待文学，不应是索取，只可以付出"，朋友们这样的共识至今仍深深地影响着我。虽说时代潮流也使文学染指了"市场"和"经济"，但我在文学创作上从未有过丝毫的交易心态。

记得那个冬日的夜晚，朋友们到苏州河北边的我的小屋来聚会。大家散坐在沙发、床边和地上，就着一轮橘黄的灯光，轮流朗读文学名著片段，朗读艾特玛托夫的《白轮船》、舒婷的《致橡树》和三毛的《梦里花落知多少》。文学的魅力让我们心潮澎湃，也让我们更深地浸润其中。夜很深了，大家要回去了，告辞时，我说，送你们一程。一路上，大家依然兴致勃勃，高谈阔论，谁都不想坐车，结果，又是一路走到了淮海路。寒风刺骨，肚子也有点饿了，大家便去沧浪亭吃面，不料人家早已打烊了。虽然呼啸的西北风让人阵阵打抖，但每个人的心头都是热乎乎的，美好的文学理想穿越了一街的法国梧桐。

现在想来，那真是一个温馨的夜晚啊，这样的夜晚是能让人受用一生的。现在娴熟地操作着功利的"文学青年"，或许会嘲笑我们太迂腐，但是，文学带给我们的沁入生命的纯净、平和与温暖，或许是他们享受不到的。

二〇〇五年一月

那时的"礼花"

　　上海交通大学附属中学正在编撰校史,负责这项浩繁工程的老校长陈德良老师对我说,二十世纪五六十年代和二十世纪八十年代以后的有关档案倒是不缺,唯独二十世纪七十年代,尤其是"文化大革命"时期鲜少有资料保存下来。而我是该校一九七五届的学生,当时又积极参与学校的宣传工作,再者我还很"自恋",凡有我撰写、编辑的东西一般都会留下来的。所以,我对陈老师说,我回去翻翻看,肯定会找出什么来的。

　　这一找,就找出了一本《礼花》。这是交大附中在一九七四年编辑、刊印的纪念共和国建国二十五周年的征文集,所有的文章都出自当时在校的一九七三至一九七六届的学生。虽说那时整个社会鄙视文学,盛行"大批判文章",但这次征文拒绝这类东西,明确征文样式为小说、散文和诗歌,并强调作品的文学性。这在当时简直是逆潮流而动,非常出格的,由师生共同组成的编辑组甚至担心得不到大家的认可和支持。出乎意料的是,学生们非常踊跃地投稿,而且摒弃了那些流行的或是充满火药味或是假大空的腔调,注重抒发真情实感,注重对真实生活的描写和对内心世界的刻画。虽说那么多年过去了,可集子中的一些作品现在读来还是那样亲切和自然。说起来,这真像是一场小小的"文学运动",师生们在日复一日的大批判文章的熏蒸下，得以呼吸到文学的清新和纯净。这真是那个灰色时代中的一簇绚丽的礼花啊。

《礼花》征文活动从当年的二月份开始，九月初截稿。暑假期间，学校组织学生骨干们去崇明跃进农场进行学习和锻炼。这次活动对大家来说很是新鲜，有军训，有劳动，有研讨，一时间士气大振。返回市区时，大家决定放弃坐车，从跃进农场步行到南门港。那天晚上，我们急行军整整一夜，徒步数十公里，一路高歌，在晨曦初露时分到达码头。不料，忽然来了台风，所有船只停航，我们只能暂避到附近的一所中学。此事过后，大家依然非常兴奋，编辑组索性决定在征文中增加这一内容，于是，《礼花》中便有了一个"跃进"专辑。九月份一开学，应征稿已堆成小山，编辑们日夜选稿，随后又亲自上阵赶刻蜡纸。此时，不少人提出应该要有像模像样的封面，学校很支持，拨出钱款铅印了红底黑字的封面，庄重而典雅。《礼花》在国庆节时顺利"绽放"，给校园增添了许多的喜气。

我自然很珍惜这本征文集，因为里面有我写的小说、散文和诗歌。曾经有人问我，作为中国作家协会会员，你的文学写作始于何时？我很有些骄傲地回答，始于一九七四年，始于中学时代，始于交大附中。

二〇〇五年六月

今天你"狼"了没有

转眼之间，人们已经对向来讨厌的狼顶礼膜拜了。这真是咄咄怪事，明明谁都知道狼的凶狠、贪婪和残暴，谁都对狼心生畏惧，现在却都口口声声地赞美狼性了。写字楼里的白领们每日里除了看一眼"荷花姐姐"最新上传的 S 形玉照，还要互问、自问一声："今天你'狼'了没有？"不然就要 OUT，就要被淘汰出局。

一切都是那本叫《狼图腾》的书惹出来的。原本一个作家写部动物小说，形象性发散性思维一下，即使自恋地说些夸大其词的话也无可厚非，没料到正逢炒作时代，结果就炒成了时尚。一夜间，狼烟四起，到处听闻野狼嗥，《狼性》《狼道》《像狼一样思考》等等"狼书"一哄而上。这些狼书千篇一律，都是在励志的幌子下，告诉人们狼性才是这个世界的生存之道。更有甚者，深圳一所小学干脆在校园里树了一座群狼塑像，对孩子们进行狼性教育，用校方的话说，就是要让孩子知道："谁敢吃你，你先吃掉他！"在这一片血腥气中，人性的光辉荡然无存。

这个夏季，还真的有点狼性当道。发了财的书商们继续兜售狼书，这回是拉上十一岁的小孩子出版《一只孤独狼的遭遇》，看来狼书要刮全面升级版台风，大有将中国的孩子个个培养成狼孩的架势。而职场中的白领们则先是发挥智力优势，在网络上总结出"狼之十大处世哲学"，"一要卧薪尝胆，二要顺水行舟，三要众狼一心……"地背得摇头晃脑，然后跃跃欲试，从书本到实践，将狼性一一付诸实施，即所谓"今天你'狼'了没有"。有一白领先生为争职位，"卧薪尝胆"，对竞争对手俯首贴耳，施放烟幕，令其以为无人挑战而不当回事，最后时刻一露峥嵘，那对手只会干瞪眼睛。有某白领丽人在外边跑业务拉订单时，一改原先的矜持，做派张扬，不按常理出牌，对所有的对手猛扑猛咬，毫不手软，十八般武艺全部派上用场，对手们惊呼"雌狼凶猛"，甘拜下风，吓得夺路而逃……

　　真不明白，人类何以要摈弃自己的人性，欣欣然地欲以狼性来取而代之。人类真的是做人做得厌烦，所以要改做狼了吗？这既是可怕又是危险的，殊不知，我们的社会现在更加需要的是呼唤爱心，尊崇善良，张扬人性。说到底，在经历多时的"砸烂"和"消灭"后，如今人性不是多得溢出来了，恰恰相反，我们到处可以看到人性的麻木、衰退甚至泯灭。在这种情势下，高扬狼性，诋毁人性是何等的恶劣。而今天的白领也是太容易被骗了。其实，没有人性，一身狼味的人，是根本不可能获得良好生存的，也许得意于一时，但不会得逞于一世。这毕竟是个人的世界，人界行不通狼道，没有了人性就不是人，不是人的人终究会被所有的人唾弃。君不见，哪有一只狼敢在光天化日之下招摇过市的？那些痴迷于狼书，在博客里无限深情地诉说"我已经由衷地爱上了狼"的人，真的放一只狼到你身边，看你不吓得屁滚尿流。

但愿"今天你'狼'了没有"早早打住。

二〇〇五年七月

再加一百万如何

今年夏季，我有幸参加了两个书展，一个是七月里的香港书展，一个是八月中的上海书展。对于喜爱读书的人来说，这真是天大的乐事了。所以，最近我逢人就鼓吹，甚至被捧着一大盒面巾纸等着看"超级女声"PK掉泪的人讪笑过几回。

其实，我一点都不反对大家看"超女"，但我也想鼓动大家不仅看"超女"，也要看书，要拿出看"超女"那样的积极性、主动性来看书。自然，什么都强迫不得，但在目前的情况下，看书毕竟还是要推广，要引导的，比起看电视，还得大声吆喝。如今，上海书展已落下帷幕，一串数据摊开来，众人为之欢呼雀跃——九天时间，参观者超过二十万，以至有媒体兴高采烈地说，"好像全上海的人都来了"!

全上海有多少人呢?有关统计资料说,常住人口约一千七百五十多万。这么看来,二十万参观者只是一个小零头,说"好像全上海的人都来了"显然有点夸张了。不妨看看香港的数据。今年香港书展展期六天,参观人数为六十三万,而香港总人口为六百八十多万,大约是十个人中就有一人去了书展。如此一比较,有些话也就不用再说了。当然,上海书展的成就是不能抹杀的,但其起步不久,尚缺乏足够的号召力也是事实,看不到这一点会影响以后的积极进取。

让我感到郁闷的是,我身边的二三十个同事只有一人去了上海书展,而且还是我给的赠票。我的这些个同事可都是"文化白领",连他们都不去,那就别指望参观者的人数会飙升上去。可他们却振振有词,说日日加班,待到要去时已经快关门了;还说人太拥挤,没有那种咖啡伴书香的情调。暂且就听他们一回好了,我们从服务上找找还有什么可以改进的地方。其实本届书展每天都开夜市的,只是这夜市还不够"夜",也没对"文化白领"这样特别的族群实行"倾斜政策"。还是再说香港书展,非但夜市每天做到晚上十点,周末更是延续到午夜十二点;而且夜市票价一律对折,十点过后,更是全部免费;在这个时段凡购书满港币两百元,便可获赠咖啡,那就真的是咖啡伴书香了。

说起来，一个城市读书风气如何，已经成了一项全球公认的"形象指标"。香港书展期间，我听一位专家在论坛作报告，说是比起上海，香港长期缺乏庞大的读书人口，港人给人的印象是只知道赚钱，不知道还要赚知识、赚智慧。但一九九八年的金融风暴改变了这一切，港人发现在经济低迷与生活逆境中，必须加紧"充电"，于是乎，大大小小的书店从此挤满了人，每逢书展更是人山人海，"香港人走进书海，蓦然惊艳，发现阅读原来是新欢，是生命中矢志不渝的情人"。既然上海有着良好的读书传统，我们没有理由不相信将来去书展的人会越来越多。以后的书展如果内容再多一点，声势再大一点，服务再好一点，参观者再加一百万如何？当然，一口吃不成胖子，那么明年先加个十万好不好？真的希望能有一天，"全上海的人都来了"。

二〇〇五年八月

百年无废纸

"百年无废纸"，这句话是我同学对我说的。我的这位同学甚是了得。那天，大学同学举行毕业二十周年聚会时，他像变戏法似的拿出一只资料袋，倒出来一看，里面竟是他保存着的当年的录取通知书、学期课程表、成绩报告单，甚至还有考勤记录、学杂费缴费通知书，看得我们惊讶不已。我对我同学说："你怎会这么有心，什么都没有扔掉啊。"他说出一句话来："百年无废纸"。

而我是没有这个意识的，很少想到要保存些什么。比如，我第一部长篇小说的手稿，那是厚厚一大沓八开五百格的稿纸，上面的字是用钢笔写的，用的是蓝黑墨水。搬家的时候，我想，这么一大沓东西挺占地方的，何况这又不是什么经典之作，留着何用？于是就当废纸卖掉了。现在想想，其实，还是应该再保留一阵的，可以看看自己当年是怎样努力的，借此鞭策正逐渐慵懒的自己。记得小说写到一半的时候，我生病住院了，为了不耽误出版，我瞒着家人，将稿纸偷偷带进了医院，趁着治疗的间隙，搬张方凳坐在病床边，将稿纸一铺开就写起来。那时正是夏天，要是手稿还在，可以看到被手臂上不断冒出的汗水给洇化的字迹。

我一年用一本记事本，新的打开了，上一年的也便当废纸丢弃了。可有时，会突然记起那本子里是有着一些有趣的东西的。那次去无锡采访一个电视剧剧组，遇到了童安格。我曾经被他的歌曲深深打动过。午后，我与童安格坐在小河边交谈。我问童安格，是否怀恋那段大红大紫的日子，他有点惆怅地说，这几天正在酝酿一首歌，想表达自己的某种心境。说着说着，他把我的记事本拿过去,在上面写起歌词来:"那曾灿烂的焰火,我何尝不想再拥有。掌声像似一阵轻风,吹过幕布,仍在摇动。I remember,回忆在心头。"我问:"起了什么歌名呢?"童安格想了想,在我的本子上又写了四个字:"掌声如风"。他一笔一划地写着,我看到他的神色一点一点地明亮起来,使午后的阳光都染上了宁静和淡泊。因为还在创作中,那些歌词是勾过来划过去的,但却留下了最初的内心的悸动。只是,这份心绪随着被我处理掉的记事本也像风一样地飘逝了。

但是,我还是保存了两样东西,没有当作废纸送进废品站。一样是与几位同学的通信。那些信都写于二十世纪七八十年代。这几位同学或者在农场务农,或者在大学深造,或者在外地教书,他们在给我的来信中充满了对人生、社会的思索,充满了理想和责任感,让我至今感慨于我们有过如此深刻的青春。一样是几位作家的手稿。有一段时间,我在报纸编文艺副刊,于是,约了不少作家写稿,他们的认真和严谨都跃然于稿纸上。那时,排字员排完版后,通常就将原稿堆积一处,若干时间后就当废纸处理掉了。我想想不舍得,便一篇一篇地找回来。那些手稿中有两份我格外看重,一份是李佩芝的,一份是戴厚英的。我看重它们,不仅是因为两位女作家都已不在人世了,更因为在手稿上留有许多的遗憾。李佩芝的《闲话衣市》文笔细腻柔美,但我发稿后,时任主管竟用毛笔蘸着红墨水在稿纸上改得兴致盎然。而戴厚英的《"原始积累"》，因为一些字句被认为太尖锐而不得已给抹去了，从这份手稿上可以看到时代嬗变的痕迹。现在想起来，还真像我同学说的，"百年无废纸"，有些东西当时看来没有什么，但若保留下来，也便保存了一份有历史价值的记忆。

二〇〇六年一月

漂流书　漂流梦

那天，我将我写的一本书悄悄地放在了人民公园的一张长凳上。我在书的封面上贴了个标签，上面写道："这是一本漂流书，如果你看完了，请你再把它放在公共场所，让下一个人阅读。阅读是一种快乐，希望这本漂流书能给你带去快乐，也希望你将这样的快乐带给他人。"我悄悄地走了，那一刻，我心里涌过莫大的欢喜。

漂流书，源于二十世纪六十年代的欧洲，人们将自己拥有的书籍贴上特定的标签后，投放在公园、地铁、咖啡馆、车站等公共场所，无偿提供给拾取的人阅读；拾取的人阅读后，再以相同的方式将图书放漂到公共环境中去，如此不断地进行传阅。这样的漂流，在我看来，不只是漂流书,也是漂流一个梦,漂流一种信念。

我是在报上得知这个消息的,从今年一月十日起,有两千多本图书开始在上海、北京、广州等十个城市漂流,但却遭遇了意想不到的尴尬,放在站台长椅上的书始终无人问津。究其原因,有人怕被别人嘲笑爱贪小便宜,有人认为不会有什么"免费午餐",有人则怀疑自己阅读后会不会继续放漂。原来,整个社会弥漫着深刻的不信任感,种种心态暴露了当今社会诚信的严重缺失。这是令人悲哀的。

其实,三十多年前,我就得到过一本漂流书。那是一本手抄的《第二次握手》,我是在我们家居住的那幢房子的楼道里偶然发现的。这本书抄在一本黑色硬面抄里,钢笔字工工整整,上面没有任何署名,不知是谁写的,也不知是谁抄的。我先前已经听到过有这么一个手抄本,因为是被追查的"地下书",谁也不敢去问从哪里借,所以一直没有看到。现在,这书突然间冒了出来,我心里还有点不相信,甚至有点害怕呢。就着三支光的荧光灯,我用一个通宵看完了书。我至今记得最后一页上有前面看过的读者的一些留言,说这本书的作者已经被关进监狱了,说这是一本追求光明的书,说看过的人要继续传递下去,因为这是在传递火炬。我被这本书打动,也被这些留言打动,看到后来,心里真像燃起了光明的火焰。天刚蒙蒙亮的时候,我悄悄地开门出去,把书放回到了楼道里,我心里默念着,希望早点有人将书取走。果然,我再次出门时,已不见了书的踪影,而后,楼里有越来越多的人家说起了这本书……

现在想来,这是黑暗岁月里一幅让人温暖的图景,人们通过书所传递的是信念,是理想,是信任。既然有过这样的日子,我不相信这一切会彻底泯灭。所以,当漂流书遇到尴尬,被认为注定会断漂时,我却怀着一份坚定的信念,悄悄地让我的书加入到漂流的行列。我不知道我的书将漂向哪里,但我相信它总在漂流的路上,相信它会漂到越来越多的人的手中。我希望每个拾取的人都能在那一刻感受到信任和被信任的温度。其实,我真是在放漂一个梦,在梦里,坚冰消融,人与人彼此真诚相拥,并且享受着阅读的幸福。这是一个美好的梦,最终也一定会变成美好的现实。

如果有可能,读到这本漂流书的人可以在最后一页做个记录,也可以按照我留的电子邮箱写封信来。

二〇〇六年二月

"我愿每个人都有住房"

巴金去世后,许多媒体都刊出他的一段话来赞颂他："我的心里怀有一个愿望，这是没有人知道的：我愿每个人都有住房，每张口都有饱饭，每个心都得到温暖。我想擦干每个人的眼泪，不再让任何人拉掉别人的一根头发。"很早很早以前，我就读到过巴金一九三四年在散文《生命》中写下的这段话，我为作家宽广仁爱的胸怀而动容。现在再读，依旧怦然心动。但是，有人当着我的面毫不客气地说："作家只会开空头支票，你们光是说说，真的能建一幢房子让无家可归的人住进去吗？"不知怎么回事，一瞬间，我竟哑然，甚至还觉得有些心虚。

但是，有一天，当我知道一个著名的房地产商放出"我没有责任替穷人盖房子，房地产开发商只替富人建房"这样的话时，我再次理直气壮起来，而且，我前所未有地感悟到作家是实实在在的建设者，他们不开空头支票。

我无意评价房地产商的价值选择，何况每个行当都有它自身的价值体现。但是，我想，那些没有住房或者住房困难的人，听到房地产商的这番话会更加沮丧的，而巴金的那句"我愿每个人都有住房"，会让他们的心头涌起暖意，即使流落街头，即使陋屋难以栖身，也会得到一些精神上的安抚和慰藉。这就是作家的无与伦比之处。比起乍起的房地产商，作家的这种博大胸怀历练了多个世纪，已经铸成基因生生流转，并融入到了人类社会的基本认知中，坚不可摧。

小时候，我开读《杜工部集》，第一次读到《茅屋为秋风所破歌》："安得广厦千万间，大庇天下寒士俱欢颜，风雨不动安如山！呜呼何时眼前突兀见此屋，吾庐独破受冻死亦足！"这些诗句让我震撼不已，竟生出以后要去做建筑工人的理想。很多人不相信我的第一份工作是木工。那时盖房子的活少，我有几年一直是在铺新村小区里的马路。那活真是累，我又十分瘦弱，但是，那份理想支撑着我。每天先是拦木模板，然后将翻斗车沿着用木头、柏油桶搭成的斜坡推到搅拌机前，载满沉沉的水泥浆后一点一点均匀地撒在地上，再挥起铁锹"嘭嘭嘭"地打向混凝土，随后跟着泥工们将路面细致地釉得一如明镜。多年之后，当我离开施工队时，我特意去那些新村小区转了转，踏在那一条条凝固了我们无数血汗的道路上，我小心翼翼地将步子放得很轻很轻。为了这路，我交出了青春岁月，而更多的工人则交出了自己的一生，但想到人们能受惠于此，脸上便漾起了欣慰的无悔的笑容。

那天，我在东京的上野公园赏花，粉色的浅绿的樱花开得如火如荼，遮掩了整个天空。人山人海，满地都是一个个"铺位"——亲朋好友们带上塑料布，铺在地上，围坐在一起喝酒唱歌。只见一片风景独好的地方，更是撑了帐篷搭了板屋，纳闷间，方知这是无家可归者的居地。没人驱赶他们，更没人鄙视他们，政府部门的决策是，与其让他们睡在逼仄的地铁道口、商厦门前，还不如提供空阔的公园草坪。那一刻,我非常感慨,是的,我们应该既有勇气承认还存在着很悬殊的贫富差别,同时也有博大的胸怀关爱社会上的弱势者。回来后,我做了两件事,一是写了文章介绍日本建造廉价优质居住小区的经验,一是尽自己的力量帮助一对漂泊的母子有了自己的居所。做这些事情的时候,我的内心里回荡着的是一个作家的激情。

的确,作家不能直接建造房子,但是,他们真实地为天下人搭建起了温暖的心房。我想,那些没有住房或者住房困难的人,是决计不会说作家们的关爱是一张空头支票的。我相信,世界上最好的房地产商也是有着博爱的胸怀的,他们可以为富人建房,但他们同样关怀穷人。我更相信,"我愿每个人都有住房"、为此哪怕自己一人屋破冻死亦心甘的作家,是这个世界永远可靠的希望和宽慰。

二〇〇六年三月

唤醒"巨人"

前些日子,我收到一封电子邮件,是常州的一位中学生按照我个人网页上留的地址发来的,那封信的主题是《一封只为了说话的信——关于〈巨人〉》。这位高一学生在信中写道:"和《巨人》告别已经好多年了,可是每次想到它,心里还是有一种特殊的情绪,遗憾与思念从它停刊之日起就开始了,直到现在,这种感情非但没有淡去,却日渐浓厚,无法释怀。"

这样的来信,我已经陆陆续续地收到好多封了。其实,我既不是《巨人》的编辑,和写信来的人也素不相识,我想,他们写信给我,一方面是基于对我的信任,一方面是因为我和他们一样热爱着《巨人》。

在很长的时间里,《巨人》是中国唯一的一本大型儿童文学期刊,被称作是儿童文学界的《收获》,连同其创建的"巨人中长篇儿童文学奖"和"巨人丛书",在中国文坛有着无可置疑的地位和声誉。《巨人》培养了一批现今最活跃的儿童文学作家,推出了一部又一部公认的优秀作品,我写的中篇小说曾多次获得过该刊"最受读者欢迎作品奖",这是我最为看重的奖项。《巨人》的努力是每个读者都能切切实实感受到的,那位写信来的高中生说:"我曾经把一期《巨人》带到学校去,同学们很喜欢,怪我为何不向他们推荐,我说它已经停刊了,心中涌起一种强烈的歉疚之情。"

《巨人》命运多舛,已经停刊过两次了。但是,我以为,《巨人》本不应该这样被折腾的,因为它诞生于一个昌盛的时代,没有先天不足,没有后天疾患,仅仅是和其他所有的文学杂志一样,在泥沙俱下的变革大潮中受了一些冷落，经济有些拮据而已。只是，其他文学杂志显出了自己的胆识和品格，顽强地坚持了下来，而《巨人》却没能经受住风浪，屡次折戟。这样的"巨人"有点软弱，以致热爱它的人都有一种怜惜之情，在它停刊时更是感到歉疚，仿佛是自己没能保护好它。

《巨人》的停刊带来了特殊的伤感。一位母亲从外地赶到上海，赶到编辑部，她问："我该怎么向孩子解释这件事呢？我可以对孩子说文学敌不过金钱吗？"一位读者写信来说："《巨人》教会我懂得了要有信念，要坚持理想，那它自己怎么就如此容易放弃呢？我还能相信什么呢！"我想，这或许都是超出当初决策者的想象的。

我自己对《巨人》也怀有莫名的歉疚。在《巨人》的最后一期上，我写了个中篇小说《拐个弯再走》，描写一所中学的学生话剧团的最后一次演出。我为此而不安，觉得自己写的如同谶语。那时候，我对《巨人》的停刊特别难过，因为是它让我拥有了自己最好的读者。有一天，一位素不相识的读者来信安慰我，他说："也许那不是谶语，而是个预言，你不是说拐个弯再走吗？《巨人》停刊后有过一次复刊，也许还会有第二次呢。"

果然，最近传来消息，说《巨人》有望在今年内复刊。不知道复刊后的《巨人》会是什么样子，但至少它又在醒来。为了《巨人》，这么些年来，许多的人绵绵不绝地一次次发出深情的呼唤，包括常州的那位普通的中学生。这是多么让人感动的事，这是文学摧而不折、生生不息的例证。我想，其实"巨人"也是一点点长大的，曲曲折折才能有新的作为，才能明白更多，比如品牌意识，比如经营之道，比如争取社会力量的参与。真的希望唤醒后的"巨人"能继续被读者誉为"一份精彩到可以称之为完美的杂志"，并以这样的完美，以文学的理想和坚守，去抵挡物欲横流、低级趣味，去开启承担未来的青少年的心智。

二〇〇六年六月

翁家小姐姐

那时，我们家楼上住着翁家。翁家姆妈和翁家阿爸有两个女儿，小女儿跟我同年，她的姐姐则比我们大四岁。小女儿管她姐姐叫小姐姐。小姐姐圆圆的脸，梳着两条小辫子，个头只比妹妹高了一点点。小姐姐打小就跟我们一起玩，一点都没有"大姐姐"的样子，所以，我也叫她小姐姐。

到了一九六八年的时候，小姐姐已经是初一的学生了。那时，像所有的同龄人一样，她也戴上了红臂章，但天性老实的小姐姐并不出去"闹革命"，她更多的时间是在家里头帮着父母做家务。我喜欢跟小姐姐聊天，所以常常上楼去。小姐姐家人口众多，房间里满满当当的，所以，我会跟小姐姐到公用的阳台上去。我问小姐姐许多的事情，都是有关"革命"的，小姐姐原本就不太会说话，相反地，有时候她还会问我。

年底的一天，小姐姐忽然跟我说，知识青年都要上山下乡了，她可能也要走了。我说你还没毕业呢，等到毕业再去好了。小姐姐没说话。我又问，你会去哪里呢，小姐姐依旧没有回答。

以后的一段日子，只见小姐姐忙进忙出的，也没时间跟我说话了。直到有一天，她的妹妹告诉我，小姐姐已经决定去云南建设兵团了，而且马上就要走。我好想再跟小姐姐聊聊，可她正忙于准备，也就不去打扰她了。但是，我想好了，小姐姐离开上海的那一天，我一定要去送她。没想到，那次送别竟是如此浩大，我们这里所有的小学生都被动员起来了，一早就在长长的控江路上聚成了欢送的人流。喧天的锣鼓声中，满载着奔赴远方的知青们的公交车一辆辆地驶过，车上的知青们争着把头探出车窗，可我最终都没见到小姐姐，我想，她一定是太羸弱了，哪里挤得过别人啊。

就这样，小姐姐走了，以后就很少有她的消息了。一年之后的夏末，有一天，我突然发现小姐姐家有些异样，我问她的妹妹，她先环顾四周，而后神色慌张地说，小姐姐死了。我急急地问怎么回事，她一个劲地摇头，说上面关照过了，不能对外说的。直到三十年之后，我读到著名报告文学作家邓贤的《中国知青梦》，从书里才详细知道了小姐姐是怎么死的。那是一九七〇年九月十八日，云南建设兵团第四师第十八团第二十七连的知青们正在山林中开荒，他们要砍倒大树，刈除荒草，搬走树根，然后一锄一锄在山坡上和崖石上刨出橡胶田来。这天，患有痛经的小姐姐已经连续带病上山一个星期了，她的小腹又坠又胀，暗红的血像小溪般不断地涌出来，但她还是咬紧牙关奋力挥锄。当她用尽气力挖向一个土丘时，随着一声轰响，土丘坍塌下去，成千上万只被称为"杀人蜂"的地蜂从巢穴中飞出来，霎时间团团攫住了小姐姐，十六岁的她都来不及呼救，便直直地栽倒在蜂巢中。

我呆坐在那里，脑子里一片空白，许久，泪水夺眶而出。我为小姐姐这样的死而难过，我更为小姐姐一家在那个年代被迫封口，压抑着不能公开祭奠小姐姐而心痛。我家早已搬迁，可小姐姐家还在原先的地方。听人说，翁家阿爸已经去世，翁家姆妈还健在，我想告诉她，其实，那么多年来，我在心里一直怀念着小姐姐。

小姐姐的名字叫翁佩华。我想在这里更正邓贤书中的一处错讹，他说翁佩华是上海市静安区人，其实不是的，小姐姐从出生到离开上海前一直住在杨浦区。

二〇〇六年十月

愿你的心是透明的湖

由我出任制片人的电影《男生贾里新传》将在这个夏天完成拍摄。这部电影改编自著名儿童文学作家秦文君的同名长篇小说。影片开拍前,为了寻找合适的小演员,我们举办了选秀活动,数以千计的十一二岁的孩子蜂拥而来,最后,有二十人进入决赛。在我走向进行决赛的演播厅时,我想,这些从众多孩子中脱颖而出的少年们,应该都是非常可爱的,而作为一部儿童电影,还有什么能比展现孩子们的可爱更有价值呢?在我心目中,孩子的可爱之处就在于他们的纯真、童趣,没有世故,没有做作,他们的眼睛是清澈的,他们的心犹如透明的湖。

但是,我多少有些失望,这些进入决赛的孩子没有让我感受到太多的可爱。如果说,朗诵徐志摩的《再别康桥》这样的诗作,只是让人难以感觉少年的天真烂漫;如果说,一分钟演讲的内容空泛无当,只是让人无法辨识那种独特的看待世界的孩童视角;那么,在回答评委即席提问时,一些孩子的回答则让我心存不安,因为我觉得他们原本应该纯净得没有一丝杂质的心灵,似乎已经有了一点异样。

评委秦文君这样问一个孩子:"你选择朋友的标准

是什么呢？"我相信，作为"男生贾里"的"母亲"，秦文君在她的小说原著中，是给出了答案的。孩子的回答是："要有远大理想，健康，向上，有优异的学习成绩……"秦文君只给了一句点评："那你不是选朋友，而是找榜样。"秦文君这一句话点评，在我看来非常精辟。

我想起自己的童年和少年时代，想起那个时候的我的朋友们。他们中有因为严重哮喘而伛偻着腰背的"小病鬼"，有功课一塌糊涂、调皮捣蛋出了名的"皮大王"，有以当个木工为人生目标的"小木匠"，你可以说他们不强壮，学习成绩落后，胸无大志，但他们就是我最好的朋友。我们一起上学，一起游戏，放学后更是形影不离。有时我会跟着"小木匠"去建筑工地，看那些木工师傅又刨又凿地做木门木窗；有时我会坐在"皮大王"的自行车后座上，去黄浦江边兜风，"皮大王"兴致所致会扔了车子，从桥上跳进江里游泳，我则在江边大呼小叫。我想，我们能成为好朋友，无非就是因为彼此间觉得可以无话不说，玩起来特别开心，无拘无束，坦坦荡荡，完全无涉功利，无涉他人的评判。我不知道如果没有他们，我回忆起孩童时代来还会这样充满温暖和美好吗？

孩子的可爱是天性使然，发自本真，源于内心，我心存不安，是因为我看到了外部世界对孩子本性的严重干扰。我不相信孩子们自己会喜欢各种各样的束缚，当他们站到聚光灯下，是外部世界的一只推手让他们的童真、童稚、童趣荡然无存。当一个孩子连选朋友都要加上那么多限制词时，他们的心在不知不觉中已没有那么纯净了，一些功利的东西悄悄潜入，并替代了原有的天性，这个时候，一切都开始变得有点复杂起来了。而当孩子独有的天真无邪被销蚀时，还会可爱吗？我多想为孩子们留住这份可爱！如果真的有失去，那我希望我们拍摄的电影能帮孩子把失去的可爱找回来。我想对所有的孩子们说，不要让外面的硝烟熏迷了你，愿你的眼睛是清澈的，愿你的心是透明的湖。

二〇〇八年八月

最快乐的一天

八月二日，一早，我就打电话给少儿电视节目主持人小荷，询问有关四川地震灾区都江堰的孩子来上海参加"情系四川，爱满浦江"二〇〇八阳光爱心夏令营的情况。这个夏令营活动是由哈哈少儿频道发起的，而小荷则是项目负责人。她告诉我，孩子们明天就要回去了。我说，我想去看看他们呢。小荷说，孩子们今天白天在各区县参观，要到晚上才能回到营地东方绿舟。我说，那我就晚上去看他们，给他们送些书。细心的小荷关照道，有两百个孩子呢，要带足哦。

　　我决定给每个孩子送三本一套的我自己写的童书《海贝贝》。于是，全家人都开始忙碌起来，先是成套拼书，然后进行捆扎。当六百本书齐齐列阵在客厅的地板上时，显得蔚为壮观。这时，我忽然想，要不再叫上几位儿童文学作家吧，他们对四川灾区的孩子同样充满了关爱，而且他们也有自己写的或编的书，同样可以送给孩子们。

　　我一个个打电话过去。女作家郁雨君立即响应，说要放下手头的写作去看望孩子，还说把她先生也拉上，让他充当我们的"车夫"。郁雨君前些天刚刚捐赠了一大箱自己的著作给灾区，并且在每一本书上都写了祝福与勉励的话语。作家刘保法正在外面办事，接到电话后，他中断了事务，当即返回家中去准备送给孩子们的书籍。我打电话过去时，中国福利会出版社副总编辑陈苏刚走进厨房，她说平日里很少给先生烧饭做菜的，难得休息，所以原本今天想显显身手的，但现在只能又对先生说抱歉了，她得赶回出版社去整理一下图书、学习用品等等。这些作家朋友的义举让我非常感动。

　　按照约定的时间，下午三点，郁雨君和她先生开着车从浦东大老远地过来接我。我打开后车厢放书时，发现里面已经塞得满满的了。接着，我们去接刘保法，当他把书搬运上来后，不要说后车厢，就连前面的车厢都装满了。然后,我们再去接陈苏,她早已将书籍、学习用品等准备好,在中福会出版社门口等着了。她连连说,时间太紧,又是周末,不能准备更多的礼物了。可我们知道,当这些礼物搬上车来后,肯定连搁脚的地方都没有了。此时,已是傍晚时分。离预想的到达东方绿舟的时间还有两个小时呢,于是,我们决定先行聚餐。说实在的,我们这些朋友,平日里虽时常在电话里嚷嚷说要见面,但因为彼此都忙,其实鲜少有机会相聚,好几次试着要安排,到最后却都没能拢到一起。可今天,为了同一个心愿,我们说聚就聚了,这倒真要感谢来自灾区的孩子们。简简短短的晚餐却让我们很是高兴,我们聊着继续支援灾区的话题,原来大家都有不少计划呢,陈苏正在做有关抗震救灾的新书出版选题,郁雨君在酝酿以地震为背景的小说,刘保法和我都打算等机会去灾区做灾后重建的深度报道。我想,我们没有别的本事,只能以这样的方式参与抗震救灾了。

晚上六点,我们从市区出发去东方绿舟,车子开得非常轻快,不到一小时就到了。参加夏令营的都江堰的孩子陆陆续续地从各处回来了,由于第二天早上就要坐飞机离开上海,所以营里的老师和志愿者在催促孩子们早些就寝。虽然我们想和同学们多聊聊,虽然孩子们见我们送礼物去也都很兴奋,可我们还是决定不打扰他们了。志愿者协助我们将书、学习用品从车上搬下,然后分成两百份,按小组派发。我们站在楼道里,站在寝室门外,目睹一摞摞书一摞摞学习用品送到了孩子们的手中,看到许多孩子一拿到书就迫不及待地阅读起来,看到他们脸上绽放的灿烂微笑,我们感到无比的欣慰。回程途中,我们响亮的笑声洒了一路,我们笑得那么开心,这真的是最快乐的一天了,因为我们出于共同的心愿而相聚在了一起,因为我们亲眼看到了来自灾区的孩子,并且将自己的一份关爱和祝福直接送给了他们。

二〇〇八年八月

先人的星光

半年多来,每天深夜,我都会转化状态,从忙碌喧闹中完全抽出身来,面对浩瀚的星空,静静地回到过去的时光。

我在写一本书,写上海的少年儿童报刊史。其实,许多人都不理解,如今写作是以畅销论英雄的,倾这样的精力和辛劳,有多少人会看呢。但我不这么认为,我想,今天已成为我们生活一部分的报纸杂志,其实是先人们一步步艰难地从无到有地开创出来的,他们甚至付出了鲜血和生命。我们今天尽可以心安理得地看报读刊,享受文明的成果，但是，总要有些人用些时间来梳理一下历史，缅怀先人的努力，这是人类文明赖以传承的一种基础。回溯过去，能让我们更清晰地看清未来，并为未来去谋划去工作，而缅怀先人其实正是勉励自己。

今天，上海出版的少年儿童报刊即使在全国都能拔得头筹的，我们无法想象，我们的孩子可以没有属于自己的报纸和杂志。可是，在一八七五年《小孩月报》诞生之前，上海的确没有一份专门以少年儿童为对象的报刊。近现代历史上，那些为中华民族的复兴而奋斗的仁人志士，无一不将为孩子创办报刊视为己任，因为他们明白为孩子就是为未来。梁启超、章太炎、王国维、李大钊、蔡元培、宋庆龄、黄炎培、史量才、陶行知、夏丏尊、施蛰存、陈鹤琴……这些中国近现代史上的煌煌巨星，都曾在上海办过少年儿童报刊。维新运动时期，梁启超参与创办了中国人自办的第一份少年儿童期刊《蒙学报》；蔡元培、章太炎创办的我国最早的少年儿童报纸《童子世界》则发出了辛亥革命的先声。现在，上海最为著名的《小朋友》《儿童时代》《少年文艺》三本杂志都是宋庆龄题写的刊名。我在读宋庆龄一九五三年为《少年文艺》创刊号写的发刊词时，那种发自内心的热情让我为之动容："这里将盛开着和平的花朵，健康的、乐观的少年们在这里游玩，他们从这里增加了克服困难的勇气，并且准备着为了保卫和平、建设美好的未来贡献所有的力量。"

上海一百三十多年的少年儿童报刊史上，留下了众多编辑家、出版家的名字。他们中有主编《少年杂志》的孙毓修，茅盾称他为"中国童话的开山祖师"；有主持五四运动时期影响广泛的著名刊物《学生杂志》的张元济；有创办《儿童世界》的郑振铎，他发起了现代文学史上第一次"儿童文学运动"；有为《小朋友》披荆斩棘一路走到今天的三任主编黎锦晖、吴翰云和陈伯吹；有主编《儿童文学》的复旦大学新闻系创始人谢六逸；有被誉为在少年读者心中点亮了一盏灯火的《中学生》主编叶圣陶；有创办《新学生》的新文化运动的先驱之一汪馥泉；有散尽万金、执着于出版事业而穷困潦倒的创办《时代少年》的新月派诗人邵洵美；有在《儿童日报》上发出抗日吼声的总编辑何公超；有在《少年画报》上刊出极具震撼力的绥远抗战写真的徐应昶；有创办抗战中的儿童文学支柱的《好孩子》的方明；有主编《少年读物》的陆蠡，他在该刊遭侵华日军禁印时，坚持编辑完巴金发自广州前线的战时通讯并出版终刊号，他在《编后》中壮怀激烈地写道："我们怀念那高擎着火炬的八万同胞和巴金先生，遥祝他们的平安和胜利"，最后他被日本宪兵队杀害，年仅三十四岁；有在新中国成立前夕推出共产党上海地下组织创办的《新少年报》的蒋文焕；有编辑《儿童故事》的中国儿童读物作者联谊会会员仇重，他在一九五七年被错划为右派后从此失踪……

天文学知识告诉我们，今天我们看见的星光，有的甚至是从数亿年前就陨落的星球发出来的，因为离地球很远，所以才刚刚到达，让我们看见它耀眼的星光。我想，其实我们都沐浴在先人的星光下，没有他们，那夜空会很黑暗，而黑暗的夜空是可怕的。尽管时间的流水慢慢消磨掉了他们的名字，人们甚至不再记得他们，但他们的努力已经铸就人类文明的璀璨星光，永远闪耀在夜空中，照亮着我们。让我们谨记先人的功业，同时也作出今天的努力。每一代人的努力都是值得的，都在为后人增添星光，即便最终默默无闻。

二〇〇九年四月

《汤头歌诀》

对我来说，《汤头歌诀》是一本非常特别的书。

我很小的时候，就看见父亲常常把这本书捧在手里，念念有词。我问父亲，这是唐诗宋词吗？他说不是。我又问他，这是一本小说吗？他还是说不是。我很好奇，我想，以后等我识了字，也要看看，这究竟是一本什么书，会令父亲如此着迷。在我识字之后，我真就去看了。草草翻过后，我大失所望地跟父亲说，原来这是一本用七言诗写成的中药药方书。父亲看看我,摇着头说,不单单是这样啊。

后来,我知道,父亲因为家境贫穷,从未上过学堂,十二三岁的时候,他独自离开家乡,在苏州一家中药铺里学生意。他很聪明,在做勤杂工的同时,开始偷偷地学习识字,而课本就是药铺里那位郎中手不释卷的《汤头歌诀》。在不长的时间里,父亲不但全本背下了这本书,还由此识了字,以后,他又把书抄了一遍,学会了书写,练得一手好字。那位郎中惊讶不已,之后索性在接诊时让父亲帮他抄方子。此时,我有点明白为什么父亲对《汤头歌诀》情有独钟了。

但在我看来,不管怎样,这终究是一部医书,没有多少可嚼的。再说,父亲现在是在厂里做车工,这书也派不上什么用场。对我的不以为然,父亲只是说,你现在是看不懂的。我不记得自己是怎么个稀里糊涂,反正我后来把父亲的《汤头歌诀》给弄丢了。父亲只责备了我几句,随后是长长的不舍的叹息。

那时,离我们家不远处有个中药店,里面的橱柜没有门,都是一只只抽屉。店里的生意很清淡,不忙的时候,那个穿着藏青布衫的上了点年纪的老店员就坐到柜台后面看书。记得那是初夏的时候,蝉声刚起。一天,我走进药店,摸出两只晒干了的鸡肫皮,要求换钱。那位老店员给了我六分钱,但我没有走,怯怯地问:"能不能多给我两分钱，因为我想去买本连环画小人书，要八分钱呢。"他想了想，从自己的口袋里摸出两分钱来。他微笑着问我爱看哪些书，我跟他说了，然后我反问他。只见他拿起桌上的一本书来。我立刻笑了——那本书是《汤头歌诀》。老店员显得莫名其妙，问我为什么笑。我说："我父亲也喜欢这本书，跟你一样常常捧在手里念念有词。"他很惊讶，问我的父亲是做中医的吗，又问我看过这本书没有。我摇了摇头，说我父亲是个车工，说我自己不喜欢这种书。他连连说，怎么会不喜欢呢，一定是因为不熟悉那些中药罢了。说着，他拉开一只盛药的抽屉，教我认当归、远志、车前草……我有点心不在焉，只觉得在他拉动抽屉的时候，弥散着浓浓药香的空气抖动起来。我离开时，他对我说："你现在可能看不懂，但以后会看懂的，这书可有学问呢。"这话跟我父亲说的几乎一样。

后来，我父亲去世了；后来，那家中药店迁走了。

许多年之后，我自己也买来了《汤头歌诀》。这次，我认认真真地读了一遍，终于恍然大悟，我明白父亲和那位老店员当年对我说的话了，我想我终于看懂这本书了。这岂止是一本药书，真是博大精深，乃至每一个汤名都意味深长，四君子汤、六和汤、养心汤……字里行间有着朴素而深刻的做人的道理，有着洞察世界的哲学的睿智。现在，我也爱上这本书了。前些天，我又翻出《汤头歌诀》，看着看着，不由得大声朗读起书中的《序》来："不以病名病，而以药名病，明乎因病施药，以药合证，而后用之，岂苟然而已哉！今人不辨症候，不用汤头，率意任情，治无成法，是犹制器而废准绳，行阵而弃行列，欲以已病却疾，不亦难乎？"

"汤头歌诀"，实乃人生世事之歌诀也。

二〇一〇年三月

从《为少年轻唱》说开去

那天，我邻居家的男孩见到我时说："我正在做语文功课，是你的那篇课文呢。"我便问他，是哪一篇，他告诉我是《为少年轻唱》。我听后很是惊讶，倒不是因为自己有文章入选教科书，而是因为我没想到语文教材的改革力度已经如此之大——在我看来，这不单单是选编文本的与时俱进，更重要的是我真实地感受到了语文教学界观念的变化。要知道，如果由我来编写语文教科书，我可能会对选收这样一篇文章犹豫再三。

这就要说到《为少年轻唱》这篇文章的写作由来。二十世纪九十年代以来，我的写作更多地倾斜于儿童文学，我写过各种体裁的有关少年儿童的文学作品，有一阵还在《少年文艺》杂志主持过与读者交流的"简平连线"栏目,由此结识了许多少年儿童读者朋友。他们在与我交流时,常常会向我倾诉心里的烦恼事儿。有一位男孩对我说,很多同学都非常讨厌开家长会,因为会上老师经常会向家长"控诉"孩子们的种种不是。有一位女孩告诉我,一天,几个调皮的男同学抓了只野猫并带进了教室,结果被任课老师发现了,那位老师竟然当着所有学生的面,把野猫从三楼的窗口扔了下去。还有一位女孩则写信给我,说自己因为脸部有疤痕,内心很自卑,同学们也很少理会她,有一阵生病住院,她很想念同学们,可没有一个同学去探望过她。听着孩子们的讲述,我心里非常不安,我想写一篇文章,表达我对他们的关切,敦促师生之间进行平等的交流和沟通,也希望孩子们对自己也对他人有新的发现和认识。当然,我可以写慷慨激昂的杂文,可以写故事圆通的小说,但我最后选择了写一篇散文诗。为什么呢?因为我不希望说得太过直白,太过显露,我不愿让孩子们感觉我对他们有一点点的说教,乃至一点点的距离。我相信孩子们具有天生的内在的悟性,我相信孩子们更能感受纯洁和真诚。我希望他们可以在充满诗意的文字中得到更多的温暖,更多的感悟,更多的共鸣,也借此不动声色地反衬出那些不美好的东西的鄙陋。

　　说实话,这样的写作动机"暗藏"着我的良苦用心,也暗藏着我对现实教育弊端的批判和诘责,因此,这样的文章能够入选课文，当然令我惊讶了。我因此非常直接地感受到了至少语文教学界现时的警醒和对过往的超越，体现出对学生的尊重，对教育本质的新认识，对语文教学的新思维。这是非常难能可贵的，其意义已经超出了编写教科书本身，这使我不由得对编写者们肃然起敬。

再回到那天我和邻居家的男孩遇见时的情景。男孩居然要我就这篇课文的一道习题帮他解答一下，他说他觉得说不清楚。说实话，我看过习题后，的确感到有点难，因为似乎规定了只能有一解，但在我看来，其实二解三解甚至更多解也没有什么关系。本来读文章就是每个人都可以读出他自己所理解的，这便是所谓的"仁者见仁，智者见智"。好在我很赞赏以前的"练习题"现在已改成了"学习建议"，这样的改变真好，既合乎学生的接受心理，也合乎语文学习与文学欣赏的自身规律；建议是灵活的、可选择的，而不是强求的、不可选择的。就我自己的这篇《为少年轻唱》而言，我希望的是读者读了作品后会有心灵深处的触动，会有自己内心的对话和问答，所以，我想象中最好的境界是读完之后的静默，并在这个沉静凝思的时刻，感受到拂面而来的和风细雨，随后听到来自心底的共鸣的声音，一切足矣。

由此，我想到一个总是让我觉得尴尬的话题，那便是"作家搞创作和语文的教与学是两码事"。连我自己的孩子都拒绝我的"语文指导"："按你说的，那我做阅读分析题和写作文肯定都要不及格的。你做阅读分析是随感随悟,你写文章是随心所欲,可对我们来说,那是不被允许的!"所以,我很尴尬。我的一位好友是资深的语文教师,她说她也很尴尬:"我平时读到一篇好文章真是一种享受,可如果这篇文章一到了课堂上,连我自己都感觉不到这种享受了。"是啊,一篇文章,若把它全部拆解,从主题思想、写作技巧直到用词用句,如此琐细地一一分析,犹如将一只漂亮的小狗开膛剖肚,还有什么美感可言呢?或许,这样说有点夸张,也属"外行之言",但是,我非常欣赏目前刚在法国中小学推广的"让朴素认知进课堂"的新教学法。这是一种致力于调和学生在学习中逻辑与直觉之间矛盾的教学法。学生们通常会首先通过自己对世界的认知来接受或理解知识,但这些朴素认知也会妨碍他们获取科学的客观认知,因此,以往的教学便不管不顾地将这种朴素认知从一开始就排斥在课堂之外。然而,事实上,朴素认知是客观认知的起点,应该得到最充分的尊重。就语文教学来说,我认为更应是这样,知识点(即客观认知)当然是需要的,但是自由的阅读和欣赏(即朴素认知)应首先得到肯定,然后在愉悦的文学(广义的)审美中进行引导和提升,从而于感动、共鸣中获得知识,获得认识。

二〇一〇年三月

说疼痛

写下这个标题的时候,我正疼痛难忍,只有我自己相信,要是不遂着心愿写下来,那我或许会从此投笔从"病"。

简直是莫名其妙,这疼痛是说来就来的,毫无征兆。二〇〇九年十月里一个平常的早晨,当我醒来时,发现脖子有些僵硬,便下意识地用手摸了摸,这下可不得了,钻心的疼痛像霹雳一般滚过脖颈,并迅速向双肩、后背放射开去,用一个最贴切的形容,便是像被刀背砍了一样。我记不起来夜里是否做过尼罗河上的惨案之类的噩梦,但真切的恶果却以疼痛的方式留在了梦醒时分。我咬紧牙关,心想,再怎么着也要忍,忍上一天,大不了忍上一周,一切就会烟消云散。但我严重失算了,这疼痛竟然此情绵绵无绝意,延续至今,一点都看不到尽头。这么长的时间里,疼痛每天与我相伴,如果仅是疼痛也罢了,可为虎作伥的还有头晕目眩,恶心呕吐,胸闷心悸,整天人都恍恍惚惚的,担心不知什么时候自己便会昏厥过去。

毫不夸张地说,疼痛把我原先的生活都打碎了。以前,我是那样的活力四射,神采奕奕,现在呢,满头白发,一脸憔悴,人蔫蔫苶苶的,成了名副其实的"小老头";以前,我是精力充沛,多面出击,现在,却是做一件事都战战兢兢,倒不全是江郎才尽,而是缺血缺氧弄得脑袋瓜七晕八转;以前,我那么喜欢四处游走,满世界逛荡,可现在,连门都不敢出,生怕透不过气来时,一脚踏空。我变得沉默寡言了,变得消极低沉了,变得抑郁忧愁了,我拒绝聚会,拒绝出游,甚至拒绝美食。历经一次次的治疗却又一次次的失败后,紧紧缠绕我的是深深的绝望。

更为痛苦的是,周围的亲朋好友一开始听到我说疼痛难忍时,也表现得疼痛异常,让我觉得很受用,原来有那么多的人痛着我的痛呢。但时日一久,发现他们貌似已习以为常,不再与我疼痛与共了,心里就像坛坛罐罐里的油盐酱醋统统打翻了一般。朋友好心劝慰我说,你放轻松点,想些愉快的事情,说不定就不那么痛了。我不耐烦地回道:"谁不放轻松了?痛成这样还会有愉快?你真以为可以痛并快乐着啊?"咄咄逼人的样子,让人家不痛也痛了。

好在我这人承受能力比较差,每当疼痛难忍之际,便会忍不住嗷嗷叫出来,如同我们时常动员别人"眼泪不是罪"、"痛要说出来"、哭吧哭吧会减轻痛苦一样,叫出来就好过了一些。只是我到疼痛门诊报到过以后,发现竟有那么多的"同志军",且其中的中坚分子越来越多地由我等日薄西山之老朽变为正当年轻有为之新秀,而且还发现他们中的大多数人竟是疼痛至死也不叫唤一声,因为害怕失去工作、失去岗位,并由此失去更多……他们平日里咬破嘴唇地忍着、撑着,只有到了双休日,才悄悄地去看疼痛门诊，或者去找形形色色的江湖郎中，什么药都敢往嘴里灌，什么针都敢往肉里扎。这般的痛苦有多少人会理解、会感同身受？

这些天，我晕晕乎乎地在看一本叫《疾痛的故事》的书。作者是个叫阿瑟·克勒曼的美国哈佛大学人类学系主任、医学人类学家，因为数十年一直与长期忍受慢性疼痛的人打交道，又心怀热情和仁慈，所以我觉得他写得很亲切，只是我身为疼痛患者却对疼痛这个专业领域全然陌生。我懵懵懂懂地读出了两点：一是疼痛患者很了不起，因为你的疼痛蕴含着巨大的、丰富的人生价值、文化价值和社会价值，甚至还有相当的诗意，架起了一座衔接身体、自我与社会的桥梁；二是临床医护人员要对疼痛患者慢慢灌输或点燃希望，还要设身处地地倾听，对患者的喊疼叫痛开展转译和诠释工作，并与患者一起协商治疗方案，讨价还价也行。

二〇一〇年八月

网上买旧书

网上买新书很方便，没想到，网上买旧书同样方便。我在网上买的第一本旧书是《少年英雄》。那时，我在做一项研究,想了解抗战前后很活跃的少年出版社的情况,当然也想亲眼看到该社出版的图书。说实话,我去网上搜寻时,并不抱什么希望,甚至觉得很茫然。但很快就有了收获,苏苏编写的《少年英雄》跳到我的眼前,卖主、价格、如何付款和送达、联系方式,信息一应俱全。几天后,我就收到了邮寄来的图书,卖主将书套在两层塑料袋中,这样的细心、周到给我留下很好的印象,以致心血来潮,决定索性把想要买的一些旧书都从网上买回来。

于是,久违了的热闹景象重又出现了,隔三岔五,就有挂号邮件从全国各地寄来,东有哈尔滨,西有兰州,南有深圳,北有呼和浩特,中有郑州……很长时间了,我几乎不再有过从邮局而来的挂号邮件(以前常常有邮递员在我家门口大声呼喊:"挂号信,敲图章!"),许多年之后,如今,我又开始每天盼着从四面八方通过邮局寄来的邮件了。

网上的旧书卖主大多很诚信,标明书的品相,并以此定价。那次,我购买《胡风三十万言书》,卖主言明系九五品,价格为二十元,我付款后在网上给卖主留了言,说我急着用书,希望他收款后尽快把书寄来。不日,我看到卖主给我的回复,一方面告知我书已寄出,一方面对书里有些划痕表示歉意。他说他原本有两本书,寄我的这本是他自留的,因另一本没有找到,而我又急着用,所以他把自留的那本给我寄来了;他说如果我不满意,可以全额退款，而他现在先给我退回十元钱，我可以用好后把书寄还他。后来，我在书中看到卖主在读绿原先生为此书写的前言时，用红笔作了不少勾划，还写了一些眉批，倒是觉得有一种莫名的亲切感。不过，我买的那本《黄河边的中国》，卖主标明是"八成品相"，其实最多只能算五品，封面破损不堪，虽然用胶带缝缝补补，可还是缺了好大一只角。我拿到书时有些不快，但看到上面有"濮阳市图书馆藏书"的印章，想到我喜欢的这本书曾有那么多人借阅，以致被翻烂成这样，便释怀了。

网上买旧书也会生出故事来。我在网上购买《风云侧记》时，看到有几个卖主，其中一个很特别，因为他的那本是签名本。我详细询问了卖主，得知这本书原是作者题签后送给一位朋友的，现在兜了几圈后到了他的手上。这本书的作者袁鹰先生是我敬重的前辈，我不想这样一本签名书继续兜转，没有归宿，所以尽管价格不菲，比起其他几本来跳了几个级数，但我还是买了下来。那次，我去北京出差时，心想何不带上这本书去探望一下袁先生呢？这样，一本从网上买来的旧书促成了我和袁先生的第一次见面。袁先生听完我说的这本书的来历后，欣然提笔，在先前的题签边续写道："此书转了一圈后，到了您手里，有缘也。"

当然，网上买旧书也有不愉快的经历。比如，《光荣与梦想》送到我这里的时候，正值连日大雨，由于包装不

书魅文丛·漂流书
漂流梦

52

严,导致全书浸水,精装本的硬面外封都脱落了,我用电吹风整整吹了三个小时才算烘干。又比如,我收到一封电子邮件,发信人称有我所需的一本《文汇月刊》。我是这本期刊的忠实订户,可不知怎么的,在其终刊时我发现独独缺了一九八八年第八期那本。我很想补全,于是在网上发了条寻觅信息。那封电子邮件让我很是欣喜,我立马按照卖主所说的价钱,把书款和邮费打到了他所提供的银行账号上,可对方从此却杳无音讯。我写电子邮件过去询问,结果被以"对方将发件人列入黑名单拒绝接收"退了回来,这才想到碰上骗子了。

二〇一〇年十一月

我的"第二图书馆"

福州路上的上海旧书店,曾经是我的"第二图书馆"。

二十世纪七十年代末,是我求知欲最为旺盛的时候。那时,虽然已经恢复高考,但一条禁令却让我无法实现我的大学梦。那条禁令规定,技工学校的在校生不得参加高考,即使毕业了,两年内也不得报考。我是"文化大革命"尚未结束时被分配进区属房管局技校读书的,其实并没有几门课程,主要就是学做木工。两年后毕业,又被分配进了一家房管所。那时,主要是把居民新村里原有的台硌路升级换代成水泥路,所以木工活也基本没有,大多是帮泥水匠拎泥桶了。当时,我"身在曹营心在汉",时时关注着大学里的消息。其时,"文化大革命"结束后刚刚踏入大学校园的学生们,也正在如饥似渴地疯狂读书。可是,他们有课堂,有图书馆,有手不释卷的时间,而我呢,得一天八小时干苦活累活,既没有可以齐聚一堂热烈讨论的同学,也没有替我解惑授道的老师。幸好,还有公共图书馆。

那时,我去得最多的是上海图书馆。彼时的上图还在南京路上,毗邻人民公园。虽说作为图书馆,这座建于二十世纪三十年代的新古典主义的欧式楼宇,让读书的氛围显得过于凝重,但却与那个时代人们对读书的庄严感是一致的。那时候,每个星期是六个工作日,只有一天休息,我便常常在星期天一早起来,而后骑一个小时自行车,从上海的东北角一路越过苏州河,经外滩从南京路到达图书馆,然后一整天泡在那里,晚上临走时借一本书回家。因为每次只能借一本书,所以对求知欲旺盛的我来说,那实在是杯水车薪。那天,我骑车去上图时,临时变了个线路,想从福州路穿过人民广场。结果,我在上海旧书店门口停住了车——我没想到,原来,这里也可以外借图书。

我至今记得,图书外借处设在书店底层的右首,进了门便是。管理外借图书的是一位五十开外的妇女，个子不高，清清瘦瘦的，留着那种最普通的齐耳短发。她说话轻柔，给人特别的亲切感。后来，我注意到，她的两个手臂上总是套着一副深蓝色的护袖。我好奇地用当时通行的称呼问她："同志，可以外借的书在哪里呢？"她微笑着回答我，所有货架上出售的图书都是可以外借的，她还说她也可以帮我推荐一些书。不一会，她就抱了一摞书来让我自己挑选。这可比我在图书馆总是拉开深深长长的抽屉，一张一张翻着卡片找书既直观又直接多了。直到今天，我还清晰地记得，我在那里借的第一本书是《爱因斯坦文集》第三卷。从那以后，上海旧书店便成了我的"第二图书馆"。

有一次，我扭伤了脚，只能乘公共汽车去书店借书，当我崴着脚拐进店里时，那位女管理员见状迎了上来，关心地问我情况，那次，她破例一下子借了三本书给我。可是，不久之后，书店的外借业务取消了。我最后一次去还书时，女管理员没有像往常一样跟我聊天，她只是一直把我送到店门口，最后，微笑着向我挥手道别。那一瞬间，我突然对她大声地叫了一声"师傅"，那个时候，"师傅"等同于今天叫"老师"。我至今一直为这声称呼而宽慰，但我始终没有问过她的姓名，总归是个遗憾。

二〇一一年二月

灯下的月光

我总以灯下的月光来指代自己的阅读。

小时候,每天吃过晚饭后,外婆就会把饭桌擦得干干净净,随后,打开台灯,于是,我就和两个妹妹各坐饭桌的一边开始看书。那时候,我家只有一间屋子,饭桌就是书桌,摆放在朝西的窗下,一边紧靠着墙面,这样,台灯就可以固定地搁在桌上。因为那台灯也紧靠着窗台,所以就像是从天上撒进来的月光。

这是留在我脑海里的童年最温暖的记忆。

其实,我相信,所有的孩子都在等待夜晚来临。夜晚来了,月亮就会升起来,妈妈就会打开台灯,和孩子坐到灯下,一起读美丽的童话故事。这本身就如同童话般美丽。台灯下是一片橙黄的光,那是窗外的月亮撒下来的,月光把孩子们一个个接到迷人的书里去。这是我们人生漫步的开始。我们扬起红帆前往金银岛,与卖火柴的女孩和木木相遇,加入铁木儿和他的队伍,循着绿野仙踪,去探访大座钟的秘密……善良、勇敢就这样通过阅读注入了我们的血液,由此将我们带往未来的日子。

我想,如果这是一幅真实的图景,那么,我们的孩子就会成长得特别健康。然而,这仅仅是我的一种憧憬,一份期待，其中掺和着许多的无奈。

刘易斯·布兹比在《书店的灯光》里写道："记住一本书是记住读这本书的那个孩子。……看到一本儿时的旧书，深深地闻一下它的气息，刹那间你也成了活生生的普鲁斯特。"童年的阅读是至关重要的，童年美妙的阅读体验会影响到一个人的一生，它是一个人阅读经历的起点，不但能激发求知的渴望，并可因此形成观点，形成习惯，继续阅读。

我无法理解，孩子的读书生活原本是包含了阅读的，但是，现实恰恰是一个悖论，阅读已经被繁重的课业给无情地挤走了。孩子们每天在读书，但却没有时间阅读，即便语文课本中也有不少的美文，但那种宁静的倾向于内心的没有功利的阅读却不复存在了。教学将美文的阅读享受淹没了，一篇文章，若把它全部拆解，从主题思想、写作技巧直到用词用句，如此琐细地一一分析，犹如将一只漂亮的小狗开膛剖肚，还有什么美感可言呢？

这真是非常的可惜，倘若一个人在童年没能建立起阅读的品性，那么，对于以后长长的人生来说，是缺了一个很大的勾连之环的。这个勾联之环在前边是童年重要的记忆，在后边则是生命质素重要的延续和补充。阅读是帮助成长、提升人生的动力。阅读的丧失，不单单是不读书而已，那是进步的丧失，是幸福感的丧失，是内心世界支撑的丧失。

如今，我早已长大，但我每天还是在等待夜晚来临。晚饭后，是我独处的时间，我会坐到书桌前，打开台灯，开始阅读。我已有了自己的书房，书桌上，是一本本我正在看的书，我的身后，是一排顶天立地的书柜，里面有我看过或者等待我去看的书。这时候的我，总是格外地惬意，心里有一种充实的感觉，也有一种富足的感觉。这是真实的拥有、真实的财富。

我同样相信，许多的成人跟我一样，也在等待夜晚来临。夜晚来了，月亮就会升起来，他们就会打开台灯，坐到灯下，捧起一本夹着书签的没有看完的书，继续读下去。其实，每个人都有不同的阅读需求，不可强求他人必须看点什么，但总有一本书可以为他带来启迪，带来宽慰，带来快乐。

如今，密集的信息已经蚕食了我们全部的空间，无穷的压力带给我们紧张、焦虑和从未有过的孤独和疏离。要想摆脱这困扰，唯有开拓内心的空间，而阅读正是开拓的爬犁。阅读帮我们拓展出一方只属于自己的天地，让自己每天都有舒缓的一刻；同时，阅读也填补了我们心灵的空白。

这是多么美好的时刻——灯下的光笼罩着我们，那是灯下的月光，清幽、宁和、温暖，像是一条纯净的月亮河，把白天的喧嚣、嘈杂、纷繁阻隔在了另外的一边。

我们的生命里需要这样一片灯下的月光。

我想，或许，要不了多久，杞人忧天的事情真会到来：纸质的图书消失，成为过去的一页历史。但是，我坚信，阅读依旧会存在，阅读不会消失，只不过换了另一种方式；而且，阅读的人只会越来越多，阅读的形式只会越来越丰富。

千年万年，月光依旧。

万年千年，不论是孩子还是成人，都始终等待着夜晚来临，等待着灯下的月光铺洒开来，带他们走进阅读的世界，而后，走向更远的地方。

二〇一一年四月

为了陈伯吹先生的嘱托

今天，对我来说，是个倍感荣幸的日子，首次设立的陈伯吹儿童文学奖特别奖授予了我和我撰写的《上海少年儿童报刊简史》(以下称《简史》)。在这个时刻，与其说我完成了一部带有填补空白意义的研究性专著，不如真切地说，我完成了陈伯吹先生对我的一份嘱托。

说到《简史》这部书稿的缘起，要追溯到一九九五年的夏天。当时，因为我任职的地方离儿童文学泰斗陈伯吹先生在上海南昌路的住家很近，所以，我多次登门去拜访他。陈伯吹先生跟我谈起，他一直有个心愿，希望有人能写一部上海儿童文学史。他说，上海向来是中国儿童文学的重镇，如果有一部这方面的专著，对于上海乃至全国儿童文学的进一步发展将会起到很大的作用。这是一位年届九旬、一生都孜孜不倦从事儿童文学的老人，在人生的最后阶段对中国儿童文学事业的高瞻远瞩。我对陈伯吹先生说，因我一直在做新闻和报刊出版工作，现在倒生出了一个想法，能不能考虑先写一部上海少年儿童报刊史，借此也可以从一个方面梳理一下上海儿童文学的发展脉络。没想到，陈伯吹先生听后非常赞同。他说，中国儿童文学正是从上海发源的，而少年儿童报刊起到了不可替代的直接的推动作用，没有少年儿童报刊的支撑，中国儿童文学的发展是难以想象的，像叶圣陶先生和他自己都曾亲自编过少儿刊物。陈伯吹先生问我，那你能不能把这件事情做起来呢？他的问话与他的为人一样是温和的，但我一下子感到了千钧分量。我犹豫着说，自己才疏识浅，真的怕担不起如此的重任。陈伯吹先生还是很和蔼地说，不急，再想一想好了，但我觉得你又做过报纸又做过杂志，对儿童文学界也熟悉，应该可以做起来的。

仅仅过了两年，陈伯吹先生就去世了，每当想到他对我的信任和嘱托，心里总是沉甸甸的，再想到陈伯吹先生的愿望要是落了空，对我而言会是挥之不去的内疚。在陈伯吹先生的纪念会上，同样年届九旬的儿童文学前辈作家、编辑家孙毅先生大声呼吁："我们纪念陈伯老，要拿出实际的行动来，要真正有人站出来响应陈伯老的倡议，写出一部上海儿童文学史来。"孙毅先生说得慷慨激昂、情真意切，反衬出我们总是显得有些漫不经心，仿佛来日方长，这让我感到羞愧。在相当长的资料和思考的准备之后，二〇〇八年十月，我终于感到我可以动笔写了。于是，从那时起，每天再忙，夜深人静的时候，我也总是要坐到电脑前，让自己转换状态，从现实中抽身出来，穿越时空，回到历史中。神奇的是，我时常会产生在历史的隧道中疾行的感觉。而且，我的眼前总时不时地会出现陈伯吹先生的身影，他像是在默默地鼓励我，关心我，带领我克服一切困难向前走。

说实话，没有陈伯吹先生，就没有《简史》这本著作，所以，我今天得到的荣誉完全应该归于陈伯吹先生。

在写作《简史》的过程中，越是到后来，我越是觉得这已经不是一本书了，而是对历史的肃然敬重，是在前人用热情乃至鲜血凝成的光荣中对少年儿童出版事业、儿童文学事业的自觉承继和责任担当。一百多年的上海少年儿童报刊史，这是一个需要巨人也产生了巨人的时代。为了孩子，为了少年儿童报刊事业，为了儿童文学事业，也为了祖国和人类的未来，一百多年来，众多仁人志士前仆后继地努力奋斗，甚至付出了鲜血和生命。我常常想，为什么如今的少年儿童报刊数量繁多，品种丰富，但却出现了人文精神缺失等一系列的问题？有些少儿报刊，看上去色彩鲜艳，夺人眼球，但其内容、编排的设置却没有以儿童为本位，没有为儿童着想，不符合孩童的年龄特征和接受心理，远离他们的真实生活和切实需求，缺乏童趣，缺乏亲和力，因而无法与少儿读者产生呼应和共鸣。我们一直以为，五四新文化运动都过去九十多年了，先进的儿童观早已得到确立，但事实证明，即使在少儿报刊出版和儿童文学创作领域，正确的儿童观也尚未得到深刻的理解和切实的实践。在写作《简史》的过程中，我始终强烈地感受到先进儿童观的完全确立还任重而道远。

《小朋友》的创办者黎锦晖先生也许不会想到，《小朋友》这本杂志在一九二二年四月一经站起，竟会走得那么遥远，一直走到了二十一世纪的今天，成为中国报刊史上迄今发行时间最长、历史最悠久的一本期刊。从黎锦晖先生到吴翰云先生到陈伯吹先生，《小朋友》的三任主编都切实从儿童立场出发，使刊物能尊重儿童读者，合乎儿童心理特征中的活动性、模仿欲和好奇心，这在今天都是具有引领意义的。我们有理由相信，今天，少儿报刊的出版者、编辑者，儿童文学的创作者、研究者，一定会继承前辈的优良传统，以厚重的担当意识、社会责任感和深广的事业心，将这份世界上最美好的事业继续下去。

一九九四年农历"大雪"的那天傍晚，我叩开了陈伯吹先生的家门。这之前，我在大街上转悠了半个多小时，为了寻觅一束盛开的康乃馨。可是后来，在跟陈伯吹先生道别的时候，老人执意不肯收下我带去的花束，他说他明天就要去北京过冬了，待他回来时，花儿就枯萎了，那怪可惜的。今天，我要在这里，为陈伯吹先生再次送上一束我心中永远盛开的康乃馨。

二〇一一年十月二十七日

我的大学

由于种种原因，我无缘踏入大学之门，朋友们劝慰我说，那就不用读了，就像高尔基的"我的大学"那样上社会大学吧。但我执拗地认为，既然接受大学教育已是现代社会的普遍要求，那还是不能放弃的。就在束手无策之际，自学考试制度推行了，这让我终于有了一圆大学梦的机会。

一九八四年十一月，我报名参加了华东师范大学汉语言文学专业的专科自学考试，共有二十一门考试课程。第一次开考，为了检验自己有没有"自学"的能力，我一口气报了四门，结果全部通过，这使我信心大增。要知道，自学考试真的就是"自学"。那时，除了规定的必读书和参考书，既没有老师讲课，也没有什么辅导班，完全靠自己用心钻研教学课本，所以悟性是十分重要的。

参加自学考试的第二年，我夏天的时候做马路工，冬天的时候做绿化工，劳动强度非常大，每天拖着疲惫的脚步回家，常常是倒头便睡。可是，总睡不踏实，因为我惦记着还没完成的当天的自学计划。于是，赶紧起来，用冷水浇面，开始挑灯苦读。那时，没有空调，夏天汗流浃背，冬天寒战连连，但是，一捧起书来，我便忘却了炎热和寒冷。最为难忘的是我的外祖母，夏夜里她会为我扇扇子、赶蚊子，冬日里则把她的铜铸的"汤婆子"冲进开水后，用布套子套好，放进我的怀里。

为了省钱，如果我已经有了相关书籍，我甚至不买规定的教科书，有的像政治经济学、哲学、中国古代文学作品选、外国文学、写作等，我照样通过了；可是，像形式逻辑我就遭遇了"滑铁卢"，因为我自己读的书和规定用书是两个不同的门派。虽说考砸了，不过自己觉得没有什么不好，因为了解了一个学科的多种学术门派。说实话，由于自学考试没有时限，因而在我心里没有急功近利的想法，反而认为能多学一点东西比考试及格更重要。所以，过了专科阶段后，有几年，我没继续参加中文专业的本科自学考试，改考法律专业了，这样的转化让我有一种学习上的自由的快乐。

待到读完法律课程,我再重新进入中文专业的本科阶段。如果说,专科阶段是"照本宣科",那本科阶段是真正需要自学者独立思考的。我选了宋词研究、《红楼梦》研究和鲁迅研究,考试非常严格,都分两轮,要是第一轮没通过,就没资格进入第二轮考试。那时候,我系统地看了许多书,而且靠自己的领悟对每一门课程进行归纳、总结,或者突出重点,或者精细分析。没有老师辅导,只有靠自己大量的阅读和认真的思考,没有任何捷径,也不存在侥幸。自学考试让我得到的最大收获就是掌握了自学的能力,而这对我的一生都有很大的帮助。

虽说自学考试靠的是自学,但我在撰写毕业论文和答辩时,却被主考学校华东师范大学"分配"了一位指导老师,那就是著名作家、文艺理论家和教育家徐中玉先生。这真是一种幸运,即使能在大学里深造,也未必有这样的荣幸。徐先生担任了十五年全国高教自学考试指导委员兼中文专业委员会主任,那时,他还是上海市作家协会主席。事实上,他完全无需事必躬亲,但是,他不图虚名,对我这样一个普通的考生亲力亲为地既热情指导,又严格要求,使我得以顺利完成论文并通过了答辩。

一九九三年十二月,经过多年跋涉,我终于取得了高等教育自学考试本科毕业证书,完成了"我的大学"。

二〇一一年十二月

心灵体操

现代人都知道,每天要运动运动,做做体操,不然各种毛病都会找上来。但你有没有想过,其实,我们的心灵每日也应该做一次体操。在这个充满焦虑的时代,心灵很容易受伤。不是吗,我们常常抱怨这抱怨那,感觉缺乏安全感,似乎没有一样东西能令人称心如意,内心里满是阴晦郁闷,焦躁不安。如果负面情绪一直积累着,便会产生一系列的负面作用,导致心灵蒙垢,内心的力量萎缩消退,内心就不会畅达而明亮了。心灵的不健康不仅会使身体容易毁坏,而且还会招致精神崩溃。所以,我们也应该重视心灵的体操。

一天中,能不能用十分钟来做一次心灵体操呢?比如,在这十分钟里,我们静下心来,想一想今天是否有过一次微笑,给予自己,也给予别人。也许今天一出门就事事不顺:好不容易挤上地铁,结果遇到故障,被困车内一刻钟;领导要求打印一份材料,可电脑里却怎么也找不到;午餐时排了好长的队,终于轮到了,偏偏想吃的菜已经卖完……真是不快活。不过,你是否想起在地铁车厢里,有一个孩子的声音让大家都会心一笑:"地铁也打瞌睡了,那就让它睡一会儿吧。"你是否想起在查找电脑里的文件时,你偶然发现了许多年前你信手写下的小小而动人的诗篇……或许,以前我们强调的追寻生命的意义太过庞大了,在这十分钟的宁静里,就让我们追寻一点活着的喜悦吧。

这样的心灵体操只需十分钟。

但是,就这十分钟,许多人都说抽不出时间来。他们情愿把每一分钟都排得满满当当,也不肯花这十分钟面对自己的内心,给自己的心灵送去一份抚慰。其实,你越是不愿面对,内心积聚的负面的东西越是会在你不提防的时候击倒你。在整个身体的构造中,心灵是摸不着看不见的,但却是个极其重要的组件,因而我们不能漠视它,不能不关心它。心灵的体操就是打开我们的内心,让它沐浴阳光,补充维生素和钙质,去除病灶,让正面的情绪激活精神,同时带动起健康的身躯。

匀出这样的十分钟真的就那么难吗?是啊。台湾作家林清玄在《星月菩提》一书中说了这样一个故事:有个人买了一架古董相机,试图用那部相机帮人拍照。拍摄前,他告诉被拍的人:"这是一百年前的照相机,曝光需要十分钟。你可以十分钟坐着不动吗?"可叹的是,居然没有一个人能做得到。他生气了,心想,难道这世界上已经没有一个人能安静地坐上十分钟吗?他找到一个朋友帮他按快门,他自己接受拍照。结果,连他自己也不能面对镜头静坐十分钟,只好把古董相机还给了古董店。

但愿我们还能找回自己内在的深沉、恒久和耐心。

二〇一一年十二月

美好的馈赠

那天，卡夫卡邀他的弟子雅诺施一块去以前的王城散步。通常，人们都是先喝一杯葡萄酒或香槟酒再去那里闲逛的。卡夫卡忽然说："可惜我们两人都不是容易满足的麻醉品消费者。我们需要更为复杂的麻醉剂。好，我们到安德烈书店去。"于是，两个灵魂深处痴迷于书的人便转道去了书店。

在那里，卡夫卡买了福楼拜的三本《日记》。卡夫卡很喜欢这套日记，他早就读过了，这回是买来送给他的朋友奥斯卡·鲍姆的。见卡夫卡身体虚弱，所以，雅诺施想帮他提书，可卡夫卡拒绝了，说那是令他陶醉的东西，不能让别人来代替自己。雅诺施不解地说，这书既然是为朋友买的，那就不是你所陶醉的，我可以帮你拿。但卡夫卡却使劲摇头："不，不！这不行！使我陶醉的正是馈赠。这是最最精心安排的陶醉。我不让别人为我服务，从而失去这种陶醉。"

我想，只有真正痴迷于书的人之间，才会感受到这是怎样一份可让彼此陶醉的美好的馈赠。

这一阵,我因动了大手术,在家里休养。虽说如今消闲解闷的玩意儿名目繁多,可我发现,最能慰藉自己的还是书籍。编辑家止庵先生在微博上说,年过五十,大概不该想将要做什么,而要想还没做什么。我还没做的一件事是——把陀思妥耶夫斯基和契诃夫的所有作品按照写作顺序重读一遍,这是我欠自己的债,应该早还才是。想想这话没错,因此,我也开始认真地安排自己的读书计划。

一天,忽然想读法国女作家弗朗索瓦丝·萨冈的《我最美好的回忆》,却是遍寻不着。正惆怅时,却很偶然地在豆瓣读书网上发现一个书友拥有此书,就按上面留着的联系方式尝试问询,不想,很快就有了回复,还说其已看过该书了,既然你想看,那就送给你吧。顿时,我心里涌过暖暖的热流。因为离书友家不算太远,于是,在那个阴霾密布的寒冷的午后,我鼓足勇气,第一次出门去"探亲访友"。我穿了两层棉袄棉裤,好不容易钻进出租车,然后,摇摇晃晃地爬上书友家的六层楼。当我从书友手中接过那本书时,觉得这是多么美好的馈赠,一瞬间,因陶醉都有些犯晕了,感觉连天色都亮了起来。

前不久,八十多岁的老作家任大星先生给我寄来了他最新出版的长篇小说《婚誓》,他还给我打了电话,告诉我他是怀着由衷的高兴一路去到邮局的,在那里过秤、包装、填写邮址，随后挂号交寄……他一边说，我一边想象着那整个美妙的过程，同时，与提着馈赠朋友的书而觉得陶醉的一路经过护城河、文策尔广场、市立公园和布莱导街的卡夫卡叠合在了一起，让我细细体会那种让生命与书相伴的特殊幸福。

二〇一二年三月

花楸树

一位远方的年轻朋友告诉我说，花典上属于你的花是花楸树。我先前一点不知道花楸树，所以我急急地问，它何时开花，因为我总以为绽放的花朵才是最美丽的。可朋友说，花楸树不但花美，叶子和果实也很美，都是不容错过的，从春到秋，至少可以看三季呢，得慢慢欣赏。

原来，花事也从容，真实的花期并不是短促的，也并不独在盛放时刻。以前，我读约翰·巴勒斯的《自然之门》时，不太理解这位"美国乡村圣人"何以要花那么多的时间去认识一种花草。为了寻访生长在池沼湖泊中的香睡莲，巴勒斯作了精心的准备，先是找来一只小船，然后把小船放到一辆马车上，驾车走了数英里的偏僻小路，或是在林中穿行，或是蹚过有水沫飞溅的急流遍布的小溪，再后来到一处通向黑潭的狭长水道。停车后，卸舟入水，不料这水道竟是非常难走，因为水中有许多倾倒的大树，只能时而从半浸在水里的树冠中间挤过去，时而又低头弯腰从横搭在水面上的树干下钻过去；如果树干没入水中，那就得设法让小船从它上面强行蹭过去。他的确看到香睡莲的身影了，但他并不满足，在一整个夏季里，一次次艰难地前去观赏。最后，在一个清晨，他终于见到了那些根在黑黝黝的淤泥里，却有着星形花瓣并在风中哗嘚作响、露出紫红色叶背的花朵儿的最美的姿态：闭合的花苞钻出水面，在阳光下慢慢打开；而不多时，花瓣重又合起，渐渐隐没于幽暗的水波之下。原来，香睡莲是一种在早上开放的花，中午一过，它就又闭上了。

看来，最好的欣赏不是一蹴而就的，如同生命是一个环环连接的过程，每一段都有每一段自身的价值，都是不能轻视和忽略的。人们似乎都在急急忙忙地奔向所谓的成熟和成功，也往往只认这一段的精彩与辉煌，好像其他的都不值一提，不值一看。其实，这是不连贯的人生风景，有一天，如果细细回想，你会发现生活中有不少的断裂，而许多时刻是贫瘠的。花事尚且漫长连丛，人的生命之花也应当在你所有的时空里盛开。

朋友告诉我，花楸树原产于欧洲大部分地区，在我国，则分布于东北、华北至甘肃一带。花楸树生于海拔九百至两千五百米的山坡或山谷杂木林中,可以春观叶,夏观花,秋观果。春天的花楸树,长有绒毛的叶片会从浅绿过渡到暗绿;初夏开始绽放,有两个月的花期,花为白色,清纯明净;秋天时则红果累累,染尽满坡满谷。朋友答应隔三岔五就会给我发来花楸树的照片,让我可以完整地观赏它一年的生长过程。这会是一次从容的观赏体验,让我建立起与所有的生命都有种可以感知的默契。我将平心静气地等待姗姗而来的春日、夏夜和秋时,并希望它能相应地契入我这一期的从容人生。

二〇一二年四月

永不沉没

　　近段时间,又有好几家实体书店在无奈中歇业了。书店的灯光仿佛正在渐次熄灭。由此及彼,话题再次扯到了阅读的衰退和沉沦。不少人哀叹,当今,读书人越来越少,物欲横流淹没了书香传统。

　　但是,我却仍然抱持某种信心。

　　这些天,3D 电影《泰坦尼克》正在热映,遇难一百周年的泰坦尼克号游轮又成了人们的谈资。我不由得想起一个美国人来,他是这次不幸事件中的罹难者,他的名字叫哈瑞·艾肯斯·韦德纳。时年二十七岁的哈瑞是与父母一起登船，参加泰坦尼克号盛大的处女航的，不料，游轮撞上了冰山，按照当时的救援规则，他的母亲和家中的女仆被送上了救生艇，他与父亲后来则沉入深海。哈瑞是位书迷，爱好藏书，临上船前，他还带上了一本刚刚在伦敦买到的一五九八年第二版的《培根散文集》。哈瑞曾就读于哈佛大学，他热爱母校，那时见学校的图书馆破烂不堪，便说有一天要将自己的藏书悉数捐献给母校。海难发生之后，哈瑞的母亲根据儿子的遗愿，为哈佛大学捐赠了一座崭新的图书馆，并将哈瑞的藏书全部留在了图书馆内的韦德纳纪念室。

我不知道哈瑞有没有像电影里的杰克一样，在那艘豪华游轮上找到了自己所爱的姑娘，并演绎了一场短暂却永恒的旷世爱情；也不知道哈瑞随身携带的那本《培根散文集》，是不是也随他一起沉入了冰冷的大西洋底，而后丝丝缕缕地凝固在礁石丛中。但我想，哈瑞若九泉有知，会感谢自己伟大的母亲。一生陷于哀恸的母亲之所以这样做，当然是基于深爱自己的儿子，但我以为，她同时也是基于对书籍的崇敬，对阅读的传承的信心。

书籍不是一开始就有的，它曾是人类的一个执着的梦想。书籍是人类文明发展的标志性成果。有了书籍，人类便开始了阅读，而在漫长的历史进程中，阅读成了人们的一种生活方式。虽然随着数字时代的到来，阅读方式肯定会有改变,而且已经在改变,如同享年两百四十四岁的《不列颠百科全书》今年已宣告停止纸质书的出版,但我坚信,人类的阅读永远不会结束。作为从历史长河中一步步走过来的纸质版图书,也绝不可能由于电子化说扔便可在一夜之间将之扔掉的。书店的灯光还不会熄灭,书香还将长久地飘荡。为什么泰坦尼克号至今让人缅怀,韦德纳图书馆至今巍峨矗立?那是因为,总有一些东西永远不会沉没。

二〇一二年四月

在忧伤之谷,展开双翼

二〇一一年圣诞节前,我跟天南海北的朋友们相约,一起去北京过一个浪漫而热闹的圣诞夜。因还有几天带薪年假没用完,我心里便盘算着去北京前先到医院做个检查。近半年来,我时常感觉心脏不适,心跳有时忽快忽慢,有时会有一瞬的停顿。有经验的朋友说,那可能是期前收缩。于是,我决定先去住几天医院,背个HOT(二十四小时动态心电图),顺便休养一下。医生给我开检查单子时问我,还有什么不舒服的吗?我想了一下,说,我最近一直在吃治疗颈椎病的药,可每次吃后总觉得胃有些难受。医生说,那就做个胃镜检查吧。我回答得很干脆:好的。

入院第二天一早,我就由护工陪同去做胃镜。为我做检查的是两位女医生,她们一边做一边还互相聊着天。忽然,其中的一位叫了一声:"啊哟!"我立刻知道出问题了。只见两人神情紧张地忙乎起来,提取病灶组织,还问我最近有否胃出血。我自己都很惊讶,竟会用非常镇静的语气回答她们。

很快,我被确诊为患了恶性肿瘤。我没有一点犹豫,决定立刻去动手术。我用手机自己多方联系,确定好了一家医院后即刻转院。我还给朋友们打了一圈电话,告知他们情况,我想,就当作是道别吧。我是在十二月二十三日下午施行手术的,进手术室之前,我关掉了手机。当我再度睁开眼睛时,已经是当天的晚上了,我第一眼看到的是病房里惨白的顶灯。麻醉药性过后,我整个腹部剧痛难忍,还发起了高烧。我先是咬紧牙关,后来怎么也忍不过去了,第二天只得央求医生给我打一针止痛药。本来,我想,我可以就此安睡了,但没想到的是,迷迷糊糊间,我看到一个妖怪在我跟前悠悠,飘来荡去,还发出一阵阵的耻笑。我猛然张大眼睛,我确信自己刚才看到的便是死神了。就从这时开始,我无法入睡,彻夜彻夜地失眠,胡思乱想,完全陷入了恐惧、绝望和忧伤之中。

虽说在人前我表现得很平静和豁达,但在我内心深处，我无法接受这样残酷的现实，我才五十三岁，正当盛年，原本还有那么多的事情要做，还有许多美好的愿望要去实现，可如今，一切都戛然而止。所以，在没有人的时候，我躲在被子里，任由泪水长流。这是一个特别寒冷、特别漫长的冬天，我只觉得太阳以后再也不会升起来了。

我是在手术之后的第四天打开手机的，累积起来的短信像潮水一般涌来，好多都是圣诞之夜发来的，里面写满了祝福和牵挂。顷刻间，我被淹没在浓浓的友情之中了。那些日子里，朋友们纷纷前来探望我，为我加油，为我鼓劲，他们送来的鲜花放满了阳台。最最让我感动的当然是我的家人了，他们排出日程表来，不分昼夜地轮流陪护我，还开始记"陪护日记"。原来我是打算瞒过我年近八旬的母亲的，可她凭着一份敏感，我一出院，她便立刻赶上门来，为我煲汤熬粥，一遍遍地跟我说什么都难不倒我们的。还有不曾谋面的读者、网友，得知消息后，有的给我写信、发帖，告诉我治疗方面的信息，有的则寄来有关修习、健身的书籍和光盘……亲情和友情所汇成的爱的暖流强烈地冲撞着我沮丧而忧郁的内心。爱的能量真的是惊人的、无法估量的，在朋友、家人的陪伴和帮助下，我开始调整心态，树立正见，克服焦虑和挫败感。我想，我不能太自私了，即使不为自己，也不能辜负了亲朋好友对我的关爱和期望，为了他们，我也要勇敢地战胜病魔，勇敢地活下去。看着阳台上那些充满生命活力的鲜花,我感觉阳光透过浓郁的阴霾在绽放。

疾痛是折磨人的。切除了三分之二的胃后,只能吃些半流质,哪怕多喝一口水,腹内便刀割般刺痛;严重失眠,日夜难寝,加之进食很少,我的体重迅速下降,只有八十来斤,少有气力;紧接着,颈椎病和腰椎病复发,整条脊柱疼痛难当,右手臂抬不起来,左腿麻木。但是,靠着信念的支撑,术后一个半月,我开始每天坚持出去走路,逐渐地从十分钟增加到一个小时;同时,我开始练气功,每天打坐,站桩。弥漫的忧伤收拢了,内心真正的平和坦然让微笑荡漾开来。我重新开始了写作。停了两个月后,我在报纸上开设的专栏重又跟读者见面了。让我欣慰的是,作家、出版家秦文君女士来看望我时说,会尽快推出我去年秋天时完稿的一部长篇小说和一部中短篇小说自选集。编辑们为此除了抓紧时间设计封面、画插图,还给我送医送药,而我自己则赶写出了两部书稿的《后记》。

我是躺在病床上看完戴维·里夫撰写的《死海搏击》的。这本书叙述了作者的母亲、美国著名作家和文化批评家苏珊·桑塔格与病魔搏斗的最后岁月。桑塔格与癌症鏖战长达三十余年,在她的日记里,有一则写于她四十二岁第一次为了治疗乳腺癌而在斯隆-凯特林纪念癌症中心接受化疗期间,她要求自己"开心、清心、静心",接着又写了一句:"在忧伤之谷,展开双翼。"坚强的桑塔格硬是从人生的低谷振翅飞翔了起来,之后写出了她一系列最杰出的作品。

我想,我应该,也可以这样。

二〇一二年四月

平凡又何妨

小楚是我的一位年轻的朋友, 今年春节尚未过完, 就匆匆离开上海,去北京发展了。其实,他大学毕业后来上海工作也不过半年。小楚说,他不能不拒绝平凡,他的目标是要做一个成功者。其实,并不只是小楚一个人,如今,很多的年轻人好像都是这样想的。他们不甘平凡,觉得平凡令人沮丧,将会被耻笑、被淘汰。

我不明白,一个本就平凡的世界现在怎么会被造就出如此虚妄的镜像,变成了不平凡的样子,到处都有人在兜售"不平凡的人生""不平凡的生活",让实实在在的平凡相形见绌。让人不安的是,在这种喧嚣跟前,最容易轻信和迷失的是年轻人。他们跃跃欲试,争着摆脱平凡,希冀创造奇迹,铸就辉煌,成为当代的非凡英雄。殊不知,这样的成功,这样的目标,从一开始就背离了生活的本质。在我看来,生活的本质说到底呈现的无非就是平凡,冲浪再怎么登峰造极,最后还是要回到平静的海边。古今中外,有多少英雄豪杰在被称颂为不平凡之际,却憧憬着过平凡的生活,做一个平凡之人。

生活的精彩在于有着无限的可能性,成功并不只有一种模式,没有什么比将成功仅仅定位于有房有车有可观的资产更为可鄙的了,那是何等的势利和愚蠢。假如社会只是依据拥有怎样的房子、车子,拥有多少的资产,给予人以相应的社会地位和敬重,那真是这个时代的堕落和悲哀。我觉得,成功完全也可以是平凡的。听从内心的需求,选择最纯粹最简单的生活方式,在日常生活的点点滴滴中感知自然,获取心灵的自由,谁能说这不是一种成功?暮春的时候,小楚给我来信,说坐在北京街头的长椅上,望着如雪般飘飞的柳絮,不由得伸手去抓,却什么也没有抓到,心情像握不住希望那样有些失落。我跟他说,你不要执着于那个成功者的目标了,只要自信地往前走,努力做好自己喜欢且有价值的工作,那么你会在平凡的时日与成功不期而遇;不然,有一天,当你自以为已经成功时,你会发现其实离自己心中的目的地越来越远。

当大多数人为成功及其目标所蛊惑,并为之焦虑和急躁时,甘于平凡不啻为明智之举。平凡最为普通,却也是最为可靠与踏实,最容易感受宁和与温暖。那个用低沉的嗓音迷倒全世界众多歌迷的加拿大歌手莱昂纳德·科恩,六十岁的时候，去位于美国南加州的秃山上的禅修中心，开始长达五年的隐居修行。五年之后，他拎了一只皮箱下山，皮箱里装着他在那些年里写下的近千首诗歌。二〇〇六年，七十二岁的科恩出版了自己的新诗集《渴望之书》，在其中的一首诗里，他大彻大悟地写道："目标，不可能达到。"既如此，平凡又何妨？

二〇一二年四月

借书记

有一次，我去访友，见他家藏书丰富，顶天立地的大书橱一架又一架的，而且都装了玻璃门。令我诧异的是，那些书橱不仅都安装了门锁，还很醒目地贴着字条："本人藏书恕不外借"。这令我想起《读书》杂志原编辑扬之水遇到过的一件事情。那天，她与同事一起到王世襄先生家借书，准备请人读后写个书评，恰好在胡同口碰到正要外出的老先生，待说明来意，先生脸上顿时泛起不快，他夫人更是直截了当地表示不高兴。毕竟老先生宽厚，最后还是同意了，不过，他夫人却嚷嚷道："要是我的书，我就不借；他的书，我不管了。"一周后，扬之水将书如期送还，王先生夫妇俩这才热情起来，不但为她带去的刚购得的一册新书签名盖章，还送了她几本书。

我想，不管是我那朋友，还是王世襄先生，之所以不愿把自己的藏书借给别人，一定遇到过借书不还的不快之事。我自己就有过这样的行为，虽然不是故意的。我读小学四年级的时候，那时正值"文化大革命"，同学借给我一本陈残云的长篇小说《香飘四季》，当时这本书是被定为"大毒草"的。我因看书心切，把书带到了学校，上课时放在课桌板里偷看，结果被女老师当堂没收。没想到，这位女老师非常"坚持原则"，要将"大毒草"上缴上去，对我的苦苦哀求无动于衷，顾自走出校门回家去了。我跟在她后面，直到灼热的太阳底下烊开的柏油马路粘住了我的塑料鞋。由于我借书不还，同学就此与我断绝了友谊。这件事情对我影响很大，我从此借人家的书总是小心翼翼，并按时归还。

不过，我自己也是频频遭遇别人借书不还的。我在学校教书的时候，一位校领导见我把《人的现代化》看得津津有味，于是提出向我借书。可是，过了一阵，我发现他没有归还的意思，但我拉不下面子去索还。又过了很长时间，我实在忍不住了，便要求他将书还给我。岂料，他说他不记得曾经向我借过什么书，还说我一定是记错了。我顿时哑口无言。许多年后，我从旧书店里淘得这本书，让它重新回到了我的藏书队列中。

无独有偶，还有一次，那时我正在一家报社当实习记者，对那位叱咤风云的意大利女记者法拉奇崇尚备至，她写的《人》中文版出版后，我立即买来阅读，读后还跟报社的一位女记者大谈特谈读后感。她当即向我借书，尽管我爱不释手，但还是借给了她，我真希望她也能向法拉奇学习点什么。把书借出后，我时时盼望着她能早点归还我，可不见一点动静，强忍了一个多月后，我终于开口向她索书了。没有想到，她竟然说她从来不向别人借书，也从来没有见过什么"人"。事到如此，我只能自认倒霉。可我一点放不下那本书，我觉得它直接影响了我的人生。我只能再去买一本，可是已经买不到了。在这样的情况下，我被逼无奈地又一次做了件借书不还的事情。我在上海市杨浦区图书馆借出了《人》，随即以遗失为名，在按书价数倍罚款之后，将这本馆藏书占为己有。不过，我为此一直感到很内疚。现在，我很愿意将此书奉还给图书馆，以了却一桩心事。

二〇一二年六月

小径

现在，我每天早上都会去小区里的那条小径散步。说起来有点不可思议，我在这个小区住了有十多年了，但我一直不知道有这么一条小径。我进出小区走的都是西头，而小径位于小区最东侧的楼房与围墙之间，有一两百米长。说它是小径，真是名副其实，因为它就一米来宽，只能容一个人单独行走，要是两人相向而过，则要侧过身子。

小径用青石砖铺就，有弯道的地方，那空缺处则用鹅卵石填补。小径常常落满了枝叶，下了一场大雨后，旁边的土还会成为泥浆漫上来。好在有风穿行不息，那些枝叶最后都会被吹走，而风干的泥浆不消多时便化作了尘埃。这小径几乎是被树木和花草湮没的，两边是直直的白杨树和高高的冬青树，地上是一簇簇的麦冬草，所以，从下往上，就有了多层的景观。更有那楼房的山墙旁住户自己种植的花卉，争芳斗艳，时已过了立秋，但鲜红的美人蕉、橙色的金盏花居然仍不依不饶地还在怒放。我走在小径上，脚背总时不时被蹿出来的蕨草摩挲着，而尖尖长长的芭蕉叶则轻轻划过我的手臂，让我感觉到与自然真切的接触。

因为走的人太少了，所以，我刚踏上小径的时候，一家住户的狗猛地扑过来，隔着铁栏杆向我狂吠，可几天之后，它已经认得我了，从此不再大嚷大叫。还有一只白色的野猫，一开始见着我时，远远地躲在草丛中，眼神里满是惊恐，我还没走近，它就慌乱地逃窜而去。可后来，它见了我，也不怕了，就那么静静地伏在小径边看着我，或者索性慢慢地跟在我的后面。两边的白杨树冠围合在一起，使得小径被覆盖在浓荫底下。夏日里，蝉声不断，但是，有两只鸟儿的鸣叫声格外嘹亮，也格外动听，你一声，我一声，彼此应和着，我相信那肯定有关情事，只是它们从来都隐身在树冠深处，我一直没有见到过它们的身影。迄今，在小径上，我唯一几乎每天遇到的是一位老妇人，她总是拉着一辆小推车，车上放着刚刚买来的蔬菜瓜果，油盐酱醋。

前些天，台风"海葵"来袭，折断了一棵白杨，于是，原本密密的浓荫有了一个很大的缺口，热辣辣的阳光从这个缺口直晒下来，小径变得亮堂堂的了。而且，我还有了一个新的发现，随那阳光泻下的还有喷香的烹饪味道。原来，围墙隔壁是一处军营，原先的那棵大树下是军营的伙房。有一天，我突然听到围墙外传来阵阵架子鼓的敲打声，鼓点忽而激扬澎湃，忽而轻柔绵长，我听着，走着，仿佛连小径都有了许多的故事。我不禁猜想起来，这究竟是一位怎样的年轻的士兵呢？

那天，我正散着步，忽然就下起了瓢泼大雨，雨势如此迅猛，以致泥水又漫上了小径。待雨点小些后，我脱下鞋来，赤着脚快步地走过小径。这一刻，我忽然想起一九八四年诺贝尔文学奖得主，捷克诗人塞弗尔特写的自传《世界如此美丽》，他在回忆遥远的童年时说，有一次，他曾看见一个小女孩，一双晒黑的小脚丫在高高的草丛中奔跑着，当她从他身旁匆匆跑过的时候，他清楚地看到她的脚丫无意间揪下了一朵野花，那野花留在小女孩的脚趾缝里了，恰似古代美貌的公主在大脚趾上戴了一块宝石。

我想，其实我们总是这样的，时常睁着眼睛眺望远方，却看不到就在近旁的风景；而走进当下的景色，便是自己现在最充实最宁和的生活。

二〇一二年八月

分享快乐

这个暑假就这么过去了。这是我女儿上大学后的第一个暑假，原本她有许多计划的，比如出门旅游，比如进修外语，比如教别人弹琴，可由于我的一场大病，她决定放弃所有的计划，就在家里陪伴我。

其实，我以前很少有时间跟女儿待在一起，也甚少交流。虽说为人父母，我也总是习惯性地祝愿孩子快乐，但事实上我对女儿的快乐却知之不多，甚至还有些不屑一顾。譬如说，她在网上看美国电视剧《生活大爆炸》，笑得前俯后仰，我却觉得没有多有趣；女儿是韩国明星张根硕的铁杆粉丝，我却对其不大看得上眼；她读日本作家东野圭吾的推理小说津津有味，我却更喜欢老作家森村诚一……有一天，我终于发现，女儿的快乐是只属于她的快乐，不是属于我的。

可是，因为这个暑假，我深切地感到这并不是一种正确的认识。每天，女儿在帮我煎药熬粥的时候，总是很快乐的样子，不厌不烦。她在粥里放百合，我让她只用水冲干净便可，但她偏要一瓣瓣地仔仔细细地清洗，在水的流动中，她嘴里还哼着轻快的歌曲。我问她，为啥这么快乐，她回答说，没有为什么啊，心里真就是这么快乐的。我想，看来是自己对她的快乐不太理解，看得不重，还以为是小孩子过家家呢。于是，我开始试着把她的快乐当成是自己的快乐。我跟她一起看韩剧《爱情雨》，跟她一起预订张根硕上海演唱会的门票，跟她一起在网上购买图书、碟片、衣服、鞋子和家用小电器，跟她一起阅读东野圭吾的长篇小说《白夜行》……慢慢地，我也由衷地与她一起欣喜，一起欢笑，一起赞赏。有一天，当女儿在钢琴上弹奏《爱情雨》的旋律给我听的时候，我一下子有了新的发现，那便是我在她的快乐里，得到了原本不属于我的快乐。

是的，由于年龄、性格和阅历的差异，即使是父母与子女之间，也会有各自不同的兴趣爱好，但是，这并不影响彼此分享快乐。正是我的自以为是，才会以为女儿的快乐是浮在心外的。事实上，《生活大爆炸》生动幽默，张根硕自有他的秀美，东野圭吾的冷峻则是森村诚一所少有的。它们既然可以打动女儿，也是可以打动我的；它们既然可以让女儿感受到快乐，也是可以让我感受到快乐的。可我多么傻啊，差点丢失了生命中很重要的一份快乐的源泉，不懂得可以在孩子的快乐里想象、试探自己生活中更多快乐的可能性。

这个短暂的暑假过去了，但女儿带给我、而我同时分享着的快乐，将会长长地留在我的心里。我想对女儿说，我多么愿意像台湾作家杨照写给他的女儿的一本书的书名那样，"我想遇见你的人生"。

二〇一二年八月

小水滴

台湾作家杨照在《我想遇见你的人生》一书中说了这么一件事儿。他女儿在参加自然课考试时碰到一题："从烧热的壶嘴里冒出来的白烟，是水蒸气还是小水滴？"按照课本上所说，水蒸气应该是无色的，遇冷成为水滴才会变白色，所以，他女儿选了"小水滴"为答案。不料，考卷发下后，却发现老师说该回答"水蒸气"才正确。老师的答案显然是错误的。女儿为此很纠结，如果下次考试再碰到这道题该怎么办？

是啊，该怎么办呢？

于是，我询问了几个孩子和他们的家长。说实话，我没敢询问做老师的，因为我心里不自觉地冒出了一件久远的往事。那时，我在念中学，有次上化学课，我和另外一个同学被老师叫到黑板上做题目。那天，我做得很快，当我回到座位上时，那个同学才做到一半，而且那长长的分解式比我多了近一倍。不过，尽管这样，最后，我和他的答案却是一致的。正当我小小窃喜时，老师却板着脸孔对我说，你的分解步骤是错误的。我问，那为什么答案会一样的呢？老师没好气地说了这么一句话："听我的还是听你的？"我立刻把头缩了回去。

有个男孩是这样回答我的："我下次还是写小水滴，因为这明明是正确的嘛。"可是，他的家长全都反对。他母亲说："那你不是又要被扣分了吗？那你还想得到高分，得到好名次吗？"他父亲说得还要激烈，"你脑子放清楚点，现在最最要紧的就是分数，一切都是分数说了算！你管它水蒸气还是小水滴，什么可以拿分就答什么！"男孩低下头讪讪地说："好吧。"

另一个女孩想了半天，犹犹豫豫地问："既然我已经知道正确答案了，我就把小水滴藏在脑子里，但考试的时候还是写水蒸气，自己心里不搞混可以吗？这样就不会再被扣分了。"她的母亲想了想，说："看来这是最好的办法。"不过，她的父亲则表示反对："我搞不明白，明明是错误的，为什么还要坚持错误，而不选择正确的答案？"女孩小声地说："如果大家都写水蒸气得了分，而我却因为写小水滴失了分，这对我可太不公平了。"她的父亲听后，立即转了向："那倒是的，这可对你不公平。好吧，那你就写水蒸气吧。"

后来，孩子和家长都把脸朝向我，问我该怎么做？说实话，为了几分考试的分数，在正确与错误面前，孩子和家长竟会如此纠结让我难过，而孩子的为难更是让我揪心。我很想问那几个男孩和女孩：为了分数去选明明知道是错误的答案，要是养成了习惯，那么，将来你们长大了，难道还会坚持正确的东西，坚持原则，坚持正义和正直吗？难道你们将来没有可能会拿错误的东西去换取自己所需的利益吗？虽然，你们现在可以在心里想着小水滴，不过，依我看，这只是短暂的，没有应有的坚持，那小水滴很快就会干涸，水蒸气也挥发不去了。而作为家长，这样的教育是对未来负责吗？但是，面对郁闷的孩子和家长，这些话我竟然没有勇气大声地说出来。

回头，我还是说一下杨照与他女儿最后的决定吧。本来，他的女儿也是选择将正确答案放在小脑瓜里，但还是在试卷上写下错误答案的，可是，最终，父女俩都认识到，不可以这样做，不能用明知不对的答案去换取分数。杨照对他女儿说："为了一个正直的未来，而且是我们共同的正直未来,我必须告诉你,就算会因此失去满分的机会,你还是该坚持'小水滴'。"

二〇一二年九月

再去周庄

我又去了一次周庄。这是九个多月以来,我第一次离开上海市区出了趟"远门"。我曾多次去过周庄,但这一次却不同寻常。

现在,很多人都会做"一生的计划",那是一件对生活充满热爱,也充满诗意的美好事情。在那计划中,几乎无一例外地都有出游的愿望,都向往去到世界上一个遥远的地方,哪怕真的是海角天涯。可是,对于我们这些罹患癌症的患者来说,当陷入深深的恐惧和绝望时,那是怎样的一种奢望啊!写过《变化》《联想风云》等政经类畅销书的人民日报高级编辑凌志军,足迹遍布四方,可他在刚刚出版的新书《重生手记:一个癌症患者的康复之路》中告诉我们,他患病之后写下的余生里"最想做的十件事",排名第一的却是"再吃一次苏浙汇的清蒸鲥鱼",而将"重回江南和朋友同事再见一面"排到了第九位。虽说我也曾到处游走,但我排名第一的愿望更是微小,只是"吃上一碗软软的馄饨或者面条"，至于出游，我根本不敢想还能去什么地方。

就在精神几乎崩溃的时候，我看到报纸上有一则"夜话周庄"的征文启事，我便闭上眼睛，细细回想多次去过的那个离上海只有一个小时车程的水乡小镇。忽然，我发现自己焦虑不安的心开始宁静了下来。我想，我能否再去一次周庄呢？于是，在今年春意料峭的时分，我振作起精神，在手术之后的第四个月，写下了散文《水夜》。与其说这是一篇文章，毋宁说这是一个信念。我对自己说，要好好努力、加油，争取早日实现再去一次周庄的愿望。是的，人在最艰难的时候，的确是要靠信念来支撑的。没有想到，才入初秋，我就接到征文组委会的电话，告诉我文章得奖了，并邀请我去周庄参加颁奖典礼。

我真的再一次来到了周庄。当我站在月色下的那座著名的双桥上面，我甚至还有些不相信，感觉如同做梦一般。我用手轻轻拍打栏杆，蓦然间，泪水涌出了我的眼眶。此刻，我心里充满了喜悦。我想，其实，我们每个人只要有足够坚定的信念，总是能梦想成真的。事实上，凌志军也没隔多久就回到了江南，而且在患病后的第五年里还重返他心爱的滑雪场。我没有具体想过还有多少最想做的事，但有一点是肯定的，我还要继续出发，慢慢地，走得更远一些。我的一位在英国的朋友跟我说，从现在起，她每个月都会给我寄一张明信片，直到我有一天真正去到那里。我想，即便这真的只能是一个梦想，我也要坚定信念，不断地随着我的梦想远行。

二〇一二年十月

巧遇翻译家

世界上总会有一些巧合的事情发生。

这不，那天将近中午的时候，我正坐在阳光下读俄罗斯作家洛扎诺夫的《隐居及其他》。这是一部充满智慧的随想录，如同作家自己所说"真让人叫绝"，当然，这里也有译者的功劳。于是，我记住了这位翻译家的名字——郑体武。就在这时，邮递员按响了我家的门铃。我跑下楼去，捧回一大沓邮件。我一封一封地仔细拆阅，忽然，我发现其中一封信送错了，收信人的姓名不是我，而是"郑体武"。

我真的非常惊讶，这位收信人该不会就是《隐居及其他》的译者吧？我再细看地址，就是我家隔壁一栋楼的。我当即下楼，也做了一回邮递员。临出门时，我带上了《隐居及其他》，心想，若真是译者，我得请他为我在书上签个名。我按响了郑家的门铃，对讲机里传来的是女主人的声音。我自报家门，说明情况。女主人说，郑先生外出了,不在家里,她说由她下楼来取邮件。我见着了女主人,在递上信件的同时也递上了书,我问道:"这本书是郑先生翻译的吧?"女主人笑了。

几天之后,我家的门铃又被按响了,这次,郑体武亲自把签了名的书给我送回来了,同时,还赠了一本他的新译著给我。郑体武年龄尚未过半百,可已是满头银发。那天,我们聊了好久,直到后来才发现,我竟然没让人家进门,两人竟是站在楼梯上说的话。讲起来,郑体武是著名的翻译家,是上海外国语大学俄语系主任,这也有点太不正式了。不过,这种楼道上的聊天,还真让我找到了久违的街坊邻里的感觉。

与翻译家李重民相识,同样是巧遇。我不久前才读过李重民翻译的日本女作家吉本芭娜娜的小说《哀愁的预感》,我很喜欢这样的译文,清新,朴实,有些诗意,但并不做作。于是,我想象这位翻译家一定也是个比较细腻的人,该是文绉绉的吧。一天,我在微博上转发了一篇"微文",那篇针砭时事的微文非常幽默且犀利,引发了众多"微友"的转发热,在不断刷屏的汹涌人潮中,忽然,"李重民"的名字跳出来了。他会不会就是那位我欣赏的翻译家呢?

在好奇心的驱使下,我打开了李重民的微博页面,因为有简介,所以断定他就是《哀愁的预感》的译者,但让我惊讶的是,上面贴着的照片上居然是穿着一身戎装、腰间挎着手枪的一员年轻"武将"。顿时,我有一种大河西去般的时光倒错感。我忍不住发"私信"询问他,原来这是他当年在北大荒插队落户时拍的。那时,由于地处边境,知青们也就算是半个军人了。他告诉我说,这张照片上的军装其实只是当时流行的服装,只是自己佩上了领章和帽徽,可那帽徽却佩错了,那是警徽,不过,手枪是货真价实的。

得知我患了癌症后,李重民说他要来看望我。他真的来看我了,但我却至今没有见过他。上海书展进行期间,我参加了一个在中心大厅举办的新书发布活动,他在报纸上看到预告后,特意去了活动现场,但他并没有招呼我,只是站在台下远远地望着我。当我回到家里,打开电脑,见他已在微博里给我留了言,说看到我精神很好,这才放下心来,默默地转身离去。这样一份因巧遇而获得的友情,让我分外珍惜。

二〇一二年十月

你喜欢哪一个故事

"你喜欢哪一个故事?"

这是最近人们见面时喜欢互相询问的一个问题。

这个问题起源于导演李安根据扬·马特尔的长篇小说《少年派的奇幻漂流》改编的同名电影。一部电影里能讲出两个故事来，这足以证明这是一部很有智慧的电影，因为现在能讲好一个故事都属罕见了。影片中，少年派遭遇海难后，在茫茫大海上漂流了两百多天。这两百多天里，究竟发生了怎样的故事呢？于是，派讲了两个版本的故事。第一个版本是他与一只孟加拉虎共度危难的故事。他自知无法战胜老虎，所以选择了与它和睦相处，一起面对漂流生活，直到最后获救时，已经瘦成皮包骨头的老虎缓步走向丛林，头也不回地消失在派的生命中。另一个版本的海上求生记是救生艇上并没有动物，只有一个厨子、一个断了腿的水手、派和他的母亲。为了生存，厨子先后杀害了水手和派的母亲，最终派忍无可忍，杀死并吃掉了厨子，侥幸活了下来，瘫倒在海滩上。

显然，第一个故事彰显的是善，第二个故事述说的是恶。人到中年的派问慕名而来采访他的作家："我说了两个故事，你喜欢哪一个？"作家说："有老虎的那个。"听到这个回答，派开心地笑了。

我将这个同样的问题问了好几位相熟的朋友，也在网上问了好几位不相识的网友，他们几乎不约而同地回答说喜欢第一个故事。说实话，我更相信在绝望的海上漂流中真正发生的是第二个故事，虽然这一可能的真相会让人不寒而栗。但是，如果要问我"你喜欢哪一个故事"？这个问题，我同样会毫不犹豫地回答："第一个。"

我想，之所以绝大多数的人都会喜欢第一个故事，那是因为人类依然葆有着向善的根基。虽然无数的人在抱怨世风日下、物欲横流，这个世界变得越来越冷漠无情，恶念恶行肆虐，可是，人们内心深处还是崇尚善良、真诚、互信互助，向往光明、希望和温暖。我很同意一位影评人说的话：既然可能的真相让人颤栗不安，所以，尽管第一个故事有着明显的现实扭曲，但却更让人容易接受；为什么不呢？反正结局都是少年一无所有，孑然一身活在世上。现实太过残酷也太过狰狞，那么想象力使人超拔其上，难道不是一种莫大的慈悲吗？

其实，影片中少年派的这句话才是所有故事的最后诠释："最重要的是不要绝望。"

我们不绝望，所以这一年里，我们眼中看到了许多的"最美"：有在失控车辆撞向学生的危急时刻，将学生推向一旁，自己却被碾到车下，导致双腿高位截瘫的"最美老师"张丽莉；有在高速公路上被数公斤重的铁片刺入腹部，在肝脏破裂、多根肋骨折断的情况下，忍着剧痛，让行驶在高速上的大巴稳稳停下而自己失去生命的"最美司机"吴斌；有被失控的病人殴打击晕，醒来后发现该病人企图跳窗自杀，在那一瞬间，紧紧抓住身体悬空摇晃着的病人的"最美护士"何遥。他们传递了人类无法泯灭的善的力量、爱的力量。

而对我自己来说,我也不绝望。去年年底的时候,我被查出患有恶性肿瘤,随即动了切除手术。在最初的日子里,我完全陷入了恐惧、沮丧和忧伤之中。这是一个特别寒冷和漫长的冬天,我只觉得从此以后太阳不会再升起来了。那些日子里,亲朋好友给了我最大的慰藉,为我加油,为我鼓劲。尤其是我七十六岁的母亲从那时起,每个星期三,无论刮风下雨、酷热寒冷,都来为我烧菜煲汤。看着母亲的背影,我想,我不能太自私了,我必须克服绝望,要勇敢地活下去。这也是一种善念和善行。正面的能量真的是惊人的、无法估量的,我终于走出了最最艰难的日子。

在我看来,在《少年派的奇幻漂流》这部电影中,那只孟加拉虎是主人公派自己内心的投射,那是一个强悍、甚至无敌的存在。但是,派没有绝望,他集聚起所有的善念和积极的力量,最终战胜了自己。的确,人最难战胜的就是自己,因为勇敢、坚强、聪颖出自于自身,而怯懦、畏惧、愚钝也同样出自于自身。有句话说,别人不能把你吓死,而自己却会吓死自己。或许,派所叙述的第一个故事是他想象中的自我,但他正是在寻求精神解脱的过程中,自己将自己升华了,依靠坚定的信念除去了绝望,克服了恐惧,完成了一个人的重生。我们无法考证他的讲述,但他在劫难中活了下来却是最好的证明。

这就是派喜欢自己讲述的第一个故事的真正原因。

这足以感动我们，震撼我们，所以，我们大家，包括我，都理所当然地喜欢这第一个故事。

二〇一二年十二月

缕缕书香

一天，朋友给我打来电话，说他在网上买了我的一本电子书。我不知道自己的书居然还有电子版的在销售，于是，上网去看了一下。那本可以在手机和平板电脑上阅读的电子书，封面设计得还是比较宜人的，只是，我却闻不到书香。

虽说新的阅读方式终将成为气象，不闻书香，也可以有别样新鲜的体验，但曾经闻过的书香，却是久久挥之不去的。对于我而言，许多的书因为它的气味让我记住了它，同时也记住了一截时光，一段故事，一个人。喜好闻书香，大概始于我上学念书时吧。每当新课本发下来时，我总会一次次地用手轻轻抚摸书封，一次次地嗅闻从书中发出来的气味，有时还会将脸庞紧紧地贴在书页上。所以，我可以闭起眼睛，凭着气味准确地说出这是我读过的几年级的书，甚至能清晰地分辨出这是语文书还是数学书。

我们常说的"书香"，源自于灵香草。灵香草为多年生草本植物，属报春花科，又名芸香草。宋代的沈括在《梦溪笔谈》中这样描写道："古人藏书辟蠹用芸。芸，香草也，今人谓之七里香者是也。叶类豌豆，作小丛生，其叶极芬香，秋间叶间微白如粉污。"为了防止蠹虫咬噬书籍，古人遂将芸香草置于书中。芸香草有一股清香之气，故而打开夹有芸香草的书时，也就香气袭人了。唐代著名的状元宰相常衮有诗云："墨润水文茧，香销蠹字鱼。"后来，现代印刷术普及，书香又添了一层油墨之味。其实，在我看来，书香并不仅仅是芸香草的清香，也不仅仅是油墨的芬芳，当阅读已然成为一种生命状态时，那书中散发出来的就是生活的气味、人生的气息了。

一想到《明刊名山图版画集》，一股樟木香味就会在我鼻尖弥散开来。那本书是父亲一九七三年冬天的时候买的，他告诉我说，这书里的五十五幅版画，都是明代崇祯年间刊行的《天下名山胜概记》一书的插图，将传统的山水画镌刻到版画中，非常精美。那时的我还是个十五岁的少年，没有去过什么地方，所以，我把这本书当作了宝贝，放在我们家的一只铁皮箱里。不知为什么，当我把书中的每一幅画都看完，相当于走了一遍黄山、雁荡山、衡山、九华山、嵩山、太行山时，突然间，我闻到了从书中散发出来的樟木香味，而且直到今天，只要说起樟木香，我便会将之与这本书连贯起来。有些事真的无法解释，我不明白这樟木香味从何而来,是因为版画中透出的木质感,还是那一座座灵山在我心里撒播的馥郁芳香?

那天,冬日晴好,阳光暖和,我把被子晒在了窗台上,午后,收回来的时候,我蓦然嗅到一股仿佛熟悉的气味。兔耳花?三叶草?枸杞子?好像都不是。我连忙打开书橱,从里边抽出了罗曼·罗兰的《约翰·克利斯朵夫》,这时,我一下子想起来了,这是棉花的味道。二十二岁那年,我以言惹事,生活在充满敌意的环境中,心情非常压抑。早春的一天,我独自骑着自行车来到郊外,就是在那片棉花地里,我读完了这本给我带来许多勇气和力量的书。循着汲取了充盈阳光的棉花的味道,我再次捧起曾留下一抹馨香的自己喜爱的书,缕缕书香让我回忆起那些已经远逝的过去的时光和生活。

二〇一三年一月

欢喜

我怎么可能会欢喜这样一个寒冷而绝望的冬天呢?那痛楚是割裂着心的锐利的冰凌,那绝望是漫漫冬夜里连一颗幽暗的星子都没有。时至年末,偶尔有一些零星的爆竹声,人们和这世界一起准备进入下一个年轮。可我却翻不动我的日历——从胃癌切除手术室出来，我就觉得太阳再也不会升起来了。

可是，母亲来了，她帮我把十二月的日历翻到最后一张，然后，在大理石台历架上换上了全新的日历芯子，那封面上标着鲜红的纪年：二〇一二年。母亲坐在我的床头，用平静的声音对我说："人生来就是要受苦的，但再苦也要走过去，而且总是走得过去的；你看，新的一年就要到来了，所有的日子都在前面一天天地等着你呢。"母亲还对我说："从现在起，我每个周三上午都会来看你的。"母亲的承诺让我感到了莫大的欢喜。

也就是从那个十二月开始，母亲每到周三都早早地来到我的住处。她来时总是两只手都提着沉沉的袋子，里面装满了刚刚买好的蔬菜、瓜果，有时还装着报纸和书籍。我怕她累着了，让她每次都坐出租车过来，但她不肯，说这点东西提得动的，所以，还是每每乘公交车来，路上要倒几趟车，来回至少得两个多小时。一进门，母亲就忙乎起来，一边跟我聊天，一边拣菜、洗菜，然后，去厨房煲汤做菜，稍有空隙，还帮我打扫屋子。这个时候，我就会停止无穷无尽的销蚀灵魂的妄念，在颠簸的气流里上下乱飞的风筝也便静止在了空中。

从此，每个周三，成了我心里企盼的节日。每当听见母亲用钥匙转动门锁的时候，我心里就欢喜得像是燃放起了焰火。那焰火在彻骨的寒冷中美丽绽放，将凛冽染上了一层明亮和温暖。那一天，我心情特别的平和，特别的安宁。我真的又可以站立起来了，可以趴在窗前看外面的天与地了。原本因为恐惧和焦虑，我如同一只被蒙住眼睛的惊慌的小鸟，哪怕飞得再高，也看不见连绵的山脉和澎湃的海洋了。

那天，下雪了。江南的雪花少有完整的一朵朵的，总是和雨夹在一起，一点点，一串串，谁都无法相信它会积聚起来，可偏偏不多时，雪就把房顶、树枝和路径给覆盖了，白色皑皑，一派纯净。我真的好欢喜啊。只是母亲要回去了。屋门关上的刹那，我便急急地返身来到窗口，等待着，等待着……母亲瘦弱的背影出现了，她一步一步地踏在积了雪的小道上，雪花落在她的肩头，落在她的发上。直到这时，我才第一次那么真切地看见，母亲的头发早已花白如雪。是啊，母亲已经七十五岁了，苍老毕现。之前，我不想让母亲为我难过、伤心，所以尽管我心里充满了忧伤，但却从来没有在母亲跟前流过一滴眼泪，但这时我禁不住泪水崩落。

可我还是欢喜地希冀着母亲的到来，而每一次来，母亲也说她很欢喜，因为她能够看到我一天天地好起来。母亲的脚步带去了冬雪，送来了春天的消息。有一天，母亲说，我带你出去走走吧，于是，我欣欣然地跟着母亲去了一处公园。虽说还有些许料峭寒意，但杨柳枝头已爆出嫩黄嫩绿，令我想起李白"春风柳上归"的诗

书魅文丛·漂流书 漂流梦

102

句。春回大地，当是自然规律，但对于我来说，这却不是必然的，那是一种神圣的力量，来自于爱，来自于勇气，来自于信念，而这一切都是母亲赋予我的。回到家后，我坐到书桌前，打开电脑，写下了病后的第一篇文章，当我点上最后一个句号时，我泪流满面，我为自己能重新开始写作而欢喜万分。

夏季的一个周三，飓风来临，黑云压城，狂风暴雨仿佛要掀翻整个世界。我担心着母亲，便给她打去电话，让她千万不要来了，可没人接听。正在忐忑不安中，母亲敲响了房门。只见她完全成了一个"水人"，不等我开口，她自己先笑了起来，说那浓雾般的风雨真像一堵厚厚的山墙，但她穿越过来了。我跟母亲说："以后你别每周都来了。"母亲没有接我的话头，继续说笑道："穿越还真要有点儿气力的。"

转眼便是秋天了。一日，母亲告诉我说，她去了一次江阴的王府庙。这座始建于西汉的寺庙虽然不大，但香火旺盛。母亲说，她不但为我烧了香，还在庙里立了所有先人的牌位，为的是祈福我平平安安，顺顺利利。母亲说着这些的时候，声音里，还有她的脸上，全都是欢喜，我也被这欢喜深深地感染了。

又到十二月了。因着母亲，我甚至都没有觉得冬季已至。那个周三的上午，我习惯地等着母亲的到来。可是，这一次，我却没有等到。母亲打来电话说，她今天不能来了，因为她胆囊炎发作了。我问她，去了医院没有，她说，老毛病了，已经吃了药，在家躺躺就是了。我不放心，让我妹妹带母亲去医院检查。结果出来了，竟是肝癌晚期，而且医生说可能只有六个月的存活期。霎那间，我重又跌入到了一年之前，重又回到了天寒地冻的日子。我不敢面对母亲，我害怕自己的悲伤和沮丧会让母亲也像我过去那样，陷入无边的痛楚和绝望。

但是，母亲再一次来到了我的身边，再一次帮我把十二月的日历翻到最后一张，然后，在大理石台历架上换上全新的日历芯子。这一次，鲜红的大字标着的纪年是二〇一三年。母亲照例平静地对我说："你不用为我担心，我一点问题都没有，往后的日子跟以前不会有什么两样，但如果你因为我而倒下了，那我整整一年的努力全都白费了，我想你是不忍心这样做的。"母亲的语气，温和中带着些刚硬。母亲在得知自己的病况后，从来没有在我面前掉过眼泪，虽然我也从来没有在母亲跟前哭过，但那并不一样：我曾躲在被窝里任由泪水长流，而我相信母亲即便一个人时也不会哭泣。我与母亲约定，从现在起，一定要每一天都过得开开心心，快快乐乐。我对母亲说，这两个冬天，我真的都是欢喜着度过的，我们还要一起欢喜着度过将来的每一个冬天，每一天日子。

在母亲做了介入治疗两周之后，我和母亲互相扶持着，登上了飞往香港的航班。我们想去一个远一点的暖和一点的地方，静静地看看，静静地聊聊。坐在维多利亚港湾边，阳光暖暖地照在身上，望着天边的一抹祥云，我跟母亲一块说起了我们共同生活了大半辈子的黄浦江，说起了流经母亲故乡江苏武进的大运河，说起了母亲年前专为我祈福而到过的黄山湖。望着粼粼波光，我想，水流滔滔，千迴百转，所有的河系水脉终将汇合，日夜不息地奔向世界上的每一个地方。

我对母亲说了戴维·里夫在《死海搏击：母亲桑塔格最后的岁月》一书中写到的德国诗人贝托尔德·布莱希特的故事：那时，他躺在柏林一家医院的病床上奄奄一息，当他看见窗外一棵树上停了一只小鸟，而且不断地啼鸣，不由得拿起笔来写下了生命中的最后一首诗。布莱希特写道："我死之后，鸟还活着，在树上，婉转鸣叫。"我跟母亲说，这真是一种智慧，享受世界之美，坦然认同自己的转瞬即逝。这时，正好有一只鸟儿从苍翠的树丛中鸣叫着飞起，我和母亲都欢喜得笑出声来。

二〇一三年三月

平淡生活的诗意

我相信，没有多少人会关心每年的三月二十一日，尽管那也是一个节日——世界诗歌日。想想也是，整天被焦虑、忙碌和疲惫所拖累的人们，真的难有心情来过这个多少算是奢侈的节日了。

但是，我们怎么可以对这样的节日无动于衷！

说起来，许多人先前都欢天喜地地庆贺过二月十四日情人节。那个时候，他们的理由很让人感动，他们说，恋爱中的时日应该是浪漫的，所以，在那个节日里，他们用巧克力、玫瑰花营造了浓郁的诗意。可是，激情过后，他们很快就发现，浪漫是如此短暂，诗意早已荡然无存，随之而来的是一个个平淡如水的日子，而这水之平淡就跟白开水一样。

没有什么比用白开水来形容庸常的生活更为贴切了。白开水很淡很淡，油盐酱醋很淡很淡，尿布奶粉很淡很淡，准时到来的名目繁多的账单很淡很淡。日子就是在这平平淡淡中像流水一样过着，而轰轰烈烈只是深埋于心底的一种不敢声张的虚妄野心而已。可是，谁能因为白开水太过无味而不喝了呢？日子还是要继续的，而且，只要用心，还会发现很淡很淡的生活中也蕴藉着一些期望和乐趣。如果觉得稀疏平常的日子就该浑浑噩噩地混着过，这并不是一种良好的内心状态，也不是一种良好的生活方式。

说到底，我们还是要积极地生活，让平淡无奇的生活多多少少添上一抹亮彩，甚至一些诗意。那么，真可以在白开水般平平淡淡的日子里做到这样吗？我的一位朋友斩钉截铁地说，可以做到，而且很简单；不是要增添一点诗意吗，那就直接读诗去。多年以来，这位朋友养成了晨起读诗的习惯，他说这真的很好，让他感觉每一天都过得很美好，尽管每一天里都会有烦恼，但是，因为有卓然超越的诗歌，这些没完没了的俗世的烦恼只缠住了他的身，却没有缠住他的心。在一个寒冷的冬夜，电突然停了，暖气也断了，邻里们都在抱怨，坐卧不安。可他却与家人点燃一根蜡烛，围坐着读起了唐朝诗人贾弇的《孟夏》来："江南孟夏天，慈竹笋如编。蜃气为楼阁，蛙声作管弦。"一时间，仿若夏至，暑热氤氲。

其实，我一直很羡慕我的另一位朋友，他叫王寅。我认识他的时候，就感觉他与众不同，他过着真正诗意的生活。那时，他还是我的同事，日复一日的工作很能让人心生倦怠的，但是，王寅读诗，自己也写诗，在我感觉麻木的时候，他或读或写的那些诗句会让我精神一振："在一生中最关键的春天／在那些只有云雀升空的道路上／失败的余烬尚在燃烧／痛苦中已了无困惑"。在我看来，诗歌让王寅在平淡似水的生活中获得了相当单纯的快乐和幸福，是的，他自己就说过，单纯的幸福所具有的优越之处是无穷的，令所有平庸的时日出彩生辉。王寅到处行走，用他诗意的眼光捕捉诗意的镜头，再用诗意的心境写下诗意的文字。在他最近出版的《摄手记》一书中，有一张照片，那是去往慕士塔格峰路上的一根最不起眼最为平常的木头电线杆，他配了这么一句最为平白的诗句："谁也不知道这根孤立的电线杆已经存在了多久。但谁都知道，它终将消失。永远不变的是天上行走的白云。"于是，淡漠稀松顿时消弭。

这是多么好的榜样的力量啊。后来，我在散淡庸碌的日子里也每天读点诗。慢慢地，我发现，早晨读的时候，可以让一天在憧憬中开始；临睡前读的时候，可以让一天在恬静中结束。为什么不这样呢？日子已然过得无聊而疲倦，白开水一样的生活无可评点，可这日子和生活都是属于自己的，何不给苦咖啡加点糖，给白开水加点儿诗意，从而平添一点美好呢？如果还能感受到美好，那我们即使无法诗意地栖居，至少可以自我安慰，自己的平淡人生还是有存在的价值的。

今年世界诗歌日这天，我早早地起床，拉开窗帘，让我惊讶的是，徘徊持久的雾霾难得地隐遁了身影。沐浴在冬末春初疏淡的阳光中，我读了加拿大歌手及诗人莱昂纳德·科恩写的一首小诗《篮子》。这位已走过八十年光阴的耄耋老人，用他那苍老的声音提示我们这些长久浸润于淡而无味的白开水般生活里的凡夫俗子："你应该走遍 / 所有地方 / 找回那些 / 为你而写的诗，/ 你可以在上面签下你的名字"。倘能这样，这生活或许真就有了些诗意。

二〇一三年三月

签名书

我有一箱签名书,都是朋友送给我的,上面不仅有签名,还写着朋友之间说的话语。若不是我的朋友,即使上面有签名,也是要放到别处去的。我会不时地打开箱子,一本本地翻看朋友们的签名书。随着岁月的流逝,这些携着友情而来的书会让我想起许多温暖的往事。

在送我签名书的朋友中,有一拨热爱诗歌的青年,那是二十世纪九十年代,他们风华正茂,既充满理想,也有凄切忧伤,其中有些人像苦行僧那样地辗转流徙,在清贫甚至苦难中咏唱着不羁的青春。我很惦记他们,常会问起他们的情况。云南诗人张稼文在送我的签名书上引用了法国作家乔治·杜阿梅尔小说里的一句话以作回答:"我的全部遭遇都发生在我的心灵里。"我很想听听他的遭遇。有一次,我去云南,想跟他见个面,但他又离开了,以后也未再谋面。但我至今还总是想象着,在这样一个嬗变的时代,他和那些诗人们会发生一些什么样的故事。

散文家刘烨园送我他的签名书时，在扉页上写了"牵挂"两个字。的确，那么多年来，我们彼此一直是牵挂着的。他一派君子风范，言语不多，所以我们很少电话或者邮件聊天，我们都很默契地通过阅读彼此的作品进行内心的交流。我去济南时曾见过他一面，可由于还有旁人在，我们几乎都没有说上多少话，但所有的牵挂都在此刻释然。后来，他的身体出现了一些状况，以致写作都减少了。虽然我常想给他打个问候电话，但每次我都忍住了，因为他是一个很内敛的人，并不愿意老是谈论病情。可过年的时候，我们必会通一次长长的电话，然后在以后的日子里继续彼此的牵挂。跟他的交往，一直让我想起"君子之交淡如水"这句老话，可我却始终感受到淡水表面下的浓稠。

　　我的签名书中，大多称我为"兄"或者"君"，唯一称我为"同学"的只有女作家程乃珊。由于我们最早是通过她在中学担任班主任时的学生认识的，她便一直把我看作是她班上的同学。她最后一次送签名书给我，是去年的五月二十七日。这次，她一改往常，称我为"友"，我当时眼睛一热，心想，她是不是借此表达我们要互相鼓励呢？因为我们真的成了病友——我们在同一时间在同一家医院同被确诊罹患了重症，她是白血病，而我是胃癌。如今，她已远去，而我每每抚摸着她送我的签名书都禁不住落泪。

我有许多从事儿童文学创作的朋友，不管男女老少，他们个个童心盎然，所以，送我的签名书上，总是留下许多让我开怀的话语。殷健灵这样写道："把那些干净的成长时光送给你。"王勇英则说："希望你会喜欢这花一样的村谣，还有唱村谣的人。"有着一颗纤细之心的张洁，把她的话写在一张可爱的剪成大象形状的小纸片上，而后粘贴在书中，"愿你慢慢地壮得像头大象"。我生病之后瘦得不行，看了这句话，我想，我得好好努力，不能辜负了朋友们对我的期望，总有一天，我会把自己从一只瘦猴变回一头健硕的大象。最让我生出感慨的当是任溶溶老先生。他每次送我签名书，总是写上"留念"两个大大的字。我细细地咀嚼着，体会到一种难以言说的深切和厚重，回味着美好生命中留下的馥郁芳泽。

二〇一三年六月

怀旧底色

　　白先勇的名著小说《永远的尹雪艳》被搬上了舞台，这算得上是今年上海的一件文化大事了。

　　《永远的尹雪艳》首轮演出刚刚落下帷幕，就像离场的众多观众还在情不自禁地回忆陈年旧事那样，这出话剧所引发的怀旧热潮也在继续延宕。多少年来,这是我看的第一出沪语话剧。当我穿过灯火影绰的草坪,进入重建后的下沉式的文化广场,循着扶梯一步一步地往下走去时,曾在这里亲历过的许多往事一一浮现。而当舞台上大幕拉开,黄丽娅饰演的"削肩膀,水蛇腰,细挑的身材,容长的脸蛋配着副俏丽恬静的眼眉子"的尹雪艳飘然而至时,那已经逐渐浓郁起来的怀旧情绪便油然升起了。

百乐门舞厅,白光的"时代曲",国际饭店十四楼摩天餐厅,绵白糖鸡头米……话剧里弥散着二十世纪四十年代上海的春风柳絮,秋日梧桐。有一刻,我问自己,你并没有经历过那个年月,那你被激发起来的怀旧心绪究竟是些什么呢? 一九六五年开春,白先勇在美国写下了他的"台北人"系列小说的首篇《永远的尹雪艳》。他曾说过,他孩提时在上海待过很短的时光,他写的只是他的童年记忆,而且那些记忆更多的是心中的想象和感觉。这样说来,其实,白先勇就点到了一个题目,那便是怀旧的底色。我以为,那些怀旧的情绪都是在一定的底色上浮映而现的。

那天在剧场里,我看到一群女观众,她们很是显眼,因为她们着了一色的旗袍。她们款款而来,气质高雅,风情万种。我禁不住问她们,你们身着旗袍来看戏,是不是特别怀旧啊?她们异口同声地说是的,还没等我追问,她们已经说出了我想知道的原因："你不觉得我们很典雅，很高贵吗？"我由此想起了一位早先的邻居。她出身名门，曾是刘海粟的弟子，画得一手好山水，写得一手好书法，当年，因为待产，她没跟先生去台湾，结果，噩运如影相随，最艰难的时候，她和孩子穿的都是破衣烂衫，但她把他们的破洞一个个都补好，甚至烫熨得没有一丝折皱。她去世前，对孩子说，我最大的愿望是能重新穿一次旗袍。许多年过后，她的孩子告诉我，他买了一袭精美的旗袍挂在衣橱里，感受母亲一贯的优雅和尊贵。

　　优雅和尊贵是怀想，更是我们所倾心的一种品质，它深深地植根于人们内心对真诚、善良、美好的向往和追求。那么，最好的最被认可的怀旧底色就是真善美了。我想，如同白先勇自己，他这一期的人生恰是印证了这一点。我总觉得他一直活在怀旧中，他追怀他的叱咤风云的父亲，追怀他相濡以沫的挚友，追怀他得到艺术启蒙的童年时代的上海，追怀他梦里头传唱了近千年的吴歌昆曲。所以，这是一个崇尚美好到了极致的人，而他因此也成就了一个美好的自己。正是在真善美的怀旧底色之上，他描绘出了所有的斑斓和璀璨。

　　多少令我感到遗憾和失望的是，话剧《永远的尹雪艳》加了一场小说中没有的戏。那是在"文化大革命"年代，当年百乐门八面玲珑的经理遭到了"革命"的戏弄：翩翩起舞的"白毛女"忽然间收拢住踮起的优雅足尖，厉声斥责他的胜于黄世仁的罪行。此时，剧场里泛过一阵轻浪似的笑声，而当散场之后，我听见一些观众称这是"出彩"的一笔，很快意很搞笑。我有些困惑，沉重历史中的荒诞和耻辱就这么被轻快地消解了？如果这也是一种怀旧，那它的底色是什么呢？联想到至今还有不少人怀念和赞美"文化大革命"，我不禁心寒。这种怀旧是丑陋的，它的底色只能是假恶丑了，它所生发滋长的是贪欲，是枉法，是人性中最阴暗的东西。从这个意义上说，怀旧的底色决定了不同的怀旧层次、境界和价值。由此说开去，倘若怀旧也是一份记忆的话，那我们应该捍卫应有的记忆，拒绝不应有的遗忘。

前几天，那个刮风下雨的晚上，我和黄丽娅坐在一家陈设雅致的餐馆里。隔着窗外的风雨，走下舞台后洗尽铅华的黄丽娅告诉我说，这段时期，她无法抑制地一直沉浸在怀旧的氛围中。我问她，你是否怀想着尹雪艳那个时代的浮华奢靡，灯红酒绿，钱权名利？她摇了摇头说，不是，只是怀念许多已经失去了的堪称美好的东西，那是属于精神和品位的。其实，在我看来，所谓怀旧，便是将逝去的美好的东西通过怀念而留存在心里。这样的怀旧，有着一抹发亮的底色，它是明亮的、向上的，蕴藉着人类文明传承的密码和基因，绝不是回复过去的罪恶，而会将我们导向更多的美好、更大的希望和更远的未来。

二〇一三年六月

流寓

当我出差回到上海，将一张所住旅馆的房卡封套放进小盒子里后，我情不自禁地又把它们倒出来，全部数了一遍，一共有七十二张，这就意味着，在最近的五年多时间里，我已经在各地下榻过那么多家旅馆了。

出门在外，总会选一个合适的住处，在我看来，这是一个流动的寓所。我住过顶级的豪华酒店，也住过没有名字的小客栈，可回想起来，真正让我记住的并不多，而留下美好记忆的，无一例外都是能让我找到居家的感觉的。

丹东国际酒店的睡床居然那么高，以至我每次都是蹦上去的，犹如跳高一般，结果，来访的朋友们也都不无惊讶地一个个跳上床来，所有人都说这就像是东北人家里高高宽宽的大炕，于是，大家围坐在一起，盘起腿，亲密无间地唠嗑起来。乌镇通安客栈是典型的江南明清建筑群落，蜿蜒的走廊仿佛没有尽头，而散落在边上的一间间客房都古色古香，床是架子床，有立柱，有围栏，还有床檐；衣橱则是圆角柜，两扇门敦实厚重，上头还有大大的铜环，让我感觉像是来到了外婆在乡下的房舍。而法国尼斯火车站对面的那家旅店，虽说很小，但人气颇旺，这是源于老板很聪明地将所有的客房都放在楼上，楼下则布置成一个大客厅。出门在外的人难免会生出孤独感，这时，如果你去到底楼客厅，来自世界各地的旅人纷纷微笑着邀请你喝一杯葡萄酒时，那份寂寞很快便烟消云散了。人们都在热情地说话，用各自不同的语言，你发现其实并不很清楚对方在说些什么，可彼此却都感到谈得非常投机。用老板的话说，这就是家庭沙龙的魅力。

年初的时候，我和母亲、妹妹去香港游玩，我们住的是九龙公园旁边的龙堡国际酒店。入住的时候，前台先生问我们，今天正好空出一间家庭房，你们需要吗？我们没有商量，却异口同声地说需要。开了房门进去，只见里面放着两张上下铺的床。虽说整个房间显得逼仄，但我们却很高兴，因为，我们仨已经许多年没有住在一个屋子里了。我们立刻就回到了遥远的过去，那时，我们全家六口人住一间十六平方米的公房里，每到晚上，要打地铺睡觉，所以，木地板永远都擦得一尘不染。全家人住在一个房顶下，拥挤而快乐，守在一起特别安心，息息相通，互依互存。后来，随着我们这些孩子各自成家，搬了出去，原有的一家人就分开了。如今，我们再次居住在一个房间里，过往那一幕幕温暖的情景重又展开了。

最近一次出差，我住在北京国图宾馆，它归属于国家图书馆，这使我有了一次不期而遇的全新体验。宾馆走廊里一块块硕大的装饰板上，都是影印的历代书法名作，而客房之间都设有顶天立地的书柜，里面摆满了书籍，从经史子集到中外文学，从美术、建筑、设计到量子力学、区域经济、学前教育，无所不包，应有尽有。我从这架书柜走到那架书柜，犹如穿梭在自己家中的书房里，当我把一本本心仪的图书捧进房间时，真有一种流动的寓所照样可以坐拥书屋的欣喜。

二〇一三年九月

都市的呼吸

夏末的那天晚上八点钟，我按时来到上海话剧艺术中心，在门卫处领取我通过微博申请到的入场券。于是，我与一场文学朗读会如约相遇。

这是二〇一三上海写作计划的开幕式。上海写作计划已经进行了六年，每年邀请几位外国作家来上海生活、写作两个月。据说，先前的几年没有这样的开幕式，而这次的安排于文学是最贴合不过的了。

我是从苏州河的北边去往南边的安福路，所以一路上看到了夜色初降后的许多街景，人们都在急急忙忙地赶路，脸色沉凝，还有不少的疲惫，好像心事重重。大大小小的马路安静的少，喧哗的多，很多车辆都不停地按着尖锐刺耳的喇叭，显得没有耐心，表现出一种很是抓狂的态度，我觉得他们不但是在催促别人，也是在催促自己。总之，这个大都市失却了平顺的呼吸，烦躁不安，甚至很有些窒息。

但是，上海话剧艺术中心三楼 D6 艺术空间却将所有的焦躁和喧嚣都关在了门外，一切都安静了下来。那晚，我听到了由作家或艺术家们朗读的诗歌、小说和话剧剧本，其中有比利时诗人杰曼·卓根布鲁特、尼日利亚剧作家赞纳布·加罗的作品，也有我们中国作家王周生、毕飞宇的作品。令我惊奇的是，朗读者无一例外地选择了浅声低诵，没有费力费劲——当用文学表达心声的时候，的确无需声嘶力竭，而我们倾听这样的声音，也无需煞有介事地弄出什么动静来。那天，让我最为感动的，莫过于表演艺术家许承先朗读王周生的长篇小说《生死遗忘》片段了。这部小说我早就看过，但听别人用低缓而磁性般的声音朗诵，的确有着不一般的感受。如果说，看书纯粹关乎自己一个人，那么，朗读就是在场者共同完成的阅读了。许承先朗读的是《生死遗忘》的尾声部分，既有对身患老年失忆症的主人公最后命运的描述，又有作家对一个人乃至一个国家、一个民族的记忆和遗忘的深切思考。文学的力量震撼并打动了每一个听众，整个大厅是那么安静，安静得只能听到彼此的呼吸。息息相通在这个拉开了人与人之间距离的时代，自然是令人欣喜的，温情的暖流汩汩涌动。

也许有人会说，这样的文学朗读只是圈子里的热闹，与普通人无关。但事实并非如此。今年仲春的时候，我同样在微博上看到了一则文学朗读会的消息，这是一位网名叫"沁沐然"的女子发布的。她喜欢写诗，却又甘于寂寞，远离驳杂纷呈的诗坛，只是将自己写下的文字不张不扬地一首首贴到微博上。时间一长，也就有了自己的"粉丝"，有了诸多未曾谋面的诗友。于是，她就有了举办一个小小朗读会的念头，希望让自己的文字与和美的声音融合在一起。我也去参加了。那真是一个美妙的下午，我没想到，会有这么多的人因为热爱文学，热爱诗歌而聚到一起。那位提供场地的年轻老板，声音醇厚，他朗读沁沐然的《良辰》煞是迷人："在黄昏的街边，细数，半梦半醒的长空。日光微澜，世间所有不期而遇的邂逅，都停在了良辰。转角咖啡店前，一段相互交错缠绕的轨道静谧着。很多年以后，踮起脚尖仰望远方，总有一班车，会及时抵达你的身旁。"这时候，一切都归于恬然清静，唯有馥郁的芳香在彼此的呼吸中悄然绽放。

我想，一座城市的魅力其实真的不是靠着它的繁华和堂皇，而是来自于它所拥有的和畅稳妥的呼吸，没有这般呼吸的都市是没有多少生命力的。都市的呼吸就应该是这样的：从容而舒坦，安然而宁静，诗意而丰蕴。如此，都市才会有安详的昼夜和四季，无论白天还是晚上，无论春夏秋冬，都展现着它的美好和温润。而文学朗读会，是对当下躁戾呼吸的一种积极、可靠的调整和修复。

或许就是这种认识，今年上海写作计划的主题是"呼吸"。王安忆这样阐释这个主题："上海的空气难免是混浊的：汽车尾气，冷暖空调外机，土木工地的粉尘，制造业燃油排放，还有中国厨房的热锅和调料……可是，也许有那么一瞬间，所有的喧哗躁动偃息下来，风止雨停，工地歇工了，厨房熄火了，制造业的流水线无声地运作，你会觉出呼吸的轻盈，轻盈得就像舞蹈，简直能飞上天。我们请这些外国作家来，就是为了一起经历这呼吸的传奇。"

那么，就让我们一起来体验并成为这样的都市呼吸吧。

二〇一三年九月

变脸的艺术

前几天，在四川成都见到了川剧表演艺术家欧阳荣华先生。欧阳先生的父亲阳友鹤是一代川剧宗师，开创了独树一帜的"阳派"川剧旦角表演艺术，被誉为"川剧界的梅兰芳"，而梅兰芳看过他的《秋江》后说，我们的《打渔杀家》都不敢演了。欧阳先生是阳友鹤的长子，如今也年逾古稀了，他从小跟着父亲学戏，为传承、发展、丰富川剧表演艺术作出了自己的贡献。

我跟欧阳先生谈起川剧的变脸艺术，说到现时这门艺术绝技已变成一种杂耍了，说起川剧就是变脸、吐火，没有了表演程式，没有了唱腔、身段，一门完整的艺术被弄得支离破碎，由此变了脸，真是让人揪心。其实，没有谁比欧阳先生更有资格来谈变脸艺术了。当年，他赴京演出《白蛇传》，首次以川剧变脸的绝技表演轰动京华；而他几十年来所搜集、整理和创作的逾千张川剧脸谱，具有极高的珍稀性、研究价值和艺术魅力。我一打开他新近出版的《欧阳氏川剧脸谱》便爱不释手。对于我所说的变脸艺术变了脸，欧阳先生更是痛心疾首。

事实上，非但川剧的变脸艺术变了脸，其他的艺术"变脸"也比比皆是。最近，作为制片人，我忙于改编文学大师李劼人先生描写保路运动的名著电视剧《大波》的创作，在工作中也深感电视剧艺术变了脸。如今，中国已成为世界上电视剧生产第一大国，可今年，不管是业界，还是观众，都说是个"剧荒年"，鲜少有给人留下深刻印象的精品力作，反倒是粗制滥造的雷人剧迭出。为了博取观众眼球,电视剧胡编乱造到罔顾艺术,真令人瞠目结舌,然而收视率却始终低迷。有人问我原因何在,我毫不讳言,艺术的丧失是罪魁祸首。

我不想深究更多,所谓见一斑而窥全豹。在我与众多演员接触的过程中,他们谈的最多的不是艺术,而是金钱;首先探讨的不是角色,而是"报价"。每每我都想与这些明星先聊聊我们这部电视剧的意义,聊聊文学大师李劼人先生,聊聊剧中那些焕发着生命光彩的人物,但他们都没有给我机会,因为他们一个个都是每集片酬少于一百万元免谈。我们这部三十集的电视剧总预算为四千五百万元,也算是不小的投资规模了,但是,如果一个明星就要拿走三千万元,剩余多少可以真正用于制作,所有的人都能算得出来。这样的话,制作费用捉襟见肘,直接导致艺术质量的下降。有人问我:"你想把多少钱用于制作?"我干脆地回答:"不少于总投资的百分之四十。"他们便讥笑我:"那你是好莱坞了。"我回敬道:"我就是这么想的。"我想,如果艺术家们不再谈艺术,只钻在钱眼里,那这样的"变脸"不仅会毁了自己,也是对艺术和观众的极不尊重。所以,为了捍卫艺术,为了给观众奉献制作精良的艺术作品,我只能对高价明星说不,起用新人,虽然我将因此而承担太大的风险——当艺术"变脸"之后,一部电视剧不可理喻地成了明星与其粉丝的狂欢,却和艺术无关。

虽说我从事影视剧的制作，但我自己更认同作家的身份，因此，在每天的"灯红酒绿"过后，我都会悄然返回书桌，沉浸于孤独的文学写作之中，享受着坚守艺术所带给我的一份慰藉。不过，看来，连文学写作也摆脱不了"变脸"的命运了。近日，读到一篇谈论小说创作的文章，称需宽容小说中植入广告，我真正是莫名惊诧。植入广告广为人知，是最近几年影视剧开的先河，及至今日已泛滥成灾，成为导致艺术丧失的一大祸根，从广为人知到广为诟病，已让制作者有所收敛，不敢再肆意妄为。说实话，也有烟酒服饰企业找到我，让我在电视剧《大波》中进行广告植入，但被我断然拒绝了，因为我不能背弃艺术，让这些"时尚"的烟酒服饰出现在一百多年前清末民初的社会生活中。不可思议的是，向来姿态独立的小说创作，竟然也要植入广告了。我想不明白，被植入广告的小说，将会是怎样的一副模样？倘若植入一支牙膏广告，莫非让小说的主人公一天二十四小时不断地刷牙，张口闭口便是此款牙膏如何好用，止血、脱敏、美白、洁齿？这让读者如何消受得了！

听闻一个当红女星拒绝在电视剧中为植入广告说台词，她倒不是坚持什么艺术操守，仍是为了一个钱字，说是"要我开口，那得给我百分之六十的广告植入费"。为了保证植入广告，最后，剧组只得被女星所要挟。我无法想象一个作家也可以这样，写小说的时候，不是潜心于整体构思、人物塑造、故事铺陈、细节捕捉、情绪传达，而是考虑植入什么广告，为获取商业利益在写作中煞费心机，这样的创作还有艺术可言吗？还会得到读者的共鸣吗？艺术至此，已经不是"变脸"，而是"变天"了。

我由此想到英国大作家D·H·劳伦斯曾经告诫过我们的话："无论要成为什么样的艺术家，某种精神上的纯净都是必须的。每家艺术学校的门上都应该写上这样的座右铭：'保佑精神上纯净的人，因为他们身处天国。'"

二〇一三年十一月

青果巷

前些天，收到从北京寄来的周有光老先生为我题签的大著《我的人生故事》，书中展示了这位一百零八岁的老人对世界、国家、人生的丝毫不减的热诚关怀与敏锐思考，真所谓"造次必于是，颠沛必于是"，令人不胜感慨。

书中第一辑《从青果巷到纽约》，记述了周先生整个求学时代的经历。原来，周先生的老家在常州，住的那条巷子叫青果巷。老人回忆说："青果巷有意思，瞿秋白、赵元任、我都住在青果巷，我们三个人都搞文字改革。"其实，我小时候，也曾在青果巷住过一阵子。可那时正值"文化大革命"，这三位先生都是被打倒了的，所以，我压根就不知道我住的这条巷子里还曾有过这些邻居。

青果巷是个南北向的巷子，近两华里，铺着青石板，两边都是房屋，青砖雕瓦，绿荫垂墙，当中隔着京杭大运河。明代万历年间，这里船舶云集，店铺林立，成为南北果品的集散地，故名"千果巷"。后来，运河改道，果店迁移，此处成了清幽之地，官绅纷纷来此营建宅院，形成常州城里唯一的一处名门望族聚集地，巷名也随之改为青果巷，多了一番意境和情致。周先生家的房子叫礼和堂，瞿秋白家的房子叫八桂堂，我不知道我所住的房子有什么名堂，只记得一个三百多号的门牌号码。

在我眼里，青果巷是条伴河的长街，运河两旁的老屋才是真正的巷子——推开任何一扇大大小小的门，里面都幽深绵长。周先生的家在青果巷的东边，他说他家的房子是明朝造的，很了不起，即使很旧了也不能拆掉，于是，后来又在边上建了一座新的房子，连在一起，房子有好几进。而我则住在隔着河的西边，那是我舅公舅婆的家，房子也很破旧了，但并不狭小，还是两层楼，连老鼠都少有障碍地窜来窜去，把我的衣服咬出一个个洞来。同样的，我们这里一进一进地也有许多房子，住着好几户人家。想来应很拥挤，不过，我却一点也没感觉到，因为我们这一进的房子外，有一方很大的天井，可以跳绳，可以踢毽子，还可以玩跳方格子和写王字的游戏，显得天地开阔。

在周先生的记忆里，他家前门在路上，后门在水边，他要过了河去上学，而河没有桥，只有由船连起来的渡桥，人在船上走过去。这自然是很早很早以前的事了，我没看到过这样的景象。但我有着自己的记忆。和我一起在青果巷住着的，除了舅公舅婆，还有他们的女儿，即我的小姨。我小姨只比我大六七岁，那时，才刚上初中，活泼开朗。一天，小姨带来了她的同班女同学，我第一次以羞涩的目光注视一位我以往从来没有见过的美丽女孩。那天，就在天井里，她和我小姨为我一个人表演了一段自编的芭蕾舞，流光溢彩，把我看得如痴如醉，觉得青果巷里里外外所有的花儿都同时开放了，如同《常州赋》中所云，"桃梅杏李色色俱陈"。

可是，这样一条充满人文底蕴的古巷，近年来却不断遭到蚕食，尤其是我住过的巷西一段，已被拆得面目全非，荡然无存，其中就有洋务运动代表人物盛宣怀和清末谴责小说《官场现形记》作者李伯元的故居。幸运的是，听闻周先生家所在的东段已被划作保护区域，但愿青果巷还能像周先生所希望的那样，在有月亮的时候，让所有曾在此居住过的人们，可以枕在童年的摇篮里，听到安然宛在的水声和风声。

二〇一三年十二月

毛边书

我不喜欢毛边书，那是因为我向来以为书就是要用来读的，每一本书有缘到了我这儿，如果我没有读过，犹如给我一件不能启封的礼物，即使再贵重，也是不会珍惜的。对于书，我始终保持进入阅读的状态，轻轻地打开，然后一页一页地翻读，感觉着一种贴切的抚摸。而毛边书似乎就是用来收藏的，只为占有，无关阅读。

这样说，当然有失公允，甚至会被认为无知。毛边书也是书，原本也是让人读的，只不过形态有些不同而已。毛边书发端于英国、法国、德国等欧洲国家，中世纪时，便有出版商为贵族制作毛边书，配上裁纸刀，可以悠悠然地边裁边读。我最尊敬的鲁迅先生十分痴迷于毛边书，他所著所译所辑的《呐喊》《彷徨》《朝花夕拾》《苦闷的象征》《唐宋传奇集》等，无一不是毛边书。我想，先生一定是钟情于毛边书的形态之美，因为，可以感受到一种不加裁切的粗犷朴素本色。但不管怎么说，我相信先生不会为难他的读者，他从来没有说过要将不喜欢毛边书的读者拒之门外。据说,先生要求北新书局刊印他的书必须是毛边书,一本都不许切边。可偏偏有一次让先生"逮个正着",书局老板李小峰为此解释,装订的时候,便将毛边的摆出去卖,却没有人买,说是读起来不方便,于是索性都切了边。先生听闻后虽然表示不满,但也没因此责令收回,还是相当通融的。

如今,在传统的纸质书遭遇前所未有的困境之时,倒是涌现出一批"毛边党"来,有大家,也有普通人,他们对于毛边书的钟爱几近痴狂。一般毛边书印制不多,价格又高,但他们四处追逐,不惜散尽钱财,令我不得不肃然起敬。他们中有一些是我相识的,也有人来拉我入伙,我便不惮发问:"你们究竟是阅读还是收藏?"他们坦诚的回答几乎一致,都是用作收藏的。于是,我也坦诚地告知,我是一个读书人,不是藏书家,我拥有的书都是用来阅读的。

有一次,我与毛边书不期而遇。我想读出版家俞晓群先生写的书《这一代的书香》,网上居然没有平装本,只有毛边书,我只能将就着买了来。那时,我正在病中,刚刚动了手术,元气大失。为了看书,我只能拼将全副劲道,好不容易才将书一页一页地裁切开来,由于没有裁纸刀,只好用硬纸片替代,结果裁割得坑坑洼洼,美感尽无。这是我读的最用力气最为艰难也最感歉疚的一本书,大冬天里,我仍汗流浃背。前些天,我在北京见到俞先生时，将此事告诉了他，我想，他一定也是个"毛边党"人，会不屑一听的。岂料，他听后说，其实，他也不喜欢毛边书，阅读起来确实困难。原来，这位出过毛边书的出版家能与我感同身受。我想，对藏书家而言，毛边书无疑是种好藏品，而对我这样比较纯粹的读书人来说，我最喜欢的还是能够一页页翻阅的书，喜欢看见书页在微风中随意翻动。

二〇一四年三月

星星还是那颗星星

就是这么一晃，整整三十年过去了，可星星还是那颗星星，一切都未曾改变。有人说，怎么可能，岁月都会催人老呢。可是，对我而言，即便容颜已改，但星星犹在，我心依旧——因为我一天都没有放弃过儿童文学；怎么可能放弃呢，那是一方让我永远抬头仰望的星空。

一九八三年，我发表了第一篇儿童文学作品，那是篇散文，名叫《星儿》。这篇散文源于我的童年记忆。暑假的时候，我去到乡下，第一次看见夜晚的天空中有那么多明亮的星星。它们就像一条条大河，从四面八方向我倾泻而来，令我惊讶不已，随之而起的则是强烈的好奇、神秘，以及特别的空阔感和渺茫感。我第一次有想与星空对话的欲望，但我太渺小了，而且我甚至都不认识武仙座、天鹅座、人马座、天蝎座……这些夏季里最为明亮和动人的星座。那时候，我刚刚读到圣埃克苏佩里的《小王子》，在莫名的感动中，我决定以后要写儿童文学，因为我相信，如果不写的话，我一定会随着时间的流逝渐渐地失去纯真、正直，失去理想、诗意，失去诘问和探索的胆略与气魄。尽管浩瀚的星空夜夜当头，但星星很快便会视而不见。我希望自己能永远看得见星星，在静谧安宁中默默地与星空交谈，并由此打开、拓展自己的胸怀。

　　我就这样开始了儿童文学的写作，一写就是三十年，我真为自己这一生的选择深感庆幸。三十年过去了，最大的收获莫过于任凭时光流逝，我却保持了一颗永不泯灭的童心。怀着一颗童心看世界、看人生是不一样的，那里充满了热忱与烂漫、好奇与梦想，可以看到比日月星辰更为广阔和丰富的景象。正是拥有一颗童心，我才可以那么完美地感知自己的生命，那么深切地感知这个世界；才可以历经艰险、坎坷和磨难后，继续勇往直前，向往和相信美好，始终憧憬着未来生活的通透光亮；才可以每天还仰望星空，在无垠的天际放飞自己的梦想和追求。同时，让我感到宽慰的是，我笔下的那些孩子对我永远不离不弃，始终陪伴着我，鼓励着我，而我自己也常常牵挂着他们，惦念着他们，希望他们在我的注视下慢慢长大，并且有美好的未来。事实上，有一天我发现，我自己也是在我笔下的孩子的注视下，一天一天成长着，就像我在一部中短篇小说集中的题词中所写的："我的眼前，时常浮现出一双眼睛，它总是默默地注视着我。许久，我都没能认出这是属于谁的眼睛，直到有一天，我忽然顿悟了——这是一双孩子的眼睛。在经过许多艰难之后，我感谢这双眼睛，因为它的注视，我才没为接踵而至的诱惑所眩晕。我虔诚地期望这双眼睛能伴随我的一生，即使在黑暗中也能看到光明。"

　　或许是冥冥之中的天意，距三十年前的处女作《星儿》之后，我最新出版的作品，虽然是部长篇小说，可书名居然如此贴近，叫《星星湾》。虽是巧合，却没有刻意为之，但细细想来，应该也是坚持儿童文学理想及其写作的因缘吧。从《星儿》到《星星湾》，那是连成一片的三十年的日子、三十年的追寻。

　　《星星湾》犹如一则寓言。男孩波亚想去到一个名叫"星星湾"的地方，那是这个世界上最最美丽的所在，那里充满了爱和温情，也充满了自由和快乐。其实，这也是我最向往去的地方。但我不知道，星星湾究竟离我们有多远；我也不知道，我们究竟能不能真的去到那里。这是一段很遥远很艰难的路程，如果没有勇气，没有信念，没有真诚，是根本走不下去的，很容易就会放弃。正是因了波亚，我才敢于展开这样一次走向自己理想之梦的旅程。在去往星星湾的旅途中，我深深感受到了天真、勇敢、善良是孩子的天性使然，大人们根本无法撼动，而这些正是大人们连同理想、信念、精神都失落了的东西，所以，在大人们的心里面，是没有星星湾的。还好，孩子们为我们保留下了不该丢失的东西，并像一面镜子映照出了所有的人心。波亚的勇敢在于他的童真，而童真的力量竟是如此强大，所有的胆怯、怀疑、担忧、恐惧都会被战胜。我觉得自己非常幸运，在与波亚一路同行的路上，我的心里充满了温暖，充满了感动。虽说我们或许没有像一开始出发时想象的到达一个确切的星星湾，但谁能说我们没有最后抵达呢？其实，我们真的已经抵达了，原来，最最美丽的星星湾就在我们的心中，无论白天还是黑夜，那方净土，那片净空都永恒地闪烁着耀眼的蓝色光芒。

有人说，文学是生活的某种隐喻。说起来，《星星湾》这部现实与幻想交错的小说的创作，最后竟与生活本身重叠在了一起。这部被列为上海市重大文艺创作项目的小说写到一半的时候，我已感到身体明显不适，待我完成之后，仅仅一个多月，我便确诊罹患了胃癌，随即做了肿瘤切除手术。那真的是一个特别寒冷的冬天，我陷入了无边的痛楚和绝望。但因为有亲朋好友们的关爱和慰藉，也因为有文学带给我的勇气和力量，我一步一步地走进了生命中新的春天。上海作协的秘书长臧建民先生带来了领导们的问候，许多同仁前来看望我，鼓励我，而我尊敬的师长和朋友秦文君女士带着编辑，坐在我的病床边上，与我签下了《星星湾》的出版合同。后来，我抖抖索索地坐到书桌前，打开电脑，写下了该书的后记。我第一次感到写作竟是如此困难。那时，我的体重骤降到八十来斤，皮包骨头，夜夜失眠，颈椎腰椎疼痛不已，手臂无力抬举，虚弱得按不下电脑的键盘。那篇小小的后记，我断断续续地写了好多天，甚至觉得都写不下去了，但我却写得格外用心，以至超过了写作小说本身。当我终于写完的时候，我感觉心里特别踏实，特别温暖，特别轻松，觉得即使今后不能再写作了也不会有什么遗憾。可以说，那是我的一篇生命的宣言。我想，纵使路断，也要坚信有一个美丽的星星湾就在前方，那里星光灿烂，那里纯净如斯，那是我们最终可以安放灵魂的地方，所以，再怎么着，还是要抬起脚来往前走。令我欣慰的是，小说得到了业界和读者的肯定，获得了年度上海文艺创作优秀单项成果奖、年度上海儿童文学好作品奖、冰心儿童图书奖；二〇一三年十一月，在首届中国（上海）国际童书展上，在"金风车最佳童书奖"评选中，独揽"中国原创童书奖"评委会大奖和读者大奖。值得一提的是，作为一部儿童小说，《星星湾》在《新民晚报》连载后，得到了众多成人读者的共鸣。这让我相信，儿童文学真的是拥有

书事

133

最广泛的读者的，这是所有儿童文学作家的光荣和使命。

星星还是那颗星星。感谢儿童文学，使我至今还常常仰望星空，虽然越来越重的雾霾遮蔽了许多的星光，甚至遮蔽了人们的心灵，但我还是一如既往地像三十年前一样，喜欢坐在缀满星星的大树下，以孩子般的清澈的眼睛，看着人来人往，潮退潮涌，希冀能默默地与星空对话，在星云移动中，让无穷的奥秘、深邃的智慧、永远的纯真填满现实中的虚空和黑洞。

二○一四年四月二日（生日）

于文字中又见上海 Lady

在著名作家程乃珊去世一周年之际，她的典藏纪念版文集《上海故事》由浦睿文化和湖南文艺出版社隆重推出，作为此书的策划人，我实现了自己的一个心愿。

程乃珊是我的文学导师，正是在她的指教下，我才发表了第一篇作品，并由此走上了文学创作之路。对程乃珊，我一直心怀感激和感恩。真是世事难料，二○一一年十二月，我与程乃珊同时住进了华山医院，我被查出罹患胃癌，她则被确诊为白血病。我们相继出院后，在电话里彼此鼓励，要战胜病魔。二〇一二年五月二十七日，我去程乃珊家里探望她，尽管我们都在病痛中，可我们非常乐观开朗，一如既往地聊着文学创作计划，她的声音依旧那么脆亮和畅快。没有想到，这次见面竟是我们的永诀。

去年四月，程乃珊在与病魔勇敢而顽强地抗争了十六个月之后，终于不敌病魔而辞世，令她的读者扼腕叹息，也让我痛心不已。我许下了一个心愿，希望为程乃珊出版一套文集。我把自己的愿望告诉了程乃珊的先生严尔纯，并得到了他的支持。我开始寻找出版机构，最后，我选定了深具人文情怀的浦睿文化。其总经理陈垦对我说，他也正想做这件事，因为在他眼里，程乃珊是一位触及上海灵魂的作家，从来没有人像她这样细致入骨地书写上海，她的作品是对这座传奇之城的百科式解读。他认为，程乃珊的写作是她写给老上海的情诗，是她献给上海这座城市的珍贵礼物。

由此，程乃珊文集的出版正式进入了工作流程。我和陈垦力邀严尔纯作为本书顾问，因为没有人比他更懂得程乃珊的写作用心了，在遴选作品时，他可以告诉我们隐藏在这些作品背后的故事，让我们更能了解程乃珊自己的感受和感知。陈垦还决定，将不惜成本把这套书做成具有高端品质的典藏精装纪念版。我、陈垦与余西等编辑几次上门跟严尔纯进行讨论，最终决定将这套文集定名为《上海故事》，其中有虚构类小说，也有非虚构类纪实作品，内容涉及上海百年来各阶层的生活及其命运的发展与变化，尽可能地展现程乃珊写作的独特视角、涉猎范围和艺术风格。

程乃珊对上流阶层有着丰富自然的感受，又有长期在平民区教书的经历与体验，能用一种不同于他人的眼光看待上海的前世今生。她的作品以还原老上海的风韵气质、描绘细致入微的人心故事著称，因而被称为"张爱玲的传人"。文集由《老上海，旧时光》《上海女人》《上海爱情故事》三本书组成，集中呈现了程乃珊写作中的一个最为重要的主题，也可看作是她的"上海故事"系列，浓缩了上海百年的风韵与时光。

《老上海，旧时光》是程乃珊和连环画家贺友直联袂完成的"老上海画卷"，图文并茂地讲述了上海开埠至今百余年来的小资情调、人情世故、风俗名物、海派风情等，从旗袍到包袋，从冰激凌到自助餐，从弄堂到亭子间，从茶馆到电影院……无所不包。同样身为"老上海"的连环画泰斗贺友直先生，为本书配图四十五幅，他的画被誉为"老上海社会文化记忆中的珍宝"，常常一幅画就可以让人联想起一个时代的上海记忆。

《上海女人》以丰富翔实的资料，娓娓动人的笔触，讲述了百年来各种上海女子的真实故事，比如王家卫御用的"上海百搭"潘迪华，《花样年华》《阿飞正传》里皆有她妖娆的身影和糯软的沪语。她曾活跃于上海的歌台舞榭，后来迁居香港，成为香港第一个华人爵士音乐家。又如一九二〇年代已是家喻户晓的电影明星李霞卿，在事业巅峰期转行成了中国最早的女飞行员，最终魂归蓝天。再如仲太太，曾为京城名妓，一生有过三个男人，每个男人都叱咤上海滩，他们呵护她，宠爱她，但谁也没有娶她，最终她孤身一人面对茫茫黑夜。程乃珊笔下的这些上海女人，既哆又娇，媚中带傲，优雅地穿行于旧租界的古老建筑之间，散发着亦正亦邪的女人香，她们在吴侬软语中，在浅笑烟视间，书写着各自不同的人生传奇。

《上海爱情故事》中的三部小说的背景，都是一九八〇年代，这是一个嬗变的年代，充满了变革的气息，也留存着旧日的伤痕。在《蓝屋》这篇以著名的"绿屋"为原型的故事里，主人公顾传辉在他了解了发生在"蓝屋"里充满传奇色彩的悲喜故事，并得知自己便是这座房子的主人"钢铁大王"的孙子之后，一心想回归豪宅，身陷其中，迷惘也随之而生，给自己的爱情也带来了意想不到的波折。《女儿经》里沈家姆妈为三个大龄女儿的婚事而烦恼。她的三个女儿，个个靓丽，但性格迥异，一个成熟老练，一个多思内敛，一个单纯活泼，她们在面对各自的情感抉择时，各有各的苦恼与失落。《丁香别墅》里，一个是身处陋巷的普通青年，一个是出生于高级别墅的教授之女，他们跨越阶层的差别，情投意合，然而时事弄人，最终两人擦肩而过。当他们在上海再次相遇时，沉寂于内心的爱情也复苏了。这些在上海这座繁华都市里发生的一幕幕有关爱情、婚姻的故事，像是泛着记忆的老照片，让人在日常与传奇之中看到了爱与哀愁，也嗅到了往日上海的味道。

前些天，当编辑给我发来精心设计和制作的墨绿色文集套装盒时，我觉得这是与程乃珊的典雅气质相吻合的。程乃珊爱过，并且理解上海这座城市，在她生命的最后阶段，依然坚持创作，将自己最美好的文字留给了所有热爱、憧憬上海的人。在程乃珊逝世周年之际，《上海故事》付梓开印，我想，这是对她的最好的纪念了，而我们则可以通过文字又见程乃珊这位上海 Lady。

二〇一四年五月

书·人

用一生爱文学

今天，在我已是作家，已经发表了数百万各类文字的时候，我第一次写"序"这样的文章。如果是别人让我写，我大概会拒绝的，因为我想，能为别人写序的人一定是"德高望重"的，而我显然离那样的境界还相当遥远。但是，因为是刘桂荃，尽管我不够资格，但我得知她正在编选自己的文集后，我自告奋勇地提出要为她写一篇序言。我想，老刘会高兴的，因为从某种意义上来说，我能够成为作家，是老刘和我共同努力的结果，并且，我相信老刘可以接受的我对她的回报只能是一篇文字。

如果有一天我会写回忆录，那老刘是最重要的几个章节里的重要人物。老刘影响了我的人生。记忆中和老刘走得最近最勤的日子都是有着浓密的阴云的，那确实是些很沉重的日子，沉重得我甚至无法呼吸。就是在这样的时候,我和老刘成了一生的朋友。我本不会与老刘做朋友的,一是因为她是我的上上级领导,二是因为她是和我母亲差不多年龄的长者;不,准确地说,老刘本不会与我做朋友的,因为与我交往会给她带来许多的麻烦。但我们成了最好的朋友,而使我们跨越无数的障碍走到一起的是文学。老刘那时一定以为我是个文学青年才理会我的,事实上她对这个世界的度量衡全然是以文学来做标准的。她像热爱生命那样热爱文学,这没有什么大惊小怪的,只因她是一个天生的文学的信徒。老刘有很好的眼光,我的确像她以为的那样,我和她是一样的文学的信徒。

阴云笼罩的那些时日,因为有了文学的支撑,我心里始终洒满了阳光,而那阳光的暖热的温度是老刘给予我的。想想文学是怎样的一种东西啊,它竟然让老刘在一片白茫中洞察到了我的未来,并且为了向世人点破这一点,她甚至甘愿为道义作出牺牲。而所谓的我的未来,其实是一种象征,是老刘对于这个世界的理解和理想。这所有的理解和理想,都是根植于文学。在我的眼里,老刘这个文学的普通的信徒是极其伟大的,因为与其说她执守了文学的信念和要义,毋宁说她以自己尊贵的人格赋予了文学最最重要的品质。

时至今日,我的梦里还会有骑着自行车往五角场方向轻快而去的场景。那是二十多年前开始的真实的场景，绵延至今。有着隔离围墙的驻区，感觉是宁静而幽冷的，一排排的冬青井然有序，却在葱茏中透出些许郁闷。我骑着车轻快而去，因为那里有文学的召唤，有文学的庇护，有文学的知音。我想，终有一天，我要把这条我骑车而去的路写下来。这条路承载着太多的凝重，可因为有了文学而变得轻快起来。这条路是老刘修筑的。我相信文学正是因了这条路而生生不息。

老刘修筑的路把我引了出去，而她自己也不懈地坚持文学创作。老刘只是一个普通的文学爱好者，但我从来没有听到她说我不再写了，相反，我所看到的是她越写越多，越写越好。收在《桂荃文集》中的文章，大多是老刘在退休之后写的，可见她的努力、勤奋和执着。我知道，她没有发表的文字比发表的多，而我认为在她没有发表的文字里有着更多的精彩，而它们是更加接近于文学的本真的。我这样说，是因为后来我有机会编报纸的文艺副刊时，我当仁不让地做了老刘的责任编辑，我也在不得已中删减过她的文字；我这样说，是因为老刘的写作是独立的，毫无任何功利的因素，不为发表，不为他人的传声，她只专注于自己的感受和感悟，因而她的文字是最真实、最朴素和最诚挚的，至少比我的写作更纯净。有时，想起老刘我会汗颜，这样的时候，我就为老刘，为文学再次感动。

感谢文学，更感谢为文学注入了自己的诠释、并以自己的方式彰显文学魅力的老刘。

写这篇序言的时候，我一直沉浸在激动中，也许这影响了我的表达，但真实地传达了我对老刘及这部文集的由衷祝贺和喜悦。我相信老刘能一如既往地洞察到我的内心。希望老刘真的会很高兴。

二〇〇二年十月

从心灵溢出的文字

当朋友将黄迪京的一摞文稿放到我手里时，我感觉到沉甸甸的分量。

黄迪京是我朋友的朋友。古时就有"物以类聚，人以群分"的说法，而我、我的朋友、黄迪京之间的链接再次印证了这一古训。将我们环扣起来的是文学。文学在我们彼此的心里有一样的位置，在我们彼此的人生中有一样的价值和意义——我们一生膜拜文学，文学支撑了我们的一生。

黄迪京在年少时就深受文学的影响，后来，又因为做了一辈子的国文老师，始终与文学相伴相守。事实上，比起我的朋友，黄迪京跟文学的关系更加纯粹，更加紧密，也因此更加文学化，她几乎就是以文学的尺度来丈量世界、丈量人心的。而当黄迪京在黄昏时分,以最虔诚、最认真的态度来编撰自己的文集时,自然便是极致的完满的文学人生。一个普通的人如此追求、坚守文学是令人起敬的,正是这样的敬重让我感到了沉甸甸的分量。

从黄迪京的文稿中,我读出了她的热情、率真、善良、慈悲,还有一些天真,甚至一些叛逆。那篇《无题》,叙写了她和朋友的久别重逢,密密匝匝的文字里尽是密密匝匝的心绪,还不避讳地写出了两人间的一点不谐和的"噪音",但唯其如此,她对朋友的真挚,对友谊的忠诚才跃然纸上。我还很喜欢那篇《绿衣使者》,以很朴素的文字写了在老街送了几十年信的邮差。冬去春来,日复一日,邮差为千家万户传递着亲朋好友间的深切问候,但他自己对别人的感谢却总不搭腔,只是淡淡一笑。时光悄悄地流逝,邮差老了,他耸着肩,坐在报摊一侧的矮木凳上,可他依旧穿着那件已经洗得发白的绿色邮装。我不由得怦然心动,领略到人生的沧桑和执守生活的宁馨。《儿时的老师》《我的学生们》,流淌着许多明亮的爱意;《我登上了泰山》,难得笔触遒劲,一如气势恢宏而凝重的泰山;《残存的记忆》,则又让人随着她的思绪走过童年记忆里的竹林、大河、巷子、吊脚楼……

我很惊讶黄迪京于文字中显露的浪漫情怀。她对一景一物一人总是那样的敏感,可以生发出许多的联想和感叹，而她选用的词汇又是那样的优美和灵动，富于音乐性。如《感谢青城山的恩泽》，索性在描写杨梅林中的鸟声时注上了可以视唱的音符。我想，只有内心年轻、磊落的人才能写出如此的文字来，一个心态苍老的人是木知木觉的，连曾经有过的浪漫情怀都已然作古。我更惊讶黄迪京于文字中传达的对生活的追问。人到了一定的岁数，更多的是安于现状，不愿回首一路走来的人生，更不愿对之进行反思和诘问。但她却始终不懈地剖解着、自审着，希冀得到精神层面的答案，以至有时感受到痛苦、烦忧和迷蒙。不过正是由此，她的文章获得了思想的力量——就像她自己所说，或许那些思绪杂乱纷繁，但总表明思想在流动，而思想的冰封、心灵的僵死是最可怕的。

听我的朋友说，黄迪京是个内心很丰富也很细腻的人，她凡事要求完美，对友谊、爱情、婚姻、家庭，幻想得如同诗一样美丽动人。确实，贯穿于黄迪京文字的是一种高贵而充满诗意的理想，我相信这也贯穿了黄迪京的人生。一路而来，她肯定走得并不轻松，有过坎坷，也有过艰难，但正是凭着那份永不毁弃的理想，她的路越加宽敞，越加坦荡。她那坚守的理想是贴着文学的标记的，她整个的生活因着文学闪出光芒。黄迪京将自己的文章称作是"从心灵溢出的文字"，这再恰当不过了，她是一个用心灵写作的人。如今，她正在编撰个人文集，这是文学对她的回报和馈赠，足以让她在其间感到快乐和慰藉。这也是她人生的辉煌，许多人还无法达到。

还在黄迪京求学的时代，我的朋友在她生病时，曾走了来回四十里地，给她送去一百个鸡蛋。岁月如梭，而今因了我的朋友，我也和黄迪京成了"忘年交"，只是作为小辈的我，今天，只能以一篇小文遥寄尚无缘相见的远在成都的她。

黄浦滩头，危乎蜀道；昨夜明月，今朝辉光。时空交错，恍然如梦。

二〇〇四年六月

最是痛快数南妮

在我所有的朋友中，不论男女，为人处世最最痛快的当数南妮。

南妮是怎么个痛快之人呢？

比如，南妮是很有点喜欢影视的，说起明星来，比我这个"娱记"还要煞煞清，若是碰到有什么好看的电视剧，也会天天准时候在电视机前。那时，她正编着《新民晚报》副刊的《文学角》，有个作家出了本新书，想请她在版面上宣传宣传，她看过书后觉得还不错。那些日子正是某部电视剧高潮迭起、危机四伏的当口，偏偏那作家每每在关键时刻打电话来催问。痛快的南妮说，告诉你了，要等一个合适的版面。真的等到了，南妮不但登了文字，还给登了一个书的封面，但她写了一篇文章说：此种人，道不同，不相谋。

又比如，南妮是玩心很大的，一直想到处走走，我就和她及一帮朋友去泰国的普吉岛玩过。南妮常常用憧憬的口吻说，要去法国看看埃菲尔铁塔，要去印度看看恒河。结果，真的有了次机会可以参加一个代表团去印度了。不料，临走前她女儿身体有点不舒服，她登上了飞机还是放心不下。这时候，因了什么原因，需要旅客下机再等待一两个小时，此时，痛快的南妮说："那我不去印度了，我要回家去看看女儿。"她说放弃就放弃，在代表团众人诧异的目光中，坦然地打道回府了。回到家里，女儿问："妈妈，你已经从印度回来啦？"

再比如，南妮是很注重年轻的。年轻就有活力，就有生活和创造的激情。当然，这年轻不是与年龄画等号的，在南妮看来，有的人很老了，但很年轻，有的人很年轻，但却很老。南妮认为自己很年轻，也认为自己有一帮很年轻的朋友，我就很荣幸地忝列其中，尽管我已"奔五"了。那次，她随一个采风团去印尼采风。团里有几个人按北方的敬称，叫她"大姐"。她受不了，说："你们不要再叫我'大姐'了，这样叫，我不高兴。"

当然，还有好多：作家协会征集手稿，有人让南妮也去送，痛快的南妮说"我又不是大家，谁会在乎我的手稿，徒然增加人家的麻烦"；哪里要赠送给她一整套书，痛快的南妮说，她是看不过来的，再说家里也没地方放，即使放了不去看还不是浪费？

看看，这样的南妮是不是很痛快？

我是很欣赏南妮的痛快的。与其说这种痛快是种个性，毋宁说这是一种本质。南妮的本质在于她的朴实和率真，毫不伪饰，毫不做作。南妮非但不忌讳，还很自豪地说自己出自上海郊外的南桥，她给自己起的笔名就叫"南妮"——南桥的妮子，朴实到家，率真至极。南妮的痛快就是生长在这样的本质基础上的，是怎样就是怎样，不转弯，不打格愣。

南妮的痛快原汁原味地贯彻在她的文学创作中。读南妮的散文随笔，随时都会让人击节感叹痛快淋漓，那些文字都是率性的、犀利的。南妮很早的时候出了本叫《回家》的随笔集，我至今记得其中许多精彩的句子。像《裸露》："这个城市到处都有拆迁的工地，那些断壁残垣、砖块沙石赫然裸露在马路上，像一个人翻出了内脏那么恶心可怕。为什么不能在这些被拆除的旧房旧建筑外围，拦起屏障呢？一个城市，连过渡期也这么讲究美观、整洁、新异，那它的完成期、鼎盛期将是不可想象的。"

今年六一那天，南妮送我一本她刚刚出版的长篇小说《我的恐惧无法诉说》。她在扉页上写道："简平，六一快乐！"但是，我读过后却快乐不起来，心里很沉重。说实话，我认为她将自己对死亡的认识和感悟写到给孩子们看的书中，太过残酷了。但是，这就是她的风格，她的痛快之处，即使是死亡这样的题目，也是绝不回避，绝不逃开。其实，对于书中因为感受不到亲情而自杀的少女，南妮充满了最深切的同情，她完全可以不让她死去的，但是，痛快的南妮要痛快地揭示严酷的现实：处于花季的少年们一方面面临着周遭许多的粗心和冷漠，一方面也在成长的过程中陷于自身的困境和难题。这是残酷的不能粉饰的真实，我相信南妮在痛快为文时心里一定受着煎熬。也正是在这一点上，我知道了南妮的痛快有着多少正直、仗义的分量！

我之所以欣赏南妮的带些生涩的、我行我素的痛快，是因为我太明白这样的痛快是多么容易被肢解、被改造、被淹没，只要有一点点的杂念，一点点的功利，一点点的曲迎，就会彻底倾覆，而所有的人都对这样的倾覆无动于衷，觉着理所当然。还好，这个世界上还有一个宣称"生命无需老辣"的南妮，以她坚持着的本真的痛快让人宽慰。对我而言，今生今世，能有这样一位痛快的朋友，实在是人生中一件痛快的事。说实在的，跟南妮做朋友，不痛快也会痛快，或者准确一点说，不会痛快不想痛快也可以欣赏痛快。

二〇〇五年六月

陆梅和她的《生如夏花》

我打趣地问陆梅："你的女儿已经半岁大了，你的新书什么时候生出来呢？"陆梅说，快了快了。话音未落，这就到了六一。那天，陆梅送了我一本新书——长篇小说《生如夏花》，是由少年儿童出版社出版的，真的是属于那个节日的礼物了。

在我眼中，陆梅一直是个温和得有些腼腆甚至矜持的人，所以，我相信如果她会有什么不开心，那一定都不是她自己的原因。谁说这世界上没有可以不"一分为二"的事？陆梅天生就是一个完美的圆。她是工科出身，但她写得一手好文章，文思和文笔都好，要不是这样，她这个跑文学界的记者是得不到如此的认可的。她性格平和，但看问题煞是敏锐，而她的过人之处是能将敏锐的看法平和地表达出来。她看上去像个还在大学时期的女孩，但却散发着成熟女子的魅力。两三年前，我们一帮朋友到泰国的普吉岛玩，在航行于安达曼海的邮轮甲板上，我们忽然间集体惊叹起她的"女人味"。

陆梅的《生如夏花》也呈现出这样一个完美的圆。那是一个和青春相关的故事,这青春是绚烂的、浪漫的、生机勃勃的,却又是忧伤的、残酷的、与死亡并行的,但它们相互映照,在忽明忽暗的青春潮中一起涌动,构成了审美意义上的完整。书中十六七岁的女孩米舒欣从上海去云南丽江旅行,邂逅了因病休学的大学生玛吉以及他的姐姐珠玛、女友阿米依露,由此开始了一段刻骨铭心的人生经历。爱的萌动、依恋、莫名的忧伤和青涩的惆怅,在成长的路途上一站一站地展开来,或许走了岔道,或许陷入坎坷,但哪怕面对死神,都在青春的猎猎旗帜下走向生命的辉煌。所有的男孩女孩都在努力,他们对生命的体验和对爱、友谊、理想的追求,即使听见了玻璃的碎裂声,也要像蝴蝶般在光影交织的十字路口振翅飞升。我感慨于这些年轻人对自身枷锁的破解,更感慨于少女米舒欣的追问——她盼望长大,却又不知道,长大是不是意味着要丢弃渴望,丢弃激情,丢弃灵魂中的一切纯粹的感情?

我没想到,陆梅会把这样一个青春故事安排在丽江,以及由那里辐射出去的玉龙雪山、虎跳峡、泸沽湖……这就是陆梅天生的完美之圆。正是这样的背景,赋予了《生如夏花》这部小说异常动人的诗意,那些如同溪水般源源流出的充满哲理与诗性的句子,美得让人读了心颤。我知道,陆梅是去过那些地方的,她一路走过,将一路的风景都刻在了心底，记忆也便始终是清晰的。而我，虽然也曾到过那些地方，但许多东西都渐渐模糊了。感谢陆梅，读着她的新书的时候，我去那里时曾经碰到的人、碰到的事又一一浮现出来，让我透过多少有些刻意的混沌，洞见自己的内心。

二〇〇五年六月

放飞自己的风筝

　　我和张忱婷认识纯属偶然。那天，张弘打电话给我，要我帮她的朋友做个宣传。张弘是个记者，还是一个充满魔幻色彩的童话作家，她是我极好的朋友，对于她托付的事我是不能拒绝的。我问她：那朋友是谁？要做什么宣传？张弘回答道，她朋友叫张忱婷，是上海浦东新区少年宫的戏剧指导教师，刚刚为孩子们排了一出童话剧。张弘说："张忱婷和孩子们都非常不容易，你是一个有影响力的'娱记'，帮着在媒体上做做宣传，让社会也来关注一下吧。"

　　那部童话剧叫《耳朵》，我很想看一看，但我跟张忱婷联系的时候，她已经带着孩子们赴北京参加全国第二届儿童剧汇演了。张忱婷很了不起，她抱了三个大奖归

书人

153

来：儿童剧大赛金奖、最佳创作奖、最佳导演奖。我是在张忱婷凯旋后第一次见到她的。在前去少年宫的路上，我想此时她一定春风得意，一派欣欣然的样子吧。没有想到，眼前的张忱婷出乎我意料地沉静，她的笑声也是温和收敛的。那天，其实我有好多个采访，那些看似热闹但却空洞的娱乐新闻采访，让我心情变得焦躁，但在跟张忱婷聊着时，我发现自己的心也一点点地沉静下来了。张忱婷毕业于上海戏剧学院导演系，我惊讶于她这么张扬的专业却甘于在少年宫做个默默无闻的教师。她对我说："我的选择是正确的，你知道吗，我的同学中有许多人早就无奈地转行了；戏剧是我这一生无法放弃的光荣和梦想，而我在这里，每天都能真实地触摸到它。"张忱婷的话让我感动，因为在这个浮躁的时代，即使认作一生的光荣和梦想，也会由于种种原因很容易便放弃的。

那年冬季的一天，张忱婷打来电话，要我去少年宫看演出，那是学表演的孩子们的汇报演出。作为指导老师的张忱婷忙得根本没有时间来招呼我们，只见她一会儿去关照小演员，一会儿去调试灯光，穿梭于舞台演出的每一个细节。演出结束时，所有的孩子上台去谢幕，张忱婷却远远地站在一边，但她却使劲地不停歇地鼓掌，完全是忘我了。看得出，张忱婷有着发自内心的欣喜。后来，我问她，跟孩子们打交道是不是太累太烦心了？她说，手把手地教会他们的确很累，但一点都不会烦心的，而且，即使自己有什么烦心事，只要跟孩子们在一起也会忘记，心里特别纯净。我想，我跟张忱婷谈得拢，或许因为我还是个儿童文学作家，我们有着许多共同的话题。但是，文学创作毕竟更多的是个体化劳动，不像张忱婷排演戏剧是直接跟孩子们接触，如果要我跟孩子们天天粘在一块，我想我大概很快就会生出疲倦的。

但是，张忱婷没有，她真的是全身心地投入，她所打造的那片蔚蓝天空是跟孩子们密不可分的。张忱婷曾在工作札记中写道："那是我们在北京的最后一天，我和孩子们在雪地里奔跑，摔跤，打闹，捕捉着流萤般飞舞的雪花。我压根没觉得我是他们的老师，甚至比他们还小，还天真。"这便是我钦佩张忱婷的理由——她所到达的境界，我望尘莫及。

最近一次见到张忱婷，是去少年宫与老师们进行文学交流。离开始还有一些时间，我和张忱婷聊起了她的创作计划。她告诉我，她的"耳朵三部曲"已全部完成了，接下来，她还要编演"眼睛"，编演"鼻子"，编演"嘴巴"……我问："多长时间编演一部呢？"她想了想说："一年一部吧。"她说话的时候，微微抬起了脸，眼神那么清澈，视线投向了远处。我被她感染了。我们像小孩一样掰起指头来算，眼睛三年，鼻子三年，嘴巴三年，"哇，那已经要到二十一世纪二十年代中叶啦！"我们又像小孩一样笑起来，她笑得依旧温和，可我却笑得很大声，我很少这样开怀大笑过。张忱婷告诉我，她的剧作集《耳朵的声音》将要出版了，她希望我能为她的这本书写篇序言，我一口答应了。

那天，离开少年宫，我走到对面上海科技馆广场去坐地铁。广场上，有人在放风筝。虽然是冬日，但风不大，阳光很温暖。我朝天空望去，恍惚间，觉得那渐渐飘升的风筝是张忱婷的童话剧。我想，张忱婷真的是个很完美很幸福的人，因为她可以自由地放飞自己的追求和理想，她所凭借的是坚守的纯真至诚的力量，而这样的力量世界上没有多少人能够获得。其实，这一天，我心里尚有些放不下的事，所以并不快乐，但在这一瞬间，我放下了，心随张忱婷的风筝扶摇直上，直飘向蓝天。

二〇〇六年三月

一路上的真快乐

郑自华要出书了，作为他的同学，我比自己出书还要高兴。

郑自华出的散文集书名叫《一路相伴》，他将篇目发给我看，还是以"路"来分小辑的，比如"收藏一路上的点点滴滴"，"饱览一路上的旖旎风光"，"领略一路上的快乐无限","感悟一路上的人生思考"。而在我的眼里,郑自华的人生也是与文学一路相伴着走过来的。

在我所有的同学中,郑自华是最孜孜不倦地追求文学的。也是我幸运吧,这些年,我亲眼目睹了郑自华对文学创作的热诚和勤奋,我为此而感动。

其实,这对郑自华来说并不容易,在这条文学的路上,他走得很是艰辛。郑自华从小就热爱文学,热爱写作,因此对他而言,所有的辛劳都不算什么。但是,我想,郑自华对写作的自我定位,应该有过相当长的一段摸索,其中不乏曲折;何况,他的写作的爆发也不是一蹴而就的,可以说也经过了漫长时日的积累;再加上创作本身的艰辛,即使是个天才,也会有失败的挫折,也会有文思不畅的焦虑,也会有浮躁不安的侵扰——所有这一切,都让郑自华感受着一路的艰难。

但是,郑自华执着地一路前行,在他人生最成熟的时候,他的文学创作也达到了自己的辉煌。

尽管有艰辛,有曲折,可我相信,郑自华的的确确在这前行的一路上都体验和收获着快乐。

郑自华的快乐来自于写作本身。郑自华是个迷恋写作的人,平时,一说起写作,他就特别来劲,声音立马高昂起来,两眼放光;而且,他有一帮同样迷恋写作的文友,呼来唤去,交流切磋,不亦乐乎。写作对于郑自华是那么重要,缺了这一块,他的人生绝对是有缺陷的,是不

书人

完美的。郑自华觉得写作是个很享受的过程,他说借此可以回忆许多过往的事情,可以细嚼生活的点点滴滴,可以放飞心中的梦想,可以在想象中到达无法在现实中进入的境地,于是,他从从容容地每写一篇文章都尽情地体验一次精神的愉悦。

郑自华的快乐来自于纯粹的写作。郑自华的写作是很纯粹的,他没有多少名利观念,不是为了出名,也不是为了赚钱,这样,他的写作就可以有比较宁和的姿态,不急功近利,自然没有"别筋"的痛苦,想写些什么就写些什么,想怎样写就怎样写,想什么时候写就什么时候写,不会有"遵命文学",不会有勉为其难,不会有心急火燎,不会有一屁股催逼的文债——而对于从事写作的人,这些是最让人厌倦,让人无奈的,它甚至影响到了整个写作的本质和本性,这样的写作一点都不快乐。

当然,给郑自华带来的文学创作上的所有的快乐,归根结蒂来源于他自己这个人。郑自华是一个很乐观的人,他的双腿残疾的生活背景其实并不具有太多的快乐因子,但是他活得潇洒自如,从不怨天尤人,更不悲观自卑,而是微笑着坦然面对生活中的一切,他的笑声始终是爽朗的,明亮的。郑自华是个很热心的人,二十多年来,我们这些大学同学走得依然很近很亲,一个很重要的原因就在于郑自华这位"联络员"。他每年都要组织大家聚会,每个细节都策划得精致周全,这样的事其实并不是人人会做愿做,但所有的同学都看见了郑自华发自内心的快乐,他还把这份快乐传染给了我们每一个人。

在我看来,郑自华是我看到的"天道酬勤"的典范。他的勤奋和努力,他的锲而不舍深深地打动过我,使我那么衷心地祝愿他得到向往中的成功。现在,我的祝愿成了美好的现实,这让我也拥有了一份特别的快乐。我认为,郑自华的成功是我们大家的光荣,也是文学的光荣。

人生有许多种走法,郑自华以他的智慧和勤奋选择了文学创作,这真是一件无上幸福的事情,他这一路与文学相伴着走来,给自己,也通过他的作品给大家留下了最真的生命的快乐。

二〇〇六年六月

沉甸甸的嘱托

一九九五年十一月二十二日,我又一次去陈伯吹先生家中拜访。那天,当我按响门铃的时候,心里有些忐忑,就像一个没有完成作业的小学生去见老师。

之所以会这样,源于上一次的拜访。那是几个月前,正值盛夏,我那时在上海一家杂志做编辑,杂志社在淮海中路上的一条弄堂里,向南走出弄底便是南昌路,离陈伯老家很近，所以我去过他家好几次。那一天，陈伯老见到我特别高兴，因为"陈伯吹儿童文学奖得奖作品集刊"第十三辑刚刚出版，而我的得奖作品《回归》恰好用作了该辑书名。陈伯老一边在给我的书上题签，一边详细地问起我的情况。突然，陈伯老对我说："你能不能做一件事情呢？"还没等我发问，陈伯老就说，"中国儿童文学史方面的著作还不多，比如上海儿童文学史还没好好写过呢，你有没有可能来写呢？"我当时听了，一下子有些紧张，因为我想自己才疏识浅，恐怕难以承担这项工作。陈伯老见我不说话，非常和蔼地说："你想一下吧，然后告诉我。"

现在，我再次按响了陈伯吹先生家的门铃。我想，今天，陈伯老会不会问我想得怎样了呢？临去前，我在外面兜了一下，想买一束鲜花送给陈伯老，但最后我却放弃了，因为我上次去看望陈伯老时，曾买了一束盛开的康乃馨，可后来，陈伯老执意不肯收下，他说那太浪费了。今天，还是陈伯老亲自出来为我开了宅园的大门，年届九十的他依然精神矍铄，耳聪目明。进了屋中，陈伯老与我坐在书房的一张小桌前聊了起来。天气已是秋末冬初，这幢法式洋房高高的天花板上似乎灌下了一点凉气。我和陈伯老说起了他发表不久的童话《小薇游园记》，我说童话中的那个老人和百花园让我读着读着眼前就浮现出您和这里的天井、园子的影子。陈伯老没接话，只是淡淡地笑着。我小心翼翼地不去触及那个话题，可终究还是逃不掉。陈伯老问我，上次说的事你想过了没有？我摇了摇头，支支吾吾地说自己不是专业人员，缺少学识，而且这还需要时间。我是低着头说这些话的，我不敢看着陈伯老，但他老人家还是非常和蔼地对我说："这是需要时间的，慢慢来吧。"

看我有些尴尬，陈伯老忽然提议，陪我去天井和园子里看看，我高兴地说："那我跟您拍张合影吧。"拍照前，陈伯老认真地整理了一下那件穿了很久的深蓝色中山装，他一丝不苟的作风令我感动。道别的时候，我对陈伯老说："不管怎样，我都会关注儿童文学的，并会尽自己的力量去做些事情。"陈伯老握着我的手，说了一声"谢谢"。蓦然，我的眼睛潮湿了，我觉得这一声"谢谢"我受之有愧。没有想到的是，这是我最后一次去拜访陈伯老，后来，因为调动了工作，我没能再去陈伯老家。两年后，也是十一月，陈伯老驾鹤归去。

现在想来，希望我关心、研究一下上海儿童报刊史，是一位九十岁的老人对后来者的郑重嘱托，其根本基于陈伯老对中国儿童文学事业的高瞻远瞩。至今，我仍然不知道自己能否担当得起这份重任，但是，至少我现在就要开始进行准备，或者为了自己的写作，或者为了他人的研究。不然，我将永远愧对陈伯吹先生。

二〇〇六年七月

向一位波希米亚学学者告别

蒋承俊先生走了,在她喜欢的开满鲜花的五月。

我最早是在百度网的伏契克吧得到消息的。伏契克吧聚拢了海内外众多的伏契克的景仰者、研究者。《绞刑架下的报告》中文版译者蒋承俊先生,自然也是伏契克吧的朋友,去年夏末,她向大家致意,引得吧内一片欢腾。其实,那时候,这位捷克文学专家,中国社会科学院外国文学研究所研究员,已经躺在了医院的病床上,因严重的腹水,承受着卵巢癌晚期的痛苦折磨。

但是,即使病痛如斯,被同事们称作是"快乐部长"的蒋承俊先生那时也一如既往地微笑着,所有的人听到的还是她那朗朗的笑声。我想,蒋承俊先生这一生都是受着伏契克的影响的。在狱中用铅笔头于碎纸片上写下《绞刑架下的报告》、最后被德国法西斯杀害的伏契克,始终是一个积极乐观的人,他在这本书中说:"我们为欢乐而生,为欢乐而战斗,我们也将为欢乐而死。因此,永远也不要让悲哀同我们的名字联系在一起。"蒋承俊先生正是以这样的精神,在病榻上完成了四十万字的《捷克文学史》,紧接着,又开始与人合作翻译捷克作家雅·

哈谢克的长篇小说《好兵帅克》。她知道自己来日无多，随着病情一天天地加重，她也一天天地抢时间工作。一个严重腹水的人，就那样趴在床上，垫个垫子，一个字一个字地写着。乐观的态度，坚定的意志，使蒋承俊先生最终完成了自己承担的工作，她一共翻译了四十多万字，占全书的四分之三。她真的是一直写到了生命的最后一刻。她在病床上笑着对同事说："既然承诺了人家，就一定要如期完成。"《好兵帅克》付梓之际，她进入了弥留时刻。

蒋承俊先生的离世，让每一个伏契克吧的朋友都深感痛惜，但是，我们不想彼此传达哀戚，因为蒋承俊先生临走前留下的遗言是："不要让后来者悲伤。"于是，那些天里，我们一遍遍地吟诵蒋承俊先生翻译的捷克诗人马哈的《五月》，以此为她送别："你是否见到那个旅客，在广阔的草原上，赶在晚霞消失之前向目的地疾驰·你的目光已经永远见不到这个旅客了，他越过崇山峻岭，直奔天涯海角……"

蒋承俊先生在给伏契克吧的一位朋友的信中说："我毕生都在努力做一个波希米亚学学者应该做的事。"我不知道波希米亚学的精髓，但我从蒋承俊先生那儿感受到了一个波希米亚学学者的品格，那就是乐观向上，无惧艰难，不从流不媚俗，自由奔放，善良、正直而坚毅。蒋承俊先生就是以这样的品格，和她的同事们一起开创

书人

163

了中国的东欧文学翻译与研究，并将为信念和理想而战的伏契克介绍给了我们，使我们有了一笔最宝贵的精神财富，有了一个高尚的灵魂。只是与蒋承俊先生的同事们一样，我为东欧文学研究的式微而担忧，蒋承俊先生走后，中国的波希米亚学会否就此终结？

那天深夜，我再次登陆伏契克吧，一则新帖让我激动不已，那是一位即将毕业的年轻女博士发的，她研究的领域是物理电子学，但却酷爱捷克文学，崇敬伏契克，她说她已经决定了，要继承蒋承俊先生的事业。我想，这是多么好的方式，让我们可以毫无悲伤地向蒋承俊先生，这位七十三岁的杰出的波希米亚学女学者告别。我推开窗子，仰望星空，忽然想到，此刻，远去的蒋承俊先生是否正路过布拉格东北、伏尔塔瓦河南岸的伏契克公园里那开满了白色和紫色丁香花的高高的山岗。

二〇〇七年六月

曹又方大姐

那天，在地铁站，一位中年妇女走到我边上，有些迟疑地问："你是《大话爱情》的那个嘉宾老师吗？我很喜欢这个电视节目的。"我点点头，说："你还记得这个节目啊。"她说："一直记得的，我想问问那位曹又方老师现在怎么样了，好久没在电视上看见她了。"我一下子难过起来，我告诉她："曹又方大姐已经走了，她离开我们了。"女观众怔怔地站立着，我分明感到了她与我一样的难过。

我跟又方大姐就是在做《大话爱情》这个节目时认识的。第一次见面，导播白汝珊女士向我介绍道："这位是台湾大名鼎鼎的女作家曹又方。"还没等我说话，又方大姐顾自笑了起来："你怎么不介绍我还是大名鼎鼎的美食家。"我打量了一下这位自称"大名鼎鼎的美食家"，一身中国元素的服饰，略施薄妆，胸前挂了一串木质的星星，显得气质脱俗。可以看出，她年轻的时候一准是个美女，但我确实没有看出，她年轻的时候还曾那么地叛逆和张扬。录节目时，面对当事人情感方面的困惑，又方大姐的点评总是旗帜鲜明，毫不含糊，但她也循循善诱，还常把自己拿来作解剖，说起自己从前对爱情的率性、对孩子的缺乏责任，竟是不留情面。录完节目后，我告诉又方大姐，我发现她有一种大彻大悟后的从容不迫，她听后只淡淡一笑。

后来，当我知道又方大姐已同癌症顽强抗争多年时，我为自己对她的发现而惊讶。在又方大姐的身上，一点都没有大病在身的沮丧，一点都没有生命无多的恐惧。她跟我说，想在云南大理的洱海边买间房子；她跟我说，想去品尝一下传说中的上海吴江路上的生煎馒头。话语间，她让人实实在在感觉到的是对生活的热爱，对人生的积极的态度。那时候，为了录制节目，她常常台北、上海两地飞来飞去，而每次录像，动辄连续十几个小时，有时甚至通宵达旦，但却见不到她有什么倦态。有一次，大冷天录节目，演播厅里暖气不足，我冻得手脚冰凉，休息间隙，连忙活动四肢，但又方大姐却是泰然端坐。我问她，你难道不冷吗，她从容不迫地回答："我肚子上贴了'暖宝宝'呢。"

又方大姐的从容让人望尘莫及。二〇〇一年十二月，癌症复发后的又方大姐决定为自己办一场"快乐生前告别式"。说起这个告别式，她笑着跟我说，朋友们在我的葬礼上一定会对我美言有加，我情愿在活着时听到。不久前，她约我在青海路上她朋友的家中见面，我们想做一套书，关于禅，关于生活。我说我很喜欢你写的《淡定·积极·重生》，她说她会把以前在《佛祖心》上写的专栏文章收集起来，她还向我推荐了她的好朋友孟东篱先生。不料，一切尚未开始，又方大姐竟遽然离去。她去年底刚刚在台湾与朋友们相庆抗癌成功十周年，不曾想今年三月却因急性心肌梗塞而过世，享年六十七岁。

又方大姐本名曹履铭，是个才女，不仅创作了大量小说、散文，有《曹又方精选集》二十四卷，还是一位卓有成就的出版家，曾任台湾圆神出版社、方智出版社、先觉出版社发行人，主持出版过众多文学、社会、励志类书籍。对于又方大姐，柏杨说她闯出了自己的一片江山；林清玄说在她的面容上看见了观世音；胡兰成说早就看穿她是一个男性灵魂寓于女性肉身的人；而她自己则认为自己不过是一个大胆、顽强、时时与自己闹革命的人。

又方大姐生前说过，一生写作、出版用纸太多，希望身后树葬以作回馈。听说，又方大姐的遗愿已在四月完成，她的骨灰撒于台北的法鼓山树林之中。我知道，曹又方大姐不想我们悲伤，那我们就在心里默默地想念她吧。我想，如果她得知她的观众和读者还一直记得她，她会高兴的。

二〇〇九年六月

同甘共苦是真金

对于我而言，与其说朱昭宾是我的合作者，还不如说他是我的好朋友。

说昭宾兄是我的合作者，是因为他编剧的《开国前夜》一开始是由我担任制片人，但在这部电视剧的整个筹备过程中，我和昭宾兄建立了深厚的个人友情。可以这样说，如果我和昭宾兄之间只是制片人和编剧的关系，那么，《开国前夜》或许是无法推进的，正因为我们成了好朋友，所以，面对不断生发出来的困难、挫折、甚至变数，我们始终互相理解着，帮助着，支撑着，一路走了过来。

有句话叫"机缘巧合"。二〇〇七年秋天的时候，我所供职的上海文广新闻传媒集团的总裁助理陈梁先生与我聊起他对电视剧创作的一些想法，陈梁先生主管集团的影视剧生产，他说，应该考虑为二〇〇九年共和国建国六十周年创作一部献礼剧了。其实，我一直有把第一次全国政治协商会议搬上荧屏的想法，我觉得这个奠定新中国开国的会议是个极好的电视剧题材，现在，既然提到献礼剧的创作，这不正好是个机会吗？没有想到的是，我还没有开口，陈梁先生却已说道，第一次政协会议可是个好题材，听说，有家影视公司正在筹备，你不妨去了解一下。我听后，非常激动，真所谓"不谋而合"啊。我当即就去了解了，了解的结果便是得知昭宾兄正在着手这个题材的创作。我们当即决定进行合作。

昭宾兄是个讲效率的人，我这边还在立项，他那边已经如火如荼地进入实质性操作，组建了创作团队。对这类题材很有研究，且写作经验丰富的郝在今先生，携着他的相关研究专著加入了，富有创作激情的年轻编剧王鸿志先生、郭木先生也加入了，这让我感受到昭宾兄的智慧和气魄。在我的构想中，《开国前夜》不仅要全景式地展现第一次政协会议整个筹备过程中风起云涌的真实历史，还要根据电视剧的特性，用扣人心弦的故事艺术地表现这段历史中的刀光谍影。我和昭宾兄达成了共识。这样的题材，这样的构想，应该是一个"大手笔"了，不是谁都有能力拿得起的，但我信任昭宾兄。二〇〇八年四月，在故事大纲完成后，我在北京落实举办了一个有各方面的权威专家、学者参加的剧本研讨会。昭宾兄默默地坐在后排位子上，但我可以想象他作为创作者的坐立不安。很巧，开会那天，正好是我的生日。那天深夜，包括我的领导们，包括昭宾兄，都来为我庆生，一瓶瓶红酒里洋溢着的都是醉人的温暖。最后，我把摇摇晃晃的昭宾兄送入酒店的客房，在我帮他关上房门的那一刻，我知道，下一个更为艰难的阶段正等待着他。

事实上，后来的过程，远远超出了我当时对"更为艰难"的预料。由于系重大历史题材，出于方方面面的考虑，剧本不断地需要大规模地修改。我一次次地出面去跟昭宾兄提出"强硬"的要求。我自己也是一个作家，说实话，自由的创作一次次被硬性地要求，连我自己都会失去耐心，但正因为我跟昭宾兄彼此间互为信任，所以他一次次容忍了我。到了二〇〇八年十月，由于种种原因，作为出品方，我们调整了原先的设想，这对昭宾兄来说意味着重起炉灶。我非常清楚，这样的事情对创作者而言，几乎是一种难以接受的"灾难"，但也正是因为我

书
人

169

跟昭宾兄的友情，他再一次容忍了我。接下去，真正的"灾难"来临了，昭宾兄被查出患了结肠癌，当我得知这一消息时，颓然跌坐在椅子上。昭宾兄从安徽到上海接受手术，我去车站接他，并请他吃了手术前的最后一次"豪宴"。他做完手术后，我即去医院探望他，见他浑身上下插满各种管子，我出门后潸然泪下，决定不再忍心让他直接再写本子了。可是，昭宾兄拒绝了我的提议，他说，再怎么样，他都要完成这个剧本。为了赶进度，昭宾兄在第一个化疗期就又全身心投入创作。作为好朋友，我不断地关心他的病情，也不断地在创作上给他以具体的建议。昭宾兄在电话里告诉我，他是反身趴在病床上写作的，我没告诉他的是，我那时也住院了，每天一边打着点滴一边细细地阅读、修改他不断发来的稿子。我想，我们真正达到了朋友间的默契、理解、帮助和支持。

有时候，我常感叹真实的生活甚至比电视剧更加曲折起伏，扑朔迷离。后来，《开国前夜》的拍摄制作变数迭起，但不管怎么说，相对于我，昭宾兄是一个成功者。现在，昭宾兄以他的刚毅和坚韧，以他的努力和勤奋，将《开国前夜》改写成长篇小说出版了。我从心底里为他高兴，我要举杯为他庆贺，并跟他说，我会一直记得我们一起走过的这段同甘共苦的日子。

二〇〇九年八月

纪念钟望阳先生

那天,为了写《上海少年儿童报刊简史》这部书稿,我正在上海档案馆查找有关资料,忽然,接到年届九十的儿童文学作家、翻译家任溶溶先生打来的电话。他说,今年是钟望阳先生一百周年诞辰,你能写篇纪念文章吗,我们是不可以忘记这个对中国儿童文学乃至文化事业作出过巨大贡献的人的。

是的,我们不应忘记钟望阳先生。

其实,我从来没有接触过钟先生,我是在撰写上海少年儿童报刊史的时候,才知道二十世纪三四十年代非常活跃的出版家白兮和儿童文学作家苏苏是同一个人,就是钟望阳。抗战时期,上海沦陷后,钟望阳坚守在"孤岛",又是办报纸杂志,又是办出版社,同时还不断地写作童话、小说,进行以民族解放为主题的文学创作。

一九三七年十二月九日,由夏衍、梅益和姜椿芳在上海发起创办《译报》,宣传抗日救国,但为日伪当局所不容,至十二月二十日出版第十二期后被迫停刊。一九三八年一月二十一日,该报改名为《每日译报》复刊,以英商大学图书公司(香港注册)的名义出版,成为上海租界内以宣传抗日为宗旨的第一家"洋旗报"。七月,该报

书·人

171

增辟副刊《儿童周刊》，至十月结束；历时三个月。《儿童周刊》由钟望阳出任主编。钟望阳用"苏苏"的笔名在这个副刊上连载其创作的长篇儿童小说《小癞痢》(上半部)。作品描写了一个江西农村的普通放牛娃在严酷的战争中成长为抗日小英雄的故事。小癞痢是抗日战争中中国儿童的典型形象。气焰嚣张的日寇长驱直入，烧杀奸淫，让年幼的小癞痢心中充满了对日本鬼子和汉奸的仇恨，而这种对敌人的仇恨正是对苦难深重的祖国的热爱，为着这份恨与爱，他带着孩子的幼稚跨进了战斗者的行列。小癞痢在一次夜袭战中光荣负伤，他在中弹后以豪迈的英雄气概说："鬼子请我吃五颗子弹，我可要请他们吃五千颗子弹呀！"《小癞痢》一九三八年由《译报》社出版，巴人(王任叔)作序，该书一出版即遭"禁售"，但即使在秘密发行中仍销售一空。一九三九年，《小癞痢》又由少年出版社秘密出版。

一九三八年五月七日，抗日旗帜鲜明的《导报》创办《少年先锋》副刊，由白兮(钟望阳)担任主编，他在其执笔的发刊词《告上海少年》中指出，要"使少年们对当前的大时代有相当认识，从而抱负起少年们应负的责任"，真是掷地有声。

一九三八年，位于威海卫路的上海江海小学训育主任方明(方友竹)与其他教师创办油印刊物《好孩子》，方明具体主持。方明时任上海地下党的领导机关——中共江苏省委教师工作委员会(简称教委)的负责人,积极筹组上海小学教师同仁进修会,并以《好孩子》为阵地,在少年儿童中组织发动抗日爱国学习运动。《好孩子》深受小读者的欢迎,不久便由油印改成铅印,后为进一步扩大影响,改名为《儿童读物》。一九三九年六月,方明与小学教师进修会同仁钟望阳、贺宜、劳笑蘋等,将《儿童读物》扩充成少年出版社,由钟望阳、贺宜等主持编务,丁裕负责出版、发行。苏苏(钟望阳)在少年出版社出版了《新木偶奇遇记》《安利》《汉奸的儿子》《巧巧》《新中国的少年》《少年英雄》等多部文学作品。中篇童话《新木偶奇遇记》将科洛狄名作《木偶奇遇记》里淘气、善良的匹诺曹变成一个寡廉鲜耻、认贼作父的木头人,在敌人入侵的时候,变节投靠敌人,做了敌人刺刀支持下的傀儡头目,最后受到胜利了的人民的惩罚。作品揭露、鞭挞了抗战时期一些投靠日军的汉奸卖国贼。钟望阳这一时期的文学作品,实践着他自己所倡导的"现实主义的儿童文学"。他反对那种使千万的儿童们忘掉血淋淋的现实,而推使他们进入一种空幻的仙境里去的作品,希冀以充满抗日激情和斗志的文学作品鼓舞人们投身到抗战之中。事实上,钟望阳于一九三一年在北新书店出版的第一部长篇儿童小说《小顽童》(署名白兮),已经显示了其"现实主义的儿童文学"的主张。这部小说中的小主人公郁青顽皮、淘气,学习也不认真,但在爸爸因抗日牺牲后,他开始觉悟了，并踏着父辈的血迹走向民族解放之路。值得一提的是，由赵景深作序的《小顽童》是上海出版的第一部原创的长篇儿童小说。这部作品的出版，使时任小学教师的钟望阳一举成名。

据张之伟在《中国现代儿童文学史稿》中记述，少年出版社的出版物，大多在上海发行，但也有一部分发行到了当时苏南、苏北的新四军游击地区，有的甚至转运到了香港、南洋等地。为适应当时的社会条件，出版社的名字和书名、作者署名等，在发行时部分作了适当的更换，如书中述及"日本帝国主义"和"汉奸"的字样，就常常以"××"来代替，故此钟望阳的《汉奸的儿子》便改作了《车车的儿子》；《新木偶奇遇记》则将原署名"苏苏"改为"柯狄"，可能是寓意全民"克敌"吧。抗战期间，少年出版社成为上海进步儿童文学的支柱，为中国儿童文学事业作出了突出的贡献。我新近辗转购得少年出版社一九四六年五月出版的苏苏（钟望阳）编写的《少年英雄》。这部纪实作品记录了高世昌、王学儒、戴宝宝、跛七、邓超、韩天为、刘定英、贝宗德等十多位抗日小英雄的英勇事迹，至今读来仍让人心潮激荡。钟望阳在该书《校后》中用热血澎湃的文字写道："在校读本书的时候，不由得对那些英勇的少年英雄们起一种万分的敬爱之心。他们的确是走在我们大人们的前面呵！我但愿他们在这血的斗争中，日益壮大！"

"孤岛"时期,上海的珠林书店以"华华书店"的名义出版了钟望阳的《小学徒》《小奸细》(署名苏苏),后来又在桂林华华书店出版了中篇小说《竹林里的奇遇》、故事集《仙人的故事》;之后,钟望阳又以自费方式用"草芽书屋"名义出版了书信体小说《狱中寄弟弟的信》(署名白分)和长篇童话《一个主人的诞生》(署名陈雷)。可以看到,抗战开始后,钟望阳的儿童文学创作进入最旺盛的时期。蒋风在其主编的《中国儿童文学发展史》中指出:钟望阳"成为这一时期产量最多、成就最大的儿童文学作家之一",系这时期上海少儿读物出版和儿童文学创作的名副其实的领军人物。儿童文学作家、评论家李楚城这样评价这一时期的钟望阳的创作:"钟望阳同志用自己火热的心表达了对祖国的爱,对儿童的爱,这种真挚的情谊使他的作品在小读者中播下了抗日的火种。"

　　抗战后期,钟望阳去了淮南革命根据地,先是担任军区党报编辑,后又在中共华东局社会部工作。一九四六年初,在中共中央部署挥师挺进上海的背景下,钟望阳用一个多月的时间写成了长篇儿童小说《把秧歌舞扭到上海去》。小说的主人公小巧子是个在根据地长大的小女孩,天真、活泼、乐观、善良,特别喜欢扭秧歌,后来,她的爸爸妈妈到上海开展地下斗争,她就盼望着能早点解放那座城市,把秧歌舞扭到上海去。据韦泱在《苏苏·钟望阳》一文中记述,当时,钟望阳把手稿交给了时任中共华中分局宣传部副部长冯定,冯定遂将书稿转交给了淮阴的华中新华书店总经理华应中,于当年出版,后又于一九四七年由佳木斯东北书店出版。一九四八年,钟望阳在山东解放区的一家小书店里,偶然发现了这本书,才知这部作品已经印出,不禁欣喜若狂。一九四九年五月,钟望阳自己也跟随大名鼎鼎的扬帆,把秧歌舞扭到了上海,作为军代表接管了国民党警察局。一天,他去探望警卫战士的住宿地,看到战士正在用缴获的被国民党"查禁"的旧书作为垫平床脚的代用砖,他惊讶地发现,其中竟有《把秧歌舞扭到上海去》。以后,钟望阳先后出任上海市公安局党委副书记、上海市文化局副局长、上海市群众艺术馆首任馆长、上海音乐学院党委书记;"文化大革命"结束后,他又担任上海市文联党组书记,为创办《上海文艺》(即现在的《上海文学》)呕心沥血……

我在《上海少年儿童报刊简史》付印前,打算在书中放一张钟望阳先生的照片,但找了许久,只找到一张他在解放初期拍摄的头戴军帽的旧照片,想来钟先生是个很谦逊、低调的人。不过,这张照片上的钟先生确实是神采奕奕,圆形黑框眼镜后有一双明亮的眼睛,笑容可掬。

二〇一〇年六月

篆刻人生

都说刘葆国的篆刻艺术了得，尤其是圆朱文印，工稳中有奇险，厚朴中见深邃。而在我看来，与其说这是刘葆国追求的艺术风格，不如说这是生活对他的馈赠，是岁月对他所镌刻的人生的迹痕。

刘葆国的艺术之路并不平坦，在回忆自己的从艺经历时，他说："如婴儿学步，一路蹒跚走来，伴随着自己的是一个个孤独的夜晚和寂寞的时光。"刘葆国祖籍江苏泰州，在他五十多年的生命中，有一半的日子是在泰州市郊的乡村度过的。高中毕业后，他回乡里务农，在田埂旁、水塘边看尽日出日落。我总觉得，涣漫于刘葆国篆刻作品中的可贵的平民气质，一定是在那个时候滋养生长的，蛙鸣蝉声中听得宁和，花开花谢里识得淡定，更有汲取大地之气的踏实，有清贫生活中苦与乐的真切体验。平寂中幸好有艺术相伴。刘葆国天生喜爱美术和书法，对篆刻艺术更是孜孜以求。后来，他终于被"发现"了，被选送去了南京艺术学院进修。一九八二年，他来到上海，来到满是书卷气的上海图书馆工作。刘葆国愈加浸润于篆刻艺术中了。幸运的是，他遇到了著名篆刻书画家钱君陶先生。钱先生对这位朴实、勤奋而又颇具个性的学生很是赞赏，以"追踪秦汉"四字题赠，给刘葆国指了一条光明正道。

刘葆国主攻圆朱文印,这是一个前有高峰座座的领域,先辈大师以创造性的发展得尽风流,想要超越谈何容易。但刘葆国坚定而执着,他一面在历史长河中追寻历代大家的踪迹,读印、临摹,广采博取,一面思考着他对篆刻的感悟和心得,将雅俗共赏作为自己的艺术追求。当篆刻刀和金石相碰的时候,刘葆国渐渐可以在指力和腕力的运筹中开拓出属于自己的一片天地了。

现在,我们可以凭借精美的印谱《竹亭印存》来一探刘葆国的篆刻天地。《竹亭印存》收印一百余方,每印旁都标有尺寸、印材和创作时间,更为可贵的是大部印旁都有创作手记,记录了他创作时的心得体会和对篆刻艺术的见解。

读刘葆国的《清泉石上流》之印,能够想见他静坐灯下,或许一隅局促,但内心里却四面开阔,并应和着雨后竹林边的泉水淙淙。仔细看印章的线条,既是流动的,有流水的波纹,也有数道严饬的直线,仿若奔流之水总归也有自己的河道。这便像篆刻本身,受到文字和石材的诸多限制,作者发挥的空间并不大,可横冲直撞远没有带着锁链跳舞更让人惊心动魄。正视限制,又有所突破,线条的亦秀亦刚透露着人生的道理。我很喜欢《倚南窗以寄傲,审容膝之易安》印章,这印章同样可以感受到线条的力量。线条具有丰富的表现力,篆刻与绘画、书法、建筑等都离不开线条，线条是中国传统艺术的主体，这枚印章即以线条为骨架，结构简练概括，形象朴实无华，表达出相当的质感、动感和空间感，富有坚韧的生命力，传达出陶渊明《归去来辞》所蕴含的精神姿态。我同样很喜欢那方《读书随处净土，闭门即是深山》之印，章法上以"净土"二字为中心，辐射四周，与处于四角位置的"读""随""门即""深山"六字相呼应，以"处""闭""是""书"四字作上下左右之对应，形成了少见的特殊章法构成，可谓聚而不违，散而不孤，密而不争，疏而不空。这不正是刘葆国的生活态度和人生写照吗？

当然，我自己视若珍品的是刘葆国专门为我所治的一枚印章，上面刻着《诗经·河广》里的诗句：谁谓河广，一苇杭之。

二〇一〇年十月

点灯人

在夜海里航行，会希冀前面有一座灯塔。懵懂无知的孩子，若要走得稳当、健康，也需要有一盏灯在前面引路。

秦文君就是这样的点灯人。前些天，我应邀去了"小香咕阅读之家"，这是秦文君将自己在上海莘庄的私人别墅改建而成的，供孩子们无偿使用。阅读之家的名字取自秦文君写的小说《小香咕》，书里有个叫"小香咕"的女孩，喜爱读书，有一次她在阅读之家住了一晚，结果碰到了很多有趣的人和幸运的事。在我眼里，"小香咕阅读之家"真是世界上最美丽，最富有童趣的一个所在：有放满各种各样好看的图画书的绘本小屋，有里面都是描写森林、动物和大自然奥秘的书籍的森林小国。二楼有公主的密室，房间的顶部和墙纸以及摆设都是按照童话中的宫殿装饰的，读着童话的女孩都能圆一个公主梦。男孩子则可以去一间像船一样的房间，它就叫小船屋，屋里藏有从世界各地旅行探险带回来的物品，还有关于旅行探险的书籍，在这里可以张开幻想的风帆，去没有穷尽的世界里自由探险。

为了这座阅读之家，秦文君在国外访问期间，专门考察了多家儿童阅读场所。据我所知，这是国内首个集华美与童趣于一身的公益性、实验性的少儿阅读会所。秦文君告诉我，除了对孩子进行阅读启蒙，还将通过富有童趣和创意的形式，定期举办各种阅读活动，培养孩子们"爱读、能说、会写"的能力；同时，还将联合有关学术机构及多个少儿图书馆，对孩子们的早期阅读培养等课题进行探索。其实，秦文君完全可以独享自己的别墅，但她以真诚的爱心把这美丽的所在奉献给了孩子们。她无所企图，只是希望给孩子们点一盏灯，让在书香中起航的孩子获得更好的前程。

在这之前，我还去过上海闵行的航华第二小学，那次是《少年文艺》编辑部在那里举行创办五十七周年的庆典。这是一所充满书香的小学，学校的会场就叫"彼得潘童话剧场"，这在应试教育屡遭诟病却依然大行其道的年代，真是让人眼睛一亮。学校设有"花格子书廊"，每个班级都有"温馨小书吧"，学校还开设了"童书阅览课"，还有"经典童书导读广播"，"童话时刻讲座"，让孩子们浸润于阅读之中。可仅仅在一年之前，这所学校还是儿童文学阅读的"贫穷村落"，大多数的孩子为功课所逼，缺乏文学阅读的经验，导致精神世界的贫瘠。是儿童文学作家、评论家梅子涵倾心倾力地推广，将儿童文学带进了校园，点亮了孩子们的心灵。

那天，最让我感动的是，学校老师为孩子们表演了童话朗诵剧《活了一百万次的猫》，他们中有语文老师，有数学老师，有教体育的，有教音乐的，虽然他们的表演不够专业，但他们显而易见的热情，赢得了孩子们热烈的掌声和笑声。校长吴海英告诉我们，全校每位教职员工都在这个舞台上演过童话剧。这听来真有点不可思议，但我想，这是老师留给学生的最最美好的记忆。许多年之后，大多数的孩子不会记得老师上的某一堂课了，可他们一定会记得老师曾经为他们演过的童话剧。这份记忆如此重要，将会跟随他们的一生。这样的老师才是孩子们前行路上真正的点灯人啊。

梅子涵常常提到斯蒂文森的诗《点灯的人》。诗中有一位名叫李利的人，每天太阳下山后，他就扛着梯子走来，把街灯点亮，于是，那些坐着喝茶的大人和孩子们，就又看见了窗外柔和的光，因而有了美好的心情。梅子涵说："我们这些人，是有些像李利的，也是点灯的人，把一本本有趣也耐人寻思的书，带到孩子们的面前，让他们兴致勃勃地阅读，朦朦胧胧间，竟然使他们一生的日子都有了方向。我们点了很多盏让人长大的灯，让人优秀、优雅和完美。"

二〇一一年四月

"咪咪姐姐"吴芸红

今年春暖花开的时候，我在北京再次见到了"咪咪姐姐"吴芸红。"咪咪姐姐"已整整九十岁了，拄着根拐杖，但是，精神矍铄，没有一点萎靡的龙钟老态。

我最早知道"咪咪姐姐"，还是在两三年前写作《上海少年儿童报刊简史》的时候。写作中，我了解到，一九四六年二月十六日，中共上海地下组织创办了一份少年儿童报纸《新少年报》，旨在对少年儿童传授科学知识,揭露国民党的腐败统治,培养少年儿童关心国家大事、团结友爱的美好情操。该报非常注重为小读者提供服务,第三版"少年园地"中吴芸红主持的《咪咪信箱》,由"咪咪姐姐"热情细致地答复小读者生活、学习中的各种疑难问题,使报纸与小读者建立了深厚的友谊。我曾读过报上"咪咪姐姐"给小读者的几封回信,历经六十多年,依旧能感受到那份亲切和真诚。

可我孤陋寡闻,当时我既不知道"咪咪姐姐"是否还健在,也不知道吴芸红是著名报人、作家袁鹰先生的夫人。还是在我与袁鹰先生谈起正在写作中的书稿时,他跟我说,可以问问他的夫人,他笑着说:"你知道吗,她就是'咪咪姐姐'!"可以想见,我当时听了是多么的惊喜与激动。吴芸红拄着拐杖,笑呵呵地来了,这哪里是老人,分明是一位和蔼可亲的知心姐姐。这是我第一次见到吴芸红。她非常热心地向我介绍了《新少年报》当年的情况,并问我有什么可以帮到我的。我向她询问有没有该报负责人蒋文焕的照片,因为我想在书中放一张他的相片。蒋文焕是值得我们纪念的人。他在国民党查禁进步报刊的白色恐怖之下,带领报社同仁突破重重困难,使该报期发行量达到一万多份,这在当时整个报刊界都是少有的。蒋文焕还亲自撰稿,用少年儿童喜闻乐见的形式写新闻报道、童话和幻想小说。这位才华横溢的中共地下组织的领导者,竟在"文化大革命"中被活活打死。

后来，吴芸红给我寄来了一张照片，那是几年前几位健在的原报社同仁捧着他的遗像在祭奠他时拍摄的。

就是在初见吴芸红的那天，她告诉我，她正在全力以赴地做一件事情。原来，《新少年报》当年培养的小通讯员、上海地下少先队队长李森富去世后，留下一部遗稿，记述他们一批贫苦少年儿童在《新少年报》和报社的地下党员大哥哥大姐姐的帮助教育下，提高思想觉悟，加入地下少年先锋队组织，积极投身学生运动，与国民党展开面对面斗争的真实故事。李森富的家人将他生前写作的一箱遗稿，交给原《新少年报》的一位同志，这位同志又转交给当年李森富做报社小通讯员时的同伴梁铸康，让他处理掉，梁铸康舍不得，临去世前，还是像许多年前一样，有困难便找"咪咪姐姐"，于是，给吴芸红打了个电话，吴芸红说，那你把东西寄给我吧。这样，吴芸红看到了李森富的手稿。一种革命同志的友情让吴芸红百感交集，她决定尽自己的力量帮助李森富完成遗愿，编印书稿。就这样，吴芸红开始了长达一年的埋首工作。

在为李森富编书的过程中，吴芸红常情不自禁地回忆起当年在《新少年报》的往事来。当时，吴芸红白天在上海陆家路小学教书，下午去之江大学上课，晚上为《新少年报》写稿、编稿。她不仅编"咪咪信箱"专栏，还写了小说《孩子们》《丁丁的日记》等，反映在社会底层生活的孩子们的苦难生活。她还写了连载历史故事《爸爸讲的故事》《老伯伯讲老话》等，以历史唯物主义观点以及借古喻今的手法帮助孩子们认识社会。当然，她最喜欢的还是编辑"咪咪信箱"，这个信箱不仅是与小读者交流的桥梁，还是发现和培养小通讯员、小发行员的桥头堡。

其实，在李森富的遗稿中，他写到了第一次见到"咪咪姐姐"的情景。对李森富来说，能亲眼见到"咪咪姐姐"，并跟她成为好朋友，是人生中一件非常重大的事情。那时，李森富是上海金科中学的初一学生，父亲早亡，家境贫困，可他学习刻苦，取得了报社奖学金得以上学。一天，在宋庆龄创办的中国福利基金会第一儿童福利站里，李森富偶然看到了《新少年报》，爱不释手，尤其是看了"咪咪信箱"后，感觉喜出望外。他想，我原来就有很多问题想不通，现在好了，可以找"咪咪姐姐"，请"咪咪姐姐"给我解答了。第二天，李森富就给"咪咪信箱"写了封信。才隔了一天，李森富放学回家，刚走进屋子，妈妈就告诉他有一封信。他一听，就知道一定是"咪咪姐姐"写来的回信，那高兴劲儿真是无法形容。这封落款为"咪咪姐姐"的回信写了整整两页，对李森富的身世表示同情，夸奖他是个善于思考的好学生，建议他多看点有益的书，多从现实的社会中去观察，还邀请他去报社面谈，提出想跟他建立经常的联系。李森富把这封信看了一遍又一遍。他想自己和"咪咪姐姐"没有见过面，但"咪咪姐姐"对自己好像已经很熟悉了，信中的每一句话都说到了自己的心里。后来，李森富积极写稿，先后有多篇稿子被选用，并被报社录用为首批通讯员。在通讯员成立会议上，李森富第一次见到了"咪咪姐姐"。在他的印象中，那天，"咪咪姐姐"穿着一件素色旗袍，人清瘦而文静，就"如何做好一个通讯员"的问题讲了话，她说："当大记者要为劳动人民、老百姓说公道话，当小记者就要为穷苦少年儿童说公道话。你们是各个学校里的优秀生，品德和学习都很好。你们是我们国家最有希望的一代，从现在开始，要好好向书本学习，向社会学习，抓紧时间迅速写、抓紧机会忠实写、抓牢笔杆努力写！""咪咪姐姐"的话语速不快，富有感情，深深地打动了少年们的心。会后，"咪咪姐姐"还与李森富单独进行了谈话，殷切地勉励他。

为李森富精心修改、整理遗稿，花费了吴芸红所有的精力。她毕竟上了年纪，但她一如既往地精益求精，一丝不苟，因为她认为李森富生前做的这件事是有益于少年儿童，有益于人民的。李森富原稿共有三十节，吴芸红帮他在文字上作了修改，在内容上作了调整，最后定稿为二十三节，基本上保持了原状，但文字更简洁，内容更紧凑顺当了。书稿编辑完成后，吴芸红又为刊印而奔走。她的工作得到了当年《新少年报》的同仁和战友颜学琴的支持。共和国建国后，吴芸红调到上海团市委少年部工作，一九五三年，随丈夫袁鹰调往北京，先是在团中央，后出任《中国少年报》社长、总编辑，"文化大革命"结束后任《辅导员》杂志社顾问，一直到一九八三年离休。但她闲不下来，与曾任《新少年报》社长兼总编、中华全国妇女联合会党组副书记、书记处书记的胡德华，以及颜学琴一起，向胡耀邦同志提出建议，搜集和整理中国革命早期及苏区的妇女儿童工作资料，编了十多本资料汇集，还出版了一本教育读物，她们决定把得到的稿费用于工作之中。因胡德华已经去世，稿费由颜学琴保管。知道吴芸红正在编辑李森富的遗稿后，颜学琴提出，可以动用稿费的余款，将李森富的这本遗作编印出版，以此深深怀念《新少年报》小读者、小通讯员和报社的大哥哥大姐姐之间永久长存、难能可贵的友情。

现在，我就坐在"咪咪姐姐"吴芸红的面前，她把浅绿色封面的《从〈新少年报〉到地下少先队》这本李森富所著、她精心编辑的书庄重地递到我的手里，我分明感到了一份历史的厚重和对未来的希冀。

窗外，春意盎然。

二〇一一年五月

在呼兰河边

车过呼兰河的时候，没有停下，直奔萧红故居，我一下子都没看清呼兰河的脸。所以，即使徜徉在萧红故居，我记忆中的呼兰河还只是萧红笔下的文字。

事实上，在《呼兰河传》中，萧红并没有用多少文字来描述呼兰河，可是，待你放下书后，那条河就深深地上了你的心了，因为这是一条童年的河流，而童年的记忆总是那么让人感觉似曾相识。萧红的童年是寂寞的，于是，呼兰河也就显得有些落寞，"河水是寂静如常的，小风把河水皱着极细的波浪"。每当我想起自己童年时代住家附近的那条小河，《呼兰河传》里这样的句子便跳了出来。

我慢慢地在萧红故居里走着。故居始建于一九〇八年，大大小小的房屋有三十二间，建筑面积达八百二十六平方米，分东西两个院落，东院为本家居住，西院出租。萧红出生在东院的正房内。我一间间屋子看过去，却看不出当年的兴旺，耳边是萧红一声连一声的叹息：我家是荒凉的；我家的院子是很荒凉的；就是晴天，多大的太阳照在上空，这院子也一样是荒凉的。此时，浮现在我眼前的不是一溜的房间和后花园，而是呼兰河上的放河灯。我想象着孩童的萧红在七月十五的盂兰会，跟着络绎不绝的人奔向河边，等候着月亮高起来。诵经声声，笙管笛箫齐鸣，几千几百只河灯忽地从几里路远的上流放下来了，金呼呼的，亮通通的。萧红与河两岸的孩子们一起拍手跳脚，然后屏住气息一声不响，陶醉在灯光河色之中。

　　只是现在不是七月，也不是夜晚，没有放河灯，也没有萧红所说的火烧云。但是，我已经悄然站在了呼兰河边。为了看得远些，看得到呼兰城里的景况，我站在呼兰河的南岸。一如萧红描写的，南岸尽是柳条丛。现在，我终于看到呼兰河的面貌了。呼兰河有着开阔的河床，只是如今河水细瘦，水面铺展不开来，那浩浩汤汤奔涌而去的场面只能听凭想象了。几处地方裸露出很深的淤泥，令人怀想其中积聚了许多的故事。我往里走去，看到有几棵柳树生长在水中，有一棵还折倒了，浸没在浅浅的水平面下，构成一组独特的画面。我觉得，这是一种精神在里头的，纵然倒伏于水中，也要抽出绿色的枝条。

　　站在呼兰河边，我忽然想起了香港的浅水湾。萧红在香港写完《呼兰河传》后仅仅两年，就因病去世了，时年三十一岁。萧红去世后，孤独地葬在了浅水湾，可她的灵魂却凭《呼兰河传》回到了千里之外的故乡，在呼兰河，得以真正"与蓝天碧水永处"。我在想，呼兰河养育了萧红，但萧红赋予了呼兰河全新的生命和蕴含。没有萧红，没有萧红的《呼兰河传》，今天会有多少人知道呼兰河这条远处东北一隅的松花江的支流？但是，如果萧红没有一如既往地写她生活的土地，写这土地上的人民，写人民大众的艰辛与苦难，那还有谁会记得这位二十世纪三十年代的女作家？

我从呼兰河南岸眺望北岸的城镇，一幢幢高高低低的新建楼宇沐浴在初秋的阳光下，天高云淡，躁动中仍有几许静谧和安然。

二〇一一年九月

写童书的大编辑

周晴现在真的是个大编辑了。说她是个大编辑，一是因为她已做了二十二年的编辑了，我认识她的时候，她还是一个小姑娘呢；二是因为她现在已是少年儿童出版社的总编辑，管着一大摊子编辑事务呢。周晴是个非常好的编辑，既有发现好选题的眼光，又有甘愿为人做嫁衣的精神，作家们都愿意与她合作。每当她编辑的书获奖时，周晴都会非常高兴，那份发自内心的快乐会感染大家。

现在，做了大编辑的周晴收获了另一份快乐，那就是她在业余所从事的儿童文学创作。在中国儿童文学界，历来有既做编辑又当作家的传统，茅盾先生在编辑"童话丛书"的时候，就写了大量童话，叶圣陶、陈伯吹先生也都是编辑、写作统统拿得起来。周晴爱好写作，由于身在少儿出版界，她比别的作家眼光更加敏锐，更知道孩子想看什么，更知道要给孩子提供怎样的精神食粮。周晴是勤奋而刻苦的，她的业余创作没有浅尝辄止，而是一直坚持着，再忙再累也不放弃。于是，经过那么多年之后，便有了文汇出版社新近出版的三卷本《周晴自选集》——长篇小说卷《紫露香凝》，中短篇小说卷《千纸鹤》，散文随笔卷《穿心而过》。当周晴在第一时间告诉我这个消息时，她没有掩饰自己真心的快乐。

周晴是个性情中人，她的儿童文学创作都有她自己童年和少年的背景。周晴是在上海弄堂长大的，她对童年时代有着一份美好、充沛的回忆，而她的作家梦也是在那个时候做的。周晴自己曾说，小学毕业那年，她和几个要好的朋友一起谈起未来和理想，直到今天她还清晰地记得当时自己说过的话，她说她将来要当一名作家。"为什么到今天还能这么清晰地记得，那是因为这个理想在我说出的当口就把我自己吓了一跳，我觉得自己夸下了海口，有很长一段时间，我不敢将这样的梦想告诉别人，后来我自己解嘲说：童言无忌！"可以想见，当童年的梦想成为今天的现实时，周晴当然是充满快乐和喜悦的。

有一年，我和周晴一起去西藏，在离天最近的地方，我问她写作能给她带来些什么？她指了指高远的蓝天，说可以放飞梦想。的确，时常会有人问周晴，既是出版社的总编辑，又要进行文学创作，这两种身份的转换是否颇难？周晴的回答是："工作需要思考选题的好坏，做出分析，需要寻找市场机会，需要发现问题、解决问题，而当一名儿童文学作家则是一种个性化的劳动，需要安静地思考时间和阅读时光，需要灵感的迸发和构思故事的能力。我主要是在业余时间写作，目前来看，白天的忙碌会让我到了晚上感觉力不从心，工作对写作的影响确实存在，但反过来说，这种转换的好处是，可以让自己心灵安静，让自己重新回到童年时光里，无疑也是另一种层次的快乐和享受。所以，我还是会尽可能抽出时间来阅读和写作，我觉得这些已经是我生命的一部分了。"

二〇一一年十月

怀念郦达

女诗人郦达悄悄地走了，走得无声无息，以至于她众多的朋友和读者都不知道。

近两年后的今天，我才从女摄影家丹娘的微博上得知这一消息。我很是内疚，尽管我平日里曾经想起过郦达，想她最近不知道忙得怎样，但却偏偏没有拨打一个电话问候她。

郦达是个才女，她做过记者、编辑，做过电台的节目主持人，还做过大学教师、专业创作员，她在心理学、书法理论、公共关系等领域也是个专家，但在我眼里，她就是一位女诗人。这可能是我读了她的诗集《郦达情诗》后对她有了更多认识的缘故吧。

郦达的情诗写得真好。她写上海的夜："草坪上／是一枚夏的心灵／窗棂间／是一弯秋的眼睛／我走过／一条条缀满／雨滴的街心／辨不清／哪一条／是属于你我的小径／哦／那一夜／魂牵梦萦／更难忘／那月的剪影／和黄浦江娓娓的低吟"。我曾经问过郦达，那些情诗是不是要么在恋爱的时候要么在失恋的时候写的？她笑了起来，说都不是，因为如果被失恋的痛苦吞噬的时候是无法写诗的，而当被恋爱的欢乐冲击的时候，也是写不好诗的。她的回答让我多少有点茫然。

郦达自己说，她前半生的经历有一箩筐幸福，两箩筐痛苦，三箩筐噩梦。我见到的郦达总是在忙碌中，精干利索，所以给了我女强人的印象。但我觉得这只是外在的东西，郦达的心思是细密的，甚至有些复杂；有时，我还觉得她似乎是以忙碌来掩饰自己的某种艰辛。我曾对她说，你一个人还带着年幼的女儿到处跑，可你没有看到跟着你跑的女儿那么瘦弱，那么疲惫吗？她听后，掉转了头去。这样的时候，我就不再以为她是个女强人了，她只是一位纯粹的诗人。你看，她写醉酒了："哪里是海角天涯／半世的苍凉／哪里是归来潮汐／往事轻解意"。

你看,她写誓言了:"立交桥就在门前／我该重新走了／不再犹豫／可是／当红棉花扑打屋顶的时候／我又向原来的路走去"。这样的郦达真让朋友们牵挂。但是,有一天,她说,我放下了,从此,与青灯经声相伴。

可她还是在奔跑啊。那天,郦达打电话给我,说是要探讨一些事情。我开玩笑地说,不是关于诗歌的事情吧,那我是说不上来的。她说不是,是有关电视剧的事情。我去了,这才知道,郦达一心一意要拍一部《释迦牟尼传》。她呕心沥血数年完成了剧本,还为此专门组建了一家影视公司。那天,她急切切地告诉我她的构想和愿望。佛祖的一生是波澜壮阔的,电视剧自然是一部回肠荡气的史诗了。她说得那么情真意切,感染了我也打动了我,只是我说,这样一部巨制恐怕不是轻易可以做的,甚至需要一个人的一生。郦达说,你说得对,我想好了,我要用一生来做这件事。这时,我才知道,为了筹措资金,郦达把自己位于市中心的房子都卖掉了,借居在偏远的一间小屋里。

郦达终于没能完成自己的心愿,但她却实践了自己的诺言,她倾尽生命奉献于一桩大善事。丹娘告诉我说,肝癌晚期的郦达最后选择了在江苏如皋的一座寺院里清静地离开。她才不过半百啊。我再一次茫然。此刻,带着深深的内疚,我怀想这位命运坎坷的女诗人,怀想她的动人诗篇:"我把她／连同她的弯弯曲曲／一起／捎与你／你就把她写进历史吧／无论何时／春天再衰老／美丽却始终如一"。

二〇一一年十一月

他的心，宽阔而柔软

一晃，刘保法的儿童文学创作已有三十年了，这是值得庆贺的，因为他的创作在上海乃至全国的儿童文学界都是独树一帜的。

有很长一段时期，刘保法的儿童报告文学影响甚广，有"北孙南刘"之称，北有孙云晓，南有刘保法。我想，这是得益于他的记者出身。与别的作家不太一样的是，刘保法不是每天都坐在书斋里，而是奔跑在采访的第一线，这使他有了更多接触社会、接触孩子的机会，采访中遇到的不同的事情、不同的孩子纷纷走进了他的笔下。《中学生圆舞曲》《中国最小的留学生》《迷恋》《星期日的苦恼》等，都是传诵一时的佳作，这些获奖作品无一例外地关注现实生活，关注社会热点问题，关注青少年的健康成长，至今读来仍让我们陷入深深的思考。写报告文学的刘保法，他的心是宽阔的，因为他的心里总是装着孩子们——他的报告文学写作有个特性，那就是习惯于站在孩子的立场，洞察孩子，理解孩子，为孩子说话，帮孩子宣泄，从而使作品引发孩子们的共鸣，达到拨动孩子心灵、感动孩子的艺术效果。有了宽阔的心，作家才能蹲下身子，跟孩子交心，倾听孩子的心声，感受孩子的种种快乐和苦恼。刘保法的儿童报告文学为二十世纪八九十年代留下了一份珍贵的时代见证。

后来，刘保法开始编辑儿童文学杂志了，他的创作遂转向了童话和儿童诗。写童话和儿童诗的刘保法，他的心是柔软的。如果说报告文学触及的是硬邦邦的现实，那么，童话和儿童诗则是放飞诗意和浪漫的翅膀。这是两种很不一样的写作，但刘保法让我们看到了他的华丽转身。读他的童话《倔强的蜗牛》，那只蜗牛为了对小松鼠说声对不起，走过了艰难的路程，那份纯真的童心滋润了我们的心。读《四十九只纸船和四十九只风筝》，让人感觉到友爱是多么美好，如果世界上没有了这份真挚的感情，那真的是会天荒地老的。刘保法的儿童诗更是读得人们心底软软的、暖暖的。《春天的味道》《花被子晒太阳》《秋天的夕阳很香》《会变戏法的红草莓》《我当了一次爷爷的爷爷》《我的城堡》等，这些儿童诗朗朗上口，意象灵动，意境深远，充满了想象力，徜徉其中，可以吃上春天的雨做成的香香的面条，可以与蝴蝶蜜蜂一起搭建表演的舞台，可以在有暖洋洋的太阳的墙角找到一份庇护和安全感，成为自己的城堡的国王。

写报告文学的刘保法是面对孩子蹲下身子,而写童话和儿童诗,他则是将自己变成一个孩子,穿越时光隧道,找回那个随着长大而渐渐失去的孩子的世界。在刘保法看来,在孩子的世界里,孩子为之兴奋为之憧憬为之痛恨为之担心的东西,许多大人往往永远也不会明白,因此,一个儿童诗人一旦找回孩子的世界,便可以重新焕发想象的魔力,回到本该属于自己的心灵世界,慢慢咀嚼细细品味最天性率真最原汁原味的东西,这样写出来的诗才可能充满儿童情趣,才会因为稚气得真实而显得可爱。

刘保法已经为少年儿童呕心沥血创作了三十年,但他并没有因此而满足,他仍在写着,继续创作着,他的那颗宽阔而柔软的心始终为孩子敞开着。

二〇一一年十一月

激情人生的履痕

陈德良老师跟我说,他要出散文集了。我听了,真的非常高兴,因为在我眼中,他是一位富有激情的人,而这本集子是他激情人生的一个生动写照。

我一开始认识陈老师的时候,就被他的激情所打动。那是一九七二年的春节过后,还在严寒时节,我成了上海交通大学附属中学的一名学生。因为陈老师负责学生工作,而我也很快成了学校写作组的一名成员,这样,我跟陈老师就有了密切的接触。那时,在我这么一个十四岁的学生眼里,陈老师既年轻又精神,而且显得特别有朝气,有激情。他天天和学生们在一起,甚至把办公桌都搬到了学生社团里。他的激情还不断地感染着学生们。我至今难以忘却一九七四年那个火热的暑假。陈老师带着我们这批学生骨干去崇明跃进农场进行学习和锻炼,返回时,士气大振的我们决定从农场步行到南门港。那天晚上,我们急行军整整一夜,陈老师行走在最前头,激情澎湃地率领我们一路高歌,一路高呼,徒步数十公里,于天亮时分到达码头。谁知台风来袭,所有船只停航,先前还情绪高昂的我们顿时有点泄气,陈老师却精神抖擞地鼓舞大家,并设法联系了一所中学,让我们安顿下来。同时,他又拟了一封激情洋溢的电报给学校领导,告知他们学生们的昂扬意志。

　　我是带着陈老师留给我的朝气和激情的深刻印象离开交大附中校园的,以后的三十年间,他的身影时而也会浮现在我眼前,时间是定格了的,所以,浮现在眼前的他就是一贯的年轻模样,一贯的激情飞扬。时间的定格让一切都不会老去,有时我会想,这真是一种恩赐,因为做学生的我们在一天天地成长,从少年到青年,再从中年到老年，但做老师的留在学生心里的印象永远不会改变，那是一段已然成为雕像的时光。但是，三十多年后的一天，我忽然接到陈老师辗转打来的电话，说希望我回母校看看。电话里的陈老师跟三十多年前一样洪亮的声音，一样热情的话语，可在我答应的同时，我却感觉一层神秘的帷幕即将拉开。真的，我不知道，经过三十多年岁月的流水洗濯，陈老师会否容颜已改，激情不再？

当我撩开时间的帷幔，再度与陈老师相见时，我自己已人到中年，但令我难以置信的是，年届七十的陈老师居然连面貌都没有什么太大的改变，只是额头多了几道皱纹而已。最最难得的是，他激情依旧——他仍在激情的工作中，担任着浦东交中初级中学的董事长，甚至还亲自教课；他担纲秘书长的交大附中校友会，在他的倾尽心力下，越来越壮大，越来越红火。他仍在激情的行走中，走遍了大江南北，看尽了世界风光。他不但用脚走，用眼看，还用心、用手写下了一路的感受和感慨。这同样是一种恩赐，并且是那么美好。这些文字就是现在我们捧在手里的他的这本游记散文集《山水心灯》。

一个没有激情的人，是不会不知疲倦地享受工作的乐趣和行走的快乐的。而一个人要将这般非凡的激情守持一生，需要有强大的内心力量，只有内心的力量才能点燃如此璀璨动人的激情。所以，我认为，陈老师是这个世界上的一朵奇葩，因为他做到了，因为他实现了。

书人

作为学生，我为有这样一生都保持着工作和生活激情的老师感到自豪和骄傲。我想我们可以从他的文字中汲取一些精神上的动力，感受一些他内心的情怀。在我看来，这不仅仅是一部文集，还是陈老师激情人生的履痕。我们完全可以循着他的足迹，在黄土高坡、喀纳斯湖、阿里山顶回首过往的年华，在莱茵河畔、埃菲尔铁塔前、倒塌的柏林墙边眺望未来的日子。

现在，由于陈老师，我更加相信，一个有生命激情的人，即使容颜都可以不曾更改，何况他的人生姿态，更是可以永恒不变的。

二○一三年一月

我的"班主任"程乃珊

程乃珊曾担任过上海市杨浦区惠民中学一九七三届（五）班的班主任。我并没有在这所中学上过学，但我却一直把程乃珊当成是自己的"班主任"，她也同样把我看作是她的"班上同学"。

事情的缘由是这样的：四十多年前，我的一位比我高两届的技校学长，正是程乃珊的"班上同学"；其实，程乃珊这位班主任只比她的学生大了八九岁，所以，班事有时不免会"失控"，不过，学生们倒是喜欢这样一位与众不同的班主任，所以师生相处得相当融洽，即使毕业了，彼此还一直走动。后来，程乃珊开始文学创作，声名渐起。我的学长见我也喜欢文学，便自告奋勇地说，我带你去见我的班主任，让她教教你。我自然求之不得，但我生怕会被拒绝，于是，便将自己的习作由学长转交给程乃珊。没想到，她很快就写了一封长长的信，让学长带给我。她很认真地看了我的习作，并提出了修改意见和建议。她在信上说，如果你有什么不明白，你来我家一趟，我直接跟你说。她的谦和与亲切打消了我的顾虑，我跟着学长去了她当时位于静安寺的家。那天，我们一点都没有隔阂地聊着，她完全把我当成是"班上同学"，我也就认了这位"班主任"老师。

程乃珊把对我这个"班上同学"的帮助，全然看作是尽一位"班主任"的责任。有一次，我在她家里时，正好遇到文学杂志的编辑来向她约稿，她毫不避嫌地跟编辑说："他是我的学生，也在写稿子，你们也要跟他约约稿呀！"后来，她直接写了推荐信并连同我的稿子寄给了编辑，使我得以发表了第一篇儿童文学作品。我的习作发表后，她高兴得在电话里跟我说了大半天的话，当她说到"这真的比我自己发表文章还要开心"时，我感动得流下了泪水，但我从来没有告诉过她，我不知道电话那头的程乃珊是否感受到我有多么得感谢她。

以后，我习惯了有什么事都先跟我的"班主任"汇报。那时，我还在做着马路工，又苦又累，还不时受到斥难，因此有些沮丧，便向程乃珊"诉苦"。当时，她还在惠民中学做着老师。我至今清晰地记得这所上海"下只角"的中学，门前的小路逼仄而潮湿，校门口放了一排开了盖的木制马桶，那是对面弄堂里的住家洗涮完后拎出来晒干的。程乃珊与我在学校图书室里聊了很长时间。事实上，她那时也很困难，她想请创作假，可学校却不允，让她自己去找代课老师，而且自付代课费。但她精神振奋地跟我说，没有什么可以难倒具有理想和信念的人的，我们最终都会实现自己的愿望。她的话给了我很大的勇气和力量。

　　我也很想能为"班主任"做些什么。程乃珊问我，能否帮她物色一位代课老师。我去找了，可最终却没能成功。还有一次，后来出任天津人民艺术剧院院长的许瑞生，要把程乃珊的小说名作《蓝屋》搬上话剧舞台，程乃珊让我帮她一个忙，她说许瑞生在上海期间不想受到干扰，让我找一家不太为人熟知的小旅馆给许瑞生住。我自顾自地把许瑞生藏匿在一家地处偏远的工厂的招待所里，竟至程乃珊因一下找不到他而不安，真是让我心存内疚。我没能为"班主任"做点什么，可程乃珊对她的"班上同学"一直关心备至，我也得以享受此种殊荣。我结婚的时候，她已在香港定居，但她特意派她的先生和女儿赶来参加我的婚礼,令我欢喜不已。

至二〇一一年十二月底,我被查出罹患胃癌,随即转到华山医院进行手术。住院前的晚上,我照例向"班主任"报告。不料,在电话里,程乃珊说,她也住在华山医院,天天发高烧,正在检查中。第二天,我刚到病房住下,立刻联系她,是她先生接的电话,他说,考虑到你在住院,为免交叉感染,就暂时不要来了。可我一直牵挂着程乃珊,动完手术后的第三天,我终于得到了她被确诊为白血病的消息,我没为自己,却为她失声痛哭,真正感受到巨大的恐惧和绝望如洪水没顶。

程乃珊比我稍后出院。去年,当春天来临的时候,我们在电话里不约而同地说,这一个寒冷而漫长的冬天终于熬过去了。程乃珊欣欣然地跟我说,她已经开始恢复写作了。"班主任"都重新拿起了笔,我有什么理由不回到电脑前?于是,病后的我们几乎同时于二〇一二年三月份在《新民晚报》副刊"夜光杯"上重新发表文章。我们在电话里彼此祝贺。五月底,我去富民路探望我的"班主任"。两个"瘦子"相见,不禁莞尔,我瘦了近四十斤,而程乃珊瘦了二十多斤,可我们都非常乐观开朗,说权当减肥了。她问起我的治疗情况,我说,我的主治中医师还是你的忠实读者呢,她一听,立刻说,那我要送他一本新书,让他好好给你治病。说着,她就拿来了她的《上海素描》,认真地题签、盖章。那天,我们一如既往地聊文学理想,聊现实人生。程乃珊告诉我说,她已着手新的长篇小说的创作。她的声音依旧那么洪亮和畅快,她甚至让她敦厚的先生放低声音,以便我们交谈。从她家离开后,我一个人走在相邻的那条寂静的巨鹿路上,想到程乃珊在用自己的生命坚守文学,用始终不渝的真诚和热情,用一份强烈的使命感和责任感描述百年上海,我为自己的这位"班主任"再一次默默地流下了眼泪。

从今年一月号起,程乃珊在《上海文学》上开设了一个新的非虚构专栏"天鹅阁",讲述她自己家族的故事。说实话,能真正写出上海资产阶级百年兴衰历史的,无人能及程乃珊。我真是为她高兴,每期杂志一到,就先找她的专栏。岂料,第三篇尚在印刷,她却于四月二十二日走完了自己六十七年的人生道路,令所有热爱她的读者扼腕悲叹。我是第一时间从她的"班上同学"处得到消息的,我那学长在电话里声音嘶哑,而我则欲哭无泪。

程乃珊曾写过一篇小说,标题引用了《圣经》里的一句话:"我心有空处为你。"我想对她说,我在心里永远为你留着"班主任"这个无人可以替代的位置。

二〇一三年四月二十四日

栽竹插梅绘"凉友"

李云飞兄要出画集了,嘱我写一篇序。其实,我并不是一个合适的人选,因为我对绘画几无所知,之所以应承下来,完全是出于对云飞兄画作的真心喜欢。

在我眼里,云飞兄不是一位通常意义上的画家,他的天空很开阔,爬犁能到达很远的疆域:他不仅擅绘画,还攻篆刻、书法;不仅专美术,还能填词赋诗;如果说这一切毕竟属于书画先贤之"诗书画印"四美并具的要求外,他居然还可以从中医文化的角度解读《红楼梦》,居然还可以写电视剧剧本。

所谓"学有所长,术有专攻",枝节繁复、领域宽广的李云飞,既然也要在绘画界立足,那他的画作真能担当得起艺术之名吗?这次,云飞兄一举推出他的画集,而且还折权删叶,只取折扇画,看来,是要用自己的作品来回答这个疑问的。在这部画集中,云飞兄挑选近年来创作的三十幅折扇画精品,虽说只涉及其创作的一个门类,但这种集中聚焦的方式别开生面地展现了他独有的艺术个性。

折扇画是我国传统国画的一个别体,风行于明清时期,书画家在折扇上写字作画,使日常使用的折扇成为完整的艺术品。由于折扇的式样特殊,因而折扇上的书画也便形成了其特有的画幅形态。明朝沈周曾有一绢本画册,先在每页上折成扇形的线条,然后在扇形中写画山水,别具一格,这在当时是一种新颖的绘画表现形式。由于折扇画是国画的特类载体,蕴藉着中国传统文化的诸多元素,因而在国画艺术中具有独特的审美价值与地位,深受文人墨客的喜爱。我曾经在明代唐寅的《雨竹图》、陈道复的《梅花水仙图》、清代石涛的《山水》等折扇画前流连忘返,遥想当年这些名人雅士翩翩摇曳的身姿,追念已经远逝了的那份既孤傲绝世又惆怅浮生的文人情怀。因此,当我一幅幅地浏览云飞兄的折扇画时,我有着特别亲近的感觉。

我相信,被云飞兄挑选到这本画集中的作品,一定都是他自己满意的。云飞兄曾告诉我说,他自幼喜欢把玩折扇,在个人国画技艺逐渐成熟之后,他便将目光转向了以小见大、可玩可赏的折扇画。云飞兄笔下的折扇画题材丰富,无论花鸟、草虫、游鱼,还是姿态迥异的山水,都能入得扇面,构图新颖别致,灵活多变。我自己尤其喜欢云飞兄对空白的巧妙运用,尺幅扇面空间有限,着墨过多或者过少,都会让人感到不适,所以,云飞兄的作品经营布局得当,提按转折有致,疏密相间,不但有一种平衡的美感,更有几分气韵生动。云飞兄还曾告诉我说,他之所以擅长画竹写梅,是因为他对之情有独钟。为了能画出真髓,他栽种竹子,体悟竹叶组合关系的来源与变化;他瓶中插梅,观察一枝梅花从含苞吐蕾到舒展盛放的过程。他在写生的基础上，达到了写意的境界，信手挥洒，独具神韵。我想，云飞兄的折扇画如今流布各地，西至甘肃、宁夏，北到黑龙江、吉林，东至上海、江苏，南到福建、广东，都有其作品的藏家，就是看中他作品中扑面而来的浓厚的文化气息吧。

我非常赞赏云飞兄以这样一本画集来展示他的艺术才华，以及蕴藏在他作品中的精神力量。的确，这真是一件美妙的事情。当我们慢慢地打开扇子，那渐渐展现的画面把我们由远及近地带入春淡秋浓，带入海阔天空。

值此李云飞兄取扇子之别称"凉友"为名的画集出版之际，我祝福他的人生愈添传奇，庞大的艺术事业如竹攀节，似梅溢香。

二〇一三年六月

生命的拥抱

这个夏天，最让我难以忘怀的一个瞬间，莫过于与我心仪的阿拉伯诗人阿多尼斯的热诚相拥。

其实，我只是阿多尼斯万千拥趸中的一名普通的读者。我们总是说，所有的相遇都是注定的缘分，因缘际会不是偶然。我至今清晰地记得，我是在二〇〇九年的夏天，第一次读到阿多尼斯的诗歌的："我曾浸没于爱的河流／今天，我在河水上行走。／如果爱把它的竖琴折断／赤脚行走在断琴的遗骸上／什么将会改变？／我向谁发问：／欲望的黎明或是它的夜晚？"我被这样的诗句打动，觉着聒噪的蝉声在那一刻悄然消通。

　　仅仅过了两年，我却在那个冬天跌入寒冷的深渊。一切都来得非常突然，我毫无准备，因而束手就擒。当我从胃癌切除手术的全身麻醉中醒来，眼前飘舞的飞天在白色的背景后面，向我抛来鄙夷的目光，那一刻，我彻底崩溃。我整天整夜地不能入睡，精神恍惚，胡思乱想，感到日月星辰、春夏秋冬都已弃我远去。有一天，迷糊朦胧中，我忽然想到了阿多尼斯，还断断续续地记起了他在《愿望》中的一些诗行："但愿我有雪杉的根系，／我的脸在忧伤的树皮后面栖息，／那么，我就会变成霞光和云雾／呈现在天际——这安宁的国度。"我一句一句地拼凑着这些温馨的诗行，仿佛回到了童年，像个孩子一样搭建着一层层通往遥远天际的积木。

　　就是在那天，我接到了来自北京外语教学与研究出版社的编辑陈红杰的电话，我向她说起了阿多尼斯，说起了那些美好的诗句，说起了我将开始创建心中的安宁国度。陈红杰在电话里默默地听着，我不知道就是在那个时候，一心想为我做点什么的她，已经在心里为我许下了一个愿望。去年十月，秋高气爽的一天，陈红杰再次打来了电话,她兴高采烈地告诉我:"我们社刚刚出版了阿多尼斯的一本文选《在意义天际的写作》,他从巴黎远道而来,出席他的新书发布会。我拿着他的书,跟他说,'有一位中国作家非常喜欢您的作品,可他现在却躺在病榻上,不知您能否帮我达成一个愿望,为他签个名,并写上您的祝福。'阿多尼斯听后,立即让我把你的姓名用英文写下来,他再用阿拉伯语写在书上,并签上了自己的名字。可能他怕你看不懂阿拉伯语,所以为你在书上画了一幅图呢!"我很快就收到了陈红杰用快递发来的饱含友情的礼物,看到了阿多尼斯在书的扉页上给我的独特的题签。那是一幅象形画:一只张着有睫毛的大眼睛的海豚在水中遨游,喷出的水柱直冲云空。我想,只有内心保持着赤诚的童真和爱的人,才会有如此动人的丰富的想象力。

虽然我心怀感激,但我从未想过有机会当面向阿多尼斯表达我的谢意。今年夏季,八月里最酷热的一天,我忽然得到民生现代美术馆将举办"阿多尼斯朗读交流会",届时阿多尼斯会亲赴上海的消息。我当即便去打听了,没想到,这场朗读交流会的策划者居然是我先前的同事及好友王寅。我跟他说,我会去参加,想见见我心仪的这位大师。王寅得知我和阿多尼斯的那段故事后,对我说,那你就当面向他致谢吧。在王寅的热心安排下,我得以在朗读交流会开始前,单独与阿多尼斯见了面,我对他说,我感谢您,同时也感谢诗歌,感谢生命。我说,我真的没有想到,我已经走出了冬季,在这个夏天活着见到了您。当阿多尼斯诗歌和文选的译者、北京外国语大学阿拉伯语系主任薛庆国先生把我的话翻译给阿多尼斯听后,这位八十三岁的老人笑容可掬地向我张开了双臂,我们相拥在了一起,彼此感受着生命的呼吸和律动。王寅将这个瞬间定格在了他的相机里。我在《新闻晚报》开设的专栏"简而言之"的责任编辑王雪瑛看到这幅照片后,将之命名为《生命的拥抱》。

更让我惊喜的是,同样是杰出诗人的王寅,向我提议说:"你想不想过会儿在朗读交流会上朗诵一首阿多尼斯的诗歌?"我欣然答应,还有什么比用这样的方式向可亲可钦的诗人致敬更有诗意呢?我与阿多尼斯邂逅于夏天,相拥于夏天,因此,我便选了他的《夏天》。"在晴朗的夏夜,/我曾对照着我的掌纹/解读星辰;……夏天说:/让我伤心的是——/有人总说/春天不懂得忧伤。/夏季的太阳坐在树下,/乞讨着微风。"我在朗诵的时候,感觉自己的声音有些发抖,但并不飘忽,我想,那是因为,我或许对生命仍然有着些许的忧伤,但我会在阿多尼斯给予我的温暖中,坚守自己对于生命的信念和方向。

二〇一三年九月

"老顽童"孙毅

儿童文学作家孙毅老师年过九十了,可他实实在在是个"老顽童"。

也就在三四年前吧,孙老师给我打来电话,约我去一个地方见一位从事动画片制作的先生。我问他怎么过去,他说就骑电瓶车。我表示担心,可他却满不在乎地说:"我就是喜欢骑着车到处跑,远一点的,骑电瓶车,近一点,干脆就骑脚踏车!我骑得飞快的!"他一边说一边哈哈大笑,十足一个老顽童。

孙老师将自己这副老顽童的形象定格在了他的文集《孙毅儿童剧快活丛书》的封面上。这封面是孙老师自己设计的:他骑了一辆脚踏车,路过儿童乐园,和正在那里游玩的孩子们互致问候,而他乐呵呵的写实的头像"长"在了卡通的身体上。他很得意地介绍道:"你看,他们见了我,叽叽喳喳地叫着孙爷爷来啦、孙爷爷来啦,奔出来跟我打招呼,我回头一招手,孙爷爷忙着呢,再见啦,哈哈!"这样的封面真是充满童心,充满乐趣。孙老师说,我相信孩子们会喜欢的。孙老师还让我仔细看书脊,说:"上面本来是卡通兔子,我要求改成这只小猪,你看它还舔着舌头呢,这可是一只馋猪啊。我属猪呀,我喜欢吃呀！"

　　孙老师小时候就很顽皮。说起来,他的父亲竟是大字不识的,当年在上海恒丰路桥下开老虎灶养家,老虎灶周围有不少江湖艺人,小名叫"扣章"的孙毅,便是在他们的说唱声中长大的。他曾回忆说:"门口唱京剧、越剧、沪剧、'小热昏'(滑稽戏)、'卖梨膏糖'(说唱)的,什么都有,还有'扁担戏'(木偶戏),一天到夜不断的,我样样都感兴趣。有一次,看'扁担戏'《老虎吃痢痢》入了迷,跟着那挑担的一路看过去,结果忘记了家在哪里。"十九岁时,孙老师报考了上海现代电影话剧专校。后来,他参加地下党,从事学生运动,赴工厂、学校义演宣传革命的活报剧,并加入了上海中国少年剧团。那时,与他"单线联系"的地下党战友包蕾写戏剧、电影剧本已经很出名,自然便成了他的编剧启蒙老师。

　　孙老师一生从事儿童文学,他写得最多的是儿童剧,写了一辈子,出了一套回顾性的书。明明是文集,可他偏偏要叫"快活丛书"。这套丛书一共有四本,分别是《秘密——小学课本剧》《美猴王——中学课本剧》《小霸王和皮大王——儿童剧集》和《五彩小小鸡——木偶剧集》。其实,这套书里收的只是他创作的很少一部分作品,他编撰的儿童剧不下百余部,两百余万字,小歌剧、小话剧、小戏曲、快板剧、木偶剧、寓言剧、历史剧、朗诵剧、韵白剧、相声剧……应有尽有。用他自己的话说,为啥一定要叫文集，儿童文学首先不就该为孩子们送上快活吗？原来，他心里面装着的永远是孩子。

有一天，孙老师在电话里跟我夸耀说："我去医院体检，什么毛病也没有，每个零部件就像我的脚踏车一样，都好得一塌糊涂。医生惊奇，连我自己也惊奇，怎么会好成这样，那岂不成了'老不死'了？"我连忙吐了三个呸呸呸。他说："你呸什么啊，我'老不死'就可以再做点事情啊。"

他果然做了一件大事。共和国建国六十周年时，一家出版社出版了一套"六十年中国儿童文学精粹"，有小说卷，有散文卷，有诗歌卷，有报告文学卷，但就偏偏没有儿童戏剧卷。孙老师很生气："怎么可以把儿童戏剧排斥在儿童文学之外？"他还说："现在，儿童剧走不进课堂，走不进剧场，天天围着应试的指挥棒转，怪不得孩子们的童年越来越短。"他决定以一己之力，编撰《六十年中国儿童戏剧选》。那些日子，他不再骑车到处跑了，把自己关在房间里，靠着自己的专业精神，在烟波浩渺的儿童戏剧资料堆里，硬是编撰并出版了这部珍贵的选本。那时候，我担心他不出门，会不会闷出病来，所以常常打电话去，反过来催促他多骑车出门兜风去。

书印出来时，孙老师骑着他的电瓶车把书送到了上海作协的门卫室，让我自己去取。拿到书的那一瞬间，我泪眼蒙眬。当天晚上，在与孙老师通电话时，他说起他也有一个梦,"如果我做中小学校长,我要每个班级成立一个剧团,每学期举行一次汇演。这样,我们学校毕业的学生,个个都会是仪表秀美、能说会道的出类拔萃的人才。"

二〇一三年,写了一辈子儿童剧,并担任过宋庆龄创办的《儿童时代》杂志的主编,《为了孩子》《现代家庭》杂志的创刊人孙老师,荣获陈伯吹儿童文学奖杰出贡献奖,这真是名至实归。可这一年,他却骑不动他的脚踏车了,他患了腿疾,坐在了床上,出不了门了。但他却不甘心,对我说,不能光坐,不然肌肉全都萎缩了,更动不了了,所以,我会多站站。"我站立的时候,精神好极了,力气也很大,不相信,你过来跟我比试比试"!

老顽童就是老顽童。

二〇一四年四月

府南河边的流沙河

每个星期二的上午,在成都靠近东门大桥的府南河边,流沙河先生都要去位于均隆街上的一家茶馆坐坐。他已经坚持好多年了,即使刮风下雨,即使烈日当头,都雷打不动。那家茶馆是有室内的,但流沙河先生几乎从来不去室内，总是坐在室外。那是一块凹下去的但很开阔的平地，种了一些树木，树下摆放了二十来张简易的旧桌子，竹椅子则更多了。结果，室外比之室内更是热闹，每到周二上午，就坐满了人，一派蔚为壮观的景象。说实话，那么多人每个周二都来此聚集，就是冲着流沙河先生来的，他的号召力和影响力是摆在那里的。

我与流沙河先生联系，想去看望他，他说，那就星期二上午来茶馆吧。这样，在二○一三年的一年间，我去了那里三次。流沙河先生上午十点是肯定到了的。他坐在平地南侧那排由一张张小桌拼成的长桌边，与所有的人一样，就着最普通的玻璃杯子，喝着最普通的茶水。围坐在他边上的，基本都是有了一些年纪的人。有人告诉我，他们都出身于从前成都的大户人家，怪不得听他们摆起龙门阵来，满腹经纶，原来个个都是有来历的。流沙河先生坐在那里，听得多，说得少，间或一两句点评，总是赢得众人击节共鸣。

流沙河先生身材瘦小，已八十多岁，背部有些佝偻，但他精神矍铄，两只不大的眼睛时时露出生动而睿智的目光来，甚至有些调皮，还有些"狡黠"。我第一次去的时候，是感谢他为我担任总制片人的电视剧《大波》题写片名。《大波》取材于文学大师李劼人先生的长篇小说《暴风雨前》和《大波》，这两部小说与《死水微澜》一起，在文学史上被称为"大河小说"，囊括了以成都为中心的四川

书人

215

社会自甲午战争到辛亥革命年间的人际悲欢,思潮演变和政治风云,始于微澜荡漾,终至大波澎湃。当时向流沙河先生提出题写片名的要求时,他说:"这事是我应该做的,我当仁不让。"他还拒绝了我们给他的稿酬,坚决不要,还说:"李先生是文学大师,我能为他做点事情,已经感到很荣幸了。"流沙河先生是个心胸开阔,也是心怀善意的人。我在《李劼人全集》第八卷中,读到李先生一九五七年时写的多篇批判流沙河的名作《草木篇》的文章,从一开始的认为有错但又觉得无需小题大做,到"我已走到泥坑的边缘上了",再到"我坚决要爬出泥坑!转变我的立场!"那调子明显地一篇比一篇高,但其中的无奈和苦涩,想必流沙河先生是心知肚明的,因而也就早已释怀了。我总以为,心境开阔的人精神也是高尚的,而精神高尚的人因为放下了杂念,所以身心也就格外轻灵起来。那天,当我跟流沙河先生说拍张合影时,他一跃而起,完全像个年轻人,一个健步跨上凹地高高的台阶,我都没能赶得上他的节奏。

我第二次去河边的茶馆拜访流沙河先生,照例是个周二上午。那天,我想请他为刚刚建立的《大波》剧组和年轻的演员们讲讲李劼人先生和他的经典文学作品,但他没有答应。说实话,其实,我见了他之后,已经打消了原先的念头,原因是流沙河先生受了风寒,喉咙嘶哑,以致快发不出声音了。他俯在我的耳边轻轻地、一再地说:

"真的很抱歉,请你谅解!"我说,今天你不舒服,就不应该再来这里了。可他对我摆了摆手,接着又用手指了指胸口。我明白了,他的意思是,来这里,他心里很高兴,也很快乐。他微笑着看着我,那笑意荡漾在他刻满了岁月印痕的脸上,那么坦诚,那么明亮。

又是一个星期二的上午,成都弥漫着轻烟似的薄雾。我再次如约来到均隆街上靠着府南河的那家茶馆,面见流沙河先生。那天,我来早了,便站在河边,望着缓缓流淌的河水,心想,流沙河先生为什么喜欢这个河边的茶馆呢,是不是因为这河水里承载过他的理想,他的浪漫,他的激情,同时也承载过他的失望,他的痛苦,他的坎坷?我不由得默念起他的《草木篇》中《白杨》一节的句子来:"她,一柄绿光闪闪的长剑,孤零零地立在平原,高指蓝天。也许,一场暴风会把她连根拔去。但,纵然死了吧,她的腰也不肯向谁弯一弯!"流沙河先生不就是这样的一棵白杨吗?时至今日,还有人将他归于另类。据说每周二上午来这里的茶客中还夹杂有居心叵测者,但他显然毫无畏惧,像白杨般昂首挺立着。

那天,嗓子已经好了的流沙河先生,与我们说了许许多多的话,茶馆老板来换了好几个热水瓶。说起已经开拍的电视剧《大波》,流沙河先生说:"你们要大胆地进行艺术再创作,根据电视剧自身的艺术规律,不要受原著太多的限制,因为我深知李先生的原著改编成电视剧是有许多困难的。"一个作家、诗人，对另一种艺术形式如此豁达和宽容，让我深受鼓舞。那天，他还说到了一代船王卢作孚先生，称他是现代中国一位难得的圣人；他还说到自己的家乡四川金堂县出过不少的名人，而他对他们的趣闻轶事了如指掌。

其实，我那天是有备而来的，捧去了一大摞书，让他签名。他不喜欢用现在流行的签名笔，喜欢用软笔写字，说是有书法的感觉，写起来舒畅。于是，除了书，我还准备了软笔。他认真地在每本书上签名，而且，每个签名都各各不同，有一本书上，他就签了一个"河"字，笔触迂回，宛如曲折的河流一般。由于书太多，生怕他累着了，他的夫人发话让他别再签了，但他没有答应，一本本地继续签着，这使我心里生出不少的愧疚来。那天，他光是为我就签了十本，计有：《白鱼解字》《诗经现场》《认字》《庄子现代版》《画火御寒》《流沙河近作》《Y语录》《书鱼知小》《流沙河诗话》和《庄子闲吹》。

薄雾依旧。不知不觉间，已是中午时分。流沙河先生要回家去了。我坚持要用车送他回去，他推辞不过，只好答应了。他站起身来，跨过台阶，走向河边，然后坐上了车子。在车上，他谈兴仍浓，与我说起越来越严重的雾霾灾害。他说，一个国家的现代化是不能以牺牲大自然和人的健康为代价的，如果执迷不悟，我行我素，那么也就没有什么未来了。

车子下了高架道后，一直开到了新希望路上。流沙河先生就住在那里。我想，绕过府南河，这条名叫新希望的路，真的能期许流沙河先生以及我们一个崭新的时代和社会吗？

二〇一四年四月

"怪老头儿"孙幼军

二〇〇八年十一月二十六日，我摁响了孙幼军先生在北京外交学院寓所的门铃。

孙幼军先生是我国杰出的童话作家。我自己都不知道读过多少孙先生的作品了，我熟识他笔下的怪老头儿、小猪唏哩呼噜、橡皮小鸭、流浪儿贝贝、铁头飞侠……可我却一直没有见过这位曾获国际安徒生文学奖提名奖的童话大家。机缘巧合，我所供职的上海文广新闻传媒集团(SMG)雄心勃勃地欲在动画片领域大展身手，遂让我这个"儿童文学作家"开列一张可以改编为动画片的儿童文学作品"清单"。我脑子里当即闪过了孙幼军先生以及他的经典童话《小布头奇遇记》。

如今说"经典"两字几成笑话，因为不少作品才刚刚发表，便已经被大言不惭地冠以"经典"之称了。可是，

《小布头奇遇记》却当得起此名。这部童话自一九六一年出版以来，经久不衰，影响了几代读者，还曾荣获第二次全国少年儿童文艺创作评奖一等奖。从作品本身来说，这部长篇童话讲述了一个生动有趣而又有意义的故事：一个名叫"小布头"的布娃娃因为胆小遭到伙伴们的嘲笑，又因为怯懦而失去了自己的主人。为了寻找主人，小布头勇敢出发，经历了一场又疯狂、又有趣、又感人的历险，最后，不仅交到了最好的朋友，获得了友情，也变成了一个勇敢的孩子，回到了主人身边，得到了久违的幸福。当我在"清单"上写下《小布头奇遇记》时，一帧帧画面已在我的眼前清晰呈现。

集团领导认可了我的建议，并提出索性由我去跟孙幼军先生商谈购买影视改编版权事宜，这样，我便见到了仰慕已久的孙先生。

孙幼军先生和他的夫人一起为我开了门，并将我引入他们家的客厅。

我和孙幼军先生坐在一张长沙发上，我们都侧过身子，以便可以面对面地交谈。孙先生是黑龙江人，高高大大的，脸略显方形，虽然已过七十五岁，但仍有一股英俊潇洒之气，除了耳朵有些背，完全没有老态。那天，我跟孙先生聊了好久，可以说，到后来是我在磨嘴皮子了，因为孙先生坚持不肯授予我们影视改编版权。也许有人会猜测这是一场讨价还价的商业谈判，双方在价格上谈不拢,因而陷入僵局。但这种猜测纯属臆想。孙先生之所以没有松口,是由于他自认为《小布头奇遇记》在艺术上存在一些不足,可能在改编时会有些困难。他非常真诚地告诉我:"光是去年,就有三家影视机构来找我购买《小布头奇遇记》的改编版权,但我都拒绝了,因为我不能只考虑自己的利益,而不为别人着想。如果别人买去后难以改编,我会心有不安的。我多年写作,最害怕的是让出版社亏损,人家白白出了大力,我自己也脸上无光,怕被人说这孙幼军出了让人家出版社赔钱的书。"

听着孙先生的话,我油然升起无限的敬意。

那天,我走时,孙幼军先生和他的夫人又一起把我送到了楼梯口。

回到上海后,我继续与孙幼军先生商谈影视改编版权事宜——他跟我约定,由于耳聋,不便使用电话,改以电子邮件的方式。我没想到,孙先生对电脑运用得如此娴熟,在一段时间里,我与他几乎天天都会写信,聊儿童文学,聊各自的创作,也聊世事人生。当然,我还继续跟他"泡蘑菇",我不想轻易放弃自己的愿望。慢慢的,事情开始向我希望的方向进展,到了二〇〇九年春节后,孙幼军先生终于答应将《小布头奇遇记》的影视改编版权授予 SMG。事情会有这么好的转机,源于两个方面:第一,我告诉孙先生,我们 SMG 在春节期间公映的动画电影《喜羊羊与灰太狼之牛气冲天》大获成功,取得中国动画影片有史以来最高票房，这让孙先生对我们建立了信心；第二，我作为儿童文学作家与影视制片人，提出了一些解决创作上可能发生的问题的建议，这让孙先生认可我是一个比较专业的"同行"，认同我们具有共同的艺术观和价值观，于是对我们建立了信任。五月，SMG与孙先生正式签订了《小布头奇遇记》影视改编版权合同。我真的很高兴，我促成了一桩美事，实现了自己的一个心愿。

可就在那时，孙幼军先生写信告诉我："我最近一直在生病，因为胃大出血到了北大人民医院急诊室，接着住院。我号称'铁胃'，从不知道自己有胃溃疡，所以有些担忧，怀疑胃里长了什么东西。胃镜的'活检'检查结果要一周后才能得知，那一个星期真是度日如年。幸好结果是严重发炎引起的，并没有查出什么癌细胞。出院之后又出了新问题，一坐下就站不起，要双手撑着椅子扶手和膝盖或桌子极缓慢地起来，疼得出一身冷汗，要想迈出步去依然要挣扎一番。这次连医院都没法儿去了，也弄不清会否是脊椎问题。再接下来是牙齿的问题。不能进食，要连续拔掉七颗牙，然后是洗牙、补牙，最后是镶牙。人老了如同一部陈旧的机器，这里修了，那里又出毛病。"读完信后，我心里沉沉的。

由于我只负责洽谈影视改编版权，谈完之后，具体的合同签订，尤其是具体的创作生产就不归我管了，所以，我也就忙自己的事情去了。当然，我也不时地会关心一下孙幼军先生的身体状况，关心一下《小布头奇遇记》的推进工作，只是我没有机会再与孙先生见面。不过，我从孙先生的好友处得知，他的胃病得到了控制，后来，反倒是我罹患了胃癌。我没有告诉孙先生我的情况，我生怕他为我担心。

一晃，五年多过去了。

二○一四年三月四日，我再次摁响了孙幼军先生寓所的门铃。

这一次，是孙先生的夫人为我开的门，也是她将我引入他们家的客厅。

孙幼军先生坐在那张长沙发对面的椅子上。

与我第一次见他时不太一样，在经历两次脑血栓和反复胃出血后，他明显消瘦了，人仿佛垮塌了下来，虽然戴着助听器，但听力更弱了。他跟我说："人家都不认识我了，因为我太瘦了。而且，我的记忆力也不行了，很多事情都记不得了，有时，连电脑也不会操作了。"他说这话的时候，显得很是沮丧。可是，不多一会，他的精神渐渐高扬起来，他告诉我，去年他还是写了六七部童话，每篇都有四万来字。我听后真是汗颜，八十多岁的孙先生年老有恙，尚且如此勤奋写作，我们哪里可以相比。我再次跟他谈起了《小布头奇遇记》。我对孙先生说："我这次来，既是来探望您，也是想告诉您一件很遗憾的事，由于种种原因，我们最终没能拍摄完成您的作品，而我们与您的合同期限就快到了，所以，您可以再与其他机构商谈影视改编版权事宜，如果有机会，我也会为您推荐。"我是怀着内疚说这些话的，我很怕这会伤了孙先生。没有想到的是，孙先生听了我的话却没有反应，他看着我说："我不知道你说的是什么，我完全记不得了。"我只得让孙先生的夫人帮着一起回忆，好在他夫人非常细心，把这件事情记在本子上了。

　　一点都不在意的孙幼军先生有些艰难地站起身来，走出了屋子。原来，他是到另一个房间拿他的新书去了。他热情地为我题签，当我把书捧在手上的时候，我感到了他熨贴在了书上的温度。孙先生提议我们拍张合影，他让夫人拿来了相机。拍完后，他说尽管他有时不会使用电脑了，但他还是会尝试将照片通过邮件发给我。

　　我向孙幼军先生道了别，这次，我没让他送我出门。他一边嘱他夫人送我，一边紧紧地握住我的手。此刻，我想对他说，您一直管自己叫"怪老头儿"，可您知道吗，您是一个多么可爱可亲可敬的一点都不怪的"怪老头儿"啊！

　　第二天，我就收到了孙幼军先生发来的邮件："我现在糊涂了，连电脑都不会用了。照片试着给你发一下，看看能不能发过去。"他没有发成功。我回复他说，您可能忘了粘贴附件了。当天，他再次发来邮件："照片明明我发了，不知道为什么收不到。我不甘心成了半个废人，再试一次。"他是那么执着地想证明自己，可我不忍心，于是，我回复他说："这次，照片发成功了，您真的太棒了！"

当我敲击键盘，将这封邮件发出去的那一瞬间，我眼睛潮湿了。

二〇一四年四月

他在缤纷万象中

一不小心，我竟酿成了一件二〇一三年度的文化事件，而这与一个人全然无关，却又完全相关。

这个人，便是出版家俞晓群。

一九九八年的时候，一本新杂志横空出世，立即吸引了我的目光，准确地说，是吸引了我好奇的目光。这样的好奇很自然：第一，这本名叫《万象》的杂志与二十世纪四十年代的著名杂志同名，其中有着怎样的因缘？第二，原本那份杂志是在上海出版的，带有浓郁的海派气息，现在由地处东北的辽宁教育出版社出版，那海派风格是否转为了东北风？

这样的好奇，让我开始订阅这份期刊。一打开杂志，我便感觉一股既遥远又似曾相识的海派味道迎面扑来。

从版权页上，我知道了杂志的主编是俞晓群，后来，又知道了站在俞晓群背后为他撑腰的一批人，其中的灵魂人物有：著名作家、编辑家、电影家柯灵，他在一九四三至一九四五年上海沦陷期间编辑的《万象》杂志影响广泛，后来崛起于上海文坛的女作家张爱玲就有多篇小说在《万象》上发表；著名出版家、原三联书店总经理沈昌文，他在任期间主编的《读书》杂志可谓是中国文化界的一杆旗帜；著名报人、编辑家陆灏，他才华横溢，人脉广泛，人称"陆公子"，拥有强大的作者资源；著名学者、华东师范大学中国现代文学资料与研究中心主任陈子善，他阅书海量，对中国现代重要作家作品的发掘、整理和研究贡献巨大，被誉为"当代第一选家"……有这等大师阵容，新《万象》一出版便赢得良好口碑自然也在情理之中。但是，倘若没有俞晓群的人文情怀、开阔的视野和心胸，怕也是难成其事的。由此，作为读者，我对主编俞晓群留下了非常美好的印象。至于作为辽宁教育出版社社长兼总编辑的他，主持出版了"新世纪万有文库""国学丛书""探索书系"等具有很高思想与学术价值的丛书，我更多了一份敬仰之心。

我从此成为《万象》最忠实的读者，一期都未曾落下。到二〇〇三年时，得知俞晓群升任辽宁出版集团副总经理，不再负责辽宁教育出版社的工作，心里不免有些打鼓——《万象》会否因此改变面貌呢？好在每期杂志上仍旧挂着主编俞晓群的名字。二〇〇六年，新年伊始，忽闻《万象》停刊，我心里升起不小的失落。不过，仅仅过了三个月，杂志重新恢复出版了。可是，不知为什么，从那时起，我开始对这本杂志的命运担忧起来，或许因为其已经有些改头换面，或许因为"小众杂志"已经面临生存危机。事实上，后来俞晓群自己也回忆说："二〇〇五年，《万象》编辑部从上海迁往北京后，我愈加'挂名'得名副其实，网上有知情者说：'俞主编已经被挂了闲职，现在编辑部对于《万象》文章的管理严格了。'见到这段话，我总算心安了许多。"

俞晓群是心安了，但如我这样的忠实读者却安不下心来。其实，俞晓群也没有安下心来，从根本上说，他不是一个"官员"，而是一个富有理想、情怀、激情的出版家，让他坐在高位而不谋事业，他是安心不得的。所以，他最终选择离开辽宁，于二〇〇九年七月出任海豚出版社社长。而他在《万象》上的主编挂名也止于这一年的七月号，八月号主编另易他人。

随着俞晓群的离开，我觉得《万象》也渐行渐远，但我依然对其不离不弃。我想，一个读者能找到一本心仪的杂志也算是一种缘分，如同一对久婚的爱人，激越的爱情渐去，难舍的亲情愈浓。这样，我始终不渝地坚持订阅《万象》。到了二〇一三年，都已过了立春了，可杂志却迟迟不见踪影，直到上海进入黄梅雨季，才姗姗而来，但也就两期，以后再也没有了消息。我预感到了什么，便给编辑部打去了询问电话，可一位女编辑信誓旦旦地对我说："杂志不会停刊，只是要拖延一点时间而已。"很明显，这是一种敷衍，因为我自己也做过杂志的主编，我深知定期出版的期刊如不能如期送到读者手中，那是严重的事情，甚至是对订户的侵权行为。

于是，六月十七日，我在新浪网上发了一条微博："我是《万象》杂志最忠实的读者，创刊至今，一期未落。可今年订阅的杂志，自收到第二期后，每月各期都杳无踪迹，问询后方知连第三期都还没出版。这对得起它的读者吗？"这篇微博的阅读点击率超过七万。

七月二日，上海《青年报》刊出记者郦亮写的报道，标题是《〈万象〉杂志已四个月不出刊，独家回复：并未停刊，只因稿件意见不统一》。报道说："杂志《万象》创刊于一九九八年，以刊登大量有人文思索的妙文而风靡一时，在全国拥有大量读者。上海作家简平从第一期就购买，时至今日一期不落。然而就是这位忠实读者，在今年收到第二期《万象》之后，就再也没有收到过这份杂志。简平多方询问后被告知，今年的第三期至今还没有出版，更甭说此后几期。收了读者的订费，却不出杂志，这让简平颇为生气，'这对得起它的读者吗？''事实上我们四个月没出刊，是因为有稿子在编辑部里没有达成统一意见。'该刊编辑对记者透露，他们会在近期给读者一个交代,'我们不会停刊,之后可能会采取几期集中一起推出的办法。'"

我将这篇报道转发到了微博上,并评论说:"这是不是太过随性了呢?"

七月六日,我很突然地收到邮局寄来的退款单,上面标明系《万象》第三至十二期的订阅退款。毋庸置疑,这份杂志以这样的方式向其读者道别了。可我觉得,即便有万般的无奈,采取这样的方式不辞而别,结清价钱拉倒,对其忠实的读者来说是不太厚道的。欠缺一份真诚,少了一份情意,这也绝不是其所宣称的海派风格的行事方式。我想起另一本我同样一期不落的杂志《文汇月刊》,其停刊时,在一片肃杀中还是郑重地与读者道了别,那既是一种精神,一种道义,也是一种圆满。我甚至想,如果俞晓群还做着主编,那他应该不会这样轻率的。

于是,当晚七点半,我发了一条微博,并把邮局退款单也传送了上去,可谓有图有真相。我这样写道:"今天,很突然地收到了一张退款单,令我惊讶,《万象》杂志竟以这样的方式结束了。这些天的关注,引来这样的结果,不胜唏嘘。这么多年了,《万象》本可以更好的方式与它的忠实读者认真道声再见的,可很遗憾,它没能做到。其实,也无需伤感,谁说哪天不会再见呢?《万象》历来如此,来来去去多少回了!"没有想到,这条微博在短短的时间里,阅读点击量竟然达到三十五万九千次,令我惊讶万分。

两个小时之后,陈子善发出一条微博:"今晚与《万象》前出版人俞晓群、前主编陆公子、沪上著名出版人贺圣遂、王为松、复旦大学傅杰教授等位欢聚,席间从作家简平的微博得知,《万象》已退还订户二○一三年三月至年底的订费。回忆当年《万象》创刊,我也曾与闻其事。没想到今日《万象》以这种方式与读者告别,真是不胜感慨之至!"据俞晓群在博客中说:"近年陈先生痴迷微博,每次聚会,他总会见缝插针,不停发射,现场直播。"由此,我可以想象那天晚上陈子善在聚会上看到我的微博后的样子。

不料,一石激起千层浪,从《青年报》开始,几天时间里,《文汇报》《新京报》《南方都市报》《北京青年报》《深圳特区报》《长江商报》《晶报》《钱江晚报》《乌鲁木齐晚报》等全国各地的报纸纷纷报道了《万象》"疑似停刊"的消息,而且都是追踪调查性的深度报道:"今年三月起,具有深厚历史底蕴和影响力的人文杂志《万象》,毫无征兆地未准时出刊,直到七月初,作家简平在微博上晒出一张《万象》的退款单,引起一片哗然,此事遂引发读者与媒体的极大关注。"这些报道标题触目惊心,发人深省:《〈万象〉:一篇微博引发的"停刊"?》《〈万象〉停刊风波又起,人们担忧人文杂志凛冬将至》《"浅阅读"时代,人文杂志何去何从?》《海派文学杂志〈万象〉或停刊,书友缅怀逝去的审美》……而文化界、出版界、读书界的专家、学者、书评人雷颐、许纪霖、谢其章、李少君、王小峰、郑渝川等也纷纷接受采访,高克勤、贾宝兰、胡洪侠、康伟、李礼、程巢父、孙甘露、李其纲、沈嘉禄、王国伟、王绍培、周瑟瑟、张冠仁、董曦阳、杨云辉、王易、王树兴、任知、瑶草等也通过微博发表了自己的看法和见解。

说实话,对于突发而至的这件"文化事件",我很想知道俞晓群的想法。其实,他在第一时间就转发了陈子善的微博,只是没说一个字,但我猜想,那些媒体应该不会放过他的。

果然,我看到了深圳《晶报》记者尹维颖的报道:"对于《万象》停刊的真正原因,该杂志首任总编辑俞晓群昨日在接受本报记者采访时表示,自己近年来与《万象》之间的关系渐远,不便发表任何评论,对该杂志停刊的原因,他建议以杂志本身的说法为主。不过,作为自己从事出版业三十年来亲手完成的唯一一本杂志,俞晓群对《万象》目前的尴尬处境颇为伤感。"如果说,俞晓群在接受《晶报》采访时,只是感性地表达了自己的一种情绪,那么,他在接受上海《文汇报》记者钱好的采访时,则显然表现出了理性的思考:"谈及一些人文杂志的凋敝现象,俞晓群认为这一方面是杂志的读者定位、内容质量出了问题;另一方面则是生存方式、商业运行不够到位。对于后一点,有人也提出过疑虑,认为文艺期刊加入商业化元素后，就牺牲了自身的艺术个性。但俞晓群认为理想主义与商业化、实用性并不矛盾。他举例说：'民国时期邹韬奋先生是编杂志的大师级人物，一本《生活杂志》可以脱颖而出，卖到十几万册，究其原因，内容好是一方面，韬奋先生的商业运营也有许多高明之处。比如就产品而言，他称出书为长线，杂志为中线，报纸为短线，他主张三者要联合运行，互补长短，做起来更容易成功。''我们需要注意，全国期刊的企业化进程是近两年才完成的。'俞晓群强调大家应跳出'人文刊物'的个案，在整个期刊出版业改制的大背景下，更为客观地看待个别刊物的生灭。随着企业化的深入推进，未来期刊的新生与消亡，会像饭馆的开张关闭、商业产品的上架下架一样正常，期刊市场也会因此而激发出巨大的活力。"

不过，就在《万象》事件闹得沸沸扬扬之时，俞晓群则埋首于他新策划的"海豚书馆"。这一丛书的规模同样浩繁，文化和思想价值同样不菲，让我生出许多的感慨，这正是哪管他人喧嚣，我自胸有成竹。我突然很想去拜访一回俞晓群。

今年二月下旬，趁着在北京审看一部电视剧的初剪样片，我请我上海交大附中的校友、国家图书馆外文采编部主任顾犇联系一下俞晓群，于是，我们商定二十四日下午三点在海豚出版社见面。

虽是第一次见到俞晓群，但因他出镜率很高，所以我对他的面貌已相当熟悉，可他的声音却是首次聆听。他说着带有浓重东北口音的普通话，中气十足，憨厚有加，让我感觉特别亲切和踏实。我跟他说了我在病中拜读他的毛边本《这一代的书香》的"痛苦"往事，并拿出先前读完的他的大作《前辈》请他签了名。他则又题签送了我他的新著《那一张旧书单》。

那天，顾犇带去了他的著作《书山蠹语》送给了俞晓群，而我因为仓促，没有带自己的书去。后来，我专门从网上购得本人的研究专著《上海少年儿童报刊简史》和散文随笔集《聆听树声》，给俞晓群快递了过去。

俞晓群办公室的门口有一尊海豚的雕塑，虽然只有蓝白两色，但煞是洁净而澄澈，我想，这何尝不像身处缤纷万象中的俞晓群。

二〇一四年四月

一只萤火虫的微光

出版家陈垦是我的好兄弟。虽然我平时跟他联系不多，更是从来没有当面与他说过兄弟长兄弟短之类的套话，因为我认为他会觉得我特俗。陈垦是一个基本没有尘俗气的人，在我认识的所有四川籍的朋友中，唯有他可以与我倾心的甘孜一带的藏区风范契合：蓝天，白云，绛红的袈裟，宁静而透澈。

陈垦是个特别热爱诗歌的人，他把他的诗意带入了钟情的出版事业。

其实，这多少是一件难以想象的事情，诗意里的理想、激情、抱负，在愈益浮躁、以销量论英雄，且在新媒体崛起后日渐颓败的出版乱象跟前，简直不堪一击。坚守精神，坚守品格，或许更多的是形而上的东西，作为实业的出版经营，即便低头折腰，也不是不可以理解的。但是，陈垦诗意绵绵，追求切切。

我们来看看最近这几年陈垦所出品的一些书吧：李西闽的《宝贝回家》、于娟的《此生未完成》、申赋渔的《一个一个人》、宁肯的《环形山》、马良的《坦白书》、孙东纯的《间隔年之后》、朱赢椿的《空度》、契诃夫的《萨哈林旅行记》、辛波斯卡的《万物静默如谜》、谷川俊太郎的《小鸟在天空消失的日子》、巴里克的《海上钢琴师》、普尔曼的《格林童话》、温特森的《守望灯塔》、安倍夜郎的《深夜食堂》、莎兰斯基的《岛屿书》、川濑敏郎的《一日一花》、西蒙斯的《我是你的男人：莱昂纳德·科恩传记》……

这些书关注现实，审视历史，探索自然，洞察内心，有的冷静犀利，有的温暖优美，无不具有深厚的人文情怀。一个没有责任感、使命感的人，很可能会拒绝其中一些题材，比如揭露拐卖儿童罪恶的《宝贝回家》，比如启发索尔尼仁琴写出《古拉格群岛》这部伟大著作的展示黑暗专制的《萨哈林旅行记》，我读了之后都心如铅重。自然，一个没有诗意的人，也会拒绝被这个时代遗弃了的乏人问津的诗集的，但是，陈垦作出了最坚决的选择，出版了《万物静默如谜》《小鸟在天空消失的日子》，以致一时间在出版界多多少少撒下了一点诗味，并入选新浪等多种年度好书榜。而一个满身浸染尘俗气的粗糙之人，是触摸不到精制典雅的美的，也不可能做出像《一个一个人》《空度》这样"中国最美的书"来。

毫不夸张地说，我每次拿到陈垦出品的书，总是爱不释手，因为没有一本是我看不上眼的，都深得我心。所以，我轻轻地掀动书页时，总是涌起一阵莫名的感动。

一个富有诗意的出版家，将自己出品的图书定位成"小而美"，宣告"致力于形成一种风格清晰的产品美学"，并不出人意外。透过文字，我们可以感受到陈垦一直在寻求独具个性的作者和内容，重视细节与风格的呈现，竭力为读者提供具有更好阅读和审美体验的书籍。正因为如此，我比谁都更确信，陈垦创立的"浦睿文化"注定要成为中国出版界一个响亮的品牌。

我一直记得在我刚刚动完恶性肿瘤切除术的最为艰难的时候，陈垦给我送来了一箱子他刚刚做出来的新书，只有他知道唯一可以支撑我有勇气生活下去，并能恢复以往快乐的只有书籍。这使我也一直想着能有机会回报他的这份兄弟情谊,所以,我便会自说自话地给他报一些选题。其实,报了之后我立刻便发现这都是很馊的主意,也许就会坑了他——因为那些书假若真的做出来,绝对不会产生什么"销售神话",那他手下的一干人马只能喝着西北风,消费虚妄而缥缈的诗意。

所以,现在,我干脆只执着地做一件事情,那就是不断地鼓动陈垦出版一本他自己的散文集。他是做出版的,可他从来没有为自己印制过一本书。而我真心地喜欢他的文字,理由当然是这些文字充满了诗意。由于他始终藐视我的这份执着,因此,我决定将他为自己出品的一本最具文艺气质的萤火虫科普指南——《故乡的微光》写就的序言《萤光消失,沉思也消失》放在这里先给"出版"了。我相信读者会从这篇文章里读出他的文字风格,更可以读出他作为一个出版家的品格和品质。是的,在我眼里,陈垦就是一只努力的不断地发着微光企图照亮暗夜的萤火虫。

　　没有萤火虫的夏天不值得喜悦,没有萤火虫的城市不值得怀念。

　　而如今我们正在失去自己的故乡。故乡作为一种象征,在当下的城市乡村剧变中,它逃离了童年,脱落了之前千百年的色泽,在急速消失的风景里变成渐渐陌生之地。

好多年前，我曾有一次寻找萤火虫的长途旅行，去了几个偏僻的山里，专门寻找萤火虫。因为我始终忘不掉童年遇到过的场景，夜空暗蓝，密林深邃，栀子花开，小河淌水，萤火虫悠飞。我走了那么远，就只想离那个场景更近一些，更近一些。

　　在另外一次长途旅行中，我们到了贡嘎山。夜里开车，经过一个山垭口时，我们停车抽烟。车灯熄灭的时候，夜空突然就展现出来，星星和萤火环绕着我们，无数萤火虫在漫游。直到后来认识了付新华，我才知道原来中国竟然还有把萤火虫当作一生注视对象的人。新华老师是年轻热情的科学家，他对萤火虫的痴迷一下子就抓住了我。在和他第一次聊天时，我就承诺了要为他策划出版一本关于萤火虫的美丽图书。也就是诸君手边打开的这一本《故乡的微光——中国萤火虫指南》。

　　在唐朝，诗人杜牧写下了《秋夕》，他眼里的秋天也就是一个单纯的场景：银烛秋光冷画屏，轻罗小扇扑流萤。天阶夜色凉如水，坐看牵牛织女星。正是这些细微的句子，构建了我们的文化气质。

　　萤火虫是我们时代里一个被忽视的比喻。

人性是脆弱幽暗的，萤火虫就恰如我们自身的象征。日本人愿意相信：萤火虫是死后人们的灵魂。可惜，如今我们离简单的美和诗意太远了，离灵魂实在是太远了。在什么都不再容易让人相信的时代，注视灵魂本来应该依然是重要的。唯有借助一些微光，人可以更加接近内心和纯粹。

如果那些微光消失，处于绝对光亮之下的我们，会更快迷失自身。

热爱着微光，其实才是热爱我们自己。当那微光消失的时候，沉思也消失了。

那么，请诸君打开这本书，体会自然和诗意的萤火虫诠释。萤火虫是历史与文化的一部分，是生态系统不可缺失的一环，萤火虫是一种环境指示生物，这些需要更多的人来相信，同时为着这小小的生命而做些努力。

因为我们愿意相信，宇宙里一个巨大星系爆炸的灿烂，和暗夜里一只萤火虫的微光，具有同样动人心魄的美。

二〇一四年四月

美丽当属桂文亚

　　我第一次见到美丽、端庄、优雅的桂文亚女士，是在海峡两岸中篇少年小说征文大赛的颁奖仪式上。那是一九九七年的年末，在上海亭枫宾馆的会议厅里，外面北风呼啸，而大厅里却温暖如春。

　　一九九七年海峡两岸中篇少年小说征文大赛是由少年儿童出版社《巨人》杂志与台湾《民生报》以及海峡两岸儿童文学研究会联合举办的。赛事组织者中的一位核心人物便是桂文亚。那时，桂文亚是台湾联合报系《民生报》儿童组主任、童书出版部主编，同时还兼任报系美国《世界日报》《欧洲日报》儿童版主编，加之担任海峡两岸儿童文学研究会理事长，无论报界，还是出版界，桂文亚都可称得上是台湾儿童文学园地里举足轻重的"大人物"。桂文亚从二十世纪八十年代中叶率先展开并推动台湾与大陆儿童文学界的交流，成为海峡两岸儿童文学沟通的友好使者，我相信，她的这一功绩一定会载入中国儿童文学史册。那时，她除了向大陆推荐台湾优秀的儿童文学作家与作品，还将大陆许多儿童文学作家的作品引入台湾出版，一时间形成两岸文化交流的一道独特风景。

　　那天，我是作为获奖者前去领奖的，我的中篇小说

《五天半的战争》获得这次征文大赛的佳作奖。我很感谢主办方，因为正是这次比赛，我开始了中篇小说的创作，也算是旗开得胜，之后接连又写出了多部中篇乃至长篇小说，而且，从此我还被认为有了中篇小说的成名作和代表作。那次，在会上与会后，我都只是对桂文亚礼节性地表示了谢意，没有与她进行更多的交谈。后来，在几次有关儿童文学的会议上，我多次碰到桂文亚，我倒是很想与她交个朋友，那是出于我很喜欢她写的儿童散文，她的那些文字有着宽容和悲悯的情怀，对稚弱的生命也充满了理解和珍爱；而我自己，除了小说，对散文也是情有独钟。但是，我却一直犹豫，没有付诸行动。

说起来，我的犹豫在于我不想成为其他的一些人。那时，有好些作家对桂文亚"趋之若鹜"，他们显示出了太多的功利之心，都希望桂文亚能在台湾出版他们的作品。我想，面对这样的"热闹"，桂文亚怕是应付不过来的，我就不要再给她徒添压力了。说实话，我向来崇尚友谊的单纯，若有一丝杂质，我会觉得不纯粹不洁净的。可是，这些我至今都没有跟桂文亚说起过。

一直到二〇一一年五月，我去参加"青岛·海峡两岸儿童文学论坛"，再次与桂文亚相遇。那时，她已经退休了。因为同去的女作家殷健灵与桂文亚熟识得如同家人，而我与殷健灵也同样如此，于是，我们三人也就几乎"同进同出"了。殷健灵习惯了叫我的网名"小茧子"，桂文亚也跟着叫,叫着叫着却成了"小剪子"。在去青岛啤酒博物馆参观的时候,我和桂文亚都贪婪地品尝了免费原浆啤酒和纯生啤酒,两人都喝得脸红红的,后来,还意犹未尽地去买啤酒豆和其他的特产。桂文亚多拿了几包,说是要带回台湾去,我说那就由我来送给台湾同胞吧,她笑着问我,你确定吗,我说当然确定,她说那就欣然受纳了。

在青岛的时候,我们还去游玩了八大关。桂文亚去过世界很多地方,可她对青岛的红房、绿树、碧海、蓝天赞不绝口。那天,她游性甚浓,端了个相机四处拍照。在欧洲古堡式的花石楼,她逛遍了楼上楼下、屋前屋后,还在哥特式风格的窗前探出头来,让我给她拍照,真是风姿绰约。刚巧,一对新人在花石楼前拍摄婚纱照,桂文亚很调皮地把我和他们一起抓进了她的镜头里。花石楼的旁边是第二海水浴场,此地坡缓、沙软、浪小、水净,我们在那里走了很远很远,几乎走到了海里。那时,风逐渐加大,桂文亚不得不掖紧戴着的一顶似乎从伊斯坦布尔买来的帽子。

回到台湾后,桂文亚马上就通过电子邮箱给我发来了她为我拍的照片,还让我也快快地将我给她拍的照片发给她。由于我在青岛时曾经感到不适,她在邮件里一直提醒我要保重身体,以健康为首要。从那时起,我们开始经常通信,她的信息是写得非常幽默,童趣盎然,让我

书·人

241

读得开怀大笑。可是,才几个月,我们的通信戛然而止。

我在当年年末查出罹患胃癌,随即动了肿瘤切除手术。殷健灵把我的病情告诉了桂文亚,她又是给我写信,又是给我打电话,但我那时切断了与外界的所有联系,所以都没有接到。转眼便到了二〇一二年,春天到来后,我开始慢慢恢复了,遂又打开电脑,打开了电子邮箱,问候的信件像厚厚的冬雪那样一层层地积淀在那里,其中就有桂文亚的。

我给桂文亚回了一封短函,其中流露了自己的痛楚和悲观。她当即便写信来:"亲爱的小剪子,生病使人脆弱,友情提振士气,无论如何,为了自己和爱你的人要努力好好活着!附上小文一篇,我也曾经过死亡的阴影重新看到生命的曙光。那一病,差点熄灭了我青春的火焰。千万别灰心,保持感恩之心,坚信会一天一天好起来的。这样吧,让我跑进你的梦里,我们来玩剪刀、石头、布!"

桂文亚给我发来的小文,题目是《刀疤老桂》。原来,她十八岁的时候,右脸颊生了个血管瘤,于是动了手术,不料,手术却失败了,原先完好的嘴唇受了损害,血管瘤也蔓延到了脖颈,就此多出了一个青紫肿胀的双下巴。十年后,她做了第二次手术,伤口从右耳根沿颈部划到左边的下颚,留下长长的疤痕。可是,病情依旧。过了七年,动第三次手术,同样的部位再重复划一刀,这次终于斩草除根了,双下巴也不见了,可是,整个脸型成了不对称的倾斜,仿佛一刀削过。对于一个爱美的女子来说,美丽脸孔的失去,真的是件痛苦万分的事情。不过,桂文亚最后战胜了自己,她不再在意外貌,而是让内心变得更加坚强,更能从容面对生命中各种艰难的挑战。有人建议她去整容,但她拒绝了:"我是不会去整容的。执意留下这明显的缺陷正是为了时刻提醒自己:真正的美是透过不完美而来的,付出美的代价,给我上了一堂生命教育课,这是更有价值的人生。"桂文亚还干脆给自己取了个"刀疤老桂"这个很酷的外号。读了这篇文章,我惊讶于桂文亚过人的勇气,也惊讶于我以前根本就没看出她有什么难看来。

不久,桂文亚给我写信,邀我为她正在编辑的一本书写篇稿子。她说,那本书的主题是"跨越生命的关卡","你想啊,不找你写找谁写?半个月内完成好吗?但出版得到年底,那时你已恢复健康喽!答应我吧!"我没有理由不答应她。半个月后,我将写就的《在忧伤之谷,展开双翼》发给了她,这是我病后写的第一篇约稿,讲述自己与癌魔搏击的经历——此时,离我动完手术才三个月。后来,这篇文章被桂文亚收入了她主编的由台湾幼狮文化事业股份有限公司出版的《逆光飞翔》一书中。

年底的时候,正如桂文亚预料的,虽然瘦得皮包骨头,愁得白发丛生,但我已渐渐康复。不过,未曾料到的是,新的打击接踵而来,我母亲查出得了晚期肝癌,我再次心碎绝望。可我母亲的坚强乐观,让我决心与母亲携手共渡危难。二〇一三年十一月,在母亲做了第四次痛苦的介入治疗后,我决定与母亲一起去台湾旅游。我把这个决定告诉了桂文亚,她立刻说一切都由她来安排,她为我亲自踏勘甄选入住的酒店,为我设计了每日详细的游程。

桂文亚亲自去台北桃园机场迎接我和我母亲,并很周到地在江南风味浓郁的餐厅为我们接风。我们去了桂文亚家里做客。那是两栋连在一起的楼房,一栋用来居住和写作,一栋则完全是个图书馆和资料馆。她保存的与海峡两岸众多著名作家的来往书信以及文件档案,都弥足珍贵。她告诉我说,她在二〇〇七年已与台湾大学签订协议,并已陆续将手稿、资料整理捐赠。这栋楼的二层,有一扇屋门,上面写满了文字,我细细看去,原来都是来过这里的作家签下的名字和写下的美丽句子。

由于桂文亚要赶去上海参加首届中国国际童书展,不能全程陪同我们,因此她特意跟我聘请的导游兼司机一起再次商定了日程表和路线图。按照她的部署,我们去了一般大陆观光客不太会去的地方。让我惊奇的是,古朴的九份老街,壮观的野柳地质公园,神秘的红毛城,居然都在桂文亚栖居的新北市,那是一座怎样孕育着美丽的城市啊!更有意思的是,桂文亚去了上海,而我这个上海人则身在台湾。等她回来的时候,我得到了意想不到的喜讯——在首届中国国际童书展上，我的儿童长篇小说《星星湾》独揽"中国原创童书奖"的"评委会大奖"和"读者大奖"。我心想，这真是托了桂文亚的福气。

我们离开台湾的时候，头天晚上才赶回来的桂文亚不顾舟楫劳顿，执意将我们送到了机场。而在这之前，她又带我们去了一家东北水饺馆吃了饺子。那水饺馆的老板娘来自中国内地东北，先前曾经插队落户，经历坎坷。她也很是端庄，富有气质，与桂文亚很谈得拢，所以两人便成了朋友，桂文亚常在她的饺子馆里与文友会聚。

二〇一四年四月

说说任溶溶老先生

二〇一四年四月十五日，一早，我就坐上地铁，前往上海电影广场。这天上午，上海市政府将在那里举行二〇一三年度上海文艺创作和重大文化活动颁奖仪式，这是上海市政府对本市文艺创作的最高规格的奖赏。我是获奖者，同时，我知道我们儿童文学界还有几位获奖者，其中就有任溶溶先生。我很想今天能在颁奖仪式上见到他，但我不知道他会不会去，于是，我给任老先生打了个电话。是他小儿子荣炼接的，他告诉我任老先生今天不会去现场。我想想也是，任老先生毕竟是个九十多岁的老人了，出门一趟不太容易。我还想说些祝贺的话，但可能地铁车厢里手机信号太弱，电话断了。

我一到电影广场五号影棚，就见到了另外两位获奖者秦文君和张洁。我们都很高兴，因为我们都有很长时间没见面了。这次，秦文君因她的长篇小说《王子的长夜》荣获第三届中国出版政府奖而受到褒奖，可她却不知道我之所以获奖，是由于我的长篇小说《星星湾》在首届中国（上海）国际童书展上将"中国原创童书奖"的"评委会大奖"和"读者大奖"两个奖项统统拿下了，而这部小说的策划者恰恰就是秦文君。我和秦文君一起热烈祝贺了张洁，她和任溶溶先生今天获得了比我俩更高的奖项，他们荣获了第九届全国优秀儿童文学奖。张洁的获奖作品是童话《穿着绿披风的吉莉》，任溶溶先生的获奖作品是儿童诗歌集《我成了个隐身人》，同时，他也成为有史以来获得此奖项年龄最大的作家。我告诉秦文君，刚刚与任老先生的儿子通了电话，任老先生今天不会来现场了。秦文君说，她也跟任老先生联系过了，任老先生委托她代为领奖。

这样的颁奖仪式，每年都会举行一次，我上次来参加，是由于我担任制片人的电影《男生贾里新传》荣获第十三届中国电影华表奖。想来真是奇妙，这部影片正是改编自秦文君的小说原著。而我记得去年任溶溶先生则获得了最令人崇敬的荣耀——上海文艺家终身荣誉奖，缘由是他在二〇一二年被中国翻译协会授予"翻译文化终身成就奖"荣誉称号。这是一份殊荣,能获得该奖的都是德高望重的老文学艺术家。任老先生太棒了,连续两年得奖,而且今年还是凭着他新创作的作品获奖,证明他绝对是棵名副其实的创作常青树。

任溶溶先生太热爱写作了,他几乎每天笔耕不辍。我每每去探望他,总是见他坐在小小的书房兼卧室里的桌子前,两条手臂搁在桌上,身子微微前倾,而桌上摊着稿纸,他的手上则永远都握着一支笔。他跟我说:"除了写作,我还能做什么呢?"然后,他幽默地自嘲道:"其实不就是无聊,打发时光吗?"我听后笑起来,说:"你哪里会无聊,你有那么多东西要写呢。"他听了,脸色忽然郑重起来:"我还真的有许多东西想写呢!"说实话,虽然任老先生患有老年性支气管炎和哮喘病,我也时常劝他多休息,但我的确又希望他能多多写作。

任溶溶先生一直说我和殷健灵、陆梅是他的"贵人"。

事情是这样的:有一次,我去看望任溶溶先生时,他向我抱怨说,自己写得很多,但可以发表的地方却不多,就是那几家熟悉的少儿报刊。我向他提议道:"你可以多写些回忆类的散文随笔,这样就可以拓展发表渠道了,比如,《新民晚报》副刊"夜光杯",又比如《文学报》副刊"世纪风",都是需要这样的文章的,而这两个副刊的编辑殷健灵和陆梅都是儿童文学作家,都是我们的好朋友，如果你不好意思，那我去跟她们说，让她们多多发你的稿子。"我真的就跟她们说了，任老先生真的就开始写了，殷健灵和陆梅真的篇篇都给他发了。所以，任老先生很高兴，写作更加勤快了，除了这两张报纸，他还将同类的文章给了其他几家报纸的编辑朋友。他跟我说："我现在写了就寄，寄了就盼着发，最好是明天就能发出来。"我听后又笑了起来。他越写越多，于是，著名学者、评论家刘绪源先生建议他把文章集结成书，刘先生还为文集取了个"浮生五记"的书名，后来，该书于二〇一二年十月由任老先生工作过的上海译文出版社出版。《浮生五记——任溶溶看到的世界》出版后，我立即给任老先生打去电话祝贺——本来，我工作的电视台离他家很近，所以我常去坐坐，有一阵，他还让荣炼介绍他的朋友为我治疗颈椎病，可自从我生病后，我就不大去他家了，改为打电话，而他因为牵挂我，常常主动打来问候电话。他在电话里说要寄书给我，我说你去邮局寄书很不方便，还是我自己到网上去买吧，但他还是让荣炼专门去了一趟邮局，把书寄了过来，还写上了"简平兄留念"几个大字。

殷健灵身为《新民晚报》副刊"夜光杯"编辑，每个月轮值一周，也就是说，她只能每月编发一次任溶溶先生的稿子。她真的是尽心尽力，一次都没落下过。可是，有一次，任老先生却像孩子一样耍起了小性子。那是去年的中秋节,我给任老先生打电话祝贺节日,可他却不肯接听电话,荣炼告诉我说,他正在生气。我一听,急了,老人怎么可以生气呢?忙问究竟怎么回事。原来,他写了一篇《中秋话月饼》的文章,发给了殷健灵,殷健灵拿到后,特意安排在中秋节那天发表,还在版面上做了个头条,但是,可能由于排版的原因,不得已删了一些文字,这下,任老先生不高兴了,说是中秋节没给他吃月饼,而是给他吃了一块"豆腐干"。我听后偷偷笑了。我让荣炼告诉他,我立刻打电话批评殷健灵,而且,还要让她请他吃饭以赔礼道歉,当然,我也会去蹭饭,不过由我买单。荣炼听了也笑了,说其实没事的,一会就会好了。我自然不会给殷健灵打这样的电话,可是,第二天,我还是与任老先生通了电话,他的声音显得很开心,我心想,那就一定没事了,于是说起了别的话题。不过,我真的跟他说,什么时候,再约上殷健灵一起吃饭。上次在南京西路818广场里的佰家仟味餐馆聚餐后,我们已经很长时间没在一起吃过饭了,而任老先生是位地地道道的美食家。今年起,任老先生在"夜光杯"另一位编辑的版面上也开始发表文章了。我有些好奇,便问他怎么回事,他告诉我说,殷健灵见他写稿积极,干脆将他介绍给了其他编辑,这样,任老先生就可以一个月在"夜光杯"上发两次文章了。

有一天,听闻儿童文学作家安武林来上海后去任溶溶先生家索要他的手稿用作收藏,我便开玩笑地跟任老先生说,你可不能把你写给我的信给到别人哦,最好还是给到我本人吧。原来,任老先生不用电脑,写信写稿子都是手写的,他写完后,荣炼就用扫描仪扫成电子文档,然后用电子邮箱发出去。有一段时间,我们电视台想加大动画片的创作力度,所以,让我把任老先生请来开会做做参谋,也让我出面洽购了他的名作《没头脑和不高兴》《天才杂技演员》和《丁丁探案记》的影视改编版权。这期间,他写了多封热情洋溢的信,提出许多很好的建议。而我的研究专著《上海少年儿童报刊简史》在二〇一〇年七月出版后,他当即写了长长的信来,给予了很高的评价。我想,这些信都很重要,任老先生经扫描用电子邮件发出后,会不会扔了呢?说起来,他的信都是随便写在用过的纸张后面的。

没想到,任溶溶先生把我的玩笑当真了。他让荣炼从一大堆纸里找出了就我研究专著一书而写给我的那封长信,然后,非常正式地贴上邮票,通过邮局寄了过来。当我再次展读这封信函时,我的脑海里重又浮现出一幕让我感动的场景。那时,他不但给我写了"表扬信",后来,还对时任《文汇报》副刊"笔会"主编的刘绪源先生赞扬了这本书,刘先生听后,建议他写成文章,任老先生当即答应了。可是,文章才写了个开头,他就因病住院了,但他却放不下这事,一出院就打电话给我。由于他才出院,需要家人昼夜照顾,所以他没有回到自己居住的泰兴路寓所,而是住在他另一个儿子家中。他决定让我上门一趟,由他口述后续文字,我记录后再将稿子发给他。当我去后,看见他还穿着医院里的病员服,躺在床上喘着气,心里很是不安。他一边说,我一边记,有一瞬间,我的眼睛都模糊了。后来,这篇题为《又看到了这些儿童报刊》的文章发表在了二〇一〇年九月二日《文汇报》副刊"笔会"上。现在,他那么当真地把这封长信的原件给了我,除了感激,我自当好好珍藏。

还是回到二〇一四年四月十五日那天。颁奖仪式结束后,秦文君招呼我和张洁一起去为任溶溶先生领奖。奖品都分别放在上海市文联下属的各个文艺协会的大纸箱里,经询问,我们在上海市作家协会的纸盒里拿到了任老先生的获奖证书和铜制奖盘。秦文君捧了一摞沉甸甸的奖品与我们道别,说话间都腾不出手了。

下午,我刚刚回到家里,任溶溶先生就给我打来了电话。我立即向他汇报上午颁奖仪式的情况,并告诉他,我们一起为他拿好了奖品,秦文君会给他送去的。他听了非常开心,忽然,他压低声音问我,有没有奖金啊? 我说有啊。他追问道,那有多少呢? 我说,那个红信封在秦文君那里,可我们都没打开来看过。他笑了起来,说,那又可以吃饭了。我说行啊,等到天气再暖和一点,我请你吃饭,再叫上殷健灵和陆梅。他说,那不行,得我来请客,因为你们都是我的贵人。

二〇一四年四月

智者之光

两年前，读完周有光先生的《朝闻道集》后，我于震撼之中喜爱上了这位时年一百零七岁的老人。我想，这是一位多么有智慧多么有悲悯情怀多么有历史使命感的人啊；一个国家，能拥有这样一位精神高尚而独立的知识分子，那真是整个世界对这个国家的宠幸。

一个历经清朝、民国、共和国三朝的世纪老人，在百岁之后却壮心不已，跳出原先的"学术之井"，开始"自我扫盲"，正如学者丁东所说的，他以"俯瞰全球的文化视野，百科全书式的知识背景，语言大师的清通文字，历史老人的清明睿智，现代公民的社会关怀，知识分子的批判精神"，主张"从世界看中国"，写出一系列振聋发聩的文章，站在思想的前沿，思考中国的前途和未来，从而由经济学家到语言文字学家再到文化学家，创造了世界文化史上的奇迹。同时，我觉得，这也创造了生命的奇迹。

真是有缘，不久，我结识了修远教育集团董事长唐小平先生。唐先生是个胸有抱负的人，致力于中小学语文教科书的改造，希冀突破旧有的观念，以改变备受诟病的已然落后的语文教学，进而从一个方面推进中国的教育改革。有一天，唐先生发了一条微博，说他去看望周老先生了，那微博还配发了一张图片，是周老先生题签送给他的著作。我真是羡慕极了。从那时起，我开始缠着唐先生为我找个机会去拜见周老先生。有一回，我去北京时，特意带上了《朝闻道集》，心里祈祷着能如愿以偿。可是，那次没有去成，因为周老先生那几天不太舒服。唐先生说，要不你再等几天吧。但我没有等，一方面我得赶回上海，另一方面我想让老人好好修养，不要有一丝一毫的干扰。

二〇一三年十月，当代中国出版社出版了周有光先生的《我的人生故事》，我第一时间在网上预订了该书。拿到手后，连夜拜读。这本书从《周有光全集》十五卷中精选了周老先生所撰写的与人生、信仰、研究有关的故事，使我们可以从各个角度体察和了解他的传奇一生。但令人遗憾的是，这本书校对不力，有几个错别字和错误的标点符号。虽然出版物允许有万分之一以内的差错率，但是，周老先生是语言文字学大师，是汉语拼音之父，我以为他的任何著作都不可以有一个这样的差错，这会辱没了他的。正当我为此郁闷之时，十月二十八日，我忽然收到唐小平先生从北京发来的快递。打开一看，不禁喜出望外，原来是周老先生为我题签的这本新书。

我原先的不快如云而去。

《我的人生故事》中有一篇文章《常州青果巷》，记述了周老先生的出生地和他在那里度过的童年、少年生活。我读后感到非常亲切，因为我年少的时候也在青果巷我舅公舅婆的家里住过一阵。周老先生的家在巷东，我舅公舅婆的家在巷西，当中隔着京杭大运河。当然，我住在那里时，是不知道青果巷曾诞生过一位名叫周有光的大师的。我遂写了一篇散文《青果巷》。我写的时候，仿佛见了周老先生一般，并与他坐在一起，促膝交谈。

今年一月十三日，是周有光先生一百零九岁生日，我那天人在成都，但我心系着北京城里的周老先生，我想，如果能为他庆生，给他送上一份生日礼物就好了。于是，我想象着在他气派的书房里，摆放着一只硕大的蛋糕，上面插满了蜡烛，烛光闪烁。周老先生不用人搀扶，走近蛋糕，俯下他伟岸的身子，许了一个愿后，便一口气吹灭了蜡烛。我真的觉得自己像在现场，心里荡漾着无比的幸福。可事实上，我不知道周老先生是否过了这样的生日，我也不知道如果可以，应该送他一件怎样最有意义的礼物。当天晚上，在我结束一天的工作，坐车回下榻的酒店的路上，我接到第二届禾泽都林杯建筑诗歌散文大赛组委会副主任余志成先生的电话，告诉我在这项由上海市作家协会、文学报社等主办的赛事中，我的散文《在云端》获了奖。这是一篇我用心书写的文章，透过建筑,表达了我对社会、文化、生活的认识。我心想,我就把这次获奖作为礼物送给周老先生吧,他应该乐意接受一个小辈的这样一份文学的礼物。

过完春节,我去了北京,这次因为要做一部根据文学大师李劼人先生的名著《大波》改编的电视剧的后期制作,所以会待一段时日,只是没有想过要去见周有光先生,因此没有带上那本《朝闻道集》。可好心善良的唐小平先生一直想为我达成这个心愿,所以当他知道我此次有比较充裕的时间时,他开始帮我谋划起来。那天,他兴奋地打来电话,说周老先生的好朋友、著名语言学家、语文出版社原社长兼总编辑李行健先生告诉他,周老先生这两天精神不错,主动给他打了电话,约他上门去聊天,所以,他就缠着李先生带上我们一起去,而周老先生已经答应了。

我欣喜若狂。

三月十一日,上午九点半,我们先去朝阳门人民文学出版社门市部购买周有光先生的著作,只有一种《语文闲谈(精编本)》,随后去了位于南小街的李行健先生那里。年近八十的李先生显得非常年轻,健步如飞。他带领我们前去拜见周老先生。原来,周老先生就住在隔壁的那栋楼里,他们还是邻居呢。

周老先生坐在他的书房里迎候我们。

想象与现实总是不同。周老先生没有气派的书房,才十平方米的小屋也容不下硕大的蛋糕；而且，他也没有伟岸的身子，刚刚住了四十来天医院的老人，显得有些佝偻。小小的书房很是简陋，只有一张陈旧的小桌子，一个陈旧的小柜，三四个陈旧的小书橱。周老先生穿着一件白色的衬衫，外面套了灰色的毛衣，干干净净，犹如他的心灵。他身后的墙上挂着他与夫人、一代名媛张允和的合影，真是珠联璧合。

　　周老先生坐在一张没有扶手的黑色转椅上。他的耳朵有些背，带着助听器，耐心地听完我们一个个的问候，然后，他自己取过一盒咽喉含片，服了一片，接着打开了话题。他操着常州口音的普通话，声音清脆利落地说道："中国自古以来都说长命百岁，这的确概括得很好，对于一个人来说，一百岁大约是个生命的限度。我自己非常清楚，一百岁之后，一件一件东西都在忘记，有的则完全忘掉了，所以你们说我一直在接受最新的东西，连我自己都感到很奇怪。"

　　周老先生一边说着，一边拿出淡黄色的记事贴，用黑色书写笔在上面描画起来。他画了一条抛物线，演示从一岁到一百岁的生命走向。他说："一个人从一岁开始，到了十岁后慢慢懂事，二十岁左右大学毕业，成为有用之人——我毕业得比较早，十七岁就毕业了——可是，到了　八十岁之后就开始改变了。其实，八十岁才是个限度，八十岁之后就不一样了，九十岁后更差了，我在九十岁后耳朵就慢慢坏了，至于一百岁以后就不行了。这也是人生的规律。所以，真正的生活是到八十岁，也就是说，人生关键六十年。"

周老先生停下笔，又用手比划起来："人老后，记忆系统首先开始坏，但我虽然记忆力坏了，但理解系统却一点没坏。"他停顿了一下，拿过一块洁白的手绢，说出了一句让我们，也让他自己开怀大笑的话来："我过了一百岁后，开始胡说八道了。"这是会心的、默契的、坦荡的大笑。他边笑边拿出一本书来，正是《朝闻道集》。他告诉我们，这本书要出一个新的版本，他刚刚编完，还没拿到，要不今天就会送给我们。原来，周老先生自己也很看重这部在他一百零五岁时出版的著作。我想我自己真是有幸，能在生命中与这部思想厚重而前端的大著相遇。

唐小平先生向周老先生汇报了正在编辑全新的中小学语文教科书的情况，老人听后非常支持，还专门给唐先生题了词。我想，唐先生一定与我一样，感受到了周老先生瘦弱的身躯中所蕴藏着的巨大的精神力量。

那天，周老先生不仅送给我们每人一本纪念文集《有光一生，一生有光》，还在我们带去的《语文闲谈（精编本）》书上，一一为我们签上名字。他在给我题签时说，上个星期我的手还好好的，可现在却开始发抖了，写不了字了。他用颤抖的手极其认真地为我在书上签了名，还不忘写上日期，并且注明"时年一百零九岁"。我站在他身边，觉得他就是一轮发光发热的太阳。

周老先生兴致很好地跟我们聊起了他先前写的《声母歌》《韵母歌》。不过，虽然他谈兴甚浓，但他的家人生怕他累着，不让他再多说了。我们就此告辞。我悄悄地将那张周老先生描画过抛物线的记事贴夹进了自己的本子里。这时，我见到嘴里还不断念叨着的周老先生，像孩子般无奈且无助地看着我们，令我生出万分的怜惜。那一瞬间，我真想抱住这位老人，轻轻地宽慰他。

与周老先生话别后，我走下楼梯，脑子里全是《朝闻道集》一书扉页上的话："朝闻道，夕死可矣；壮心在，老骥千里；忧天下，仁人奋起。"

这天，我送了周有光先生一百一十朵红色康乃馨，一百零九朵是庆贺他一百零九岁生日，另外一朵是表达我对这位品格高贵，智慧超然，具有科学、民主精神和现代公民意识的老人一心一意的挚爱。

二〇一四年四月

书·品

黄钟大吕的声音

　　世纪末的中国文学评论界是沉闷的,鲜少听到黄钟大吕,而那些充满商业炒作味的所谓评论文字却日益甚嚣尘上。人们对此是不满的,有人撰文说:"在崇高与卑下、正义与不义、是与非的混战中,评论家们或不敢站出来表明自己的态度,或加入庸俗的吹吹拍拍合唱,或心甘情愿充当商业炒作的马前卒,有的甚至还颠倒黑白、混淆是非,完全放弃了社会责任感与道德良知,致使评论患了精神贫弱症。"然而,事实上依然有人在思考,依然有人在表达。最近,湖南文艺出版社推出的由愚士选编的《以笔为旗——世纪末文化批判》一书,正表明了这一点,在这本充满昂扬的批判精神的书中,我们欣喜地听到了黄钟大吕的声音。

　　这本五十万字的书,汇集了近百位作者的一百二十多篇文章,内容涉及的方面几乎囊括了二十世纪九十年代的文艺思潮、文学焦点及重大文艺论争的全貌,其中包括关于人文精神的讨论;文学是否需要理想精神的讨论;关于躲避崇高的争论;关于宽容与不宽容、流氓文学、文学蜕变、文人操守及文学世俗化的论争;关于是否应该重新评价鲁迅、是否应该为周作人等翻案的一系列重大是非问题的讨论。所有的文章尽管千姿百态,但都旗帜鲜明,决不闪烁其词,在不同的程度上试图履行知识分子的职责,作出自己的批判。

世纪末中国文学和文学队伍的巨大分化和裂变,连带出了关于人文精神的论争。坚持人文精神的意义在于它不认同现状,要求知识分子不论社会如何变化,都始终保持独立思考和批判的精神,不放弃社会良知的角色,承担起自己的文化责任。显然,编选者是主张人文精神的,通过选目和编排,实际上表达了他对世纪末中国文化走向的理解,表达了他对新世纪文化建设的渴望。

何满子先生在读过此书后说:"现在是,文人中以博识和才华令人震惊的少,以无知和胡说八道而令人震惊的多。而这样一本书,虽然也不能挽救文化的浅薄,但立此存照,也能使后人知道这个可怜的时代也有别一种声音。"二十世纪就要走到尽头了,新的世纪已曙光初绽,纵观人类发展史,它在人文科学、人文精神建设方面的脚步虽有些踯躅,但终究一直在朝前走着,下个世纪也必定如此。这是所有正直的知识分子的希望。

一九九七年五月

程乃珊的"上海探戈"

在中国这个舞池里，大概只有上海这座城市才能跳出探戈的韵味，而用文字来捕捉、描绘并解读这样的韵味，在当代作家中，程乃珊可谓高手。我始终以为，程乃珊的上海题材的写作仿佛是"天降大任于斯人"，也许她自己并不强调，但那确实是贯穿着一种历史使命感的。试问，现今的作家中，还有谁像程乃珊这样心无旁骛地专注于上海题材的写作，还有谁能像程乃珊那样以独到的眼光审视百年上海，并在报刊上开出《上海词典》《海上萨克斯》等雅俗共赏的专栏？

不是所有的作家都能领悟"上海探戈"的神韵的，这需要相当的积淀，而这种积淀不是刻意而为的，甚至是"不由自主"的。从某种意义上说，我觉得"老克勒[①]"和

---

①老克勒，指遇事在行、处世老练、有西方文化学识背景、有现代意识、有生活经验、有绅士风度的年长者。克勒，既源自英语 carat（宝石重量单位），又源自英语 colour（色彩）和 classis（经典），喻指那些从国外归来、见过世面、有绅士风度的"老白领"，这个阶层收入较高，消费也较前卫，讲究服饰的摩登，在休闲方式上也领潮流之先，追赶中西融合的前沿时尚。

"小市民"是构成上海最为生动的探戈舞步的两个层面，他们的追求和奋斗，他们的生存和变迁，足以阐释一部上海史。上海是不讲官宦的，也没有可以上溯的贵族血统，上海就是一个小市民涌动并力争上游，且可从中脱颖而出、变"流民"为"绅士"的海派城市。看尽百年上海沧桑，真正精彩的正是这两个层面的生活。而程乃珊恰恰得天独厚地融入了其中。

程乃珊是"老克勒"的后代。二十多年前的一个夏天，我第一次去程乃珊家里，那是一栋花园洋房，在静安寺附近一条僻静的弄堂底处。当时，"文化大革命"刚结束不久，花园洋房显得陈旧而黯淡，但是，我却从中感受到了一种"氛围"。那时没有空调，只有一台老式的台扇悠悠地转着，却将那股典雅、绅士之味弥散开来。当时，只有一个词能形容我的感受，那便是"小资情调"。这在那时可是个贬义词，我为此而愧疚，不料而今这词已成为流行时尚了。后来，在读程乃珊的代表作《蓝屋》时，我不断地想起她所居住的这栋花园洋房。程乃珊和她的夫家都是上海滩的资深"老克勒"，两家当年创下的金融和化工业绩影响了上海这座城市，因此，这样出身的程乃珊可以直达家族最为深刻的"内心"，真切地触摸到"老克勒"们每一根精细的神经。

但是，只知"老克勒"的生活，是无法准确地描述和剖解上海的。"老克勒"和"小市民"是这座城市的两个支点、两个层面，它们共同构建着上海的生活，它们之间的交叉、僭越成就着上海的发展，所以无视"小市民"这个层面，那在认识上也是狭隘的。我觉得若是程乃珊没有对"小市民"的关注，那么她对"老克勒"的热情是肤浅的、本能的，因为她的终极理想是所有上海人整体的提升和发展，是希冀每个普通百姓都浸润于上海独特而丰厚的文化积淀之中。尽管程乃珊出身于"老克勒"，但她对小市民阶层一样感同身受。还是二十多年前，我曾去程乃珊当时教书的学校看她。那所中学在杨浦区的惠民路上，逼仄、潮湿，我至今记忆犹新的是学校门前有几只开了盖的马桶，那是对面弄堂里的住家洗涮完后拎出来晒太阳的。程乃珊每天在静安寺和惠民路间往返，就像穿越两个截然不同的部落。这段生活让她切实地走进了小市民阶层，并且对他们的喜怒哀乐有了深刻的洞察和理解。她的《穷街》正是这段生活的印记。而《蓝屋》和《穷街》这两部小说恰恰构成了上海滩最精彩的两个层面的生活，同时也体现了程乃珊上海题材写作的认识价值，本质上是她对一座城市以及构成这座城市的人的精神脉络的思考。

　　我之所以强调程乃珊对"小市民"的关注，是因为我认为若缺乏这样的视角，那她今天所有对上海生活的叙述乃至对"老克勒"的追念都是不完整的；换句话说，她正因此而获得了开阔的视野，使她得以在更大的空间里展开她的上海探戈舞步。新近由学林出版社出版的《上海探戈》，是程乃珊那些上海题材专栏文章的荟萃，十一篇作品篇篇精彩，绘声绘色，将上海的过去和现在熔于一炉。其中《上海滩上"老克勒"》《ARROW先生》等是写那些"老克勒"的，这些中国第一代的白领"默默显示着上海人早有一个很现代的成功概念：知识可以致富"。《后门》则更多地落笔于"小市民"生活，那些石库门弄堂里的市井声犹在耳边，细致入微的描摹让人忍俊不禁："上海后门，是一个公共客厅，大人小孩乃至小狗，各得其所，乐在其中。"《上海探戈》有着浓重的怀旧味，那些"老克勒"的照片已经泛黄，"后门"岁月渐渐远去，但程乃珊的怀旧与别人不一样，因为她看到了历史其实是个链接，过去与现在是隔不断脱不了的，每个点每个面的关联无穷无尽，而将它们绾结在一起的便是"海派文化"。

前些天，我在国际丽都城会馆落成典礼上遇到了程乃珊。位于北京西路的丽都会馆，是在当年"丽都花园"的原址上建成的。落成典礼别开生面，请来了电台和电视台两个《怀旧金曲》栏目的老听众、老观众。他们都上了年纪，但个个都显出骨子里的绅士和淑女，衣着得体，精神矍铄，满肚故事，一看便知是清一色的"老克勒"。果然，他们都是程乃珊请来的，她在她的上海题材的写作中，与他们结成了知心的"忘年交"，她的努力可见一斑。

在程乃珊看来,上海这座都市的灵魂就是生活在其中的上海人,他们或者是平凡的小人物,或者历经沧桑,但正是他们生动地展示着上海的"探戈"舞步。我想,当静安寺重新修葺的"百乐门舞厅"和惠民路旧里拆除后盖起的新式建筑叠成一个剪影的时候,程乃珊会像她在《上海探戈》中说的那样,"嗅到来自一个全新世界的甘美清新的气息,这种感觉会一寸寸地伸展"。

二〇〇二年十二月

抚慰每一颗心灵

每一颗心灵总有孤寂、疲惫、焦虑乃至受伤的时候,这时,读一读安房直子吧,她那温馨的童话可以让你的心灵得到永恒的慰藉。事实上,安房直子已经感动了日本千千万万的人们,他们中不仅有青春少年,更有广大的白领阶层。

如今,童话已是一个内涵扩大的概念,随之扩大的是它的受众,因此,《小王子》受到了白领们痴迷的追捧,几米的文图和麦兜的故事得到了白领们倾心的青睐。原来,在各种各样商业谋略、职场秘籍、销售绝技等书目汪洋般泛滥之下,真正能够打动白领的竟是那些充满温

书品

267

馨、凄美、睿智的童话文字。究其原因，那些所谓的计谋秘诀其实不可能帮助一个人规划、成就人生，一个人最最希望，也是最最可能的是从阅读中获得心灵的慰藉，从而在某一刻远离尘嚣，摆脱俗世的一切困惑、烦恼、争执和痛苦，在精神上得到休憩，得到升华。

的确，在日本，白领们就是在安房直子的童话世界里找寻到那某一刻的安宁和温馨的。白领们的阅读很特别，或许现实生活太过紧张、尖锐，精神负压太大太强，而平时他们又在剧烈的竞争环境中深受压抑和束缚，再加上他们有着独特的审美习惯，对描述现实的文字缺乏信任，所以，白领们更喜欢童话的样式。童话世界亦真亦幻，超越了时空，模糊着人间与自然的界线，所有的幻想都可以在这里实现，这就让心灵得以宣泄和解脱，酣畅淋漓地轻舞飞扬起来。读着安房直子那一篇篇凄美而魅幻、伤感而温馨的文字，你会由衷地发现，原来，有那么多的细腻可以咀嚼，有那么多的真诚可以发现，有那么多的想象可以落实，有那么多的美好可以触摸。

事实上，《小王子》也罢，几米、麦兜也罢，这些童话都是写给成人看的，安房直子同样如此。如果说《小王子》在明确又隐晦的象征中寄予了深远的柔情和哲理，几米、麦兜在繁杂喧嚣的市井声里谛听纯净的心音，那么安房直子则以奇特的想象将现实与幻想糅合在了一起。而最能感悟、最渴望进入这般世界的恰恰就是白领们。安房直子满足着、抚慰着他们的心灵。白领们既是入世者，又是遁世者，他们弄潮却又不愿被浪头湮没，于是，他们希冀在现实与幻想间自由进出。安房直子的童话很难划分出一条明晰的现实与幻想的分界线，这让白领们愈加欣然和向往，在熏人烟火的后面悄悄进入安房直子的童话世界，那里边单纯得近乎透明，此时就可以撂下假面，深深地喘息一下，犹如生命找到了一个出口，细细品味那些忧伤，那些执着，那些淡定。

二〇〇四年四月

让心灵的珍珠花自由绽放

读山中恒的校园小说，心总是会被揪紧。

在《与外甥是同学》里，当女孩草间由纪与杉村老师在走廊拐角相撞时，我揪紧了心。这是一个关键的节点，孩子、老师的心灵及精神状态将在这个节点上绽露无遗。我还是看到了不愿看到的东西——女孩为了申辩而跟没按规则行走的老师顶撞起来，那老师竟恼怒地说："你就别指望高中考试时，有好的评语！"

在《不再离家出走》中，当母亲发现平田秀一才得了五十五分的考试卷，而偏偏此刻他又在学校里用弹弓射中班主任老师时,我又揪紧了心。我不想见到的一幕依旧上演了——母亲没完没了地数落起来:"你永远也不会取得好成绩!""在你们五兄妹中间,就数你智商最差!"男孩心里发狠地想:啊啊,啊啊!来吧,威力无比的地震,把我家变成坍塌的废墟吧!

在《神秘的女同学》里,当男孩井上广希放学后想跟同学出去玩,将书包悄悄扔入房间而被始终监视着他做作业的母亲逮个正着时,我再次揪紧了心。我不希望听到的声音还是响了起来——母亲一边拽着他的衣领把他拖到客厅,一边斩钉截铁地说:"总而言之,你如果不做完试题集,我不会让你离开房间一步!"

我之所以揪紧了心,是那些男孩女孩无一例外地面临着严峻的局面,而他们的苦恼、他们的恐惧、他们的压力是被忽略、被轻视的。对草间由纪来说,老师扬言在毕业评语上进行报复,足以使她的心灵从此蒙上阴影;而母亲对平田秀一智商的嘲笑、挖苦,动辄随意地以"永远"下否定的结论,足以让他的精神就此陷入崩溃。但是,如此严峻的局面,我们的老师,我们的家长却对之无动于衷,习以为常,他们不知道成长中的孩子的心灵已经受到了伤害,已经被他们有意无意地禁锢起来。

在这个意义上,山中恒以自己的校园小说作出了特殊的贡献,他让读者揪紧了心,也便意味着人们对孩子心灵的痛楚,对现时教育的缺陷、弊端、误区有了警醒,有了认识，不再可以不闻不问，不再可以熟视无睹。这是非常重要的。谁都会说，孩子是我们的未来，但有多少人真正关注过孩子心灵的成长？如果没有这样的关注，所有的孩子即便个个都是学习尖子，但内心压抑、恐惧、迷茫，甚至扭曲，这有什么价值?! 我一向认为，一个民族没有涌现"奥数"等诸如此类的世界冠军并不可怕，但一个民族对教育的扭曲、对孩子心灵的伤害是最为可怕的。我相信，山中恒一定也是站在这样的认识高度，通过自己的小说向人们发出真切的呼唤的。

但是，千万不要以为山中恒的小说只是机械地图解着自己的忧虑和理想。在我看来，山中恒的作品是真正的儿童文学。好的儿童文学作品固然有许多要素，不过，对孩子日常生活的贴切描写，对孩子心灵轨迹的真实刻画，以及浑然天成的童趣，让人会心的幽默，充满想象力的幻想，这些都是不可或缺的。具备这样质素的儿童文学是少年、成人读者共同喜爱的，不管他们的阅历、经验如何不同，都能在愉快的欣赏体验中读出笑声，读出泪水，并自然而然地触动了心灵，并且有所感悟。安徒生的作品就是这样的儿童文学典范，而山中恒之所以被誉为"日本的安徒生"，是因为他的作品同样具有那些不可或缺的优秀品质。他笔下的那些男孩女孩个个栩栩如生，呼之欲出，因此他们的欢乐，他们的苦恼也便如此真切，直逼人们的眼睛和人们的心。

没有什么比让孩子们在阳光灿烂的童年、少年时代获得心灵自由、健康成长更重要的了。在《与外甥是同学》的结尾，山中恒这样描写道，女孩草间由纪的心"像开在脚底下的珍珠花那样在晃动，似乎在回答轻轻拂面而来的春风"。那是一幅多么温暖的图像，那不正是山中恒对孩子们最热情的祝福，对成人们最真诚的呼唤吗？

二〇〇五年六月

童话，在路上，在心里

童话，那是一个境界迷人的世界，在我看来，从来没有读过童话或者对童话毫无知觉的孩子，其将来的人生一定是有缺陷的。以我自己的经验，如果小时候没有读过安徒生、王尔德、格林的童话，没有为卖火柴的女孩、快乐王子、灰姑娘怦然心动而掉过眼泪，那么，在浊世浮生那么些年之后，或许其善良、真诚、正直早已被淹没了，而在面临各种困境时，精神的境界也会与现实混为一气，不能超然，导致全部的崩溃和塌陷。

童话对人类如此重要，对生活的影响如此深刻，所以，我们应该在人生的第一时间便开读童话。而对于那些错过了第一时间的人，其实，后来的每一个时刻都可以即时开始。当然，犹如面对一大片美丽的风景，欣喜之余还会有些手足无措，希望能有个导游带领着循循入胜。同样如此，面对浩瀚的童话之海，如果能有一位高手引导着泛舟其中，那真是锦上添花。这样的高手其实并不少，但最近让我们格外瞩目的是年轻的张弘以及她的新书《英伦童话地图》。

张弘于二〇〇三至二〇〇四年间，由她所在的文新报业集团公派去英国攻读硕士学位。她临走的时候，我们曾有过一次小小的聚会，算是为她饯行。我们开玩笑地给她布置了许多的功课，包括要她回来时带上在那边找到的"白马王子"。在这一年间，张弘的学业非常繁重，压力超常，以致有一阵时不时地发来电子邮件诉苦。但是，通过网络传来的照片中，她依然笑得阳光灿烂。在她顺利结业回来之后，我们自然要她交作业，还说没有带回"白马王子"显属不及格。笑声未消，张弘却将《英伦童话地图》放到了我们跟前。

这真是一本精美的独特的书，张弘带领我们在书中畅游九位英国童话作家的家乡，深入到他们的童话世界。这本书并不是童话的导读，但是，当你读着的时候，你一定会情不自禁地被感染、被鼓动，你对童话的认识也会越加清晰起来，而你一定更会迫不及待地要去触摸亦幻亦真的美丽童话。张弘写到的九位英国童话作家是：《爱丽丝漫游奇境》的作者卡洛尔、《金银岛》的作者斯蒂文森、《柳林风声》的作者格雷厄姆、《彼得·潘》的作者巴里、《彼得兔》的作者碧翠丝、《小熊维尼》的作者米尔恩、《查理和巧克力工厂》的作者达尔、《哈里·波特》的作者罗琳和"吸血鬼系列故事"的作者达伦·山。我非常喜欢书中的第二章节《风，吹过杨柳林》，写的是张弘去探访格雷厄姆的家乡泰晤士。格雷厄姆在《柳林风声》中创造了"小老鼠"的形象，虽说小老鼠患有严重的眼疾，但格雷厄姆却用生动的故事为它描述泰晤士河边的新鲜翠绿。张弘看到了童话中的场景，那里有剪了"童花头"的柳树，有细长的绘彩描金的"宅船"，有名叫"鸭丫小调"的小餐馆，有夏日午后躲在苹果树后的金发的男孩女孩。所有的这一切，张弘都是通过精美的文字和照片来传达的，如梦如幻，既在童话中，又在童话外。

现在想来，也只有张弘能写出这样的书来。张弘从小就痴迷于童话，还是小学生时就开始发表童话作品了，所以，当她有机会来到诞生过那么多童话作家的英伦大地，她便以最虔诚最热切的姿态融入其中，并在紧张的读书之余展开她独特的可以引领我们的童话之旅。张弘和她的《英伦童话地图》本身也是童话。张弘的童话注定了是在路上，在心里，而染了浓重童话色彩的张弘，也是非常美丽的。

二○○五年七月

松本清张的推理世界

很早以前,我去看根据松本清张的小说改编的同名电影《砂器》,看得很是紧张,眼睛都不敢眨一下,因为要跟着剧情一起去推理,推出一个结果来。这样的感觉很特别,于是,不知不觉间便喜欢上了松本清张,喜欢上了他的推理小说。不过,我的阅读是零散的、随意的,直到这次连续性地、一口气不喘地看了翻译家叶荣鼎先生三本一套的煌煌新译。

这是一套"黑色系列",包括松本清张的三部长篇推理小说:《黑影地带》《黑色福音》《黑点旋涡》。松本清张是影响了日本文学的一代大师,他的推理小说所达到的高峰别人望尘莫及。奇怪的是,不论日本还是中国的一些文学评论家,不知为什么,都很刻意地要强调他的创作属于"纯文学"范畴,仿佛单说推理小说就是"非文学"或"俗文学"似的,就会掉了身价。这颇有些滑稽,因为松本清张以其四十余年的创作,早已成就了一个文学家的声誉。我看过这"三黑"之后,越加感受到松本清张对文学核心的进入。

在我看来,文学的核心是对社会的批判,对人性的揭示,对生命的关怀。松本清张所营造的推理世界,正是文学核心的一种显影，在一步步错综复杂却又越来越清晰起来的推理中，实际上是交给了读者一把锋利的手术刀，让他们参与整个事件的过程，细细剖析一切，而这是极具震撼力的。《黑影地带》描述某国会议员先后与多个情妇姘居，结果受其中一情妇引诱陷入政治劲敌设下的圈套死于非命，其破案的推理过程实际上是一层层地撕开了黑暗政治的真实面目。在《黑色福音》中，被视作净土的天主教堂里，神父们肆无忌惮地从事着黑市贸易、走私和贩毒，一个虔诚的女信徒被神父奸淫后走上了不归路。松本清张以细腻的笔触展开推理，其实是一步步地引导读者走近真相。《黑点旋涡》揭露了电视业所谓"十佳收视排行榜"的舞弊勾当。小说描写富有正义感的收视调查公司副科长匿名给报社写信，揭发收视率背后的阴暗内幕，结果被上司识破而被迫离职。副科长虽有正义感，又有家室，但却好色，在有职有权期间勾引有夫之妇，岂料该女又与其他有妇之夫勾搭，由此形成奇异的三角婚外恋关系，最终，这三个人或者自杀，或者被他杀，酿成触目惊心的悲剧。此案的侦破推理过程，事实上是对人性最为深刻的展示，人的多面性和矛盾性一览无遗，让人读后不得不审视自己。

　　松本清张的推理世界严谨而冷峻，其天才之处便是通过细致的推理吸引人们进入他的文学、他的世界。我觉得人的认识知觉有意无意总是相当迟钝的、粗糙的、漫不经心的,所以常常麻木不仁,而松本清张却以扣人的悬念和高潮迭起让你欲罢不能地一步步逼近真实,逼近真相,也逼近自己的内心和灵魂,此时你再也不能无动于衷。读松本清张是紧张的,而文学就是要有这种效果,要不然,就像太多的作品,读起来像喝白开水,甚至还没读完就已忘得精光。

二〇〇五年九月

走向宽阔的人生

春暖花开的时候,陈德良和汪金根两位老师找到我,要我为《从这里走向交大》这本即将出版的新书写个序。两位老师告诉我说,在这本书里,有三十三位曾就读于上海交通大学附属中学的优秀学生,以自己的亲身经历,告诉所有希冀考入交通大学的莘莘学子,他们是如何跨进这所中国名校,一圆自己的"交大梦"的。我翻阅了厚厚的书稿后,欣然答应,这不仅因为我自己也曾是交大附中的一名学生,更是因为我被这些年轻的后来者的叙述感动。其实,他们告诉人们的岂止是如何考入一所向往的大学,而是如何走向宽阔的人生。

将这三十三位学生称作我的学弟学妹,我觉得有些难为情,他们是交大附中一九九五至二〇〇五届的毕业生,青春浩荡,风华正茂,而我算起来,和他们是两代人了。我非常羡慕他们,因为他们赶上了好时光。我中学毕业那会,还在动乱岁月中,尚未恢复高考,虽然那时也曾放飞过梦想,但那是没有目的地的,犹如无线的风筝,只能随风飘逝。而年轻的他们可以呼啦啦地大声扯起理想之旗,那里飘扬着他们能够落到实处的梦想。只是,他们面临了另一种境况,在通向他们梦想的路上,挤满了太多的竞争者,导致这条路同样也满是艰难。但是,他们到达了目的地。

其实,他们是从交大附中开始出发的。

当然,我们也可想象他们的起跑线划在其他地方,但我相信,交大附中提供给他们的助跑器是更为独特的,让他们因此跑得更快更欢更加顺利。千万不要以为那助跑器是什么"捷径",什么"小灶",什么"题海",什么"攻略",不是的,如果这一切便能让人一圆"交大梦",那么,即使跨了进去,也走不了远路,况且人生漫长,再好的大学也只不过是一个驿站。我听陈德良老师说,交大附中每年有超过一百二十个学生考入或直升交大,占到全部应届毕业生的三分之一,这自然是不小的数目了,所以引得无数同样做着"交大梦"的学生及其家长都想取得"真经"。那么,交大附中究竟是怎样帮助学生们梦想成真的?来听听我那三十三位学弟学妹的最最直接的声音吧。

到了高中时，很多人都会劝阻学生继续在课外学东西，一门心思地钻进书堆里。但交大附中却鼓励史炎冰继续玩车模。随着物理知识的增多，动手能力也越加提高了，史炎冰制作的车模从简单的四驱车上升为仿真遥控车。史炎冰说，玩车模，让他得到了"一笔宝贵的财富——动手能力、钻研精神和耐心"。正是有了这笔财富，使他不仅考入了交大，后来在第七届全国大学生电子设计竞赛中游刃有余，取得上海赛区一等奖的好成绩，还借此直升交大研究生。

看上去文静柔弱的张婧，是用枪"击"开交大的。刚进交大附中的时候，张婧怎么也想不到，她会就此开始她的"射击生涯"。原来，交大附中是一所射击特色学校，张婧从进校起便参加了射击训练。没多久，这位初学者枪法大增，进入黄浦区男子步枪队，成为队里唯一的女孩子。最终，在许多人惊讶的目光里，她夺得了上海射击冠军赛五十米步枪三十发卧姿冠军，成了国家射击二级运动员。张婧说，射击训练让她学会遇到任何困难都不轻言放弃，她把这种执着的精神用到了奔向交大的目标上。

曾任交大附中学生会主席的王祎枫，说自己在班上算是个"另类"，终日不埋头于书本，因为他相信，真正要在高中学习的东西，不是如何去参加一次高考，而是学会生活,学会交流,学会学习,学会做人。交大附中给他提供了展现自己才能的舞台,他将学生会的工作搞得有声有色,受到同学们的一致好评。正是在"大学习"的概念下,他才有了全面的发展,才有了自己的"高考秘籍"。王祎枫贡献的三大秘籍是:一、扬己之长,还施己身;二、四维不偏,文理兼蓄;三、以战养战,避实击虚。

沈漱舟的父母都是盲人,母亲还瘫痪在床,家境贫困,冬天连一床厚实的被褥都没有。但是,在她像一叶小舟驶入交大附中之后,用她自己的话说,得到最多的是心灵上的关怀。寒冬的时候,刚刚结婚的班主任,把她新婚所置的棉被抱来给她盖上;生病的时候,同学们帮她打水打饭,换洗衣物,在床前向她讲解当天上课的内容。沈漱舟在集体中感觉着温暖,也敞开了心扉,学会了用自己的真诚去帮助他人。沈漱舟以感恩般的心情努力学习,后来以优异的成绩直升交大。

……

读着学弟学妹们朴实而又充满灵性的文章,听他们说在交大附中如何圆"交大梦",我感慨万千。我想,许多的读者,特别是正准备向著名学府冲刺的中学生以及他们的家长、他们的老师也会从中得到启迪的。

那么多年过后,我至今仍然怀念在交大附中度过的日子。在我的记忆中,那些日子都染上了火红的色彩,我们在这样的色彩中跃动,认识,体验,感悟,有过最初的忧伤和喜悦,有过最初的忐忑和从容,有过最初的虚饰和坦然。虽然那时我们没有可能做"交大梦",但交大附中赋予我们的足以让我们去叩开每一道人生之门,而且在漫漫长路中走得顺当,走得稳健。

正像我二〇〇〇届的小学妹项珏说的, 在交大附中,"我就是这样长大了"。

二〇〇六年五月

彼得·潘长大了吗

以前读《小飞侠彼得·潘》的时候,有个怪怪的念头,觉得人不可能不长大的。其实彼得·潘也不是不要长身体的,只不过他是只长身体不长内心,就是说即使人长大了, 也保持内心的童真——这大概是彼得·潘永远不要长大的真实含义。但是,从另外一个角度说,人若是真的只长年龄不长心,那是畸形的。我那时还想象不出这样的人是何种模样,但现在我已经看到了实实在在的标本,这就是所谓的"幼稚的一代"。

"幼稚的一代",也称"后儿童时代",指的是年岁增长但心理年龄滞后,脱不了稚气,以自我为中心,怀有社会化恐惧综合征的当代青少年,他们大言不惭地说着彼得·潘的话："我永远不要长大。"其实，这是曲解彼得·潘的。彼得·潘是个有社会担当精神的人，他还敢于向铁钩船长这样的恶人发起挑战。在《重返梦幻岛》一书中，这样的意义层面得到了强化和拓展。

一百年前，在英国伦敦肯辛顿公园，彼得·潘诞生。一百年后，小飞侠彼得·潘又回来了——英国政府斥资两千万英镑，由全球三千名顶级作家竞相续写，最后，杰拉尔丁·麦考琳以奇幻笔法脱颖而出，被授予全球终结本创作权杖，出版了《小飞侠彼得·潘》续作——《重返梦幻岛》。

一百年之后，曾经迷失在"梦幻岛"的孩子们已经长大成人，更重要的是，孩子们生活的社会环境已经不像先前那样比较单纯了。我们直接感受到的一点是：它与我们当下所处的现实的社会环境如此贴近。我想，这是《重返梦幻岛》当代性的一个重要体现，也即是它的价值所在。彼得·潘在那艘空无一人的破船上找到了铁钩船长的红大衣，还意外地在口袋里发现了一张藏宝图，于是，他自封船长，带领小伙伴们马上起航去寻宝。奇怪的是，一路上穿着红大衣的彼得·潘言行举止和铁钩船长一模一样，他竟然成了这个死对头的替身。显然，作者试图展示日益复杂、严酷的社会环境，并力图让彼得·潘和其他的主人公们加以认识，积极应对。只有认识了，应对了，才有可能在社会化的过程中健康地成长，才有可能真正永远不泯灭童心。永葆内心的童真和心理幼稚完全是两码事。

正是在这个意义上，《重返梦幻岛》才有了"进一步的发展的"。我看到书中的彼得·潘有时甚至颠覆了原先的可爱，脾气也大起来了，还有了更多的十八般武艺，变得咄咄逼人，更为强势。我想，这些大概就是出于要让现在的青少年脱离幼稚的良苦用心吧，因为彼得·潘不是懦夫，不是拒绝承担和逃避责任。在现代社会，人的成长更加不是自我封闭，而是积极走向社会、融入社会、担当起社会责任、决不丢弃纯真和理想的过程。假若只是一味地在原地踏步，还是"生在电视前，长在漫画里"，生活在以自我为中心的世界里，恐惧社会化这个自然发展和成长的过程，那么，人类也好，个体也好，是没有发展前途的。

二〇〇六年九月

留住最美好的童年

李学斌的长篇儿童小说新著《天使没有长大》，给读者带来了许多的惊奇。

长篇小说的形式感，在现在的读者眼中是非常重要的，是直接可以抓住读者的东西，而以前大多的长篇小说却中规中矩，不太注重形式感。《天使没有长大》将现实和幻想融汇在一起，造就了形式上的一个惊奇。读这部小说的时候，我们在直观上便能感受到它的新奇，它既不是我们所熟悉的"纯现实"，也不是我们所了解的"新幻想"。小不点儿女孩贝尔迪是生活在现实生活中的，她不是哈里·波特，也不是彼得·潘，没有神奇的来自魔界的法力，她就是一个普通的小女孩，也正因为普通，才有许多跟同龄女孩一样的烦恼和困惑；但在与男孩霍巴成了同桌以后，她的现实生活里却注入了一些好像不可思议的"魔法"，让我们也觉得她似乎闯到了一个幻想世界里，比如她最害怕的一千米长跑临时取消了，不会做的数学题竟得到了"隐身仙人"的指导，就连最苦恼的个子也发疯似的长高……这个现实和幻想融汇于一体的世界，很神奇也很独特，让读者在阅读中获得了很新鲜的体验。

《天使没有长大》中的小主人公贝尔迪在忽儿现实忽儿幻想的世界里穿行，大大拓展了一个孩子的生活域界，这是令人惊奇的。你看，一直为自己个子矮小而苦恼的贝尔迪，一天晚上睡觉时，突然发现宽大的被子变小了，半截腿肚子都露在了外面，她在迟疑中爬起来，开灯，下地，拉开抽屉，拿出皮尺踩在脚下，一量，竟然一下子长了十厘米，已经是一米三的个头了，不禁心花怒放。

按理说,告别了急救电话120,贝尔迪理应从此快乐起来,可是,她却突然害怕了,觉得这是得了怪病的不正常情况。贝尔迪陷入了新的恐慌和烦恼中,连她的母亲也慌乱了,立即带她去医院就诊,医生明明说没病,可贝尔迪还是不放心,吵着闹着又是做脑电图、CT,又是抽血化验、做B超、拍X光。这是非常有意思的描写,小主人公从一个自卑的小个子的世界到达长了个头后的扬眉吐气的世界,看起来如愿以偿,但是,被人忽视的心理落差立刻显现了出来,也就是说,即使幻想成真,也会有新的烦恼和痛苦,成长的过程不是一蹴而就、一帆风顺的。

　　贝尔迪在现实和幻想交汇的世界里穿行,不仅拓展了生活域界,还拓展了眼界,拓展了胸怀。事实上,贝尔迪的幻想世界与其说是"幻想",不如说是"理想",那是她对众多美好事物的憧憬,也是她的父母、老师为她营造的美好的生活环境和氛围,使她能够在现实的世界里得到温暖和宽慰。当然,这也是作者创造惊奇的初衷。对于读者来说,随着小主人公贝尔迪开展的阅读体验是愉悦的,因为它让我们在惊奇中留住了最美好的童年。

二〇〇七年五月

与怀特交织的夏天

认识E.B.怀特，是从他的童话《夏洛的网》开始的。那是二〇〇五年一月，很冷的日子里，年逾八十的老作家任溶溶先生，将他新出版的译作《夏洛的网》送给我，使我在阅读中拥有了一个温暖的冬天。这是一个几近完美的故事，在谷仓前的空场上，一只叫威尔伯的小猪，一只叫夏洛的蜘蛛，还有一个叫弗恩的小姑娘，他们共同经历了生、死与复活。我读着故事，感受到一种无法言说的纯粹，我用童话般的想象去揣摩怀特该是怎样的一个人，我觉得他在现实生活里可能面对的也是很纯粹的东西。

今年夏天伊始，我很偶然地看到上海译文出版社出版的两卷本怀特的随笔集《这就是纽约》和《重游缅湖》，我慢慢地阅读起来。我不得不放慢速度——因为怀特迷人的文字不容你一扫而过，总是让你情不自禁地流连其中；因为我发现怀特是现时忙碌慌乱生活中可以慰藉心灵的朋友。

随笔集里的文章大多首发于《纽约客》，与这本优雅、诙谐的杂志相吻合，尽管时常有犀利的诘问和议论，但怀特的笔触更多的是给人们传达温暖和关怀。与我先前的想象不一样，其实，生活中的怀特面对的是许多复杂的现实，何况他还是个相当敏感的人，所以，一切的一切都让他感到不安。我是坐在早晨的公交车上读完那篇《这就是纽约》的，我惊异于怀特用那么琐碎却又贴切的文字，细致入微地描摹每一处街道，每一步台阶，每一格窗户，还有投在窗棂上的跳动的反光，以及窗子里忽儿亢奋忽儿沮丧的人，由此带我们走过夏日午后宁寂的纽约的每一个角落，看尽外表和内里的斑斑驳驳，并调动我们的感觉，差不多是零距离地触摸着纽约城数百年嬗变中的断片。当我乘坐的车子钻出河南路隧道的那一刻，我竟恍若隔世。此时，怀特不安的声音犹如他笔下描述的，似一小队形同人字雁群的飞机轰然掠过："这座城市，在它漫长的历史上，第一次有了毁灭的可能。"

　　读《重游缅湖》是在这个炎夏的夜晚。难挡的酷暑让人变得浮躁，而浮躁中的人没有静谧的心境，感觉迟钝而木讷，多少灵感都被淹没了。还好有怀特。怀特也是在八月的暑天去的缅湖，湖面宁静，满眼是睡莲的浮叶。怀特写道："我们去钓鱼。我摸摸鱼饵盒子里覆盖鱼虫的潮湿苔藓，看见蜻蜓贴了水面翻飞，落在钓竿梢头。蜻蜓的飞临，让我确信，一切都不曾改变，岁月不过是幻影，时光并没有流逝。"这样的心境自然可以让人渐渐安静下来，心甘情愿地远离喧嚣，用心去发现、去感触周遭的物，周遭的人，周遭的故事。说实话，长久的浮躁已让我们变得愚钝，沉溺诱惑的目光四散得都很难收拢，更不要说专注了。我想，怀特正是有了宁和的心，才会去专注地观察在那谷仓的门梁上编织蛛网的蜘蛛,而这样的专注使他获得了悲天悯人的情怀。现在,我明白了,怀特的温暖正源于这样的情怀,所以,他才可能如此体验着,解析着,诉说着。

怀特说,我生活的主题就是,面对复杂,保持欢喜。我在这个因阅读而与怀特交织的夏天,还明白了一个道理,那便是即使生活中没有纯粹的东西,也要由纯粹的境界来支撑,用自己的欢喜和专注,保持对生活的热情与发现,化浊为净。

二〇〇七年九月

滕俊杰的"电视方程式"

滕俊杰是杰出的"电视人",他在中国电视文艺方面的建树可谓首屈一指,他执导的一系列"卫星双向传送文艺晚会",创下了诸多"中国第一"。有意思的是,滕俊杰还是一位作家,他善于用文学来解他的"电视方程式"。在他看来,写作是一个电视人必不可少的"修身养性",同时也是文学和电视对其双重滋养的一种感恩。

几年前,我读过滕俊杰的第一部散文集《沧海飞越》,感叹他对文字的驾驭不亚于对摄像机和导筒的娴熟，更感叹他对生活的独到发现具有特别的质感。那部散文集是滕俊杰带着摄制组游历欧美时写下的，因此，文字里就有了我们无法达到的"在现场"的生动，所有的章节都让我读出了异域的色彩，而且，都有镜头感、画面感，这便是滕俊杰的独特。我想，滕俊杰的文字本就应该是文学和电视的完美结合。在我读到滕俊杰新的散文集《电视方程式》之后，我相信，滕俊杰已经掌握住了这把"金钥匙"。

《电视方程式》无疑是更为成熟的，滕俊杰自如地用文学拓展着电视的天空。这部散文集分了几个板块，结构上颇为跳跃，有对电视节目如何创新、突破"瓶颈"的思考；有在美国哥伦比亚大学进修时有感而发的系列随笔；还有即景散文，看似漫游心得，其实融入了电视的目光；甚至还有电视专题片的解说词，写得如同散文诗。用滕俊杰自己的话说，"可以看作是'求解'电视方程式的一些努力"。我很喜欢其中《昨夜无眠》《水的创意》《我的课题关注》《寂寞的广场》《初一北飞》等篇什，这些文章无一不在关于电视创作的叙事中思索社会和人生，视野开阔，文笔流畅，对读者而言，既有文学欣赏的美感，又有专业参考价值。我读《水的创意》的时候，整个思绪被滕俊杰拉回到了上海世博会会徽揭晓的那个时刻。与其说文章叙述了策划、制作"会徽揭晓仪式暨大型庆贺晚会"的过程，不如说是表达了滕俊杰对上海这座城市的真挚感情和热切关注。"我想上海是沿江沿海的大都市，与水息息相关，申博海报《期盼》中那两个圆点不因仅仅看作是两个色点，是否可以幻化成灵性的物质呢？想着想着，两个静止的原点在我眼中仿佛真的动了起来，渐渐地飘忽，渐渐地重叠，最终演化成了一颗透明的水滴，晶莹地落了下来。"这样的句子让我感动。

滕俊杰的文字犹如摄像机的镜头，是灵动的，但却没有刻意的雕琢。他的确很不容易，作为上海文广新闻传媒集团的副总裁，他公务繁忙，写作大多是平时挤时间，大多是在夜阑人静时进行，可他坚持不懈。他这样解释道："是电视让我更加接近文学，我希冀以文学来解未知数越来越多的'电视方程式'。"

二〇〇八年八月

"豆志飞舞"

《豆志飞舞》是一本书，因为是青年舞蹈家黄豆豆写的，所以，这个书名也就很好解读了。

说起来，"豆志飞舞"还真形象。这些年，黄豆豆士气高昂，征战在世界各地的舞台上，一场场精彩演出，使他成了名闻遐迩的"中国舞者"。在《豆志飞舞》这本书里，黄豆豆以朴实亲和的文字，记录了自己三十年的生活历程。如今，明星出书常遭非议，因为大多没有实质性内容，一堆照片加上几句似是而非的"人生感悟"，的确太过虚飘和浅薄。而黄豆豆的书不是这样的，那是真诚的写作。为写这本书，黄豆豆制定了"五年计划"，因此这本书绝不是潦草之作。黄豆豆的叙述开始于自己的孩提时候，一路写来，道尽了自己三十年来从一个顽皮男孩到"中国舞者"所经历的酸甜苦辣、悲欢哀乐、成功与失败、掌声与误解。那些文字不是空泛的，是实实在在的。故事的展开如同一幕幕戏剧，过往的重演更多地融进了现时的思考，每一个章节都是先用心想过，然后一个字一个字写出来，因而带着分量，绝不是轻飘飘地一笔掠过。

与其说《豆志飞舞》是一本"明星书"，毋宁说这是一本励志书。励志书近年来之所以广受欢迎，是因为它给每一个有着美好梦想的人提供了梦想成真的实例，让他们相信丑小鸭变天鹅不是天方夜谭，从而激励他们像那些范例中的主人公一样，也创造属于自己的奇迹。黄豆豆的叙述真实而生动，看书中"背水之战""寻根之路""远征的日子"等那些章节，可以真切感受到一个人为梦想而奋斗既是快乐的，又是艰难的，既要有自信，更要有坚持的恒心、坚强的意志，这样才会遇挫折而不气馁，遇逆境而不放弃，一步步地到达梦想的境地。谭盾为《豆志飞舞》作的《序》中说，"把地底下的财富搬到天上去！豆豆的舞蹈做到了,而且做得真漂亮。"黄豆豆在书中用自己的经历告诉年轻的读者,其实,一个人的成功不是去复制他人,需要有自己的想象、创意和探索。

二〇〇八年十二月

为什么孩子要上学

为什么孩子要上学?好几次,有人问我这个问题,我总是回答说,上学就可以有小伙伴,有好朋友了。

我至今记得上学第一天的情景。为了一下子就能找到同一个班的同学,我们每人都按照入学通知书上的要求,在胸前佩戴了一块有颜色的小布片,于是,在操场上,红的找红的,蓝的找蓝的,绿的找绿的。就在找同班同学的这一刻,我立马知道为什么孩子要上学了,因为我欣喜地发现,我一下子就多了一大群的小伙伴,所以,我上学特别积极,每天很早去学校,很晚才离开,天天和同学们泡在一块,也很快有了三四个无话不说的好朋友。我们做什么事情都是扎堆的,一起跑步、跳绳、打乒乓球,一起出黑板报、拔草、排练文艺节目。记得有一次,一位同学哭着说被父亲打了,大家听着听着,先是女同学,后是男同学,跟着一起哭了起来,那同学一会儿破涕为笑了。也不是没有闹矛盾的时候，但最终总会化解，哪怕打一架，到后来也会友好地握手。说来，我也逃过学，那是因为被同学被好友误解，有了委屈，不过，只消他们在我家窗下大声地叫我一起去上学，一切就都烟消云散。

"大家在一起开心啊！"许多年以后，小学同学搞了个聚会，大家说得最多的就是这句话。是啊，回想起来，留在记忆中的不就是同学们在一起相处的那些温暖时光吗？

不知从何时起，我发现听到我对为什么孩子要上学的回答，人家会像看外星人一样惊诧地看着我。到了后来，我自己也渐渐迷茫起来。如今的孩子被没完没了的测验、考试弄得每天都是提心吊胆地去上学，然后无精打采地回家来，一天到晚捧着教科书，眼皮耷拉地做那永远也做不完的功课。

几乎所有的人都正儿八经地对我说，孩子上学的目的就是为了学习，学习的目的就是为了考大学，考大学的目的就是为了拿文凭，以后找个好工作。我很迷茫，难道这真是为什么孩子要上学的根本要义？我问过不少孩子，相当多的人告诉我，他们不觉得上学是件快乐的事。当一切都围绕升学这个唯一目标转的时候，学习本身也变得刻板、乏味，令人厌倦，而孩子成长中的别的主题都被有意无意地忽略了。有的孩子还告诉我说，没有时间去交朋友，也不愿跟成绩差的同学做同桌，更不会和同学说心里话,甚至几年下来还没认全班里的同学。

　　前些天,我在去北京出差的来回飞机上读完了一本书,书名就叫《为什么孩子要上学》,作者是诺贝尔文学奖得主日本的大江健三郎。在这本书里,大江这样写道:他的大儿子光是个智障孩子,当时,他们都不愿让光去学校,生怕他会受到伤害。"光为什么非去学校不可呢?……但是,这个连身为大人的我都难以回答的问题,光却自己找到了答案。"光去学校不久,就与一位同样有残疾的同班同学成了好朋友,他还帮助这位比自己还弱的小伙伴去上厕所。能对朋友有所帮助,这件事情对于在家中完全依靠母亲的光而言,是非常新鲜、喜悦的。后来,光在与小伙伴的相处中,喜欢上了音乐,而对他来说,这是开启内心,并且传递给他人让自己和社会有所关联的最有效的语言。光与小伙伴、好朋友的相处,让大江也悟到了答案:"为了学习这些东西,我想不管在任何时代,这世界上的孩子们都应该要去上学。"我想,这就是孩子为什么要上学的终极意义和价值了——学会与他人相处,学会让自己与社会有所关联,其他的东西都在其次。"我认为这是自己人生里所得到的不计其数、各式问题的答案中最好的一个。"阖上书,望着舷窗外洁白的云海,我听见了自己与大江健三郎共鸣的心音。

二〇〇九年三月

让你我一起飞翔

　　三年前的春天,陈德良老师找到我,要我为他主编的《从这里走向交大》作个序,那本书记述了上海交大附中从一九九五届到二〇〇五届十年间三十三位学子刻苦努力,跨入上海交通大学这所著名高校的故事。我欣然从命,因为我从这些年轻校友的身上,看到发展中的时代赋予了学子更多的机会,而学子们也积极进取去实现人生的理想。写的时候,我的心情是很轻快的。

　　一晃三年过去了,当这个夏天悄然来临的时候,陈德良老师又找到我,说他们新编了一本书《从这里走向成功》,这次是叙述那些走向社会后取得成就的交大附中学生的创业之路。陈德良老师还是希望我能写篇序。我无法推托,因为我也曾是交大附中的学生,因为我看到我母校的老师为这本书所付出的辛劳。但是,这一次,我的心情有些复杂。

　　我当然为书中记述的这些成就卓著的校友们而骄傲。

　　事实上,在我看来,这本书的内涵要深厚得多,也更有价值。我数了数书中写到的校友,也是三十三位,但他们是从一九五八届到一九九五届,跨度近四十年。这不是一个简单的数字,四十年是段风雨兼程的历史,但是,顶着时代的暴风骤雨,这些优秀的校友们却在各自的领域里获得了骄人的成绩,这不仅仅是凭借勤奋和天资,还需依靠勇气,依靠胆识,依靠坚韧。他们走过的创业之路,荆棘丛生,远远超过求学道路上的艰难。在我看来,跨入交大或者其他高校,只能说是人生一个阶段性的理想,而在进入社会后认准一个目标并为之全力奋斗,才是终其一生的追求。书中的这些校友,我大多不认识,只能从文章里体会他们为了追求人生的目标所作出的努力。但张兴德由于和我同在上海电视台供职,又同样从事新闻工作,对他我倒是熟识的。记得一九九一年黄梅雨季里的一天,我突然听到消息,说是张兴德在从山东沂蒙老区采访回沪的路上出了车祸,因为出事地在安徽马鞍山,我没能赶去探望,可后来当我再见他的时候,我都快认不出他来了,他的脸和手臂都用白纱布缠着,上嘴唇缝了十六针,左手臂缝了二十二针。张兴德是个出色的记者,在政法和军事新闻方面很有建树。我自己在新闻和写作生涯中,没有保存什么原始的采访资料,但我唯独保存了张兴德在二〇〇八年五月十二日四川汶川大地震发生后,作为第一个到达重灾区茂县的新闻记者在采访时留下的一份笔记,匆忙潦草的文字让我感受到当时紧张而危险的情境。我相信,其他的这些优秀校友与张兴德一样,他们的成功是用巨大的艰辛和坚毅换来的。所以,在我向他们致敬的时候,我心里是沉甸甸的。

不久之前,我们一九七五届(三)班的同学有过一次聚会。我自己都无法相信,我跟我的同班同学竟有三十多年没有见面了。时光匆匆,一切都仿佛还在眼前,但许多人已两鬓染霜。那么久没有通过音讯了,自然问起彼此间的情况,好些同学说已提前退休了,说话时的落寞让我无法平静,但一会儿又是一片爽朗的笑声。我的这些同学没能写进这本书里,说起来他们也的确没有什么惊天动地的伟业,但我并不认为他们不是成功者,他们在并不顺畅的环境里坚守着自己的生活,这同样是需要付出努力的,而且正因为这样,这种努力更加可贵,更加让我尊敬。他们的达观,他们的平和,也是在追求人生的目标中练就的。他们在笑声中生活着,努力着。我想,我们的母校同样会为这些普通的校友而骄傲的。此时此刻,我的心豁然开朗了。

《从这里走向成功》,是值得一读的。不管认识不认识书里的这些主人公,我们都是校友,从校友的故事中我们每个人都可以读出自己的故事。写这篇序的时候,我担任制片人的一部描写中学生活的电影《男生贾里新传》正在全国公映。说实话,拍这部电影时,一幅幅掠过我脑海的画面都是我在交大附中度过的日子,所以,我为片中的主题曲《再一次荡起双桨》写了这样的歌词:

"窗外的蝉声吱吱鸣响,好像是在为回忆歌唱,书签牢牢地夹住了时光,那所有的路上你我一起飞翔。"读《从这里走向成功》时,有一瞬间,我真的感到我跟书里书外的校友们在一起飞翔。

二〇〇九年六月

真实有力的声音

近读《钟惦棐谈话录》,颇有感受。

一九七九年至一九八〇年,名不见经传的年轻作家彭克柔,带着自己的作品赴京求教著名文艺评论家、电影美学理论家钟惦棐,先后拜访了四五十次。三十年后,他将两人的谈话整理成文,出版了这本《钟惦棐谈话录》。钟惦棐在二十世纪五十年代中期曾以一篇《电影的锣鼓》蒙难,新时期伊始,才重获写作自由。书中的谈话即是在这样的背景下展开的,但钟惦棐丝毫没有个人的艾怨,以博大的胸怀对刚刚翻过去的那页历史进行反思,表现出极大的勇气和睿智。

《谈话录》中,钟惦棐开诚布公地谈论了周扬、茅盾、郭沫若、李准等文坛名人,但更让人敬重的是他对自己的剖析。他说:"我这一代人,就是从那种政治环境里过来的！一九五七年确实觉得自己是错了，上下左右、中央文件、各级领导都说你错了，还能有什么怀疑呢？……这么多年可悲处就在这里！"的确，钟惦棐十八岁就奔赴延安投身革命，在战争年月经受过严峻的考验，建国后步入文坛，开辟了电影美学的新天地。不料，提倡文学艺术为更广泛的大众服务的"电影的锣鼓"一敲响，他从此不断地接受批判，写检讨，心甘情愿地成为"驯服工具"，背离了自己的初衷。这样的悲剧人生在中国现代知识分子中是很典型的，因此，他对自己所作的剖析事实上是基于对历史和未来的负责；也正是在那个时候，他最早提出了"反思文学"这个新概念。

钟惦棐在中国电影史上属于一个"开创性"的人物，一九八四年，他在西安电影制片厂举行的创作会议上，第一次提出了拍摄中国自己的"西部片"的主张，由此引发了至今不衰的中国西部片的创作热浪，催生了《黄土地》《一个和八个》《老井》《人生》等优秀之作，也造就了陈凯歌、张艺谋等一批走向世界的著名导演。其实，从《谈话录》中，可以看到钟惦棐早在一九七九年就对西部片的内涵作了思考，他与彭克柔多次谈到的"羊肉泡馍"的味道便是佐证。那时，在西安文物部门工作的彭克柔刚刚写出话剧剧本《皇后之玺》，钟惦棐很是嘉许，认为只有熟悉专业的人才写得好文物题材。不料，彭克柔在北京向他念了一通剧本的修改提纲后，却受到了他的严肃批评。钟惦棐说："我很担心，你走上了一条有害的道路！北京不是你久留之地。你来自西安，剧本里有'羊肉泡馍'的味道。你是比较努力从你的生活经验中吸取题材的。你不要把'羊肉泡馍'丢了嘛！你掉在'戏剧作法'里了，什么调料都有，姜、葱、蒜，应有尽有，也正确，可就没你自己的东西了。"

钟惦棐对文艺创作者"从你的生活中来"的要求，至今读来还是令人振聋发聩。现今，文学艺术作品在数量上多如牛毛，但真正有力量有价值的却是凤毛麟角，究其原因，一个很重要的问题是创作者已很少深入生活，甚至对深入生活的主张嗤之以鼻。有多少人期待着一个有着厚重历史的多灾多难的民族能产生出影响世界的文艺作品，但是，只要漠视曾经有过的、现在继续着的生活，那么，这样的期待必定会落空。用钟惦棐的话说："商店橱窗里的模特，什么美都上去了，就是没有生命力！"

二〇一〇年七月

我读《穿条纹衣服的男孩》

爱尔兰作家约翰·伯恩的儿童小说《穿条纹衣服的男孩》(以下简称《男孩》)出版后，广受赞誉，获得了欧美众多文学类及儿童图书类大奖，并荣登美国、英国、西班牙等国畅销书排行榜榜首，迄今已有四十多个国家和地区引进版权，译成三十多种文字，形成了广泛的影响力。《男孩》讲述的是第二次世界大战时期纳粹德国在波兰奥斯维辛集中营屠杀犹太人的故事。事实上，这个题材已经被反复书写过，而《男孩》却给读者带来了别开生面的新的阅读感受和体验，其成功对中国战争类儿童小说的创作具有一定的借鉴意义。

就中国战争类儿童小说而言，在当代儿童文学作品中所占比重一直偏低，而且，总体数量不多的作品中，具有当代意识、反思精神，或者艺术表现上推陈出新的作品更是凤毛麟角，因此，对中国儿童文学的整体创作没有多少影响力。这是相当遗憾的。在近现代历史上，中国是一个饱受战争创痛的国家，而在诸如八年抗战这样的正义战争中，中华民族又是一个在危难中坚强不屈的伟大民族，所以，战争题材的儿童小说应该是一个不可多得，也不可穷尽的文学创作的"富矿"，但为什么长期以来却是作品匮乏，影响力甚少呢？

阅读《男孩》，会有一个鲜明的印象，那就是贯穿于作品中的"儿童特质"。澳大利亚《时代报》这样评论《男孩》："本书将成为继《小王子》和《哈利·波特》之后又一本给成人看的儿童小说。"对于成人来说，战争题材堪称经典的作品已不少了，其中不乏以"儿童视角"来叙述故事、刻画人物、认知事物的，但都不能称之为纯粹的"儿童小说"。《男孩》之所以被读者公认为儿童小说并趋之若鹜，关键在于作品呈现出完全区别于成人小说的面貌，其寓言风格、与历史真实的疏离和隔绝、孩童的游戏精神、身处陌生位置的新奇观照……这些有别于成人小说的"儿童特质"，都是过往阅读经验中少有的，最终形成了对孩提时代的天真的反讽，从而获得一种强烈的对于现实的不安之感。或许有人会说，这是迎合成人读者，但调查数据显示，《男孩》也的确受到了众多少儿读者的欢迎。

对于少儿读者来说，那些贯穿于作品中的"儿童特质"并不是玄乎的，而是可以触摸到的。首先，《男孩》没有像成人战争小说那样直接描写和铺排战争本身，这就避免了"正面撞击"，避免了可能对少儿读者产生副作用的血腥、暴力和惨烈，这条"捷径"虽然不走宏大史诗的"主干道"，但却有可能独辟蹊径，从别人不太走的地方走出自己特别的路来。中国战争题材的儿童小说却大多"正面出击"，希图承担"宏大叙事"，但因受制于一般儿童小说的创作规律，显得勉为其难。其次，《男孩》不但没有直接描写战争，甚至与战争刻意保持相当的距离，那些与战争直接相关的东西都是隐隐约约的，这种"间离策略"既符合一个九岁孩子对世界的认知，更使他的天真烂漫为已知战争背景的读者揪紧了心；最后，当两个孩子走进毒气室的时候，他们依然不知道真相，不知道自己面临着的将是什么——因为在孩子的眼里没有战争，没有种族，没有屠杀，有的只是纯洁的友爱，这是儿童小说不同于成人小说的特别迷人的地方。反观我们的一些战争题材的儿童小说，小主人公总是像成人一样对战争的性质、战争的形势、战争的各方，以及自己在战争中的处境，有着清晰、正确的了解、判断和认识，所以行为上便表现得积极主动，慷慨激昂，爱憎分明，其实这是被人为拔高了的，这样反倒使他们的言语和行为不真实，不感人。再次，《男孩》充满了童趣和孩子特有的游戏精神。小主人公布鲁诺性格开朗，天真活泼，对世界充满了好奇，他喜欢游戏，喜欢探险，把家里的角角落落都翻了个遍；他看重朋友，看重友谊，但却像许多这个年龄的孩子懵懵懂懂又粗枝大叶，常常把朋友托他的事忘在脑后（可读者明白朋友托他的事其实多么重要）；这样的孩子不做作，很本真，始终保持着成人最容易丧失的好奇心和纯真度，非常讨人喜欢。而我们有些战争题材的儿童小说，小主人公往往以小大人的面目出现，在他们身上，勇敢、机智、威武不屈样样都有，就是缺乏孩子应有的童心和童趣。另外，《男孩》的叙述语言把握得很是到位，没有超越孩子年龄特征的那种"指点江山"式的方式，老老实实地按照一个九岁孩子所达到的认知程度，合情合理地铺展他自身的故事，比如，他错将"元首"听成了"炎首"，而"炎首"本来的发音与"狂暴"相近，因而具有特别的幽默感；又比如，他甚至一直把故事的发生地 Auschwits（奥斯威辛）理解成近音的 Out-With（意为"一起出去"），这种基于儿童特征的特别的细节，让读者会心一笑后，比读成人小说会更多激发起悲悯和感动。而读我们的一些战争题材的儿童小说，这样的幽默和细节却很少，甚至因为害怕有损小主人公的形象而故意舍去，导致小说的叙述语言和"全能全知"的故事设置相一致，没有孩子的特点和特色，磨去了小主人公的许多可爱之处。当然，《男孩》还以当代意识提供了一种对历史和现实的反思，旨在深入地揭示战争对人性、对人的内心和精神的影响，这对于我们一直固守于塑造小英雄的光辉形象、展现伟大的人民战争、揭露侵略者的暴行的创作主题，无疑有着新的启迪。

《男孩》的成功对中国战争类儿童小说的创作提供了宝贵的借鉴意义。我们可以看到，我们一些作品的不成功，很大程度上正是源于"儿童特质"的缺失。这样的缺失容易造成脱离和违背少儿的年龄特征和心理特征，使他们的言语行为被无端地拔高了，有着与成人一样的思维方式、一样的认识高度，而这是不真实也不可能的。这样的缺失容易造成"因大失小"，追求所谓的大全景、大场面、大动作，而属于孩童真正的一方天空、一方世界却被忽略、淹没了，也就没有儿童独特的鲜明的个性。这样的缺失还容易导致儿童小说的成人化，当主题、概念、形象、形式……都与成人小说没有多大差别时，"儿童小说"便不复存在了，它特有的审美趣味和审美价值也就不复存在了，对于读者来说，便满足不了他们的阅读要求，读不出与成人战争小说不同的味道、不同的感受，因此也不能获得新鲜的别致的阅读体验。

二〇一〇年八月

上海儿童文学新十家

如果说，先前提出"上海儿童文学新十家"还只是一个概念，那么，现在，当少年儿童出版社将一套十本的新十家丛书摆在我们面前时，俨然就是一次规模盛大的"大阅兵"了。

上海儿童文学界从二十世纪九十年代至二十一世纪初，涌现了一批富有才华的新生代作家，这个作家群体人数之多、整体水平之齐整、作品影响力之大在全国是数一数二的，张弘、张洁、李学斌、陆梅、周晴、金建华、郁雨君、殷健灵、萧萍、谢倩霓（以姓氏笔画为序）等是其中的代表，被誉为"上海儿童文学新十家"。新十家丛书选取他们最具代表性的作品整体推出，一人一本，放在一起真是蔚为壮观。

张弘的《跳蚤市场的婚礼》，收入了《上古的埙》《霍去病的马》《傩舞》等脍炙人口的童话作品，每一篇都浸润着中国传统文化的浪漫因子，想象力的诡谲，现实无奈的惆怅，回归情结的凝聚，共同构建出她"人文童话"创作的版图。

　　张洁的《月光下》，不管是小说《天堂的孩子》《亲亲我的木栅栏》，还是散文《飞越黄花地》《阳光洒下来》，皆悠远雅致，细腻温柔，以其轻灵飘逸的独特气质，将女孩成长的主题演绎得幽秘烛微。

　　李学斌的《男孩不寂寞》，则将目光聚焦于青春少年。《金色的手指》中的木子，《穿越劫难》里的仙虎，《午后迷羊》中的桂生，让我们看到其实男孩也有那么多的心事。十二部短篇小说构思精巧缜密，文笔沉稳洗练，在一种不动声色的男性作家的犀利中观照心灵，观照成长。

　　陆梅的《一个人的童年》文体丰富，多侧面地展现了作家的文风气质，体现了她宽阔的胸怀和视野。散文体小说带着浓浓的童年记忆，流淌着对故乡的深情；《矢车菊的天空》《永远有多远》《启智的世界》，这些带有纪实风格的小说则将弱智儿童、留守儿童、贫困儿童一一牵到我们的跟前，唤醒人们的爱和良知。

　　周晴的《蓝色心事》大多以成长中的女孩为描写对象，以第一人称为叙述视角，有着自己切身的童年和少女生活的记忆。《问题女孩》《小女孩的大理想》《女孩羽雯》等小说，仿佛是一个个女孩子的喃喃私语，那些缱绻，那些温婉，都留在了最纯真的孩童时代。

金建华的《画册暗语》想象丰富，叙述生动，以孩子喜闻乐见的语言表现他们的世界，把儿童的好奇、活泼描摹得十分有趣，不论是《天下第一怪的老婆婆》，还是《魔法漫画书》《虚惊一场》，都让人在轻松活跃的氛围中体验到真正的童趣，吸引我们闯入她构筑的奇幻世界。

郁雨君的《两个女孩手拉手》，是一组在橙黄的灯下慢慢展读的书信，那份亲切，那份贴心是她独有的，以娓娓谈心的方式深入女孩的心灵世界，其中有爱美的心情，有对爱的向往，还有对友谊对未来的憧憬，很容易引起女孩子的共鸣。

殷健灵的《你的小船你的帆》，收录了《初潮》《夏日和声》《回家的路》《世界美如斯》等优秀小说，纤细的语言、独特的视角、敏锐的观察、丰富的想象，让我们从中可以窥探到少女成长的轨迹，可以触摸到少女青春的律动，主人公成长过程中的困惑、失落、欣喜与收获，都以其真切让人感动。

萧萍的《微儿羊》迥异于以往儿童文学的叙述方式，凸显出作家自觉的艺术探索，在对往事的追忆和对过去生活的怀念中，杂糅了许多的感伤与忧虑。《张左的一天》《杨眯眯和民乐直街》《和方舟约会》《老妖的光明哥》等作品，叙述技巧的突破使小说获得了独特的艺术魅

书·品

力，拓展了儿童文学写作更多的可能性。

谢倩霓的《穿越而过》，包括《在丢失中长大》《无花之湖》《闪着星光的日子》等代表性作品，情节丝丝入扣，叙述扎实传神，刻画了人性的丰富复杂、青春的茫然无奈、生命的向往和希冀，读了让人怦然心动。最为可贵的是，在动人的故事讲述背后，作家笔力雄健地引人进入更深层次的思考空间，让我们看到了新生代作家所具有的思想的力量。

新十家丛书，充满作家个体的灵性和创造力，展示了上海新生代儿童文学作家的实力和水平。

二〇一〇年九月

梅子涵的"新小说"

二十世纪八十年代少儿短篇小说创作中，那种奋勇追求艺术创新的激动人心的景象，早已成为历史，当年的骁勇将士现在基本都已偃旗息鼓，如今即使是最无羁绊的年轻作家，也大多不愿背负"新锐"的"美名"，缺乏艺术探索的激情。在这种背景下，敢于打出"新小说"旗号的梅子涵，其数十年孜孜以求少儿短篇小说艺术的身影，可谓孤独又珍贵。

一段时间以来，梅子涵源源不断地推出了《路上》《饭菜票》《麻雀》《妹妹》《小狮子》《侦察鬼》《游泳》《押送》《吃饭的故事》《乡下路》等一批少儿短篇小说新作，即便不打上"新小说"的印记，它们在艺术上的求新、创新也是显而易见的。梅子涵"新小说"对中国少儿短篇小说的开拓意义和价值是多方面的，这里仅谈及其所呈现的"一个故事，多个界面"的新艺术手法。

约翰·伯格关于小说创作有句名言："单独一个故事再也不会像是唯一的故事那样来讲述了。"现代小说使一个单独故事的叙述具有多重性、多意性、多向性成为可能。当作家在讲述一个故事时，他不再只为读者设置一个框架，而是同时打开了多个界面。梅子涵的"新小说"很好地诠释了这一点。以《乡下路》为例，你能说这是一个单独的故事、唯一的故事，或者说只有一个界面的故事吗？只要读过小说，可能每一个读者都会为"这是一个外婆带着孩子走在回乡下的路上的故事"的概括而觉得没有把握，事实上，读者们都会感到还不如说"这篇小说好像说了好几个故事"更为可靠。的确是这样，由于作家是在多个界面里叙述一个故事的，因此，这个故事就不那么单一了，而且这个故事本身也不是当作唯一的故事来讲述了，一个故事变成了好几个故事，而且故事里有故事，故事外也有故事。这种"一个故事，多个界面"的新艺术手法，使读者在读这个故事的时候，可以看到同时打开的每一个界面里故事的主人公都不相同,有的是叙述者,有的是"你",有的是外婆,有的是晓明和晓萍。不同的主人公便有不同的性格逻辑,不同的心路历程,所以读者感觉到这些主人公们在同时诉说着自己走在回乡下路上的故事,而且他们彼此之间还在不断地交流、沟通、补充、印证,一个简单的故事便有了许多个"版本",许多个解读,获得了多向度和开放度。这种"一个故事,多个界面"的新艺术手法,还使读者看到每一个界面里故事发生的时间都不同,有的是"现在",有的是"那时",有的是"昨天",有的是"今天"。不同的时间便有不同的时空,不同的路况,所以读者在阅读小说时,感觉在不断地穿越,时而回溯,时而前瞻,时而又回到当下,这样的时空叠加使故事获得了"永恒"性。

"一个故事,多个界面"的新艺术手法,与其说是为了故事的叙述,不如说是为了调动读者的经验和想象力,使读者的参与和互动更加直接。还是以《乡下路》为例,当多个界面打开以后,读者会发现其中一个界面非常独特,在这个主人公为"你"的界面里,随着故事的展开,读者一边听着其他主人公的叙述,一边在不知不觉中将自己替代了"你";也就是说,读者自己也走进了故事,成了故事中的主人公,也有了属于自己的界面。同样有意思的是,在故事的叙述过程中,读者不但有自己的界面,同时还不断地观照着其他故事主人公的界面,这使得走在乡下路上的故事变得极为开阔，让人目不暇接，于是，切切实实地感觉到这段路因为时空纵横交错，人物面貌多样而变得格外曲折，格外迷人。一段漫长的路在不同的界面中铺展开来，由于信息丰富，背景立体，涵义多元，可以让读者更多地停留、咀嚼、思考。这在《麻雀》《押送》等作品中表现得尤为突出。在《麻雀》这个故事的"两只麻雀"的界面中，一大一小两只麻雀突然开口说话，这肯定是不现实的，完全是另一个界面中的"我"的想象，而这个想象的故事界面使整个故事别开生面，且推向纵深。在《押送》这一故事的"我"和"你们"的两个界面中，"我"和"你们"一边各自叙述着同一个故事，一边始终在进行对话，而且对话始终在穿越时空，并最后停格在"当下"——"我"对"你们"说："我也想听你们说说。说说你们的押送。你们说出来的，肯定比我说的精彩，因为你们在现场。这样也就等于押送了我们自己一次。"这样的对话，可以预示即使作家把这个故事讲述完了，但新的界面又已打开，这个界面中的主人公就是读者，而故事发生的时间除了过去和当下，还包含着"未来"。显然，"一个故事，多个界面"的新艺术手法，其意义不只是让故事的讲述变得更为完整和开放，更重要的是使故事的思想和认识价值在读者感同身受的共鸣中得以实现。

二〇一〇年十二月

编辑家们的"风云际会"

当我拿到《风云际会》这本厚厚的新书时,顿时肃然起敬。

这些年来,少儿文学出版事业蒸蒸日上,每一天,都有新出的图书送到少年儿童手里,可当人们陶醉在精神享受里的时候,未必知道编辑们的甘苦。《风云际会》恰恰让人们听到了少儿图书出版家、编辑家们的心声,让人们看到了一群热爱出版、热爱儿童文学的人是怎样为这份事业前仆后继、呕心沥血地做着默默的奉献。

这本书缘起于孙建江的一个创意。那天,他跟薛屹峰和陈效东聊天,说到即将举行的文学读物研究会年会,他脱口而出:"我们做本有关文学会年会的书吧。"他的提议得到了两位会长刘海栖和王建平的支持:"这是一件非常好的事情,不仅对编辑,对整个少儿出版界、儿童文学界都有意义。"这事就这样做起来了。

文学读物研究会年会开始于一九九二年,迄今已持续了二十多年。我参加过二〇〇六年的成都－拉萨年会,亲眼目睹这些活跃在少儿文学出版第一线的编辑家们的激情和创造力。今天,在书中重温当年编辑家们的发言,重温他们的音容笑貌,一切都仿佛历历在目。记得那次秦文君在会上说，除了写作，她在做另一件事情，那便是儿童文学阅读推广。她说，若是我们的孩子只有课堂所学的这些，谁又能教他们体察自我和他人的丰富性，如何思索人生超越人生，如何学会倾听内心的天籁之音呢？他们可能会是另一种人，一种令我们不能接受的样子。秦文君的话重若千斤。我还记得郁敬湘在会上呼吁，必须对当前书业出书保持足够的警惕，因为存在着出书的"盲目性"和经营的"粗放性"。我想，这些编辑家们远远不是只编几本书而已，他们胸襟远大，目光敏锐。

《风云际会》可以说是一部生动记录中国当代儿童文学出版进程的书。十届年会的重要论文和研讨综述，让我们看到了编辑家们体会并思考着时代的阵痛、历史的机遇、自身的定位、行业的发展，没有这些思考，就没有未来发展的可能性。第十届年会（二〇〇一年）的关键词是"市场化"，这次年会围绕"市场化进程中的中国儿童文学出版"总主题，对儿童文学图书该有怎样的作为和展示，能否在艺术与大众、常销与畅销之间寻找到结合点，什么是理想的儿童文学出版生态等十二个议题进行了研讨。不难看出，年会使文学编辑们有了更多的心得交流和思想碰撞，前瞻意识和大局意识明显提升，不但促进了儿童文学出版的健康发展，也使编辑们获得了行业的敬畏感、使命感、责任感和自信心。

不要以为这部多达五百多页像砖头一样厚的大书仅是这些资料的展示，事实上，《风云际会》是本非常好看好玩又有意思的书，精美别致，图文并茂。我最喜欢"我行我在——我的年会经历""彼此之间——我眼中的你"两个小辑，编辑们以生动的笔触回忆了每次年会的所见所思、趣闻轶事。徐鲁记得坐夜行的大客车从九寨沟回成都的路上，窗外夜色茫茫，车里放着亚东、腾格尔等西部歌手的歌碟，联想起自己的过去和未来的命运，不知不觉间，竟泪流满面。周晴写道，在西藏的时候，大家走路慢了，说话慢了，所有的动作都慢了，有吸氧的，有吃药的，也有躺倒的，她自己也头痛难受，不过，她一路上都在感叹，一定是冥冥之中有神灵牵引，才会让她有缘踏进儿童文学出版的领域，她感觉站得高了，视野开阔了。在汤锐的眼中，刘海栖身上颇有一派"大哥"范儿，热情豪爽、慷慨义气，每次年会结束众人纷纷准备作鸟兽散时，无论白天还是深夜，他总是站在会议宾馆大堂门口，关照这个关照那个，还帮着抬抬箱子，直至将每一位送上车子。汤锐还记得在九寨沟，王建平一曲令人惊艳的《人说山西风光好》，让大家领略了她的清亮歌喉，还是典型民歌味儿的呢。

打开《风云际会》，扑入眼帘的是一百三十五位各出版社的儿童文学编辑和儿童文学作家、评论家的肖像。

望着他们,让人不由得心生感激,正是他们的努力,才有
会中国儿童文学创作、出版的美好盛景,他们是值得人
们尊敬的,国家和民族不会忘记他们。

二〇一一年九月

可以读一生的书

彭懿是一个诚信的人,他写的小说,他写的理论书
籍,他翻译的外国文学作品,乃至他拍的照片,都是可以
信任的。一个信誉度那么高的人,最近由接力出版社出
版了两本书——《世界图画书阅读与经典》《世界儿童文
学阅读与经典》,他自己说,这是他一生写得最好的书,
这就不能不让人高度关注了。

这实在是一次奇妙而美好的阅读之旅。《世界图画
书阅读与经典》从图画书的定义出发,带领读者穿越图
画书的历史,然后途经一部部杰出的图画书的驿站,最
后到达心灵净化和宽慰的终点站。《世界儿童文学阅读
与经典》同样如此,上一站是"阅读儿童文学",告诉你儿
童文学怎样阅读,告诉你儿童文学的分类和人物;你不
要以为你其实都知道,事实上其实你原先知道得太少太
少,比如儿童文学的"人物"中有小孩和老人,也有动物

书
·
品

315

和玩具,甚至还有女巫、变身的人和幻想生物。下一站则是"经典儿童文学",这是真正最专业、最权威的介绍。或许你早就阅读过《金银岛》,但你肯定没有这样细细地读过:是谁写了这本书、认识一下书中的主要出场人物、这本书讲了一个什么故事、让我们来深入讨论作品(其中包括藏宝图、插图)、更多的延伸阅读……

儿童文学阅读是贯穿人的一生的。美好的人生始于儿童文学,只是各种各样的原因,使我们或多或少地错失了儿童文学,无论如何,这是一种遗憾。现在好了,有了彭懿的这两本书,无论你是孩子,还是初为父母,或者人生过半,都可以在当下即刻进入儿童文学,并能持续一生。《世界图画书阅读与经典》从外在形态、艺术表现到故事内容,对一百多年间世界经典图画书进行了专业系统的记录和独到有趣的解读,并通过精美别致的书籍形态,表达了对于图画书的爱与知,可谓一部读懂图画书的百科全书。掌握了这本书中所讲的图画书阅读技巧,你会知道一本薄薄的图画书为什么值得细细品味,还会从那些已经读过的图画书中发现很多之前忽略的情节、细节与妙趣。《世界儿童文学阅读与经典》是对一八一二年格林童话诞生以来两百年间世界儿童文学史上的经典作品全面而系统的介绍,是对世界经典儿童文学作品的大百科全书式的收录,是成长中的孩子和童心未泯的大人儿童文学之旅的阅读指南,其中详细解读了三十部世界儿童文学传世经典名作，为读者解读经典儿童文学艺术形象、作品寓意及艺术特色，引领读者走进经典儿童文学作品的童心世界。

诚信的彭懿是可靠的。这两本书与其说是让人开启儿童文学阅读之旅的指南，不如说是作为儿童文学作家的彭懿与读者一起分享的人生阅历。他是以自己的经历、智慧和发现写就这两本一生中最好的书的，我们完全可以信赖地跟着彭懿，随同他的目光、他的脚步，透过儿童文学领略不同的人生风景，踏上一条可让心灵变得更加纯净、更加安宁、更加充满温暖和慰藉的人生道路。

二〇一一年十一月

"诺阿诺阿"

在五月天里，我读完了高更的《诺阿诺阿——塔希提手记》。

"诺阿诺阿"是塔希提岛上当地人的土话，意思就是"香啊香啊"。

那位法国印象派画家高更到了塔希提岛后，到处转悠，满眼都是灿烂的阳光以及阳光下盛开的花朵，他便不停地赞叹"诺阿诺阿"，心里充满了欢喜。

书·品

说起来,那时的高更是个落魄者,没有人欣赏他的绘画,家庭矛盾、经济拮据、身体虚弱、与志同道合的画家梵高闹翻,使得他焦头烂额,心情抑郁。一切都是那么的令人沮丧,生活仿佛已经到了尽头。穷途末路之际,高更决定离开让他窒息的欧洲,到"蛮荒之地"去寻找人和艺术的本真,重新激发创作的灵感。于是,一八九一年,在春意峭的四月初,高更转过身去,登上一艘轮船,前往遥远的太平洋中的塔希提小岛。

　　这真是一次明智的转身,广阔的海洋为高更打开了人生的另一扇大门。

　　其实,在现实生活中,我们或许也需要有勇气来几次这样的转身。若干年前,那时我还是一个"娱记",表面上尽是热闹和快活,但逐渐积累起了许多的压抑,有些人有些事我也不能认同,因而感觉格格不入,这使我心情很是阴郁,觉得陷入了人生的低谷。不是没有想过离开,但又舍不得放弃一些诸如编制、待遇之类的东西,还生怕就此动荡不安,所以我始终犹豫不决,心想就安于现状,混混日子吧。事实上,只要内心有过抗拒,那日子就是不好混的,只会变得越来越糟。最后,我咬咬牙,还是选择了转身离去。勇敢地跨出这一步后,顿时眼前海阔天空。

　　这样的转身也就是生活的转换。我们总抱怨生活的一成不变,其实生活充满了未知和潜在,充满了多样性和可能性,如果甘愿抱残守缺,不敢去尝试去开拓,自然就一叶障目了。转身,不是逃避,而是积极的进取。现实人生中,我们往往在开始之前不敢进场,进场之后又因惰性和畏怯,即使面对失利也不敢转身离席。前几天,一位朋友跟我说,他对自己目前的境遇很不满,也很绝望,想离开,却又患得患失。我问他,为何不学学高更呢?

失魂落魄的高更是在五月到达塔希提岛的,结果,这座小岛给他带来了流金般阳光的欢乐。我对朋友说,现在,也正是明媚的五月天,该转身就来一次转身吧,你会发现一切同样渗透着塔希提的"诺阿诺阿",到处都有绽放的鲜花,真是香啊香啊,这是可以闻到的,也是可以看到的、听到的。

二○一二年五月

一生一封情书

最近,偶然地,我读了几封情书。

一封是因为看了电影《与妻书》而重读了辛亥烈士林觉民赴死前写给妻子的诀别信。"意映卿卿如晤,吾今以此书与汝永别矣!"这封情书写得回肠荡气,情真意切,既有对妻子深深的思念,也有对革命的义无反顾,被誉为"二十世纪中国最伟大的情书"。信中,林觉民说道:四五年前的一个晚上,他曾经对妻子说,与其让我先死,不如让你先死,因为凭你的瘦弱身体,一定经受不住失去我的悲痛,我先死,把痛苦留给你,我内心不忍,所以宁愿希望你先死,让我来承担悲痛吧。唉!谁知道我终究比你先死呢?我实在是不能忘记你啊!"回忆后街之屋,入门穿廊,过前后厅,又三四折,有小厅,厅旁一室,为吾与汝双栖之所。初婚三四个月,适冬之望日前后,窗外疏梅筛月影,依稀掩映;吾与汝并肩携手,低低切切,何事不语?何情不诉?及今思之,空余泪痕。"读着这样的句子,怎不让人动容。一百年前的这位年轻的革命者,可谓铮铮铁骨,但他同样有着万般柔肠,有着儿女私情,他对妻子的爱,因为有着替天下人谋求永久幸福的胸怀,所以显得更加深挚。这样一封充满大爱大义的情书,一定会千古流传。

还有一封是日本女作家向田邦子的情书(《向田邦子的情书》)。向田邦子是著名的小说家,也是日本收视率最高的电视剧编剧,现在日本最权威的电视剧编剧奖就是以她的名字命名的。邦子命运多舛,四十六岁时罹患乳腺癌,右手瘫痪后坚持用左手写作,一九八〇年获直木奖,次年八月,为写随笔集去台湾旅行,不幸遭遇空难,年仅五十二岁,令人扼腕。邦子终身未嫁,但在她去世二十年之后,她的妹妹打开了姐姐留下的一只牛皮纸袋，这才发现里面藏着的竟是姐姐的情书。邦子在她二十三四岁的时候，认识了 N 先生，对方年纪比她大很多，也有家室，是个摄像师，但他那时已重病缠身，且与妻子分居，也停止了工作，一个人独居在外，心情抑郁。邦子在一封冬日里写给他的书信里说："究竟可不可以忍受一个礼拜不见小禄和巴布，我自己也不敢说！你那边一切还好吗？不要随便发脾气，宽心自在最重要。还有赶快去买瓦斯炉。……多保重，注意手脚不要受冻。再见。"信中的"小禄"是向田家养的猫，巴布则是对 N 先生的昵称。这样的情书没有太多的卿卿我我，也没有什么海誓山盟，轰轰烈烈的生命起伏给隐去了，唯余在日常生活中的静默与淡然中的深藏的彼此牵系的心。我读邦子这样的情书，总觉得特别的恬静和温暖。可惜的是，N 先生最后以自杀为终结，留下内心隐忍和克制的邦子只能在那些情书里重温往昔。

另外一封情书是法国哲学家安德烈·高兹写给他的妻子的(《致 D》)，写这封情书的时候，高兹八十四岁，而比他小两岁的妻子多莉娜则身患绝症、不久于人世。高兹在这封长长的情书中，回忆了他与妻子携手度过的那些同甘共苦的日子，他最后写道："很快你就八十二岁了，身高缩短了六厘米，体重只有四十五公斤。但是你一如既往的美丽、幽雅，令我心动。我们已经在一起度过了五十八个年头，而我对你的爱愈发浓烈。我的胸口又有了这恼人的空茫，只有你灼热的身体依偎在我怀里时，它才能被填满。……我守着你的呼吸，我的手轻轻掠过你的身体。我们都不愿意在对方去了以后，一个人继续孤独地活下去。我们经常对彼此说，万一有来生，我们仍然愿意共同度过。"写完这封情书之后不久，高兹与妻子打开煤气，双双离开人世。我读这封情书的时候，心情难以平复，我觉得没有什么比两个人相濡以沫，荣辱与共地一起走完一生更完美，更浪漫了。高兹在信中提到，他的事业有赖于他妻子的得力支持，这种支持不仅体现在精神上，也体现在实际工作中，每当关键时刻，总有妻子的提醒和推助。一个默默无闻的男人能够遇到这样一个欣赏自己的女人，真是幸福。所以，我想，他最后的选择是理智的。他真的不能没有她，同时，也没有什么东西更能让他来完成他对她的爱的承诺了。

在读这些情书的时候，我忽然想到，其实，我们每个人都可以，也应该在自己的人生中至少写下一封情书。这样的情书不论写在何时，可以是青春年少，可以是繁盛中年，也可以是耄耋之时；这样的情书不论写给何人，可以是结发之妻，可以是心仪情人，也可以是暗恋的对象；这样的情书不论如何处置，可以从邮局寄出，可以悄悄地给到对方，也可以永不示人，只留给自己。我还想到，这封情书一定是要手书的，手书的情书有着无可比拟的质感，随着时间的流逝，墨水会渐渐变淡，纸张会渐渐泛黄，于是，每一次阅读时，都能看见岁月的流转，看见过往的足迹，看见生活的嬗变，看见生命的成长。我想，一个人无论活得怎样，总是渴望遭遇一次爱情的，爱过，经历过，生命才会完美，才会了无遗憾。一生写过一封情书，即便老了，有一天找出来再读一遍，还会怦然心动。此时，就像叶芝的那首名诗写的那样："在头顶的山上缓缓踱着步子，在一群星星中间隐藏着脸庞。"

二〇一二年六月

宜人的设计

今年三四月间，日本设计师原研哉在上海举办他的"设计的设计"展览，我因生病，无缘观展，好在他写的《设计中的设计》一书让我稍稍弥补了遗憾。

我喜欢原研哉的设计。虽然这是一个奢靡的时代，但坐在东京繁华的银座工作室里的原研哉，从来都不走什么奢侈的路子，在他看来，最好的设计，是重新发现日常生活自身。他为日本西部山口县的梅田医院设计的标识系统，所有的指示牌用的都是白色的棉布。原研哉认为，棉布是软的，所以会给人一种柔和的感觉；白色是最容易脏污的，所以最能表现让易脏的东西做到保持洁净。试想,一所敢于用白色棉布做指示牌的医院,能不给病人留下最严格的卫生标准的印象,从而带来很大的心理安慰和信任感吗?

在原研哉策划的"触觉展"展览上,我们看到的都是基于这种理念的设计。那款简洁但质感极强的挂钟是用纸做的,这种纸薄且脆,但一旦固定到墙上,指针也动起来时,便获得了创造和结构的稳定性。那只门把手是用硅凝胶做的,五只手指的模样,白里再透出一点红星星,将手握住它的时候,还会发出"咯吱咯吱"的声响,这个门把手用一种深层的温柔"五感"欢迎主人回家。再看看那个"果汁的肌肤"的设计吧。这个设计根据不同的果汁,将包装盒弄得像水果的果皮那样,让人一看便知。香蕉汁盒尤其棒,包装的软角显露出与握着一根香蕉相同的感觉,要是在开口处再加个梗的话,那就与香蕉一模一样了。这个系列还包括猕猴桃汁和草莓汁等。猕猴桃汁包装盒采用咖啡色的植绒纸,制造成极像猕猴桃表皮的质地,让人联想到把果皮刮去后,剩下的就是一只深绿色光溜溜的果子。我很欣赏那只"青苔木屐"。木屐是光脚穿的日本传统木拖鞋,"青苔木屐"则在木头上做了青苔处理,想象一下吧,当脚踩上去时,会是怎样潮湿的凉凉的感觉啊!

原研哉的设计就是这样源于最为普通的日常生活,毫无奢华之感,只有让人感叹生活本身给设计师预留了无限的创造空间。原研哉的聪明在于重新发现生活，用他自己的话说，"设计师的才华就是以一种崭新的眼光，时时重新审视这些日常环境，好像它们仍是未知的一样。"我们总是误以为我们已经对生活了如指掌，误以为极尽奢华才够显示自己的富有和气派，其实，原研哉宜人的设计告诉我们，最好的东西不是比昂贵，不是拼金钱，而是它能从日常生活的每个角度，一点点地向我们揭示自己。

二〇一二年七月

鲜活面孔后的沉重历史

如同书名《那一张张鲜活的面孔》，俄罗斯女诗人吉皮乌斯在这本回忆录中，以"魔鬼手法雕刻人物"，使笔下的一个个人物精彩纷呈，呼之欲出。

吉皮乌斯所在的时代，即十九世纪末二十世纪初，是俄罗斯文学史上一个复杂而特殊的时期，也是一个流派众多、名家辈出、群星灿烂的时期，素有白银时代之称。在当时的俄国象征派文学运动中，吉皮乌斯既是一位积极而活跃的参与者，也是一位富有责任感的见证者。吉皮乌斯交友极广，与文学界、思想界乃至宗教界联系密切，她和丈夫主持的家庭文化沙龙，堪称彼得堡当时的文化中心之一，对彼得堡的精神生活起到了推动作用。在《那一张张鲜活的面孔》中，她回忆了与当时文坛的核心人物，如勃留索夫、勃洛克、别雷、罗扎诺夫、索洛古勃等人分分合合、爱恨交加的交往经历，也叙述了她与托尔斯泰、普列谢耶夫、波隆斯基、维鲁波娃等人的往来与交流。

这部回忆录最明显的特色，是吉皮乌斯无意于直接再现事件，而是着力刻画人物的个性——那些鲜明的、独一无二的，同时又反映了时代特征和趋势的个性。吉皮乌斯文笔生动细腻，活泼跳荡，笔下的人物个个栩栩如生。但我觉得这并不是本书的最大价值所在，真正的价值在于揭示了这一张张鲜活面孔后的沉重历史。吉皮乌斯笔下的勃留索夫是个富有才华的诗人，崇尚普希金，但他为人精明，充满功名欲望。在布尔什维克当政之后，他迅速转向，说普希金没有找到适合于俄语的谐和音，还宣称自己是一个严格、严厉、严酷的新闻检察官。虽说他表现狂热，但最终也未能如自己所希望的那样"登上整个城市的屏幕"，"深入每个人的内心"，因而心生倦怠，最后写下了"我厌倦了做'瓦列里·勃留索夫'……"这样的诗句。吉皮乌斯说他"被欲望，甚至是最可怕的贪欲烧毁的灵魂，只剩下忍受痛苦的能力"。在吉皮乌斯看来，见风使舵，背弃内心深处的真正的俄罗斯的知识分子，如同魔鬼制造的猴子一般。她的犀利的论断在九十年之后依然掷地有声。

二〇一二年七月

小人儿的小规矩

不久前，出版家陈垦先生送给我一本由他策划的《唐翼明解读〈颜氏家训〉》。说起来，《颜氏家训》算得上中国"家教之祖"了。颜之推在《教子》篇里首先提出的一个教育子女的重要原则，便是教子要趁早，必须从小开始给孩子立规矩，而且越早越好："凡庶纵不能尔，当及婴稚，识人颜色，知人喜怒，便加教诲，使为则为，使止则止。"对国学研究造诣深厚的唐翼明先生这样解读道：孩子出生以后的教育是最应该用心的，不要以为孩子无知无识，不会说话，事实上，从孩子一出生，就马上开始了认识世界的历程，像海绵吸水一样，孩子时时刻刻都在吸收和学习，那速度不是我们可以想象的，因此，要早立规矩，该为则为，该止则止，不能娇纵。

说实话，我是一个受中国传统教育的人，我认可这样的观点。其实，我父亲就是这样对我的，而我也是这样对自己的孩子的。

两年前,我外甥女有了一个男孩,还是我给取的名字,当外甥女抱着他指着我说,这是你的舅公时,我觉得心里对他的温情比我对自己的孩子还多。之后,正当我决定告诫家人要对男孩实施"颜氏家训"的时候,一条新闻扰乱了我们的阵脚。这则新闻说,据瑞士一项最新研究显示,人类并非生来就懂得分享,人在婴幼年时期普遍显现"利己"倾向,直到七八岁时才会懂得与人分享;专家认为,这是由于人类基因和生物学所导致的。于是,家人便有了分歧:由此及彼,推而广之,看来用不着从小对孩子立什么规矩的,那些需要约束的东西不都是人类基因在作怪吗,长大了自会改变的。如此,千百年前的"颜氏家训"在"现代观念"面前遭遇了空前的挑战。

正像唐翼明先生在解读《颜氏家训》时所说的,对一个成年人来说,长大一岁能学到多少东西呢,可说是几乎毫无长进;可是,一个婴孩,从零岁到一岁,从一岁到两岁,再到三岁……他能学到多少东西啊,他可以学会走路,可以学会说话,可以学会做这做那,简直不可思议。一晃,叫我舅公的男孩转眼之间也会走路、说话、做这做那了。一天,我们全家团聚时,只见男孩恣意妄为,不肯脱掉鞋子,却一会儿跳到沙发上,一会儿跳到床上,还故意在墙上蹬出脏脏的脚印来。去餐馆吃饭的时候,他将一只只倒满葡萄酒或橙汁的酒杯全部推倒;菜一端上来,他都要第一个品尝,觉得不合口味,就直接扔到别人的碗里;更有甚者,他将花盆里的花摘掉,把手伸进鱼缸里摸鱼……当我们呵斥他时,他不是大声尖叫,就是哭得昏天黑地,我们精疲力竭,但却无可奈何,完全没有了方向。不过,就是在那天,我们家人获得了一致的认识:小小的人儿不能没有小小的规矩。

当然,现在已经不是颜之推生活的南北朝时期了,现代社会崇尚人的自由,尊重人的天性,先前我们对孩子的管束的确是太过严厉了,立的那么多规矩中,总的倾向是约束和管制,这样并不利于孩子的成长,铆定的框架犹如枷锁,会使孩子变得缩手缩脚。但是,虽然我们应该尊重和鼓励孩子的自由天性,但也应该告诉孩子,并让他们懂得什么是可以让自己和别人一起快乐的,什么是会让自己和别人一起不高兴的。这便是所谓的"小人儿的小规矩"。如果连这样的"小规矩"都不立,任其随心所欲,是会失控的,那便会真正害了孩子,贻误了他们的未来。

以我这个舅公为首的家人开始对那男孩施行"小规矩"了。比如,我们告诉他拿到一本彩色的图画书后,要先翻一下,并跟大人一起听听里面的故事,不能看也不看就撕烂;如果看完了,你真想撕掉,不是不可以,但要拼出一个个美丽的图案来。比如,我们告诉他不能一不开心就撕扯别人的头发,那会让别人生痛,也会让别人跟你一样不开心的，你可以说出来，但不可以这样做……"小规矩"就这样一点点地立起来了，小人儿也一天天地不再"无法无天"了。有时，我们对他立"小规矩"时，他还会哭着闹着，但问他应该不应该按着小规矩去做时，他还是会点头的，哭闹声也会因此收敛一点。我觉得孩子的悟性真的是不容我们怀疑的，当他受到的赞扬越来越多时，他自会明白什么是可以做的，什么是不可以做的了。

回头再讲那个"基因说"。或许它没错，但是，专家们的出发点毕竟是基于对人类普遍准则的尊崇。我想，那就不妨还是给小小的人儿立些小规矩吧，"颜氏家训"的"使为则为，使止则止"终究还是有道理的。

二〇一二年九月

阅读是细节的探险

我们总说，阅读是一件快乐的事情，可也有人说，他并没在阅读中找到多大的乐趣。我想，阅读毕竟是一件非常私人化的事情，是不能苛求的，但我想对那些在阅读中找不到多少乐趣的人说，你没有找到，有两种可能：第一，这本书实在不是你的菜，它并不属于你，因为每个人都有自己的爱好，只有合乎你爱好的书才会读出快乐来；第二，你或许还没有找到发现阅读快乐的"法宝"。就我自己的阅读经验来说，我觉得我之所以真切地感受到阅读是一件快乐的事情，除了那真正是一本我自己喜欢的书，还在于我总能在阅读的时候进行"细节的探险"，而这是一件富有乐趣的事情。

那些有趣的、令人感动的、回味无穷的细节，可以是一个句子，一场对白，一个情节，一个描写，它们总是躲藏在书中的某个角落里，一不注意，便溜走了。因此，我们要像探险一样，需要耐心，需要专注，需要有寻找到珍贵宝藏的信念，把它们一一找到。阅读中，很容易散漫翻阅，因而也就很容易错过细节，而细节才是真正最精彩的。

许多年过去了，我都不记得川端康成在《少女的港湾》里说的故事了，但书里的一句话却让我一直记着："摸一摸美丽的蔷薇。它冰凉冰凉的，晶莹而透亮。蔷薇活着。"圣埃克絮佩里的《小王子》中，小王子与一个酒鬼的对话也会常常跳出我的脑际。小王子问酒鬼："你在那儿干什么呢？"酒鬼回答："我喝酒。"小王子问："你为什么要喝酒呢？"酒鬼回答："为了忘记。"小王子又问："忘记什么？"酒鬼垂下脑袋说："忘记我的羞愧。"我永远记得契诃夫的小说《万卡》的结尾，那位在城里一家鞋铺里打苦工的九岁男孩想念乡下的祖父，于是在圣诞节的前夜,他给祖父写了一封信,希望祖父能带他离开这个苦难的地方,他把信投进了邮筒,但信封上只写着:"寄交乡下祖父收"。这是一封永不能送达的信,但孩子的心里却充满了期盼。现在,当我写下这个细节时,我又泪水盈眶。这样的细节如果都能被我们在阅读时捕捉到,那该多么好啊,这才是漫漫书林中最最美妙的胜景。

二〇一二年十月

"都是我的儿子"

这些天,上海正在举行"二〇一二上海国际当代戏剧节",为期一个月的演出中,中外艺术家们为观众带来了十八部精彩纷呈的话剧佳作。我精挑细选,最后决定去看被誉为"美国戏剧良心"的阿瑟·米勒的成名之作《都是我的儿子》。我之所以做这样的选择,是因为多年前我在读这部印在纸上的剧本的时候,便感受到强烈的心灵震撼,我相信舞台演出会把我带进更为狷狂的风暴。

这部话剧是由美国堪萨斯大学戏剧学院演出的,可谓原汁原味,几位演员满台生风。我之所以选择该剧,还出于另外一个原因:近年来流行快餐一般的轻松娱乐剧,你不能说它全不好,但至少太过轻飘了,而当形成一种风气的时候，便会发现戏剧的力量正在慢慢失去，戏剧的尊严也在渐渐损毁。而《都是我的儿子》却是一部有力量、有尊严的大气磅礴之作，一九四七年在百老汇首演时，震撼了观众，连演了三百二十八场，简直欲罢不能。六十多年过去了，这部话剧却一点都没有过时，今天，它依旧直指人心。

《都是我的儿子》讲述了这样一个故事：第二次世界大战期间，工厂主约翰把有裂缝的不合格的气缸盖卖给军队，结果导致二十一名飞行员丧生。当时，约翰的儿子拉里正在前线，他从报纸上得知这一消息后感到万分愧疚，于是在执行任务时故意坠机自杀。临死前，他给女友安写了一封信，诉说了心中的内疚。出于保护家庭和儿子的考虑，约翰在接受调查时，却将罪名嫁祸给了合伙人迪弗尔，迪弗尔由此入狱。迪弗尔的女儿安和儿子乔治出于义愤，从此对狱中的父亲置之不理。三年后，从战场上归来的拉里的哥哥克里斯打算和安结婚，但是，约翰的妻子坚持认为拉里还活着，她希望安和她一样等待拉里回来。与此同时，乔治终于从父亲口中得知约翰才是真正的罪魁祸首，他急忙赶去阻止妹妹安和克里斯结合。克里斯从父母的对话中得知了事实真相，怒斥父亲杀害了那些军中的兄弟们。安也被逼无奈地说出了拉里之死的真实情况。约翰幡然醒悟，他为了小家庭和自己儿子的利益，不惜置其他人的生死于不顾，铸成了难以

书品

挽回的罪过，于是，在他说出"他们都是我的儿子"后，开枪自尽。

阿瑟·米勒的这部剧作旨在唤醒人们的良知，对那些利欲熏心，为所欲为，以次充好，甚至弄虚作假，对他人生命不管不顾的不法分子进行了咄咄逼人的良心拷问。舞台上，已经年迈的约翰对自己的行径口口声声自辩说，那是为了家庭、为了儿子不得已而为之。在他的眼里，只有他自己的儿子，别的人都与他无关。可是，天底下，别人家的儿子就不是儿子吗？事实上，那些不法之徒就是不把别人家的儿子当儿子的，所以，他们敢冒天下之大不韪。那个约翰岂止只有一个？而且，岂止只有一个美国的约翰？《都是我的儿子》的导演雷国华此次在剧中融入了"中国元素"，当舞台上发出"如果他们把别人的儿子当成自己的儿子的话，还会肆无忌惮地在奶粉里掺入有毒的三聚氰胺吗"？这样的质问时，所有的观众都忍不住鼓起掌来。当约翰用钱买通律师、法官，还得意忘形地声称"有钱能使鬼推磨"时，观众们发出一片"嘘"声；而当所有的灯光亮起，一位化身"观众"的演员绕场一周大声呼唤："醒来吧，人们！"时，观众们再也坐不住了——当我们面对严峻的现实，当我们被触及了内心和灵魂，谁还能无动于衷？

或许，我们还从未像现在这样感受到金钱至上所带来的道德沦丧。有些人想钱真是想疯了，什么事都想得出来、干得出来，单说食品领域吧，毒牛奶、地沟油、瘦肉精、苏丹红、石蜡鸡蛋、激素黄鳝、农药蔬菜……层出不穷，让人谈吃色变。惶然之中，缺乏安全感的人们纷纷追问：现在我们还能吃点啥，还敢吃点啥？其实，最应该被诘问的是那些利令智昏的人：你们除了钱，还有什么？你们还有良知吗？你们还有人性吗？你们如果有儿子，你们会让他吃这些东西吗？你们怎可以为了一己之利，就将他人的死活置之度外？在我看来，阿瑟·米勒是给所有的人敲响了警钟，他想要人们时时都能扪心自问。是啊，如果不呼唤良知归来，如果甘于道德沦丧，那么，很可能下一个约翰就是你。我在想，要是每个人都能时时处处想到"你们都是我的儿子"，那么，道德的滑坡是不是至少可以得到缓止呢？

那天，谢幕的时候，雷国华走上舞台，动情地说："我们选择这部话剧，是因为我们想捍卫人类的良知，同时也捍卫戏剧的尊严，我们绝不能容忍利益驱使而出卖灵魂，亲手葬送'儿子们'的生命！"当天晚上，她又在微博里写道："夜晚十一点时，布景和灯光已拆离舞台，留下的是黑色的空间，但阿瑟·米勒从未离去，几十年如一日诱人如初，留在了我生命的历程中了！"我衷心地为雷国华这样具有高度责任感的艺术家喝彩。

二〇一二年十一月

一弯天虹

这些天，我一直沉浸在一部长篇小说里。这是一部印度尼西亚的小说，我之前还从未读过印尼作家的作品，我相信很多中国读者也未必知道这部小说。小说描述的是印尼勿里洞岛的故事，这座岛屿离我们当然非常遥远，可我却觉得它离我们是如此的近。

这部小说的名字叫《天虹战队小学》，是一位印尼作家的处女作，书一出版，就引起了巨大的轰动，发行了五百万册，还被搬上了电影银幕。我想，之所以会这样，一定是书里的故事触动了读者的内心。说起来，这个故事很简单：两位义务教学的老师坚守着印尼这个国家里一所最最破烂的乡村小学，并激发孩子们创造了一个又一个奇迹。有一天，孩子们看到了天上一弯长长的彩虹，他们感觉这弯彩虹是老师用最柔软的心送给他们的，也是从他们脚底升起的，充满了温暖、信心和力量，于是，他们便骄傲地将自己称作是"天虹战队"。我读到下雨天里，女教师在满屋漏水的教室里用一片橡胶树叶遮在头上给孩子们上课的情节时，泪眼蒙眬，不由得想到我们自己的那位在重庆的大山深处用一条残存的独腿支撑着同样是偏远小学的刘坤贤老师。

勿里洞岛的官员依据教育部门的规定，屡屡要求关闭人数不足、破败不堪的乡村小学，让学生们转到城镇学校去念书。不能太过怀疑这样的规定是否心有叵测，但两位老师却坚决拒绝了，因为只有他们知道，如果真要关闭了，那许多学生每天来回要走几十里的路，这一路上有陡坡，有危崖，还要蹚过没有桥的有鳄鱼出没的河流，何况贫穷的家庭不得不为此增加经济负担，所以家长们会宁愿让孩子辍学。他们怎么能舍得，怎么能忍心呢?!两位老师对孩子的柔软心肠，最终让那些强硬的官员也起了恻隐之心。联想到我们前几天发布的《中国农村教育布局调整十年评价报告》，称二〇〇〇年到二〇一〇年，我国农村平均每一天就要消失六十三所小学，几乎每过一小时，就要消失四所农村学校，而过度的学校撤并引发学生上学远、上学贵、上学难，导致辍学率抬升。近日刚刚被授予上海志愿文化宣传大使称号的青年女作家王萌萌曾亲口告诉我，她在云南支教时，见到偏僻山区的乡村小学被强制关闭，听着孩子们的一片哭声，自己的心就像被撕碎了一样。

我想，即便有良好的初衷，可我们对于孩子上学这件事，也要像印尼小说和中国现实中的那些坚守着的乡村老师一样，要有一颗柔软再柔软的心，谁都不能生硬而轻易地拗断从孩子脚底下升起的那弯天虹，因为对于孩子来说，这是他们唯一可以触摸到的希望和将来。

二〇一二年十一月

书·品

我有嘉宾　鼓瑟吹笙

年轻的女才子胡建君又给我们奉献了一本"才子书"——《我有嘉宾——西园雅集与宋代文人生活》,读得让人实在是"虽不能至,心向往之"。

自古以来,文人雅士总喜三五知交,十数有朋,或纵情山水之间,或畅怀居室一隅,焚香,吹弹,饮酒,品茗,咏诗文,写书画,谓之"雅集"。世人最为熟知的当属兰亭雅集了。东晋永和年间,四十余位文人在会稽山阴的兰亭聚会,因王羲之在微醉时分写下的那篇脍炙人口的佳作——《兰亭序》而传唱千古。其实,中国文化史上真正最为著名的文人雅集却是在兰亭之后七百多年才隆重登场的西园雅集。北宋元祐年间,苏东坡、苏辙、黄庭坚、秦观、李公麟、米芾等一朝文化巨子风云际会于驸马王诜家的大庭院中,"以文章议论,博学辨识,英辞妙墨,好古多闻,雄毫绝俗之资,高僧羽流之杰,卓然高致,名动四夷"。李公麟画下了《西园雅集图》,米芾则为此图作记,即《西园雅集图记》,有云:"水石潺湲,风竹相吞,炉烟方袅,草木自馨。"此等宁和风雅,直叫人有超脱尘世之想。

可是,有意思的是,西园雅集似乎美得过于奢侈,近乎虚幻,以致后来不断有人质疑那是一次想象中的虚构的集会,在不断的猜测中,这次雅集变得越发扑朔迷离起来。胡建君以她深挚的人文情怀和高尚的追随之心,将自己对西园雅集的细致研究,通过优美典雅的文字,作出了令人信服的判断。胡建君不仅具有中国美术学院博士、上海大学美术学院手工艺研究方向硕士生导师的学术背景,而且本人有着深厚的古典文学底子,棋琴书画样样拿得起来,写诗填词堪称一绝,所以,她的这部新著与其说是研究,不如说是心得。她把自己的志趣爱好、信念追求都融入了书中,所以读起来不但让人时时为她的独特发现而惊喜,还时时为她的充满诗意的人生理想而感动。

《我有嘉宾》为我们描摹了一幅生动的宋代文人生活图景:苏东坡喜用宣州诸葛笔,他写的《书石晋笔仙》对传奇制笔人神往不已,字里行间表现出一贯的无视权贵的气节;黄庭坚制墨很有名,常与潘谷一起做试验,留下"隔囊揣墨"的故事;元祐文人对澄心堂纸喜爱有加,李公麟的《五马图》即用澄心堂纸所画,纸精墨妙,细落光润;米芾被皇帝招去书写条屏,见一具端砚心生喜欢,书成后,捧砚跪请曰:"此砚经臣芾濡染,不堪复以进御,取进止。"皇上乃大笑赐之。正是通过对文人生活细节的探究,对流传于世的诗文书画的解读,胡建君逐渐拨开笼罩在西园雅集真伪问题上的重重迷雾,找到了属于她自己的答案。她这样写道："其实无论真相如何，那些凌霄花开的味道已经弥漫到往后的各个朝代，那种诗文书画的风雅内涵与清旷自由的精神气质，早已深深影响后世。所有的争议与解释，都是为了延续与深化那个年代的那些记忆。"

是啊，说起来，当年的西园雅集，看上去只是文人骚客在悠闲自得地赋诗唱和，实际上，他们当时的处境都很艰难，或流贬他乡，或落寞民间，但他们却用这种方式以道义互砥砺，以学问相切磋，凝聚成一股气势磅礴的足以影响社会的合力。"我有嘉宾，鼓瑟吹笙"，在红尘滚滚、世情纷扰的当下，在这个单纯的理想渐行渐远的时代，西园雅集这种干净的友情与优雅的心境，如此淡泊，如此宁静，多么让人缅怀与追慕。

二〇一二年十一月

真挚哀婉到深处

《墓畔挽歌》可以说是英语诗作中的极品，这首诗一共二百二十四行，托马斯·格雷整整写了八年。格雷是英国一八世纪描写死亡与哀婉的墓畔派诗人的代表人物，虽然他不慕功名，拒绝"桂冠诗人"的称号，但他却以这首长诗成为那个世纪最为著名的诗人,而这首诗也是迄今人类依然存活在心中的诗篇。

死亡和生命虽然是沉重的话题,但《墓畔挽歌》写得非常安宁和从容。长诗描绘了一幅幅英格兰乡村生活的图景:教堂的尖顶直刺灰蓝的天空,广袤的田野像一片巨大的草坪,农夫赶着马车走在乡间小道上,柔和、淡却的空气笼罩着小墓园和它褪色的记忆。正是精细捕捉住了一种脱俗而又罕见的美,格雷对于死亡才能看得那么透彻,他在诗中揭示了命运之现实,即人生除了死亡没有第二个结局;同时,也揭示了人生之真相,即功名利禄只是过眼云烟。事实上,如果此诗停留在这一层面上,还算不得伟大,它真正打动人并具有永恒价值的是对平凡简单生活的褒扬,诗中所展露的浓重的哀伤和惋惜是献给普通民众的,表达了对默默无闻的下层百姓的深切同情。格雷用真挚的笔触赞美底层人民纯朴善良的品质,为他们没有机会施展天赋和才华,死后葬身荒野,留下不忍卒读的墓志铭而叹惜,同时,也表现了对权贵、人间虚荣的蔑视和嘲讽,以及对大人物傲慢奢侈生活的谴责。这样的人文情怀感人至深,哀婉至绝。弥漫于全诗的民主思想和感时伤怀,使《墓畔挽歌》成为世界诗坛上一部经久不衰的经典之作。

这次由时代出版传媒股份有限公司推出的《墓畔挽歌》系中文首译本,译者文爱艺在《跋》中写道:"诗中凝

书·品

341

结的民主思想,是解决我们纷乱现实的钥匙,因为它所张扬的精神,正是我们现在所缺乏的,它所彰显的情感,恰恰是我们目前所缺失的!"该书刚刚荣获二〇一二年度"中国最美的书"称号,精致的设计烘托出该诗本身具有的恬静的气息,闪烁着太阳般温暖动人的光芒。

二〇一二年十一月

不可或缺的声音

说实话,现下的文学评论,尤其是儿童文学评论,缺乏一种震撼人、打动人的力量,所以声音微弱,有的更是不说也罢,盖因或人云亦云,或言不由衷。而读刘绪源先生的新著《儿童文学思辨录》,我不禁为之击节,因为这里充满了真诚而有力量的声音。

该书是一部儿童文学评论和理论的结集,分为"文心雕虎""阅读感言""图里乾坤"和"思想笔记"四辑,共收入七十九篇文章,每一篇皆掷地有声。刘绪源始终关注有关儿童文学创作、理论的重点和热点问题,并提出自己的独到见解。在《波兹曼的失误与中国式的误读》中,他既认为美国学者波兹曼在《童年的消逝》中之所以得出如此悲观的结论,源于他对童年是客观存在这一基本事实的失察；同时，他也对中国学者试图解决"波兹曼难题"而提出的一些似是而非的主张进行了分析和批评，可谓逻辑缜密，表述精彩，让人受益匪浅。在《"商业童书"初探》中，就我所知，是他第一次使用了"商业童书"的概念，他对商业童书风行所导致的文学价值和文学尊严的损毁，提出了严肃的警告，读来犹如醍醐灌顶。

刘绪源对优秀的儿童文学作品，有着一双发现的慧眼。他曾力推过不少青年作家的优秀之作，他认为殷健灵的散文《方浜中路××号》和小说《天米和廖廖》所包含的人生图景十分繁复，蕴含着丰富的人生奥秘，写出了"下之角"的上海人家和偏远乡镇女孩子们的真实生活，暗淡、苦涩而又充满人情味；他评价彭懿的幻想小说《欢迎光临魔法池塘》是一部放入世界名著之林也不会过于逊色的力作；他赞叹张弘的短篇小说《玫瑰方》是一篇表达自己灵魂的杰作，写出了"真生命"，具有深刻而持久的魅力，对当下的儿童文学创作有着"火种"的意味；他认为在彭学军描写湘西小城凤凰日常生活的长篇小说《腰门》里，看到了历史的长河，作品中的一些精彩章节，保留了沈从文湘西题材作品的那刺透心灵的悠长的韵味。在发现青年作家优秀之作的同时，他也非常中肯地提出了率直的批评，比如，他肯定韩寒注重传承，且能取法乎上，说在"八〇后"作家中能如此心向往之的，似还只有一个韩寒，但同时他也指出，说今日的韩寒像鲁迅，还不如说更像"海派清口"，他本质上还是一位娱乐英雄，虽是批评者，但暂时还算不上思想者。

读刘绪源的评论和理论文章，可以感受到他高尚的文学理想和深厚的人文情怀，以及他对儿童文学事业的热诚和担当。他特别注重儿童文学的审美价值，认为审美比思想更重要，"如果作为文学艺术之一的儿童文学，不能给人以美，不能以审美价值取胜，而只能直接地给人以思想——哪怕这思想很深刻——这是不是一种失败呢？我想，肯定是的。"正因为刘绪源有他自己鲜明的文学立场和独特的思想洞见，所以，他的评论才能发出真诚而有力量的声音，这也是中国儿童文学界不可或缺的声音。

二〇一二年十一月

笛卡尔遗骨的传奇

一六五〇年寒冬时分，来自巴黎的哲学家笛卡尔死于斯德哥尔摩。在他死后的几百年里，他的尸骨被移葬三次，而且每一次都被发现骨骸不全，不但颅骨不知去向，就是后来找到也缺了下颌。这当然是件非常蹊跷的事情，美国历史学家和作家萧拉瑟花了多年时间，写了一部《笛卡尔的骨头》来追述此事。

　　说起来，就像此书的副标题——"信仰与理性冲突简史"一样，它应该有着一副极其严肃和厚沉的脸孔，但这本才两百多页的小书却偏偏走了一条非常通俗的路子，写成了一个轻快活泼、引人入胜的思想侦探故事：笛卡尔的遗骨究竟在哪里？为什么其遗骨会头骨与其他骨头分离？由此，作者以他精致迷人的文字，带领读者开始了一次追踪十七世纪伟大哲学家骨骸的探险与发现的旅程。这次旅程充满了诱人的穿越：就地点上讲，从瑞典到法国，跨越六个国家；就时间上说，从十七世纪直到二十一世纪，启蒙运动、牛顿发现三大定律、法国大革命、拿破仑称帝、二次世界大战、古拉格群岛、东京"面孔博览会"、穆斯林女权运动、"911"恐怖袭击事件、环境与大气污染、世界范围内的理性与信仰的冲突……包罗万象，应有尽有。

　　当然，有人会问，为什么非要把扑朔迷离的笛卡尔遗骨的散落、真伪搞得那么清楚？这就不能不说一下萧拉瑟的执着。在他看来，今天的现代化是从笛卡尔开始的。难道不是这样吗？他所创立的分析几何学是现今一切高端科技的基础支撑；他所致力的解开人类身体的奥秘，治愈疾病并延年益寿迄今为人们趋之若鹜；他所追寻的使人类成为"自然的主人"的哲学，是今日围绕宽容、理性、民主等价值观所建立的世俗文化的基石；他说的"我思，故我在"，至今还是人们嘴上的流行语录，甚至是争相表现的"人生态度"……因此，几乎所有人都以某种方式体现了由笛卡尔带来的现代性的侧面。于是，笛卡尔遗骨的踪迹是一条历经现代世纪景象的道路，追随骨骸的历程，也是追溯我们自己知识教育的历程，追溯数个世纪以来科学与宗教之争的历程，提醒我们过去的四百年是如何歧路重重地走过来的，经历了多少的危机和威胁，将来又该如何使人类生活变得更富有意义和活力。

莎士比亚在《理查二世》中这样设问："我们除了把一具骨骸还给大地以外，还有什么可遗留给后人的？"萧拉瑟就是想来回答这个问题的。他将笛卡尔遗骨的身首分离看作是一个隐喻，一则寓言：笛卡尔哲学将"实在"划分为心灵和身体两个部分，他认为这两者各自分离，但他后来认识到这个难题终需解决。而事实上，如何让心灵与肉体融为一体不正是现代人还在苦苦思索着的吗？笛卡尔最后确信感情才是身心交会的地方和编码，而将这两者连接到了一起的正是激情。笛卡尔终身未娶，但有过一个情人海伦娜，还有一个五岁时死于猩红热的幼女。在他走向死亡的时候，他还是给了自己的情人一个未来——他把她给嫁了。海伦娜后来和丈夫在埃加蒙德的小村落里经营一家小旅店。小村落的记录里，"装不下岁岁年年的拥挤人生，但是，在那些致密的空间里，有小旅店熙熙攘攘的人来人往，有大杯的荷兰啤酒叮当碰响，有手中的烟管青烟袅袅，有敌意的鄙视有伤感的泪水，有动情的歌声有难言的伤痛，它们解开了笛卡尔的难题"，而笛卡尔散落、分离的遗骨在这个意义上重新聚合。

这本书的两位译者曾誉铭和余彬有着优雅的译笔，也曾这样优雅地说过："与其追求真理，不如追求知识。"这也算是一种诉求吧。有人把《笛卡儿的骨头》说成是智力游戏，这也无妨，不管怎样，它终究是一本完全不丢颜面的足以提供高品质阅读价值的书，其魅力着实不可抗拒。

二〇一二年十二月

禅在尘世生趣中

真正的佛禅究竟在哪里？是在高深的寺院庙堂？还是在虚无的妄说佟谈？事实上，有些人之所以远离智慧之禅，正是因为纠缠在这个疑问中，认为它抛却我们真实生活着的滚滚红尘，莫测而缥缈。

但是，来了悟释戒嗔的禅意吧，你会有意外的收获。这位神秘的藏身于不知名的小山、不知名的小寺里，却

书品

347

又被称为史上最红小和尚的释戒嗔，以疏淡机灵的文字创下了三千五百万的博客点击量，在沉淀数年潜心打磨之后，近日又推出了他的第三部著作《小和尚的白粥馆》，又来给施主们说故事了。一如既往，释戒嗔的故事写得非常朴素，如同淡而无味的白米粥，但是，甜甜的绿豆糕、清香的糯米粽、可口的月饼，永远只能是生活的点缀，而那看似淡而无味的白米粥，其实是真正最有滋味的，也是世间最恒久的。与其说这是一个个故事，不如说这是释戒嗔每一天的寺庙生活笔记。他在记述与师傅、师弟以及施主们的日常交往的同时，还以自己的睿智发现着隐藏在生活深处的禅意，让我们感受到：禅，不在尘世外，而在一粥一饭中。

和上两部一样，释戒嗔继续用舒缓自然的叙述方式讲述了一个又一个温暖人心又妙趣横生的小故事，这些看似平常的故事，却有着打动人心的力量，既有佛禅深意，又不脱尘世生趣，因而一如既往地带着神奇的功效，能让为生活焦躁不安的人们茅塞顿开，掸去不少凡尘的压力和烦恼。释戒嗔是给施主们说故事的，而故事中的主角往往便是施主们，他们生活中的各种遭际我们都曾遇到或正在遇到，于是，所有的故事便指向了我们自己。

在尘世生活中烦缠纠结的我们，往往是看不清自己的，牵丝攀藤皆因自我罗织的，却难分难解，所以常常需要旁观者的提醒和指点。若其也是俗世之人，则基本难以担当此任,可充耳不闻。但现在跟我们娓娓而谈的是释戒嗔,一个潜心修行但又对施主们的心思洞若观火的智慧的小和尚,于是我们便有了一种信托。事实上,生活在寺庙内外的人,即使个个不同,但内心世界和日常生活还是有许多相通之处的,在这个意义上,释戒嗔的故事也就是世俗的故事,但他以宽厚的慈悲之心,精妙的佛禅之理,让我们把许多话听了进去。比如,我们常常膜拜最昂贵的东西,而最适合我们的事物往往无关贵贱;比如,只能接受成功的人生是消极和危险的,坦然地接受失败,坦然地接受努力之后的一切结果,一样是我们必须做到的;比如,信心这种东西,从来都不会从外界而来,真正激活它的永远是我们自己。

如果说释戒嗔先前的文字多围绕寺庙生活,此部新作却宕开一笔,深深地切入俗世人生。《属于我的年代》无疑是新著中最富代表性的文章,篇幅最长,故事最繁复,其意义和价值也最高。这篇几乎可以当作“自传”来读的故事,写了我们曾经历过的那个沉重的年代,这个年代破坏了秩序,破坏了传统和文化,更破坏了信仰和道德,但即便如此,仍然有人在被无奈逼到的歧路上检点自己的内心,在用自己的体温温暖着受伤的他人,伏在距离地心最近的地方聆听着春暖花开的声音。禅意正是在最俗不可耐的氛围里滋长、弥升起来的,越是纷乱动荡,越有可能修行而觉悟,“四季并不始于春季,因为在寒冷且看不到希望的冬季，生命便开始在冰层下孕育。即便在不属于我们的年代，我们看不到、寻不见藏在角落里的希望，但它却从没有消失过。"这般的禅，是根植于现实生活之中的，它既来自生活本身，又是对生活的洞见、发现与超越，同时也回归到人的自性本源。

释戒嗔就是这样在平凡而生趣盎然的尘世生活中传播他自己的禅性，他说的每一个故事都让读者似曾相识，换句话说，每一个故事都是读者自己内心的投射，这样的话，无需用说教式的语言，也无需晦涩艰深的思想，只要读完故事也就一切了然了。用释戒嗔自己的话说："戒嗔以为人生的道路应该是向前走，在属于自己的道路上起起伏伏，做一个快乐而平静的自己。"我们信任他，就是因为在这个小和尚的身上，有着一股积极的精神引力，他让我们知道，禅就在我们的生活里，就在尘世生趣中。

二〇一二年十二月

童心盎然的微笑

作为编辑家的周基亭，由于长期担任《少年文艺》《中国儿童文学》和《儿童文学选刊》主编，所以是近三十年中国儿童文学发展的见证者，所以，由他来具体主持新中国文坛第一个以作家名字命名的文学奖项"陈伯吹儿童文学奖"，没有人认为是不靠谱的。但其实，周基亭本身也是一位优秀的儿童文学作家，这次他为我们带来了由文汇出版社出版的自选集《那一丝奇怪的微笑》。

集子中的童话《那一丝奇怪的微笑》构思精妙，充满奇特的想象。这篇作品写了一个喜欢集邮的孩子与来自纳托托星球的"皮夹克"之间的故事。"皮夹克"给了孩子一张邮票，使孩子因在地球上获得第一张来自外星球的邮票而成了被人追访的"名人"，但孩子发现这不是一张真正的邮票，所以他要向世人说出真话，因为他坚持"眼睛里容不得一粒沙子"。最后，飞回自己星球的"皮夹克"告诉了孩子真相，纳托托星球上完全用不着邮票，可他真心喜欢地球上那些美丽漂亮的邮票，因此画了一张赠送给他。当孩子问"皮夹克"什么时候才能再见到他，"皮夹克"回答说："当你成为笑得最好的人的时候。"这篇作品满是童趣，却完全是一则发人深省的寓言。

这部自选集分为三辑，第一辑"奇怪的微笑"为童话，第二辑"让上帝发笑"为评论，第三辑"有情也有笑"则为散文和随笔。虽然三辑样式不同，但都处处洋溢着盎然的童心。周基亭是个乐观、豁达的人，即便是评论文章，也写得十分活泼，比如在《兔子可以吃肉吗？》中，对童话美学提出了自己的独到见解，强调童话创作应该不拘一格。散文《写作是我最快乐的事》，讲述的是老作家任大星的故事，字里行间情深意长，却也叫人忍俊不禁。周基亭自己说，因这部自选集书名中有"笑"，所以三个小辑名便都含了"笑"，无意中竟成了"三笑"，那就让愿意读一读这本书的读者朋友莞尔一笑吧。

二〇一二年十二月

所有的颜色都有美丽的故事

看了英国作家丹尼尔·博思格特和画家山姆·查尔兹合作的绘本《露茜的白色世界》后，你不知道，我是多么多么地羡慕小女孩露茜。因为在我们许多人的眼里，白色就是白茫茫的一片；我自己也是这么想的，白色差不多就跟没有颜色一样，什么都没有啊。可是，小女孩露茜说，不是这样的，白色才不是单单的白色呢。

陪伴着小女孩的白色妖怪已经够好玩的了，可是，露茜还要和妖怪一起走进白茫茫的深处——她坚信，在那看起来什么都没有的白色里，一定能找到点什么。她和妖怪还真的找到了，那是一只已厌倦了周围一片毫无生气的白色雪野的帝企鹅。为了帮助孤独的企鹅，妖怪发射了一颗星星火箭，无数颗星星洒向白色王国，于是，这里成了有大树、小河、石头的生机勃勃的五彩世界,妖怪和企鹅也成了好朋友。

你看,那么简单的白色,在小女孩露茜那里,原来有着那么色彩丰富的美丽故事!可我们却没有看到,也没有想到,那是因为染上尘埃的我们内心太单调,或者太复杂了,面对再多的颜色都不会有惊喜。露茜喃喃地跟妖怪和企鹅道别后,很快进入了梦乡。我相信她的梦乡不是白色的,就是蓝色的,或者是鹅黄的、粉红的、淡紫色的……不管什么颜色,即便是灰色和黑色,都因了她没有受过污染的内心,能把色彩点亮,变得五色斑斓,充满想象,并且全都会有新的故事发生,会有新的朋友到来。

所以,我真的是那么那么地羡慕小女孩露茜,羡慕她心中有着白色的纯净底色,在上面可以挥洒所有的颜色,而所有的颜色都有美丽的故事。

二〇一二年十二月

好朋友就要在一起

谷希、谷奇和奥力是三只小鹅,他们各有各的性格、各有各的爱好、各有各的兴趣,但他们却成了最要好的朋友。

谷希喜欢穿鲜红色的雨靴,谷奇却喜欢穿天蓝色的雨靴,而那个奥力什么雨靴都不穿。谷希去哪里,谷奇就跟到哪里。谷希说去谷仓,谷奇便跟着去谷仓;谷希说去钻羊圈,谷奇也便跟着去钻羊圈。反正,每次谷希说"跟我来"时,谷奇都会跟在后面。可是,如果换作谷奇说"跟我来"时,谷希却不一定也这样了。那个奥力更有趣了,开始的时候,哪里都不愿去,不管谷希和谷奇怎样呼唤他,他就躲在一只蛋里面,不肯出来。虽说三只小鹅习性有别,但他们还是成了好朋友。

其实,现实中的幼儿就跟童话里的小鹅一样,别看宝宝们好像总是自顾自的,其实,他们早早地就知道要有几个好朋友了。神奇的是,不管是在托儿所,还是在幼儿园,他们总能交上自己喜欢的朋友。

不过,好朋友之间的相处并不容易。就说那三只小鹅吧,尽管谷奇喜欢穿天蓝色的雨靴,但看见谷希穿着鲜红色的雨靴那么神气,有一天,忍不住偷偷地把谷希的红雨靴穿在了自己的脚上,当谷希发现后,没有责备,只有内心的惊喜;谷奇去追飞来飞去的蝴蝶和一溜儿谷子时,虽说谷希有些不情不愿,慢慢吞吞的,但他后来还是追上了谷奇;而那个懒散的奥力,最终还是在谷希和谷奇的真切呼唤下快活地破壳而出。这就是好朋友之间的分享,这样的分享是快乐的,是愉悦的,也是和谐的。

幼童们要是成了好朋友,他们之间的相处也同样如此。他们各自的脾气、习性会有差别,在相互交往中,有高兴、期待、施与、获得,也有伤心、不安、私占、失望。这是人类自身丰富的情感和情绪体验,即便是孩子,这种体验也是很重要的,他们就是在这种体验中慢慢学会了与人相处,学会了与人分享,学会了与人共担,于是,也获得了自我的成长。

《穿雨靴的小鹅》中,最令人难忘的一个情节是,见谷希、谷奇都有漂亮的雨靴,奥力大声叫喊:"我也想要靴子!"两双雨靴,三个鹅宝宝,该怎么分呢?结果,谷希给了奥力一只红雨靴,谷奇给了奥力一只蓝雨靴。奥力穿着一红一蓝的雨靴朝谷仓和猪圈走去。可走着走着,他觉得太热了,于是就踢掉了靴子,谷希和谷奇也跟着踢掉了红雨靴和蓝雨靴,他们光着脚丫子跳进河里游泳去了。这是多么有趣而美妙的一幕啊!而现实生活中的幼童何尝不是这样,他们虽是小小年纪,但总能自己找到解决的办法。

小小的心思,小小的智慧,那是"人之初"时最自然纯美的天性,有着未经雕琢的灵气和禀赋。当幼儿们用自己的方式无拘无束地笑着、闹着、爱着、盼望着、分享着的时候,这就是真正的生命的美丽。

美国作家、画家奥利维尔·邓瑞尔用他活泼幽默的文字和清新明丽的画笔,将孩子的心理活动和他们的神情表现得分外细腻生动，充满了童真童趣。是啊，幼儿的心灵是轻巧的、稚嫩的，就像一朵白色雏菊，或是一只蓝色甲虫，那么不经意，却那么灿烂丰富。邓瑞尔正是在活灵活现地呈现幼儿那种娇嗔又稚趣的神态时，流露出了自己柔和温暖的情感与关怀。事实上，他不仅让那几只聪明可爱的小鹅走进了孩子的心里，也让孩子在阅读时发现了新的世界，使他们懂得了好朋友就要在一起。

　　每个孩子在成长过程中都需要有朋友，有伙伴，有交流，有分享，这是极其重要的健康的成长氛围，做家长的千万不要让自己的孩子封闭起来，不让他们与别的孩子交朋友、一起玩耍、和睦相处，更不要自说自话地越俎代庖，满是功利地帮孩子挑拣朋友，那是愚蠢的，甚至会因此毁损了孩子的一生。

二〇一二年十二月

那是一杯香香的咖啡

　　你相信吗，下午四点钟，有一位公主将来我家做客？这公主是动物园里的一条土狼，她的背上立着一排乱糟糟的毛，身上布满一条条黑道道，而且，她还有烂眼病，长着脓包的眼睛不停地淌着泪，浑身都臭烘烘的。这条土狼跟前去动物园参观的男孩说:"实话告诉你吧,我是被施了魔法的,其实我是一个公主,如果有人邀请了我,我就能变回公主了。"

反正,我是不相信的,这么一条脏脏的土狼,全身上下散发着难闻的臭气,毛发里爬满了苍蝇和虱子,怎么可能会是一位高贵的公主? 即使真被施了魔法,不幸沦落到了这般苦难的地步,她也该保持公主应有的风度和气质,怎么可以把自己弄成这样肮脏不堪呢? 我想,所有的大人也都不会相信的。

但是,偏偏孩子相信了。

孩子看到淌着泪水的土狼,心里满是怜悯,他用肯定的语气跟土狼说:"我相信你! 今天,我就邀请您来家里喝咖啡。"他们约定的时间是下午四点。

孩子回到家里,郑重其事地换了衣服,打上领带,布置好餐桌,煮了咖啡,打开一罐腌牛肉,还到花园里采了玫瑰,插到花瓶里,放在餐桌上。他静静地等候着四点钟时,土狼会准时光临。

我想,我们这些做大人的,此刻都会笑起来:这个孩子真是太天真了,难道他一点都看不出这件事情非常蹊跷,也充满破绽,很有可能土狼是欺骗他的! 还有,这孩子也真太傻了,不仅会相信一条土狼,而且还会如此当真,搞得这么隆重,这么正式,给了土狼以最高的礼遇。

接下去的故事,我们当然能猜得出来,只有孩子才会"真给吓着了"——准点到来的土狼一点没有公主的样子，几乎是扑在了餐桌上，狼吞虎咽地把面包给扫荡一空，腌牛肉连个渣儿都没剩下，吸溜吸溜地喝完了一杯又一杯咖啡。

事实上，这条丑陋、猥琐的土狼就是来骗吃骗喝的，为了逃脱寂寞和其他动物对她的排斥，她替自己编织了一连串的谎言，竟然厚颜无耻地称自己是一名公主，以获得别人的信赖。她成功了，她骗得了孩子的同情，讹诈到了一顿美妙的大餐。只是最后，打着饱嗝的土狼面对真诚的孩子，垂下眼睛，不安地哭了起来。她坦白地告诉孩子："我骗了你。我……我……我其实根本不是什么公主。"

现在，这孩子应该清醒了吧。但是，令我没有想到的是，孩子居然牵起土狼的手说："没关系，我早就知道了。"我相信，所有的大人会跟我一样目瞪口呆。

这是怎样一个与我们完全不同的孩子啊！其实，孩子的心里明明白白，孩子的眼睛透透亮亮，可因为他有着一份纯真，一份友善，一份宽容，所以，将一件原本充满谎言和欺骗的无趣无聊之事变成了美好的事情！为什么我们会与孩子不同呢，很显然，那是由于我们的心灵已经被污染了，许多应该保持的东西已经在不知不觉中丧失和丢弃了。真正丑陋的正是我们这些自以为聪明的大人啊！

好在孩子拯救了我们的心，拯救了我们的灵魂。由德国沃尔夫迪特里希·施努尔和罗特劳特·苏珊娜·贝尔纳联袂创作的获得国际安徒生奖的《公主四点会来》，给了孩子，更给了我们做大人的一种强大的心灵力量，能够化丑为美，点石成金。友善和宽容是多么可贵的品格，它可以让一顿糟糕的用餐变得如此奇妙，可以唤醒一条土狼内心的愧疚和诚恳。是孩子宽大的友爱、善意和理解，让咖啡飘溢着浓浓的香味，让玫瑰绽放出鲜艳的花朵。是啊，我们应该像孩子一样，永远保持这样的友善和宽容，唯有如此，这个世界才会让我们相信永远有美好，永远有希望。

二〇一三年一月

了不起的大公鸡

这真是一只世界上力气最大的公鸡哦！你看它，一出生就结结实实，长得又帅又壮，跑得快跳得高，哪只小鸡都比不上它。等到它长大后，更是了不得，每天早上神气地喔喔啼叫，洪亮的声音满村回荡，在较力大赛中，没有谁能赢得过它，常胜将军的美名由此传遍天下。这样一只力大无比的公鸡谁不喜欢，它自己都洋洋自得呢。

可是，偏偏有一天，这只大公鸡开始不喜欢自己了，而且还自暴自弃地喝起酒来，喝醉了，就扯开嗓门乱说一气。原来，随着时光的流逝，大公鸡发觉自己已经变老了，啼叫声没有过去那么响亮了，较力大赛中有了一个力气更大的挑战者。绝望中的大公鸡就此无精打采，原先强劲的力气不知道丢到哪里去了。

这就是韩国绘本《世界上力气最大的公鸡》给我们讲述的故事。这是一个关于生命价值的故事，一个充满了人生智慧、爱与深意的故事。

其实，不仅是这只大公鸡，所有的人都会有衰老的那一天，但是，衰老并不意味着力量的减弱，也并不意味着快乐的失去。如果能够坦然地面对时光老去、华年不再，那么，我们的内心依然可以强大无比，我们的精神依然可以昂扬向上。

所以，接下去，这个故事才真正精彩起来。

颓丧的大公鸡在妻子老母鸡的帮助下，重新发现了自己——真是的，哪里用得着绝望悲观、灰心丧气。你看，你的儿子们多么有力气！你的女儿们是村子里最能下蛋的母鸡！你的孙子、孙女长得多么健康结实！这是多么幸福美好的事情啊！

是啊，这就是人生的大智慧，善处耄耋和善待青春同样是美好而神圣的。我们都记得那个著名的司芬克斯之谜：狮身女妖问俄狄浦斯："什么动物早年用四只脚走路,中年用两只脚走路,晚年用三只脚走路;脚最多的时候,正是他走路最慢,体力最弱的时候?"俄狄浦斯回答说:"这是人,因为人幼年时代用四肢爬行,中年时代用两脚行走,老年就得拄上一条拐杖,变成三只脚了。"司芬克斯之谜向我们揭示了生命的三个必经阶段,从幼年到中年再到老年,这是完整的一生,也是完美的一生。我们赞美青春年少,同样也赞美皓首年华;我们赞美早上八九点钟的太阳,同样也赞美黄昏时分的落日余晖。

正如德国大作家赫尔曼·黑塞所说:"老年是人生的一个阶段,像生命里的其他阶段一样,它有自己的容貌,自己的情绪和脾性,自己的喜怒哀乐。我们这些白发苍苍的老人同我们年轻的弟兄一样,有自己的任务,它使得我们的存在有意义。""如果要做个称职的,能给自己生命以意义的老人,我们就得接受老年岁月以及它所带来的一切,同意它的到来。如果不同意,如果不投身于自然所要求我们的,那么我们的日子就会失去价值和意义,不管我们年老或年轻。"事实上,老年是最成熟、最美妙的时光,这时,我们会抛开所有的浮躁不安,远离一切的追名逐利,进入沉静内省的真正的心灵自由的境界,而这是年轻时代所无法达到的。

那只大公鸡在花甲大寿的生日宴会上,看到自己的儿子、女儿、孙子、孙女欢聚一堂,重又提振起精神来了,它神气地抖擞翅膀,展开华丽的大尾巴,发现原来自己依然是世界上力气最大的公鸡！是啊，大公鸡用它自己的羽翼呵护、培养了这么多出色的孩子，让它们感受到即便自己老了，但还是它们最可信任和依靠的力量，是它们快乐和慰藉的源泉。一旦认识到了这一点，这只大公鸡就不仅仅是世界上力气最大的公鸡了，还是世界上最最了不起的公鸡！

面对如此了不起的大公鸡，孩子们怎么会嘲笑它年老后蹒跚的步履、稀疏的白发和青筋暴露的脖子呢？

二〇一三年二月

一天一天的日子

《汉语日历》是日本的中国文学研究大家兴膳宏用日历形式写出来的一年三百六十五天的每一天，其中有当令的季节感慨，有丰富的民俗活动，也有可以深味的历史轶事。有趣的是，这样的日历是用汉字词语来构建和表述的，换句话说，作者用汉语词汇串起了他心里每一天的日子，这便使一个日本人过的日子里有了许多中国的意味。而这有着中国意味的日子真是美好，美好到我这样的中国人也欣然憧憬。

我就随意地翻到作者的"一天"。

三月二十三日——"踏青"：当春气正盛的美好时节来临之际，以野游为乐的人多了起来。这样的野游叫作"踏青"，意为"踩踩青草"。唐孟浩然的诗《大堤行》所描绘的，正是这一情景："大堤行乐处，车马相驰突。"大堤为郊外的行乐之地，好多车马竞相疾行。然而，"携手今莫同，江花为谁发。"我们不能一同欣赏这般良辰美景，该如何是好？

这已经不是孟浩然自己的慨叹了。

在我看来，这样的日子，与其说是一种缅怀，毋宁说是一种传承。谁都在说这个世界现在变得越来越浮躁和焦灼，可似乎谁都不甘停下匆匆的脚步，所有的诱惑不但抗拒不了，还让人跃跃欲试，甚至急不可耐。这个样子，怎么会使每一天的日子不跟着仓皇起来？是的，今天我们已少有从容和平静，各种欲望导致我们精神落魄乃至丧失，一天二十四小时稀里哗啦地匆匆而过，连一秒钟细细品味的时刻都没有，更忽略了身边的一草一木。但是，终有一天，你会发现，其实，我们在这世界上可以逗留的日子并不多，一天一天的日子如果能够过得让心里很安宁，每一天能够有充分的时间去亲近自然，细致地体会内心对各种事物的感受，那该是多么好的真正称得上是生活着的日子，即使平凡，也值得记忆。

在《汉语日历》中，作者自问："可预见的将来亦不分明，那么新的一年又如何呢？"他以明治初期汉诗人成岛柳北在巴黎赋诗迎新的轶事自答，只要内心安在，即使身处遥远，即使失意与孤独，"亦不料能与早已相识的春神相逢"。这般契合生命中一天一天日子的精神内涵，正合我心。

二〇一三年二月

残酷生活中的温情

有人说，这是一部中国版的《哈姆雷特》，也有人说这是一部中国版的《阴谋与爱情》，我想，这可能是因为这部小说有那两部名著的韵味吧：既残酷又不失温情，既有毁灭又蕴含希望。小说的故事发生在上海一幢威尔士山庄式的花园洋房里，林海宁是其父林仲权下放东北时与一名当地女子产生私情之后所生，偶然的机会里，被林仲权带到了上海，进入了林家这个颇富神秘色彩的沪上股神家族，从而上演了一幕幕人间悲喜剧：爱情伴随着阴谋、股神父亲猝然离世、亲子鉴定闹剧纷扰、创业中强势崛起……在我看来，这是一部典型的都市情感小说,且有着鲜明的海派风格。

描写上海的小说如果缺乏海派风格,那多少是要打些折扣的。其实,海派风格不仅仅意味着上海题材,也不仅仅意味着大都市生活中诸如"股神家族"恩怨情仇的特有的情节,而是文本中开放的架构,恣意而灵动的笔触,描绘出上海独特的社会生活,刻画出上海人独特的性格面貌。王大为先生年近古稀,这位著名作家将此小说作为自己的"封笔之作",当然是倾尽心力的。王先生是编剧出身,动画片《宝莲灯》《西游记》《三国演义》《三毛流浪记》的剧本均出自他的笔下,所以他的小说也总是结构紧凑而富有悬念,可以把读者轻易地带进故事中。并且,他的小说还有强烈的画面感,各色人等粉墨登场后,对话、场景、细节都栩栩如生,呼之欲出,实乃一幅生动的当代上海生活画卷。

《上海山庄》中有不少情节关乎到霓虹闪烁下的金钱、名利和地位,但我从中读到的并不是对金钱权势的膜拜,而是一种内心的诘问。也许这样的诘问是温和的,但却是有力的,因为在阅读中你会发现,自己正被善良、正直的人性光辉照亮,残酷的东西在逐渐消融,而这是我们生活真正依赖的希望。真伪莫辨的爱恨情仇最终都会柳暗花明,回归于内心的安宁与温暖。

二○一三年六月

不曾远去的歌唱

这是一曲动人的歌唱。

玛雅·安吉洛既是诗人、作家,也是舞者、歌手。她于一九六九年出版的自传《我知道笼中鸟为何歌唱》以充满诗意而又富有力量的文字,写下了她在美国南方小镇阿肯色州的斯坦普斯度过的童年生活,以及移居旧金山后开始的少女时代。对玛雅来说,这是她生命中一段不堪回首的岁月,在黑人种族歧视猖獗之时,她的歌唱是只能被囚禁在笼子中的,因而低回而沉重。

玛雅一九二八年四月出生在美国密苏里州圣路易斯市,三岁时,就与哥哥一起被决定分手的双亲通过火车"邮递"到遥远的斯坦普斯黑人区的祖母家。作为黑人,她在那里亲身体验到了黑人所遭受的种族歧视的悲惨,在她白纸一般的灵魂图景里染上了最初的色彩。她不仅见证了黑人艰辛劳作的苦难生活,同时自己也因遭到强奸而坠入犹如笼中鸟被折断羽翼的痛苦深渊。玛雅坦承,当年,她写作这部传记的整个过程是在"重温痛苦、愤怒和那个狂飙的年代",每天手边还放着雪利酒,她得"麻醉"自己以对抗痛苦。

玛雅成长的年代,是黑人备受压制、轻视的年代,她的童年记忆是残酷的："生而为黑人是可悲的,我们掌控不了自己的命运。我们在很小的时候,就被残忍地培养为驯服的绵羊,我们甚至可以安静地倾听别人嘲笑自己的肤色,而不作任何辩解。我们都应该死。"玛雅在自传中用目不暇接的一个个细节细致地描述了她的童年噩梦:那个叫卡利南的白种女人,轻蔑地认为黑人根本不用起什么名字,她想叫他们什么就该是什么。她管玛雅的本名玛格丽特叫"玛丽",理由是"这名字太长了,我可不喜欢这么麻烦,她从现在起就是玛丽"。这样被随意称呼,让玛雅感受到尊严的损毁。但是,几个世纪以来,白人对黑人就是这样想叫什么就叫什么的。有一次,玛雅牙痛得厉害,祖母带她去白人林肯开设的牙医诊所求诊,这个白人牙医在经济大萧条时,祖母曾经资助过他,可他不但不给她治疗,还极尽羞辱:"我的原则是,宁可把手伸进狗嘴里,也不给黑鬼看牙。"玛雅感到彻骨的寒冷。

虽然,玛雅在自传中回忆了那些被歧视、被损害的痛心疾首的日子,但她也以柔软的笔触描绘了童年时代给她带来美好的人和事物。黑人区自有其混乱的一面,但同样有晒得发黑的绿树、幽暗又璀璨的黄昏,还有那些充满温情的教堂、学校、杂货铺……尤其是被她称为"阿妈"的祖母,有着坚定的信仰、执守的善良和坚韧不拔的品格。正是在阿妈的影响下,玛雅才形成了对黑人传统文化和价值观的认同，为自己的人生奠定了最为明亮的底色。屈辱中感受到的温暖是一种极为强大的力量，甚至可以抵挡架在喉咙边的利刃的威胁，凭着这种力量，后来，玛雅投身于与马丁·路德·金同样的消除种族歧视的伟大事业之中。值得一提的是，马丁·路德·金遇刺的那天，正是玛雅的生日，为了纾解心中的哀痛，玛雅决定开始《我知道笼中鸟为何歌唱》的创作。

玛雅的这部自传不仅仅是她一个人的故事，她的个人史所映现的其实是一部民族史和一部国家史。今天，玛雅·安吉洛所书写的时代已然过去，至少那种强烈的种族隔离已不复存在，但是，在这个世界上，我们每天还目睹着各种各样其他类型和形式的歧视，耳闻乃至感受着尊严、人格的被漠视、被践踏，因此，玛雅那因禁在笼子中的鸟儿的歌唱并不曾远去，依旧在我们的内心深处引发强烈的共鸣。

二○一三年六月

"书蠹精"的书生活

在我眼里，顾犇就是一个"书蠹精"的活标本。书，简直是顾犇生活的全部主题。确确实实，他的生活与书息息相关：工作时间，他在中国国家图书馆里负责外文图书的采编，而他在图书馆编目领域的研究有着杰出的成就；业余时间，他读书、藏书、写书、译书，永远不亦乐乎。这样的人被大家称作"书蠹精"当然毫不为奇，而顾犇自己也乐于接受，还干脆将自己的博客命名为"书蠹精"。无论身处国内国外，他几乎每天在他的博客上记录下他的"书生活"，几年下来，便有了很壮观的局面和景象。现在，顾犇将他博客中的精彩内容辑成了一本书——《书山蠹语》，由国家图书馆出版社出版。

因为是日记体，也因为写作时的松弛恣意，所以，读这本书会觉得格外亲切，也格外有趣，让人得以窥探到一个"书蠹精"有着怎样的书生活。那绝无想象中的迂腐的学究气、憨痴的呆傻劲，充满了新鲜感和鲜活感，读书感悟、译书心得、藏书记录、图书馆故事……信手拈来，无不成章，呈现出一幅生动活泼的生活画面。

其实，顾犇之所以看重博客这一平台，是有他自己的想法的，正如他在书中所说："博客是一种记忆，不仅便于自己日后归纳总结，也记录了我所经历过的各种事件，大多数是以后不会有人再去记录；博客是一面镜子，从中可以了解到大家对我所关心的问题的看法；博客是一种交流方式，我可以把自己所知道的事情与大家分享，同时也从大家的评论中学到更多的知识。"他说读着过去的博客，有时候自己会被自己的文字感动。我想，

书
品

369

可以感动自己的文字才能感动读者。我读这本书时便常
有感动，因为我感受到一个"书蠹精"的书生活的美好并
非那么容易，这种美好是来自于一种难能可贵的精神坚
守。阅读过程中，我不时会想到一个人，他年近六旬时双
眼失明，但依旧坚持在图书馆工作，并继续从事文学写
作，他就是阿根廷伟大的作家博尔赫斯。顾犇一直自称
为"图书馆人"，从这位真正的爱书人的身上，我发现了
我所尊敬的博尔赫斯的一些影子。

二〇一三年六月

成长在新的地方

我总是相信，一个孩子如果可以到达一个新的地
方，那就一定会发生新的故事，会有新的发现，而伴随着
新的故事和新的发现，孩子便会获得新的成长。殷健灵
的儿童系列小说《甜心小米》就是个很好的印证。

这一系列的前三本，小女孩小米生活在大都市里，
所以，她的故事以及成长都留下了现代城市的轨迹，而
最新出版的后三本，小米却来到了一个完全不同的地
方。这给读者带来了新的阅读期待和阅读想象，因为，既
然一切都有了变化，那么继续成长中的小米会呈现出怎

样全新的模样呢?

　　谁也没有想到,殷健灵这次会让她笔下那个性格有些恬静的小女孩跑得那么远,跑到了偏远的贵州大山里,让她体验了与先前全然不同的生活。其实,对于孩子来说,任何一次"移动",即便是短期的,也是一件非常严重的事件——去往新地方生活,去往新学校读书等等,都会让孩子遭遇一个艰难的适应过程,最初的新奇感很快就会消失;为了纳入新的环境、新的生活,他们不像大人可以很快进行"代码互换",而是强烈地感受到一切都要重新开始,伴之而来的是茫然,甚至是恐惧。

　　小米跟着出差半年的妈妈来到从前一无所知的贵州山区,来到一所"咪咪小"的新学校,她所看到的人和事几乎完全颠覆了她的原有经验,所以,她马上后悔了,开始想念以前的日子。但是,她知道她应该像妈妈所说的那样,慢慢明白很多事情。于是,在妈妈、蚊子老师和戴乐乐、李小花、金虎腾等同学的鼓励下,小米在这个地方有了自己的新故事、新发现:山里孩子的生活是艰辛的,他们缺水,居住的房子有的连屋顶都没有,可每当下雨的时候,他们却欣欣然地用盆子去接水,而放晴的晚上,则惬意地躺在床上看满天的星星。山村不像城里整天声音喧嚣,安静得让小米一开始都无法忍受,但她后来发现,并不是安静得什么声音都没有了,而是有了更加丰富多彩的音响:妈妈的呼吸、虫子的鸣叫、风的脚步

书
品

371

声……小米现在的同学都梦想着将来长大了能当一名开车的司机，这让以前城里的同学笑痛肚子，可小米如今知道了对山里的孩子来说，这是一种可以走出山区、到达远方的非常崇高的职业。小米自己也发生了很多的变化，她开始喜欢做家务了，她主动要求当上了"小老师"，她演了一回过去最不想演的角色——老奶奶，她明白了其实这个世上没有坏小孩……是啊，如同小米妈妈当初的祈求，在这半年时光里，小米得到了意想不到的收获，她继续健康地成长着。

　　小米跑去了那么远的地方，可我觉得，真正让她走得那么远的，其实是殷健灵。正是她去贵州山区看望在那里做特岗教师的"蚊子"和她的学生，才激起了续写《甜心小米》的冲动。真的，一个作家能这样跑动，能跑得如此遥远，真是一件幸事，只有在这样的跑动中，才能汲取和感受到超出自己想象的东西，从而获得创作的灵感和进步。人生，无非就是不断地出发和抵达，而所有新的故事，新的发现，新的成长，都酝酿、萌生和滋长在这个过程中。

二〇一三年七月

怂恿都市的暖意

人们都说,现代都市越来越缺乏温情了,人的心如同城市里的"水泥森林",灰白而冷漠。毫无疑问,都市病了——人与人之间的隔阂、生分、戒备、不信任愈益加深,人人都不满意,都在抱怨,但是,却少有人去积极地改变。正因为这样,结果,冷酷便恣意地吞噬着人们的心灵,深深地弥侵于都市的晨曦与夜雾。

其实,说到底,人是需要互相信任,互相取暖的,那是人类自身的基因所驱,所以,即使内心最倾向于孤独寂寞的人,也会在最深的夜里,期待钢窗外哪怕小如豌豆的一点灯火。日本作家、漫画家安倍夜郎的《深夜食堂》就是这样的灯火,在润物细无声中,将一股温情的暖流悄悄地注入人们的心里。这是一部长篇系列漫画,一道道料理,一个个故事,别出心裁地让读者在暖心开胃的菜肴里品尝百味人生,引发往日的温馨回忆,不知不觉间,柔软了铁硬的肚肠,解冻了冰冷的心肺。没有人不希望自己生活的城市里也有这样一家深夜还开着的食堂,可以在最需要的时候,点上一盘最为平凡的食物,在细嚼慢咽中,感受到一份真切的温暖。因此,这样一部漫画便为中日韩千万读者口碑相传,日益风靡。

这是一种本来就带着暖意的想象:在冷落的夜晚,彼此生疏的你我,带上《深夜食堂》,走出屋子,穿过僻静

书品

373

的街头，来到亮着灯火的食堂。先抬眼看一下今日菜单，麻婆豆腐、胡萝卜色拉、五花肉番茄卷、酱炖青花鱼，点个一两样，再来一杯大麦茶，最后叫上咖喱乌冬面或者烤年糕，这中间你我都不曾打个招呼，各吃各的，但耳朵却竖起着，倾听他人与食堂老板拉着家常，都是一个个精彩的故事：被负情的小瞳，一张麻脸却声如天籁的响子，感化骗保女子的细木先生……忽然间，你我发现彼此都擦了擦泪水涌起的眼睛，感动不由自主地已被传递。你我还是没有言语，最终各自离去，餐桌上不约而同地遗落了《深夜食堂》。但是，走过一片片冷寂的"水泥森林"时，却都觉得你我仿佛似曾相识，或许下次还会邂逅——这是突如其来的期待，夹杂着温暖却又莫名的感动。

二〇一三年七月

矫健的跑动姿态

冯与蓝新近出版了儿童长篇小说《跑啊跑的程千里》，我阅读的时候觉得很带劲，仿佛有股力量在推动着自己跑动起来。

其实，这部小说的小主人公——小学五年级男生程千里，是最不会让人跟着他跑动起来的孩子了，因为他压根儿就不喜欢跑动。这个胖胖的小男孩，最最害怕的事情莫过于让他跑步了，他可以一次吃六块红烧肉，但每次连个四百米都跑不下来。那为什么我没能在阅读中静静地旁观他的变化，而是随着故事的展开，越发提起了精神，内心不由自主地跑动起来呢？或许因为这是一个励志的故事，那个充满光明的未来在远远地向我招手，让我与小主人公一起，快快地跑向一个悬念终解的结局。但事实并不是这样的。

我认为，冯与蓝的儿童小说是真正配得上"儿童文学"这个标记的。她写得那么纯粹，以致让我们可以结束这些年来对"儿童文学"概念无限制扩展所导致的困惑。她笔下的孩子都是小学生，她专注地写他们多姿多彩也多辛多苦的生活，她写他们的时候表现出一种特别贴心、宽慰、循循善诱的品质。在我看来，这是回归儿童文学本位的。事实上，真正在跑动的是冯与蓝，作为一个具有探索、创新精神的作家，这种跑动是思想和艺术上的跃进，我为之惊讶，也为之击掌。

我的如此评价并不是空穴来风，更不是无端吹捧。

还是回到《跑啊跑的程千里》吧。故事才开始，我就很带劲地跟着一个不喜奔跑的孩子跑动起来了。说到底，是因为冯与蓝的睿智深深吸引了我。我相信，如果别的作家来写这个故事，很容易就会习惯性地自觉自愿地

书品

375

铺陈这样一幅壮景:有一天,在所有人的关怀和帮助下,男孩终于战胜了自己,抛却慵懒,撒开自己的腿脚,像他的名字一样,开始了全新的奔跑人生,从一个畏惧跑步的孩子成长为出色的长跑运动员,甚至还像他父母所希冀的去亚运会拿个金牌呢。这是我们最想要讲给孩子听的故事了。但是,这是孩子真正愿意听的故事吗?换句话说,这是我们真正应该期许的孩子以及他们的未来吗?冯与蓝的出色,在于她居然能将一部儿童小说于不动声色之中让读者进入两个层面:一个层面是孩子在别人赋予的各式各样、千奇百怪的激励中开始尝试奔跑了;另一个层面则是,即使尝试奔跑,孩子还是他自己,他有他自己的"人生定律"——一个孩子非得要奔跑吗?不喜欢跑步难道不可以吗?一个人为什么一定要成为在旷野中飞驰的骏马,而不可以做一只只愿在草叶尖儿上慢慢悠悠爬行的、平凡而默默无闻的蜗牛?这同样是有意义有价值的生命状态啊!

当我随着冯与蓝轻松浅显、幽默机智、充满童趣又不失温暖的笔触读下去,并发现了小说中蕴含有多个层面时,我的阅读就情不自禁地跑动起来了,而且感受到了那份理想和尊严的力量。儿童小说发展到今天,是该有新的不同的面貌了。我觉得冯与蓝的写作是了不起的,因为她有着先于别人的跑动着的思考,跑动着的艺术表现力。这样矫健的跑动姿态很可贵,值得冯与蓝自己,也值得儿童文学作家们珍惜。

二〇一三年七月

钻石的雨滴

  我第一次读谷川俊太郎的诗歌是在一九九九年,那一年第二期的《世界文学》上,刊登了他的名作《小鸟在天空消失的日子》。我至今记得,我读完这首诗后,脑子里竟然空茫一片——正值世纪之末,这首诗所讥刺的人类的自我膨胀,令人感到仿佛被剥去了衣服,无地自容。是啊,小鸟在天空消失的日子,人还在无知地继续歌唱,这是多么的荒诞。

  谷川俊太郎的诗歌就是以这样犀利的姿态走进了我的视野。后来,我读到了他更多的诗,当然,对他也有了更多的认识。事实上,他并不是一味的尖刻和嘲讽,许多诗洋溢着爱与温暖。即使在以《小鸟在天空消失的日子》命名的这辑诗中,我们也可以读到诸如《河流》《傍晚》《呼吸》《五月》等充满了想象和意境,发现日常生活中的美和诗意的篇章。

  谷川俊太郎是日本家喻户晓的国民诗人。据说小说家、诺贝尔文学奖获得者大江健三郎原本是想当个诗人的,但在读了谷川俊太郎的诗后放弃了,因为知道自己写不出他那么好的诗来。尽管众所周知,诗歌是很难翻译的,但谷川俊太郎却对他的诗选中文版的问世信心满满。他说:我从心底祈望这本诗选"能超越语言和文化的差异,回响在中国读者的心中"。我想,他的信心来自于他的诗歌直击人生,直指人心,毫无矫揉造作、晦暗艰涩,而是尖锐中不失温柔,讥讽中不无希望,语言洗练,感情丰沛,精神壮阔。而这一切足以吸引全世界读者的目光。在湖南文艺出版社最新出版的谷川俊太郎诗选集《小鸟在天空消失的日子》中,我特别喜欢《钻石就是雨滴》这首小诗,朴实无华,但哲思深沉,写尽了生命的真谛:"我从生下来就知道 / 人生只有现在 / 悲伤会延续到永远 / 泪水却每一次都是新的 / 我没有可以讲给你的故事"。

前些天,八十二岁的谷川俊太郎特意来到上海,出席在民生现代美术馆举行的"谷川俊太郎诗歌朗读交流会",我因在外出差而失之交臂。但我想,吟咏着他"钻石的雨滴"般不朽的诗句,我们未见已然熟知:"因为远处有呼唤我的东西 / 我把悲伤喜欢过了 / 可以睡觉了哟 / 孩子们 / 我把悲伤喜欢过了"……

二〇一三年九月

暗夜里的咏唱

我毫不掩饰地说，马端刚的诗远胜于那些名声大噪，乃至成了被追捧为"时尚"的作品。我是在许多个夜深人静的晚上，一首一首地慢慢读完马端刚的诗集《纸上唱》的，我不能赶急，与其说这会辜负撼动我内心的诗作，不如说我会在最深的夜里陷入绝望的迷茫。

当我随着那一行行诗句走向夜的深处时，我深切地体会到一种难以抵御的既忧伤又迷人的孤独，而这样的孤独却是可以咏唱的，不是暧昧的低吟，也不是走板的狂啸，如同马头琴声一样缓缓地舒展、缭绕。马端刚长年生活在内蒙古包头，所以，他有着草原般辽阔而稠厚的底气。像很多人想象中的那样，他能喝酒，半酣半醉中会放歌一曲，不过，再怎么着，最最真实的他是浸润于自己的咏唱中的。我总以为，一个能咏唱的诗人心地是最坦诚真挚的，不掩不藏，直抒胸臆，率性而为，就像朋友们说的，可以唱到嘹亮，可以唱到寂静。

《纸上唱》由《大风唱》《大雅唱》和《大颂唱》组成，契合《诗经》的意味和精神，恢宏而精致，旷达而缜密，表达了对生命、自然、内心、浮世的关注和感受。那份在豁然底子上显现的敏感、细腻尤为动人，犹如他描写下了一夜的雪，蘸满生活的斑白，在凌晨两点的小屋里飘来荡去,残雪的心房舞动着未完待续的故事。我读马端刚诗的时候,总会有一些摄我心魄的意象纷至沓来,然后将我的孤独送往会有雄鹰飞过的山顶,云涌四方,大河汤汤。这样的孤独是我所追求的,这应该是生命最深刻的本质了。

马端刚那暗夜里的咏唱,没有让人最终沉没于伤怀的迷惑,而是因了咏唱可以在持守的孤独中盛放独有的幽香,并让内心的声音划过或是有月或是无月的夜空,归于静谧,归于澄澈。这就是我喜欢马端刚诗作的理由,或许也是解开他的咏唱的密码。正如他诗中所写的:“就是这样,看到了漫天的星星 / 落在整个世界 / 落在长满了忧伤的伊甸园 / 或在飘落的过程中解决了自己 / 结束的地方再开始”。

二〇一三年十一月

小世界里的时光

这是一部读来始终让我感受到淡淡的迷人的忧伤和温暖的小说,虽然小说的主人公格子是个十二岁的懵懵懂懂的女孩。在那个褥热的夏天,格子游荡在与乡村接壤的芦荻镇上,于是,很多的人,很多的事便纷至沓来,扑入她的眼帘。其实,她并不能作出多少判断,但她却以步入青春期的少女的敏感和嬗变去感觉,去体会,最终将自己与那个夏日、那个小镇融为一体,恍惚又真切。我想,格子人生中的这样一段时光,事实上是属于我们所有人的,只是在以后到来的繁杂而喧闹的日子里,我们将之渐渐地遗忘了。而这部小说唤起了我们的记忆,让我们有机会安下心来深情回望一去不复返的光阴碎屑,以及面对一个复杂世界的所有感触、哀愁和心灵的激荡。

在我看来,《格子的时光书》是陆梅最杰出的作品,她不但把自己,还把我们每个人都融进了这部小说中,细腻的叙述牵拉出我们绵长的心绪、回忆和思索,无法回避,也无法逃遁。一部优秀的文学作品就应该有这样的品质。嵌入时光的岂止是格子所看到的那些人和那些事,诸如传来死讯的正在前线的大表哥,为爱疯魔的小伙伴老梅的二姐梅香,初来小镇便激起阵阵涟漪的镇长家的亲戚、大女孩荷花……同样嵌入时光的更是作家对生与死,悲与乐,希冀与绝望,时间与历史等等的省察与冥想。

掩卷之后,我继续沉浸于那个既朦胧又清晰的江南小镇。昨天的它是古老的、恬静的、水汽弥漫的,而今天却已看不到村庄,看不到绿色的田野和清澈的河流,徒有狼藉的工地和裸露的楼盘。许多年过去后,格子才明白,原来她眼里那个无限大的世界,仅仅只是这个世界微弱的尘星,是千千万万个小世界的一部分。我也明白了,这个小世界再怎么渺小,也是可以触摸到的,那是我们真实的全部的生活,其中有许多的艰辛和不如意,但也充满了能够慰藉我们的恬淡而悠远的暖意。就让微不足道的我们像书里的格子一样,做一次心无旁骛的一个人的游荡吧,或许我们可以发现,身处小世界的我们,还是可以看到整个世界的。

二〇一三年十一月

缓缓流淌的童年河

我开始阅读著名诗人、散文家赵丽宏的首部长篇小说《童年河》,是在黄昏时分。从前的这时候,夕阳西下,晚钟声起,一切都渐渐安静了下来;可现在,白日的喧嚣依旧不散,到处还是张狂的迹象。可是,因为《童年河》,所有的嚣噪都被挡住了,我的内心如此平静,随着小说慢慢回过头去,遥望已然流逝的童年时光。

这是一条缓缓流淌的河流,每一颗水滴都刻印着童年的记忆。与其说这记忆是属于小说主人公雪弟的,不如说是属于我们所有人的。在作家娓娓的叙述中,我跟着七岁的雪弟从崇明岛来到上海，在苏州河边住了下来，在他与一个个不期而至的人相遇之时，我童年时代曾经见过的人、碰到的事也纷至沓来，我发现自己的记忆与雪弟的生活重叠在了一起，丝丝入扣。或许这就是小说阅读所重新启封的自己曾经的人生，但如果没有作家用最契合的文字提供的氛围，那一切还是会被自己有意无意地掩埋了。就像那条蛋格路，上面留有多少让人追忆的童年的足迹，但却在长大以后的冗长繁杂的日子里被逐渐遗忘了；当蛋格路本身都不复存在的时候，那遗忘的岂是一个人的童年，而是整个时代，整个历史。

我也有自己至爱的"亲婆"，有自己的亲密的小伙伴"牛嘎糖""小蜜蜂"，但是，说真的，他们在我的心里已经走出很远，身影模糊。淡忘的同时，那些童真岁月里有过的向往、理想以及真挚、善良、纯净，也已痕迹浅薄。《童年河》唤醒了那些昏然睡去的日子，我想起自己和小伙伴们也曾像雪弟那样，在大铁桥上纵身跃入苏州河，从水中浮出头来时，看到天边从吴淞口外飞来的海鸥；我想起自己也曾在雨后的晚上，独自走在蛋格路上，月光投射下来，让每一块鹅卵石都闪闪发亮；我想起自己就读的小学，虽然不在河边，但学校对面的小马路上，竟然有一条神秘的小船。当这一切再次从心底里涌起的时候，我发现那些生命中应该坚守的精神和品质凛然毕现。这就是小说的神奇魅力，让我们得以省察内心，找回失落却又美好的东西。

《童年河》以深挚、温婉的笔触荡开了一条童年的河流，这条河缓缓流淌，以这样的姿态呈现一种滋长、萌发的过程，犹如成长本身。不过，这并不意味着没有湍急，没有波折，相反，正是在慢慢涌动之中，那些涟漪，那些水花才会拍击人们的心扉。作家没有回避时代和历史给童年造成的缺失和伤痛：失去父母的陈大鸭子和陈小鸭子，没有户口，没有住地，只能流落街头；美丽聪明的女孩唐彩彩，原本有着安定的生活，可在浓雾弥漫的那天，一家人因为翻译家父亲出了"政治问题"而被遣送回乡……作家同样没有回避死亡这个沉重的话题，始终像一只大鸟一般呵护着雪弟的亲婆，因不慎摔下狭窄而黑暗的石库门楼道而离开人世。事实上，亲婆的死，对于雪弟来说，意味着童年的终结，他忽然意识到，自己长大了。

我们常常会忘却自己长大的过程，这样的忘却导致了某种人生的断裂，赵丽宏以他的《童年河》帮助我们将断裂的人生续接了起来。当我在凌晨时分，走出缓缓流淌的童年河时，再度回首，感到童年其实十分漫长，因为所有的人即便习惯了喧嚣浮躁，也总有那么一刻，会在心里希望自己永远没有长大。童年河里的每一道水流，都会在远方汇合；而童年河的发端永远始于每一个当下，因此，今天的孩子正可以凭借此书开始自己童年河的流淌。

二〇一三年十二月

我自己的读书会

对于我来说，大病一场，既是一种灾难，也是一种救赎。灾难通过治疗而战胜，而救赎则是通过阅读来完成的。其实，战胜灾难除了医学上的治疗，更是建立内心的力量，而内心的强大恰恰又是来自于阅读——对我来说，阅读是更好的心灵救赎之道了。

我始终在阅读中，但是，不可否认，这些年来，由于工作的繁忙，环境的浮躁，我的阅读受到了一些干扰，正是这场大病，使我得以有了一些比较充裕的时间，让自己可以静下心来，安于阅读。事实上，因为接连不断的各种病痛，我的阅读也颇为不易，有一阵，我既不能坐，也不能躺，手术创口未愈，颈椎病、肩周炎、抑郁症又争相登场，但我还是坚持阅读，而阅读真的让我得到了宽慰，得到了快乐。

从二〇一一年十二月动完恶性肿瘤切除手术，到二〇一三年十二月我重新出山，作为总制片人赴成都拍摄根据文学大师李劼人先生的经典名著《大波》改编的电视剧,这整整两年中,我阅读了几百本书,寓目的则上千册,有的是重温,有的是开卷。我一边读,还一边在微博、微信上与大家分享阅读心得,同时,我还挑选了我认为的五十本好书向大家推荐,取名为《我自己的读书会》,响应者甚众,令我欣喜。

《我自己的读书会》只是一份阅读书单,但就我个人而言,这不仅仅是一份书单,也是我的一份特别的人生记录,所以,我将之保存下来,作为生命的记忆和纪念。

【我自己的读书会一】 《弯曲的脊梁》美国兰德尔·彼特沃克著,张洪译,上海三联书店二〇一二年六月出版。为什么极权主义的宣传,开始时卓有成效,最后却终致失败?从各方面看,现代极权主义运动在本质上是宗教性质的世界观。本书考察了纳粹德国和民主德国使用的所有宣传技巧,并试图指出这两个系统最终失败的原因。

【我自己的读书会二】 《萨哈林旅行记》俄国契诃夫著,刁邵华、姜长斌译,湖南人民出版社二〇一三年九月出版。一八九〇年七月,契诃夫只身一人,拖着病弱之躯,来到政治犯流放地萨哈林岛进行实地考察,岛上地狱般的惨状让他深受震动。之后,他写下这部毕生最为自豪的作品,用文字诊断俄罗斯这“不可容忍的痛苦之地”。

【我自己的读书会三】 《忍不住的"关怀":一九四九年前后的书生与政治》杨奎松著,广西师范大学出版社二〇一三年五月出版。本书叙述的三个人张东荪、王芸生和潘光旦,一九四九年前都曾在不同领域有过出色表现,可一九四九年后却先后遭遇"滑铁卢"。中国知识分子在国家力量、个人性格和社会环境中左支右绌的困境和苦衷,令人悲叹。

【我自己的读书会四】 《而已集》鲁迅著,人民文学出版社一九八〇年七月出版。本书收入作者一九二七年所作杂文二十九篇。其中《可恶罪》一文说:"我以为法律上的许多罪名,都是花言巧语,只消以一语包括之,曰:'可恶罪。'现在才知道其中的许多,是先因为被人认为'可恶',这才终于犯了罪。"鲁迅就是鲁迅,一针可以见到百年血。

【我自己的读书会五】 《质问本草》吴继志、尚文玲等校注,中医古籍出版社二〇一二年六月出版。本书是清代吴继志所著的一部药物学著作。作者采集琉球诸岛所产的各种草木植物,并写生配图,同时广泛质询于福建、北京等地的儒生、药工、药农等,既述其形态、功用、别名等,又详述所质询诸家之说,是一部很好的药学著作。

【我自己的读书会六】 《常识》美国托马斯·潘恩著,田素雷译,中国对外翻译出版公司二〇一〇年一月出版。共和国常识。普世价值没有西方东方之分，更没有姓资姓社之分，它是全世界各个国家和民族长时期共同创造的文明和精神结晶。否定普世价值，不仅否定了全人类自身的历史进程，也否定了中华民族对世界文明的贡献。

【我自己的读书会七】　《一九八四》英国奥威尔著，董乐山译，上海译文出版社二〇一一年一月出版。这是一部政治讽刺小说。书中描述的是对极权主义恶性发展的预言——人性遭到扼杀，自由遭到剥夺，思想受到钳制，生活极度贫乏、单调。特别可怕的是：人性已堕落到不分是非善恶的程度，"多一个人看奥威尔，就多了一分自由的保障"。

【我自己的读书会八】　《奥托手绘彩色植物图谱》[德] 奥托·汤姆著，北京大学出版社二〇一二年一月出版。画于一百多年前的手绘植物图，比照片更细腻，更有质感，精美而动人。万物肃杀时分，读此书是与大自然，也是与历史的倾心交谈。没有什么可以代代相传的东西，唯有根植于原野的生命才生机勃勃，永不死灭，春风吹又生。

【我自己的读书会九】　《蒋经国画传》师永刚、方旭编著，湖南文艺出版社二〇一三年八月出版。蒋经国是一个家国的背叛者，一个自由时代的设计师，他的一生呈现了从乌托邦幻想到民主这个二十世纪历史的主轴。

他用十三年时间,使台湾由独裁走向民主。"我是最后一个专制者。"他是中国一位在身后赢得民众公认口碑的领袖人物。

【我自己的读书会十】 《我的孤独是一座花园》叙利亚阿多尼斯著,薛庆国译,译林出版社二〇〇九年三月出版。阿多尼斯是当代最杰出的阿拉伯诗人,从这部诗选中,能感受到他抗争权势与世俗的百折不挠,他为祖国蒙受的苦难而伤怀,为自身不被祖国所容而喟叹:"世界让我遍体鳞伤,但伤口长出的却是翅膀。向我袭来的黑暗,让我更加闪亮。"

【我自己的读书会十一】 《飞蛾之死》英国伍尔芙著,李迎春译,光明日报出版社二〇一二年九月出版。读伍尔芙的散文,更能感受到她视野的开阔、评判能力的睿智,以及表达的精确和思想的深邃。《飞蛾之死》是她留给世间的遗言,悲悯而热诚:一只微不足道的飞蛾,最后时刻,仍然在让自己的生命燃烧,不懈地追求光明和希望。

【我自己的读书会十二】 《爱因斯坦文集》(第三卷)许良英等编译,商务印书馆二〇〇九年十二月出版。这是一本影响了我人生的书。该卷选编的是爱因斯坦的社会政治言论,他深刻认识到科学技术会对社会产生怎样的影响,一个知识分子对社会要负怎样的责任。他萦怀于心的是科学能真正造福人类,映照出现今多少丧失良知的所谓的学者、专家的丑恶。

【我自己的读书会十三】 《东坡禅喜集》苏轼著,黄山书社二〇一〇年九月出版。此书为影印明刻本,系明人徐长孺集东坡禅语,分门别类整理,凌蒙初增订,冯梦祯批点。苏东坡深受佛教文化的影响,他把对佛理的领悟和阐发写入作品中,并当作人生修养的一种方式。"当时半破峨眉月,还在平羌江水中"。月光中的禅味格外素馨。

【我自己的读书会十四】 《极权主义的起源》美国阿伦特著,林骧华译,三联书店二〇〇八年六月出版。本书的主要分析对象是二十世纪三四十年代的人类政治大灾难——极权主义,包括德国的纳粹主义和苏联斯大林的大肃反,被公认为是极权主义系统研究的开山之作,是那一代饱受战乱之苦的知识分子对极权政权和乌托邦思想的主要反思成果。

【我自己的读书会十五】 《理性的声音》美国安·兰德著,万里新译,新星出版社二〇〇五年四月出版。安·兰德是美国著名的女作家、思想家和公共知识分子,本书贯穿了她的哲学精神、道德准则、敏锐思考。《由于你们那可悲的错误》中说:一个孩子无法想象她受罚是因为她的最好的东西,因而她只能在无助的恐慌中感觉到无以言表的邪恶。

【我自己的读书会十六】 《岛屿书》德国朱迪丝·莎兰斯基著,晏文玲译,湖南文艺出版社二〇一三年一月出版。作者以手绘地图和幻想文字，带你领略世界上五十座遥远的岛屿。这些岛屿你未曾拜访，也永不能游历。它们既是寓言也是谎言，既是现实也是现实本身的隐喻。天堂是岛，地狱也是，什么都阻挡不了渴望发现、充满向往的人。

【我自己的读书会十七】 《人曲》严祖佑著，东方出版中心二〇一二年八月出版。这是一本幸存者献给蒙难者的书，流淌在文字中的是作者的生命和枯萎的青春。他在大学毕业前突遭逮捕，书中记述了其蒙冤十四年间的特殊经历和所见所闻，刻画和描写了众多有着不寻常人生轨迹及历史背景的人物，在迥异于正常人环境下的困顿状态和扭曲人性。

【我自己的读书会十八】 《乡关何处》野夫著，中信出版社二〇一二年五月出版。在野夫的笔下，那些失散的亲友故人，那些漫漶风化的人间故事，都在暗夜里鞭策着人们几近麻木的神经。他们个人或悲惨或传奇的经历，让人读后难以释怀。这是个人的历史，同时也是国家和民族的历史。千回百转，长歌当哭，故乡何处，灵魂安在？

【我自己的读书会十九】 《中国艾滋病调查》高耀洁著，广西师范大学出版社二〇〇五年五月出版。高耀洁作为一名退休医生，在艾滋病疫情面前拒绝保持沉默。她走访了一百多个村庄，访问了一千多位艾滋病感染者和患者，披露了中国因血液污染而导致艾滋病传播的真相。这样一位不惜个人安危为民众疾呼的人，是应被尊重和尊敬的。

【我自己的读书会二十】 《三垣笔记》李清著，中华书局一九八二年五月出版。作者在明朝崇祯时期担任刑部、吏部和工部给事中，即所谓"三垣"，明亡后隐居故里。本书共六卷，其中笔记三卷，附识三卷，都是作者耳闻目睹的有关朝章典故和当时朝廷要官的言论行事，提供了明末崇祯、弘光两朝各方面的真实史料。读史方能察今。

【我自己的读书会二十一】 《捍卫记忆》俄国利季娅著，蓝英年等译，广西师范大学出版社二〇一一年九月出版。利季娅因声援被迫害的作家而被开除出苏联作协，受尽苦难。她决心捍卫记忆，与谎言与遗忘作斗争。她说，等受难者和见证人都死光，新的一代就啥也不知道了，不能理解发生过的事，不能从祖辈和父辈的经历中吸取任何教训。

【我自己的读书会二十二】 《艺术的故事》英国贡布里希著，范景中译，广西美术出版社二〇〇九年十一月出版。此书被誉为"西方艺术史的圣经"，概括地叙述了从最早的洞窟绘画到当今的实验艺术的发展历程，以阐明艺术史是"各种传统不断迂回、不断改变的历史，每一件作品在这历史中都既回顾过去又导向未来"。这是艺术国度的地图，凭此可以信心百倍地深入探索，无须担心走入歧途。

【我自己的读书会二十三】 《人间草木》周宁著,商务印书馆二〇〇九年十月出版。本书写了四组人物:马礼逊和柏格理、苏曼殊和李叔同、托尔斯泰和韦伯、梁济和王国维,他们来到这个世界历经生死,在信仰中努力,在绝望中爱,在希望中死去,带着精神的闪光。这闪光让我们体悟人生,与他们在灵性上相互照应,从世俗通往神圣。

【我自己的读书会二十四】 《发现之旅》英国托尼·赖斯著,林洁盈译,商务印书馆二〇一二年一月出版。本书真是一部迷人的视觉盛宴,汇集了伦敦自然史博物馆里三百余帧精美的珍藏画作,讲述历史上十次最重要的自然探险故事,让我们于图文并茂中感受世界探险家、生物学家、艺术家们深入海洋深处探知深海秘密时的一幕幕冒险历程。

【我自己的读书会二十五】 《誓言:奥巴马与最高法院》美国图宾著,于霄译,上海三联书店二〇一三年八月出版。作者深谙美国联邦最高法院的内部运作和法律幽微,通过对大法官们第一手的访谈及对重要判决的描绘,着力展现九位现任大法官的个性和司法哲学,可谓一个法律与政治的故事,一场自由主义与保守主义的对峙,发人深省。

【我自己的读书会二十六】 《一切破碎,一切成灰》

美国威尔斯·陶尔著,陶立夏译,人民文学出版社二〇一一年十二月出版。一位新锐作家的首部短篇小说集,既有对传统的继承,也有鲜明的个性风格,叙述别出心裁,细节铺排精到,既阴郁又滑稽,富有洞察力和表现力。陶尔笔下的美国,散发着避世者、失败者、格格不入者黑暗的光辉。

【我自己的读书会二十七】 《古拉格:一部历史》美国安妮·阿普尔鲍姆著,戴大洪译,新星出版社二〇一三年四月出版。本书对古拉格这座关押了成百上千万政治犯和刑事犯的集中营进行了完全纪实性的描述,从它在俄国革命中的起源,到斯大林治下的扩张,再到公开性时代的瓦解,触目惊心,催人警醒——古拉格其实离我们并不遥远。

【我自己的读书会二十八】 《死海搏击——母亲桑塔格的最后岁月》美国里夫著,姚君伟译,上海译文出版社二〇一一年一月出版。近三十年的时间里,桑塔格三次面临致命的癌症。本书不仅细致地回忆了桑塔格与癌症搏斗的历程、她在面对疾病时的选择以及她对于疾病必然会引致的死亡的态度,还写出了身在其中的儿子的矛盾与无奈。

【我自己的读书会二十九】 《九三年》法国雨果著,郑永慧译,人民文学出版社二〇〇四年一月出版。书中真实再现了法国大革命波澜壮阔的历史,雨果人道主义精神的最终显示于"在王权之上,革命之上,人世的一切问题之上,还有人心的无限仁慈"。小说还通过罗伯斯庇尔之口揭示:"驱除外敌只消十五天就够了,根绝帝制却要一千八百年。"

【我自己的读书会三十】 《切尔诺贝利的回忆:核灾难口述史》白俄罗斯阿列克谢耶维奇著,王甜甜译,凤凰出版社二〇一二年一月出版。这是一部人类历史上最惨烈的核灾难的口述史,两百万不幸的幸存者终于能让世界听到他们被压制已久的声音,令人震撼。为了彻底杜绝核灾难的肆虐,请永远不要忘记我们正在面临的危险。

【我自己的读书会三十一】 《民主的细节》刘瑜著,上海三联书店二〇〇九年六月出版。本书以生动、诙谐、老辣的文笔,讲述了一件件发生于美国政治、法律、经济、福利、教育中的真实小事。民主到底是意识形态的幻景,还是柴米油盐的真切? 这些不够完美却足够震撼的故事,足以回答我们所有的疑问。其实,世间的常识无比简单。

【我自己的读书会三十二】 《小王子》法国圣埃克絮佩里著,周克译,华东师范大学出版社二〇一二年八月出版。这是一个写给孩子和"还是孩子时"的大人看的童话,充满诗意和哲理,蕴含着对于爱、人生、社会等重大命题的体会与感悟,忧郁,纯净而温馨。小王子在茫茫宇宙间寻找一把已被我们丢失了的通往快乐、通往明天的钥匙。

【我自己的读书会三十三】 《朝闻道集》周有光著,世界图书出版公司二〇一〇年三月出版。这是经济学家、语言文字学家、"汉语拼音之父"周有光先生在他一百零五岁之际写就的著作,他主张"从世界看中国",他对中国的前途和未来的思考深刻而前端,书中《大同理想与小康现实》《华夏文化的复兴》《全球化时代的世界观》等文章,令人振聋发聩。

【我自己的读书会三十四】 《我是落花生的女儿》许燕吉著,湖南人民出版社二〇一三年十月出版。这是《落花生》作者、民国学者许地山的女儿用血泪写就的八十年曲折人生,从中可以读出一部真实得近乎残酷的二十世纪中国史。如果她的颠沛流离、她的苦难不足以让一个民族痛而反思,那么,她的遭遇就一定会重演,她的痛苦会让所有人饱尝。

【我自己的读书会三十五】 《〈读书〉十年》扬之水著,中华书局二〇一一年十二月出版。其实这不是扬之水一个人的回忆,这也是我们这一代人的共同的回忆。我很羡慕她,在读书界全面开放的十年里读了那么多的书,去了那么多的地方,接触了那么多的大师。一个内心充实、纯净的读书人的形象,通过她的日记显得清晰而动人,让我们与之共鸣。

【我自己的读书会三十六】 《窗》法国彭塔利斯著,

孟湄译，江苏人民出版社二〇〇五年一月出版。这是一本独特的散文随笔，一个精神分析师的"内心独白"，从中我们可以窥探到自己的内心。作者是诚恳的，他希望每个人最终感到日子能够过得下去，生活能变得让人接受。他是对的：每个人"房间"里的故事和存在都是唯一的和应当被尊重的，每扇"窗"后都有如海的人生。

　　【我自己的读书会三十七】《倒转红轮》金雁著，北京大学出版社二〇一二年九月出版。以俄国十九二十世纪几个知识分子代表为案例，描绘了俄国知识分子百年来跌宕起伏的命运，揭示了影响世界的"红轮"是怎样成型，如何以压倒之势碾压过来。作者为我们架设了一面异国思想史多棱镜，其实也是中国知识分子心路历程的历史映照。

　　【我自己的读书会三十八】《哀痛日记》法国罗兰·巴尔特著，怀宇译，中国人民大学出版社二〇一二年一月出版。作者从一九七七年十月二十六日即其母亲因病去世的翌日开始记起，至一九七九年九月十五日结束。在近两年的时间里，作者在三百三十张纸片上零碎地记录下了这些简短而沉痛的话句，记录下了他的哀痛经历、对母亲的深切思念，以及他对于哀痛这种情感的思考和认识。

　　【我自己的读书会三十九】《中年的地址》刘烨园著，春风文艺出版社二〇〇二年十月出版。这本散文集分为"一生与某日""宿命的召唤"和"基调与目光"三辑，思绪是流动的，文字是流动的，就像作家所思考、感悟的生活与生命本身。从本质上说，刘烨园的散文是救赎的，希冀拯救淹没在浮躁、惶恐中的人类的灵魂。他一直在追问，这样的追问令人胆战心惊。

【我自己的读书会四十】 《故国人民有所知：一九四九年后知识分子思想改造侧影》陈徒手著，三联书店二〇一三年五月出版。本书记述了二十世纪五十年代初至六十年代中十一位有代表性的、全国一流教授的生存处境，具有历史化石的意味。这十一位教授的命运，反映了中国知识分子的命运，更是中国教育、中国文化的悲剧的缩影，也是中国历史悲剧的一幕。

【我自己的读书会四十一】 《自然之门》美国约翰·巴勒斯著，林东威、朱华译，漓江出版社二〇〇九年八月出版。作者是美国自然文学的先驱，他像一个热爱脚下泥土的老农那样热爱着身边的一花一鸟，一草一木，他对大自然的热爱没有任何夸张与雕饰，也没有任何酸腐和矫情，而是像呼吸一般自然。从巴勒斯打开的一扇扇"自然之门"走过去，可以感受到平实和宁静。

【我自己的读书会四十二】 《绝响——永远的邓丽君》姜捷著，现代出版社二〇一三年五月出版。这是一本由邓家授权的邓丽君正传。只要有华人的地方，就有邓丽君的歌声。对我来说，我不会忘记在那个冷酷的年代，一次偶尔的偷听"敌台"所获得的心灵的震颤与抚慰。邓丽君是永远的女神,她曾在遥远的地方安抚过海峡这边众多苍生的伤痛。

【我自己的读书会四十三】 《泥河·萤川》日本宫本辉著,袁美范译,上海译文出版社二〇一二年四月出版。本书收录的两篇小说不约而同地写了两个男孩的友谊,都令人心酸。艺术风格平实,淡雅,有些淡淡的忧伤,也有些淡淡的浪漫,却富有浓郁的生活气息。作家笔下所描写的日本的二十世纪五六十年代,让我不由自主地想起我们今天的真实生活。

【我自己的读书会四十四】 《陈独秀全传》唐宝林著,社会科学文献出版社二〇一三年十二月出版。陈独秀是一个复杂的历史人物,简单地肯定或者否定,都是对历史极大的不尊重。本书详尽梳理了陈独秀一生思想发展的脉络,并展现了他与国共两党、与中国革命复杂纠结的历史关系,史料翔实,是一部关于陈独秀研究的颇具分量的学术研究佳作。

【我自己的读书会四十五】 《哲学船事件》俄国别尔加耶夫等著,伍宇星编译,花城出版社二〇〇九年十一月出版。一九二二年夏,苏俄政府开始了对知识分子有计划、有系统的驱逐行动,此即震惊世界的"哲学船"事件。八十年后,随着俄罗斯档案的解密,事件始末终于大白于天下。本书"被驱逐者的见证"部分,摘选自流放中的学者、作家的日记和回忆录,有珍贵的史料价值。

【我自己的读书会四十六】 《长满书的大树》德国莱普曼等著,黑马译,湖北少年儿童出版社二〇一一年六月出版。这是一本很特别的书,汇集了历年来的国际儿童图书节献辞和安徒生文学奖得主的受奖演说辞,闪烁着智慧的思想的火花,让我们从小便能明白书可以开启瞭望世界的窗口,可以帮助我们发现该呼吁些什么,为什么斗争,与谁联合,何时开始改变世界。

【我自己的读书会四十七】 《撒哈拉的故事》三毛著,北京十月文艺出版社二〇一一年七月出版。这是三毛出版的第一部作品,也是她最脍炙人口的作品。本书中的十多篇文章记述了三毛与荷西物质贫乏却妙趣横生的沙漠生活,读来既令人捧腹,又令人精神振奋。三毛在书中所传达的旷达与浪漫让我们难以忘怀。从本质上说,我们都是永远的流浪者。

【我自己的读书会四十八】 《感时忧世》资中筠著,广西师范大学出版社二〇一一年十月出版。这是资中筠自选集中的一部,是资中筠在学术研究之外,关注国计民生等诸多现实问题,"心忧天下"的知识分子的忧思录。忧国忧民,愤世嫉俗,针砭时弊,捍卫正义,她的文字与她的精神一样是遗世独立的,充满着力量,令人肃然起敬。

【我自己的读书会四十九】 《古文大略》罗新璋编,

复旦大学出版社二〇一二年七月出版。一百八十篇经典名文，上起战国，下迄清末，观照宽广，择选周详；首重注音，次在释义；但求大致能懂，通篇可解；力主快意尽读，诵而有趣，览而有得。编者立意与着力点均别开生面，独具一格。诵读古文，是一件修身养性的惬意之事。

【我自己的读书会五十】《生命最后的读书会》美国威尔·施瓦尔贝著，姜莹莹译，中国友谊出版公司二〇一三年七月出版。在得知母亲已是胰腺癌晚期后，偶然的一天，儿子与母亲开始阅读同样的书，于是，两个人的读书会就这么开始了。通过阅读书籍，母子俩分享了关于信仰、感恩、宽容、勇气、生命等各自的看法和体会。书中穿插着作者对儿时的回忆、母亲的不平凡经历、各自的人生际遇，读后让我们的心灵得到平静，让我们的心变得宽广而坚强。

二〇一四年一月

别有用心的行走

有人告诉我，金维一先生要出一本旅游书，我想，他是一个足迹遍布世界的人，而且照片拍得非常好，所以，他出一本旅游书是很自然的事。不过，我也很狐疑，凭借他过人的智慧、发现的能力和丰沛的思想,他为什么要写旅游书呢?如今,冠以旅游的书籍几近泛滥,又毫无新意,有必要去凑这种热闹吗?

及至我读到了《带着偏见上路》后,我向告诉我消息的人更正道,这不是旅游书,不是吃喝玩乐之攻略,也不仅仅是一张张美丽的照片,这是真正意义上的一个行走者的思想书写。无疑,这本书,或者说这次的行走,出于精心的谋划,不然,他完全可以去尚未到达的地方,为盛行的"人生必去的世界几百处"画上圆满的句号。但他偏偏选择了十九个城市,且它们都隶属于曾经和现存的社会主义国家。这就是金维一先生独特的步履、独特的眼光,谁也无法怀疑他如此行走与思考的别有用心。

的确,我在书中处处感受到了他的那一番用心。莫斯科、柏林、布加勒斯特、华沙、布拉格、地拉那、平壤、胡志明市……这些城市即使我们未曾去过,但也有一种特殊的亲近感,那是缘于我们曾是一个"社会主义大家庭"。如今,原先的格局已经不再,那么,这些经历了历史巨大变动的城市现在会是怎样的模样?沧海桑田究竟留下了怎样的印记?那里的人们又是怎样评说自己生活的变化?而那纹丝不动的地方,迷雾和幻影悬浮的止水之下是否掩藏了什么?现实是,你以为了解的未必都是真的,你未曾抵达的未必都是美的。于是,我们希望由亲历者来揭示真相。也许我们抱有这样那样的偏见,甚至自以为是，但正因如此，倒给有思想的行走者预留了许多的空间。金维一先生显然没让我们失望，在他充满机智、意趣的叙述中，我们不但看到了他的目光所触及到的人和事，甚至可以借助他的视野绘制一幅属于未来的世界地图，而这便是此书带给我们的认识和思考价值。

二〇一四年二月

在记忆中咀嚼历史

朱少伟先生近年来致力于上海历史的研究，成就斐然，新近由东方出版中心出版的《老上海逸闻》便是证明。我总是想，有那么多人在书写老上海，从重大历史到吃喝玩乐，无所不包，这当然应该视作是一份记忆，不过很遗憾，我看到不少这样的记忆文字仅仅浮于表面，犹如散漫的流水账。我们为什么要捍卫记忆？这是因为当记忆失却的时候，很多过往的教训也就一并淹没了，这是很可怕的事情，事实一再证明，人类经常重蹈覆辙。那么，仅仅写下一些浮光掠影的记忆是不够的，我们还应该更深地探入其中，并反复咀嚼历史。咀嚼，消化，融入机体，这才是至为重要的。

《老上海逸闻》从沪埠风物、申城珍档、淞滨履痕、海上文脉、浦江硝烟中荡开笔触,在讲述老上海的发展历程的过程中,更多发掘那些掩藏在记忆深处乃至背后的东西,让人读后掩卷长思。书中对梁启超首创"时务体"的叙述,不但清晰梳理了其来龙去脉,还揭示了这种惊世骇俗、精辟独到的时文对推动社会变革的作用和意义。梁启超在其晚年写道:"革命成功将近十年,所希望的件件都落空,渐渐有点废然思返,觉得社会文化是整套的,要掌旧心理运用新制度,决计不可能,渐渐要求全人格的觉悟。"这样的记忆,其价值不言而喻。

即便已快被写尽了的张爱玲,书中也是独辟蹊径。"张爱玲热"是在上海沦陷期间出现的,她的崛起与上海沦陷形成文学真空状态密切相关。我们总说张爱玲写出了最最地道的上海,是"海派文学"的一个标志,但张爱玲的小说恰恰如同她自己所说:"我为上海人写了一部香港传奇……写它的时候,无时无刻不想到上海人,因为我是试着用上海人的观点来察看香港的。只有上海人能够懂得我的文不达意的地方。"如此记忆,提醒我们可换一种姿势来看张爱玲,并像张爱玲所希望的那样,从她的文字后读出一些"文不达意的地方"——那正是可以咀嚼的历史。

二〇一四年二月

人生总在转场

安谅的散文集新著《戈壁滩上的真相》，被他自己列为"沙枣花香系列作品"。沙枣花在安谅的文学创作中，是一个极其重要的意象。我没有见过沙枣花，我是从安谅的文字中得知这一生长于戈壁沙漠的花卉的，金黄璀璨，呈喇叭状，香气扑鼻，五六月的时候开满了成片成片的花枣树的枝头。安谅身居上海，之所以醉心于遥远边塞的沙枣花，是因为其中融入了他真实的人生体验。

我在安谅去援疆工作不久就开始读到他写自新疆的充满浓郁沙枣花香的散文。他在《像芦苇一样活着》中，崇尚芦苇没有胡杨那般高大伟岸，孱弱卑微得无法登堂入室，但它的清秀孤傲，它的坚韧执着，却有一种令人心动的力量。他在《人生的转场》中，描述哈萨克牧民按照气候的寒暖、地形的坡向、牧草的长势，在一定的区域内转季放牧，"牧道，一定存在，它是生命得以兴旺的驿站，是逐水草而居写在山峦上的诗文。"我很喜欢他写的《亲近沙漠的履历》。在这篇文章中，他感叹惯有的途径和空间使人的心地只囿于狭隘的一方，而在飞沙走石、凄清无边的沙漠里，可以找寻一种急需的滋养，一种能让神经坚强，能令眼睛炯炯，能使心灵在沉重中寻觅天堑变通途的豁亮。

　　读这些文字的时候，我总会想象安谅在辽阔的西域边陲奔走的样子。他是上海市对口支援新疆工作前方指挥部副总指挥，但他同时又是一位作家，这使他有可能以不同的角度和姿态来审视和认识生活。如果说工作给予他更多的机会，那么，写作则赋予了他更多的思考，而这种思考因为打上了文学的印记，则有了另一种精神的层面和境界。都说文字即为心声，我想，工作之余，当安谅在夜晚坐在喀什噶尔上海援疆楼里的书桌前面，在氤氲的灯光下，安静地写着自己的文字时，在他心里不仅有帕米尔高原上的红其拉普哨所，有古丝绸之路上的烽燧遗址，有汩汩流淌的叶尔羌河，有突兀而壮观的库都鲁克大峡谷，还有那一九〇〇年前的"援疆干部"班超。在《西出阳关拜班超》一文中，安谅写道："我也一直在猜测，倘若班超留恋亲情，在乎安逸，看重俸禄，甚或担忧自我，他还会有这样的动力和行为吗？"那如今向西出发的安谅，自己又作何想？他说："一千九百年之后，我也出发了，登上飞机舷梯的那一瞬间，我心平如镜，没有悲喜，也忘却了宠辱，我只将未来视为一次重要的人生旅途。"

　　或许，这就是安谅笔下的"转场"的另一番含义了。原来，他是觉得除了填写的履历，人生还应该需要一种阅历，用他自己的话说，那是一种视野，一种历练，一种冲击心灵、激发心思的放眼。我相信，援疆是安谅一生中最为重要的阅历，而这阅历犹如一次人生的转场，带来的是生机和繁茂。不日，安谅又将面临新的工作"转场"，那么，此刻，我们就从《戈壁滩上的真相》这本散文集中探询征战前的他的内心吧。

二〇一四年二月

年少不轻狂

《童书识小录》是眉睫的第一部儿童文学论集。说实话，眉睫会有这样一部著作是在我的意料之中的。二〇〇九年，时年二十五岁的眉睫出版了他的《现代文学史料探微》，我读到其中有论述丰子恺童话创作、废名诗歌之"儿童味"等篇什，我便对该书策划人说，其实，作者可以多写一些这样的文章，以扩充当今儿童文学评论界较少有的基于文学史的研究。事实上，眉睫早就开始了这样的工作，本书即收录了他近十年研究民国和当下儿童文学的文论近五十篇，也是不小的成果了。

读眉睫的儿童文学评论，有一种难得的历史感。这样的感觉首先得之于他在现代文学史的大背景下，考察和揭示儿童文学的价值和意义。他在《为儿童创作的丰子恺》一文中指出，丰子恺的儿童文学创作长期以来是被忽视了的，而这源于人们对儿童文学的轻视，似乎将丰子恺的创作归于儿童文学范畴是种狭隘。而丰子恺本人恰恰自陈："我的心为四事所占据了：天上的神明与星辰，人间的艺术与儿童。"他以一颗纯净的童心来写作，并认为"大家不失去童心，则家庭、社会、国家、世界，一定温暖、和平而幸福。"眉睫儿童文学评论中的历史感还得之于他的人文情怀。在《幼童文库的再版意义》中，他叙述了《幼童文库》从一九三四年商务印书馆出版到七十七年之后海豚出版社再版的历史因缘，进而提出中国原创儿童文学虽然起步较晚，但是中国的儿童文学理论却早已进行了本土化进程，并很快在二十世纪二三十年代完成了自己的儿童本位理论体系，形成了自己的学理传统，并在此基础上开展了创作实践。他认为，《幼童文库》体现了中国几代出版家忠实实践儿童本位理论的努力。眉睫研究、写作中的历史感显示了他的正直仗义和责任心、使命感，他对儿童文学创作和出版中的浮躁现象进行了深刻的批评。在《没有教育理念的童书出版是无源之水》中，他认为如果全盘否定儿童文学的教育价值，那么，恶劣的、粗制滥造的童书就会肆虐，他警告"我们这个时代已经一再突破人类文明的底线"了。

　　眉睫对儿童文学史实的梳理与辨析，显示了他扎实的学术功底，而他的论述严谨、明晰，则与他大学读的是法律专业有关系。眉睫尚还年少，但他并不轻狂。我以为眉睫的出现，是中国儿童文学界的一件幸事，他有着开阔的视野，良好的学风，自会带来清新和活力。值得一提的是，儿童文学作家、出版家徐鲁对眉睫文论的点评，使该书获得了沉沉的分量。

二〇一四年三月

劳伦斯的先锋视野和姿态

说实话，读了那么多年劳伦斯的小说，我其实对这位英国作家并没有太多的认识，我脑子里的劳伦斯就是他写的《虹》《查泰莱夫人的情人》《儿子与情人》《恋爱中的女人》等小说。除了作品中的故事情节、写作技巧，我没有探知过更多的东西，因而整体上对他的人生经历、他作品的思想价值是隐约而模糊的。及至读完黑马的《文明荒原上爱的牧师——劳伦斯叙论集》，这位文学大师才真正清晰而完整地站立在我的面前。

我对黑马的这部叙论集是充分信任的，他不但翻译了劳伦斯几乎所有最重要的作品，不但以二十多年的时间孜孜不倦地研究劳伦斯，还多次亲赴劳伦斯的故乡和其在欧洲、澳洲的居住地实地考察，而且，他自己本身也是一位作家，因此可以更为深切地感知劳伦斯的独特心灵。本书收入有关劳伦斯的叙论五十篇，涉及劳伦斯的创作、传记和研究三个领域，以朴实却又灵动，甚至富有诗意的散文笔法，勾勒出一个即使在后现代社会也是卓然超群的不朽的作家形象。

在本书第一辑"地之灵"中，集聚了黑马论述劳伦斯与故乡和在世界各地结下的爱恨情仇的文字，由于他都一一踏访过，所以写得特别亲切，翔实而感人，带领我们跟着他的脚步一一回顾劳伦斯周游世界的足迹。如果没有那些年异域游走中各种地域之灵对他的陶冶、渗透和冲击，劳伦斯或许根本捕捉不到他后来写就的《查泰莱夫人的情人》这部触动现代文明脉搏的小说之道。黑马在《心灵的故乡》一文中，写他行走在劳伦斯的出生地伊斯特伍德镇外的考索村——这是劳伦斯最为珍爱的乡村和小说《虹》的原型地，他感觉自己是在朝圣，因为在他眼中，这里恰是文学的伯利恒：一个从小身体羸弱的苍白男孩，用自己的双脚丈量这片土地，用心眼记录这片土地上的人情风物，从此让这个地方获得永生。我们由此感受到劳伦斯的写作绝对需要作家具有立足英伦、俯瞰世界的全球视野和高蹈姿态，他的环球游走为这样的先锋视野和姿态提供了可能。

第二辑"道之道"，其"道"在英文中既指《圣经》，也是"字词"之意。劳伦斯认为人之肉身非神之道或字词所铸就,反之,字词乃肉身之道,因而引发出他对肉身的崇高信仰,认为人的思想来源于人的肉身感受,而非理性,理性是第二位的,他将两者比喻为火与火光的关系。在黑马的论述中,他将劳伦斯的创作看作是道其肉身之道。在《爱的牧师》中,黑马转述了劳伦斯以一个艺术家对男女关系和生命本源的哲学认知:"男人和女人……他们真正的个性和鲜明的生命存在于与各自的关系中:在接触之中而不是脱离接触。可以说,这就是性了。这和照耀着草地的阳光一样,就是性。这是一种活生生的接触——给予与获得,是男人与女人之间伟大而微妙的关系。通过性关系,我们才成为真正的个人;没有它,没有这真正的接触,我们就不成其为实体。""男女关系是实际人生的中心点。"我们可能因此而进一步理解,劳伦斯为何能写出《查泰莱夫人的情人》这般惊世骇俗的作品。

本书第三辑"雪泥篇",是对劳伦斯生平中具有重要结点意义的往事回眸。透过劳伦斯的人生经历、人际关系和人生际遇,我们看到了他为人处世的态度和世界观,并从中寻觅这些人生经历对他创作的影响。黑马在这辑中,对劳伦斯阴差阳错进入中国的艰难历程也做了提纲挈领的回望。

第四辑"他山石"则收录了黑马翻译的几位英国和苏联学者论述劳伦斯的文章。其实,我没有看过多少劳伦斯的诗歌和绘画作品,现在,我知道,劳伦斯小说中那

书
品

411

些美轮美奂、行云流水、如诗如画的文字，原本出自于他还是位杰出的诗人和画家。黑马这样写道："生命夕阳中的劳伦斯，一反平日的激昂愤世与刚愎自用，为保护自己心爱的画作免遭火焚，委曲求全，以永不在英国展出的条件从而得以苟全——'再也不要钉在十字架上，再不想有烈士，再也不要有火刑。'"我读后，心有戚戚。

二〇一四年四月

愿快乐围绕着童年

我是从编辑朋友陈红杰那里才知道乐高的。一开始的时候，我还一派茫然，但后来，我跟她一样，深深地陶醉在乐高所带来的无比快乐中了。

乐高其实就是积木玩具，只是它将积木的搭建更加知识化、创意化，并根据不同的年龄层次，在创意、色彩、环境和实用性方面等提出不同的要求。如果没有玩过乐高，真的不知道用一箱积木，再加上一点实践，可以搭建出任何东西，而最为重要的是，可以从中得到妙不可言的灵感和快乐。

也是从陈红杰那里，我知道世界上每年都举行国际乐高创意大赛，而我们中国每年也会有众多的"精兵强将"参与其中,且成绩优秀。陈红杰带着她的儿子已多次去国外参赛,每次都感受到不仅孩子在成长,她自己也在成长。去年,乐高国际大赛是在印尼雅加达举行的,主题是"世界遗产保护"。这次,陈红杰儿子的团队申报了一个知识难度和搭建难度很高的项目——《寒武纪动物携乐高归来》,此前,这一项目从选定主题,到设计搭建、程序编写,历时四个月,在中国赛区选拔赛中获得最佳创意奖。这次,孩子们带着从中国云南澄江化石地那五亿三千万年前的海洋中"复活"的寒武纪"乐高动物"来到雅加达。与其说这是一次比赛,毋宁说这是一次探索的旅程,也是一次快乐的旅程,成长的旅程。

新近,科学普及出版社出版了莎丽·拉斯特编著的《乐高创意手册》,这本书如同一个搭建者的创意宝库,其丰富的搭建技巧可让读者在享受乐高设计师的创意作品的同时,学习搭建创新乐高模型的最新方法,体验从乐高粉丝到乐高设计师的自我飞跃。这是一本非常好的书,由乐高授权出版,而且译者之一就是陈红杰。她曾经这样说过:"我们生活在时间中,时间纪录着生命的痕迹。因为时间的不可逆,那些痕迹让我们得以看见过去的镜像——真实,却无法重返。梦想,也许就是在此时诞生的。"

陈红杰的儿子总是显得快快乐乐的,我想,这是因为他总是身处快乐之中,这真的非常难得。我衷心地希望快乐能围绕着所有孩子们的童年。

二〇一四年四月

知困方知未来路

在儿童文学界满是轻曼飘逸之时,谭旭东为我们捧出了一本厚重的《儿童文学的多维思考》,可谓来得正是时候。

在这部列为国家出版基金项目的研究著作中,谭旭东以他清醒独立的姿态,以开放和宽容的眼光,对儿童文学的发展、儿童文学美学、儿童文学阅读、儿童文学价值、儿童文学文化、儿童文学出版、儿童文学研究等作了如他所说的"多维思考",既显示了他作为学者在一门学科领域的研究深度和广度,也显示了他对儿童文学未来发展的一份责任担当。

我之所以推崇这部研究专著,基于我与谭旭东一样,对儿童文学现况怀有一种深深的忧虑。这几年,中国儿童文学表现出繁华的盛景,给由于新媒体崛起而深陷困境的中国出版业注入了一股活力。几乎所有的出版社都将其"战略眼光"瞄准了童书,尝到了"救命稻草"的香草味。出版界的青睐转而刺激了儿童文学的创作,但这真是一柄双刃剑，既有促进的作用，但也有"摧毁"之力。然而，儿童文学创作界对此并没有深刻的察省，相反陶醉在"一枝独秀"的狂欢之中。但我们必须看到，儿童文学创作事实上令人忧虑——同质化倾向严重，跟风一片，题材狭窄，风格单调，艺术粗糙，内涵浅薄，自我重复，缺乏创新，尽管数量众多，但真正称得上精品力作的屈指难数；若放在世界儿童文学的视野内，则差距更大。因此，在这样的情势下，我希望能听见具有远见卓识、醍醐灌顶的声音。

《儿童文学的多维思考》正是我所期待的。对于儿童文学创作，谭旭东认为，有相当一部分作家受到商业消费文化和大众文化的裹挟，因而产量高质量却低，叙事模式单一，情感远离现代少年儿童，对童年经验无力进行艺术淘洗；有些作家由于被书商牵着鼻子走，从而迷失了艺术方向，更为揪心的是陷入了精神困境。我以为谭旭东是真诚而率性的。所谓知困方知未来路，如果没有清醒的认识，那么，儿童文学创作乃至出版的繁华只会昙花一现。

二〇一四年四月

所有的愿望都是光芒

一个人可以有九十三个愿望吗？这也太贪心啦。可是，一个人不可以有九十三个乃至更多的愿望吗？这是世界上一件最为美好的事！这便是我读李富娜的《九十三个愿望》之前以及读完之后的感叹。

这真的是一本非常独特的书，因而也给我们带来了非常不一般的阅读享受。作者以最简洁的语言向世人告白了她的愿望。我相信，推动人类进步的是想象力，而人类无穷的想象力正是源自无数个愿望。作者为人妻、为人母、为人学生、为人老师，所以，完全可以理解她心中有那么多美好的愿望：她想寻找一棵有巧克力香味的树，她想坐在五指山上等石猴出世，她想在天空上涂鸦，她想指挥大雁冬天往东飞，她想知道白雪公主有没有被晒黑，她想取下所有虚伪的面具……她的第九十三个愿望是：想再许下九十三个愿望，都能实现。

除了最简洁的语言，作者还选择了另一种最直接的方式——绘画来表达她的愿望。其实，人类最初正是通过绘画来表情达意记事的，所以，当一个个愿望以绘画呈现时，会有一种特别自然、亲切的感觉。你看，她说她想和熊猫一起喝下午茶，那画上三只憨态可掬的熊猫坐在云彩之上；你看，她说她想要年年有"鱼"，那画上抱着大鱼的人儿自己也成了一条鱼；你看，她说她想骑旋转木马玩过山车,那剪纸风格的画上,旋转木马如同一轮光芒四射的太阳。

是啊,在我看来,所有的愿望都是光芒,光芒是无以计数的,光芒是照亮黑暗的,光芒是点燃希望的。如果人类没有了光芒般的愿望,那还有什么未来吗？同样,一个人如果没有了光芒般的愿望，那心里该是怎样的冰凉、凄惶和黯淡。有道是心若向阳,何惧忧伤；心若坦荡,何须匆忙。我是多么希冀与作者一样,像孩童般天真无畏地告诉人们,其实我的心中还有许多许多的人生愿望,它们都会像太阳的光芒一样,一根一根、一片一片地绽放。

二〇一四年四月

后记

今天，是世界读书日。在这样的一天，编完自己的一本有关书的散文随笔集，对我而言，这是一种天意，也是上苍的一种恩赐。

说到底，我只是一个读书人，到这世界上来走一遭，最大的受益便是书了。如果当我离开这个世界时，可以带走一样东西，那毫无疑问就是一本书，没有什么比书更能让我感到最为珍贵，最为不舍了。

如今想起来，自己这渺小的一生，正是因为与书结缘，才会有了一些作为人的认知、理念、精神和尊严，以致这渺小又匆匆的一生也获得了一些意义和价值。我无法想象，倘若没有书，倘若没有与书相随，我这一生又将会是怎样的模样？我想，至少会有些糟糕、荒唐和遗憾的，也不会有多少的希望和快乐。

在这样一本关于书的集子里，我留下了自己与书交集的文字。我在整理这些文字的时候，恍然间，一生里有过的日子都呼啦啦地铺排成了一本一本的书。原来自己都是依傍着书一天天地成长着,一天天地生活着的。

今天,风和日丽,春光明媚。午饭过后,我在上海吴泾小学作了一个"阳光阅读,快乐阅读"的公益讲座。原计划是在学校的会议厅里举行的,除了几个班级,大多数孩子看电视直播。没想到,有着一头美丽长发的女校长临时起意,将讲座放到大操场上举行,让全校所有的学生都坐在绿色的大毯子上,晒晒太阳,聊聊阅读。这真是美好得无以复加。孩子们席地而坐,听得很投入,也很开心,有一瞬间,还笑得东歪西倒,看上去,那就是一片书页翻动的海洋,蔚为壮观,令我感动。一个人,能够从孩提时起便开始阅读,那后来的人生是可以期待的。于是,我在这样一个特别的日子里对孩子们说:"如果有一天,你发现即使没有豪宅,也没有豪车,但有一本书相伴着,感觉很幸福,那你就真的得到幸福了。"

其实,这话也是我对自己说的。

据传,设立世界读书日的灵感源自西班牙地区的一个传说:美丽的公主被恶龙困于深山,勇士乔治只身战胜恶龙,解救了公主,公主回赠给乔治的礼物是一本书。从此,书成为胆识和力量的象征。听说,在加泰罗尼亚,四月二十三日那天,读者每购买一本书,都可获得一枝玫瑰花。我想象着,那么多喜爱书的人拿着玫瑰花走在街上,该是多么温馨,浪漫,诗意盎然。

所以,我也有一个梦想,凡是读到我这本书的读者,

后记

419

我都相赠一朵红得浓烈的玫瑰。

感谢我的"书友"邱建国和孙卫卫,感谢各位编辑,他们使我这个读书人实现了出版一本与书相关的文集的心愿。我已出过不少的书了,唯这一本全然不同,让我充满了虔诚和感恩,让我体验并感受到生命的圆满。

读书吧。

二〇一四年四月二十三日世界读书日